Black Swamp, Ohio

Frühjahr 1838

Tracy Chevalier, 1962 in den USA geboren, hat bisher acht historische Romane geschrieben. *Das Mädchen mit dem Perlenohrring* wurde zum Weltbestseller und mit Scarlett Johansson und Colin Firth in den Hauptrollen verfilmt. Tracy Chevalier lebt mit ihrer Familie in London.

Der Ruf der Bäume in der Presse:

»Eine fesselnde Familiensaga.«
Gala

»Eine starke Geschichte.«
NDR Kultur

»Bestsellerautorin Tracy Chevalier erzählt eine raue Familiengeschichte voll Kampf, geplatzter Träume, tragischer Ereignisse.«
Hörzu

Außerdem von Tracy Chevalier bei Penguin lieferbar:

Zwei bemerkenswerte Frauen

Tracy Chevalier

Der Ruf der Bäume

ROMAN

Aus dem amerikanischen Englisch
von Juliane Gräbener-Müller

PENGUIN VERLAG

Die englische Originalausgabe erschien 2016 unter dem Titel *At the Edge of the Orchard* bei The Borough Press, an imprint of HarperCollins Publishers, London.

MIX
Papier aus verantwortungsvollen Quellen
FSC® C014496

Verlagsgruppe Random House FSC® N001967

PENGUIN VERLAG

2. Auflage 2018

Neumarkter Straße 28, 81673 München
Covergestaltung: bürosüd, München,
nach einem Umschlagentwurf von Sabine Kwauka
Covermotiv: Jeff Cottenden; Shutterstock/Valentyn Volkov
Satz: Uhl + Massopust, Aalen
Druck und Bindung: GGP Media GmbH, Pößneck
Printed in Germany
ISBN 978-3-328-10253-3
www.penguin-verlag.de

Dieses Buch ist auch als E-Book erhältlich.

Für Claire und Pascale
die ihren Weg in der Welt finden

Der Saft von Äpfeln, etwa des Peppings und der Parmäne, ist auch bei melancholischen Leiden von großem Nutzen, hilft er doch, Fröhlichkeit zu verschaffen und Schwere zu vertreiben.

John Parkinson, *Paradisi in Sole Paradisus Terrestris*, 1620

Überaus wohltuenden Trost erfährt der vor Gram gebeugte oder von Sorgen geplagte Geist auf einer Pilgerreise zu diesen schattigen Wallfahrtsstätten. Blicket auf zu den immergrünen Wipfeln der Bäume, die den Stürmen von mehr als dreitausend Jahren widerstanden haben! […] Während man in Staunen und Bewunderung versunken ist, scheinen die Wirren des irdischen Kampfes sich aufzulösen.

Edward Vischer, *The Mammoth Tree Grove, Calaveras County, California*, 1862

Geh nach Westen, junger Mann, und werde mit dem Land erwachsen.

John Babsone Lane Soule, 1851, und Horace Greeley, 1865

Wieder stritten sie sich über Äpfel. Er wollte mehr Tafeläpfel anbauen, zum Essen; sie mehr Mostäpfel, zum Trinken. Ihr Streiten war so eingeübt, dass sie beide ihre Rollen inzwischen perfekt beherrschten und ihre Worte glatt und monoton einander umflossen; sie hatten sie ja oft genug gehört, mussten nicht mehr genau hinhorchen.

Dass der Kampf um süß oder sauer diesmal anders verlief, lag nicht daran, dass James Goodenough müde war; das war er immer. Sich im Black Swamp ein Leben aufzubauen war anstrengend. Es lag auch nicht daran, dass Sadie Goodenough einen Kater hatte; den hatte sie oft. Der Unterschied bestand darin, dass am Abend zuvor John Chapman bei ihnen gewesen war. Von allen Goodenoughs war nur Sadie aufgeblieben, hatte ihm bis spät in die Nacht gelauscht und dabei gelegentlich Kiefernzapfen ins Feuer geworfen, um es auflodern zu lassen. Der Funke in seinen Augen und seinem Bauch und Gott weiß wo sonst noch war auf sie übergesprungen wie eine Flamme, die ihren Weg von einem Hobelspan zum nächsten fand. Nach John Chapmans Besuchen war sie immer glücklicher, lebhafter und selbstbewusster.

Solange John Chapmans Stimme mit der Beharrlichkeit einer Sumpfmücke durch die Hütte surrte, konnte James trotz seiner Müdigkeit nicht einschlafen. Vielleicht hätte er es geschafft, wenn er sich zu seinen Kindern auf dem Dachboden gesellt hätte, aber er wollte das Bett auf der dem Ofen gegenüberliegenden Seite des Zimmers nicht verlassen, denn das wäre ihm wie eine regelrechte Einladung erschienen. Nach zwanzig gemeinsamen Jahren begehrte er Sadie nicht mehr, wie er es früher getan hatte, erst recht, seit der Applejack ihre boshafte Seite zum Vorschein gebracht hatte. Doch wenn John Chapman zu den Goodenoughs kam, ertappte sich James dabei, dass er plötzlich die Fülle ihrer Brüste unter dem abgetragenen blauen Kleid und ihre nach zehn Kindern zwar üppigere, aber immer noch überraschend deutliche Taille bemerkte. Er wusste nicht, ob solche Dinge John Chapman auch auffielen – für einen Mann in den Sechzigern war er, dem Eisengrau in seinen ungekämmten Haaren zum Trotz, immer noch schlank und kraftvoll. James wollte es lieber nicht herausfinden.

John Chapman war ein Apfelmann, der in einem Kanu voller Apfelbäumchen, die er den Siedlern zum Kauf anbot, die Flüsse von Ohio hinauf- und hinunterpaddelte. Zum ersten Mal tauchte er mit seiner Bootsladung Bäume bei den Goodenoughs auf, als diese gerade frisch im Black Swamp angekommen waren; er erinnerte sie sachte daran, dass, falls sie einen gesetzlichen Anspruch auf ihr Land erheben wollten, sie innerhalb von drei Jahren fünfzig Obstbäume anpflanzen mussten. Vor dem Gesetz bezeugte ein Obstgarten eindeutig die Absicht eines Siedlers zu bleiben. James kaufte auf der Stelle zwanzig Bäume.

Es lag ihm fern, John Chapman die Schuld an ihrem späteren Pech zu geben, aber wenn er an diesen ersten Kauf erinnert wurde, verzog er doch das Gesicht. Im Angebot waren damals einjährige Sämlinge oder dreijährige Setzlinge, Letztere dreimal so teuer wie Erstere, aber sie würden zwei Jahre früher Früchte tragen. Wäre er vernünftig gewesen – und eigentlich war er vernünftig! –, hätte James damals einfach fünfzig billigere Sämlinge gekauft, eine Fläche für sie freigemacht und sie wachsen lassen, und dann immer, wenn seine Zeit es erlaubte, systematisch Land für einen Obstgarten gerodet. Das hätte allerdings auch bedeutet, fünf Jahre lang auf den Geschmack von Äpfeln zu verzichten. Und das, so glaubte James Goodenough, hätte er nicht ausgehalten – nicht im Elend des Black Swamp mit seinen stehenden Gewässern, seinem Gestank nach Fäulnis und Moder, seinem zähen schwarzen Schlamm, den man selbst durch Schrubben nicht von Haut und Kleidern bekam. Er brauchte einen Geschmack, der ihm das Unglück, hier gelandet zu sein, versüßte. Und so kaufte er zwanzig Setzlinge, die er sich eigentlich nicht leisten konnte, und nahm sich die Zeit, die er eigentlich nicht hatte, um ein Stück Land für sie zu roden. Dadurch geriet er mit dem Anbauen der Feldfrüchte in Verzug, sodass ihre erste Ernte schlecht war und sie Schulden machen mussten, die er jetzt, neun Jahre später, immer noch abzahlte.

»Das sind meine Bäume«, beharrte Sadie jetzt und erhob so Anspruch auf eine Reihe von zehn Mostapfelbäumen, auf die James Tafeläpfel aufpfropfen wollte. »John Chapman hat sie mir vor vier Jahren gegeben. Du kannst ihn fragen, wenn er wiederkommt – er erinnert sich bestimmt. Rühr sie bloß nicht an!« Sie war dabei, von einem Stück Schinken Scheiben für das Abendessen abzuschneiden.

»Wir haben diese Sämlinge von ihm gekauft. Er hat sie dir nicht geschenkt. Chapman verschenkt nie Bäume, nur Samen – Sämlinge und Setzlinge sind für ihn zu wertvoll. Diese Bäume sind zu groß, als dass sie aus Samen gewachsen sein könnten, die vor vier Jahren gesät wurden. Und sie gehören nicht dir – sie gehören der Farm.« Während er sprach, konnte James sehen, dass seine Frau die Worte gar nicht an sich heranließ, doch er wollte sie zum Zuhören bewegen und musste daher einfach Satz an Satz reihen.

Es ärgerte ihn, dass Sadie Bäume im Obstgarten für sich beanspruchte, obwohl sie deren Geschichte nicht einmal kannte.

So schwer war es doch wahrhaftig nicht, sich die Details von achtunddreißig Bäumen zu merken. Egal, auf welchen man zeigte, James wusste von jedem, in welchem Jahr er als Same, Sämling oder Setzling in die Erde gekommen oder aber gepfropft worden war. Er kannte den Ursprung des Baums – ein Pfropfreis von der Goodenough-Farm in Connecticut oder eine Handvoll Samen des Roxbury Russet von einem Farmer in Toledo, oder ein weiterer Setzling von John Chapman, gekauft, als ein Bärenfell etwas Geld eingebracht hatte. Er konnte den Ertrag jedes Baumes in jedem Jahr nennen und sagen, in welcher Woche im Mai jeder einzelne blühte, wann die Äpfel pflückreif waren und ob man sie am besten kochte, trocknete, presste oder so, wie sie waren, aß. Er wusste, welche Bäume unter Apfelschorf, welche unter Mehltau oder der Karminspinnmilbe gelitten hatten, und was zu tun war, um den jeweiligen Befall loszuwerden. Für James Goodenough war dieses Wissen so selbstverständlich, dass er sich gar nicht vorstellen konnte, dass es für andere nicht so war, weshalb er sich ständig über die Unwissenheit seiner Familie in Bezug auf ihre Äpfel wunderte. Sie schienen zu glauben, dass man ein paar Samen ausstreute und dann, ohne jeden Zwischenschritt, die Ernte einfuhr. Abgesehen von Robert. Der jüngste Goodenough-Spross war wie immer die Ausnahme.

»Das sind meine Bäume«, wiederholte Sadie, und ihr Gesicht verdüsterte sich. »Du kannst sie nicht fällen. Gute Äpfel an diesen Bäumen. Guter Saft. Wenn du einen umhaust, verlieren wir ein Fass davon. Willst du deinen Kindern den Saft wegnehmen?«

»Martha, hilf deiner Mutter.« James konnte nicht zusehen, wie Sadie mit dem Messer hantierte, wie sie ungleichmäßige Steaks mit einem zu dicken und einem zu dünnen Ende abschnitt und ihre Finger ebenfalls Bestandteil des Abendessens zu werden drohten. Gut möglich, dass sie den ganzen Schinken bis zum letzten Steak aufschnitt oder aber die Lust verlor und schon nach drei Stücken aufhörte.

James wartete, bis seine Tochter – ein schmales Mädchen mit dünnem Haar und zusammengekniffenen grauen Augen – mit dem Schneiden weitermachte. Die Goodenough-Töchter waren es gewohnt, die Zubereitung der Mahlzeiten von ihrer Mutter zu übernehmen. »Ich haue sie nicht um«, erklärte er Sadie zum wiederholten Mal. »Ich veredle sie, damit sie süße Äpfel produzieren. Das weißt du. Wir brauchen mehr Goldpeppings. Diesen Winter haben wir neun Bäume verloren, die meisten davon Tafeläpfel. Jetzt haben wir fünfunddreißig Mostäpfel und nur drei Tafeläpfel. Wenn ich auf zehn von den Mostäpfeln Goldpeppings aufpfropfe, gibt uns das in ein paar Jahren dreizehn Bäume mit Tafeläpfeln. Eine Zeit lang werden nicht so viele von unseren Bäumen tragen, aber auf lange Sicht wird das unseren Bedürfnissen eher entsprechen.«

»*Deinen* Bedürfnissen. Du gierst nach Süßem.«

James hätte Sadie daran erinnern können, dass sie es war, die Zucker in ihren Tee gab und die, wenn er zu Ende ging, James in den Ohren lag, er solle nach Perrysburg fahren und neuen besorgen. Stattdessen erklärte er ihr beharrlich die Zahlen, wie er es in der vergangenen Woche schon mehrfach getan hatte mit der Ankündigung, dieses Jahr weitere Bäume veredeln zu wollen. »Das macht dann dreizehn Tafeläpfel und fünfundzwanzig Mostäpfel. Jetzt nimm noch die fünfzehn Setzlinge, die John Chapman uns nächste Woche bringt, dann sind wir bei dreiundfünfzig Bäumen, drei mehr, als wir brauchen, um dem Gesetz Genüge zu tun. Dreizehn Tafeläpfel und vierzig Mostäpfel, die in ein paar Jahren alle tragen. Am Ende werden wir mehr Äpfel für Cider haben als jetzt. Und im Notfall können wir immer noch Tafeläpfel pressen.« Insgeheim schwor er sich jedoch, niemals Tafeläpfel zum Mosten zu verschwenden.

Während ihre Tochter sich beim Zubereiten des Abendessens unauffällig um sie herum bewegte, warf Sadie, am Tisch zusammengesackt, ihrem Mann spöttische Blicke zu. Ihre Augen waren gerötet. »Das ist jetzt dein neuester Apfelplan, was? Du gehst also gleich über die magische Zahl von fünfzig raus auf dreiundfünfzig?«

James war klar, dass er zur Erklärung seines Vorhabens nicht so viele Zahlen hätte anführen dürfen. Sie belästigten Sadie wie Wespen, vor allem, wenn sie Applejack getrunken hatte. »Zahlen sind eine Erfindung der Yankees, und wir sind nicht mehr in Connecticut«, erinnerte sie ihn oft. »Die Leute in Ohio interessieren sich nicht die Bohne für Zahlen. Ich will gar nicht genau wissen, wie viele Mäuler ich zu stopfen habe – ich will einfach nur was zu essen auf den Tisch stellen.«

Doch James konnte nicht anders: Es beruhigte ihn, seine Bäume zu zählen, sich die Menge durch den Kopf gehen zu lassen, hier einen Goldpepping hinzuzufügen, da eine Mostapfelkreuzung, das Resultat eines von John Chapmans Besuchen, wieder rauszunehmen. Konkrete Zahlen hielten die Wälder rund um ihr Land in Schach, die so dicht waren, dass man nie alle Bäume einzeln ausmachen konnte. Zahlen gaben ihm das Gefühl, das Heft in der Hand zu haben.

Heute war Sadies Reaktion auf seinen Vortrag sogar noch schroffer. »Ich scheiß auf deine Zahlen«, sagte sie. »Fünfzig wirst du nie erreichen, und dreiundfünfzig erst recht nicht.«

Mangelnder Respekt vor Zahlen: Das war es, was ihn dazu brachte, sie zu schlagen – was er allerdings nicht getan hätte, wenn sie immer noch das Messer in der Hand gehabt hätte.

Als Reaktion ging sie mit den Fäusten auf ihn los und landete einen Hieb seitlich an seinem Kopf, bevor James sie wieder auf ihren Stuhl drückte und von Neuem zuschlug. Immerhin war es ihr diesmal nicht gelungen, eines seiner Augen zu erwischen;

seine Nachbarn zogen James gerne wegen des Veilchens auf, das seine Frau ihm verpasst hatte. Jede Menge Ehefrauen waren in Ohio mit Veilchen geschmückt; Ehemänner deutlich weniger.

Sein zweiter Schlag ließ Sadies Lippe aufplatzen. Der Anblick ihres eigenen Blutes schien sie zu verwirren, und sie blieb sitzen, während die hellen Tropfen wie abgefallene Beeren ihr Kleid sprenkelten.

»Mach deine Mutter sauber und ruf mich, wenn das Essen fertig ist«, sagte James zu Martha, die das Messer hinlegte und einen Lappen holen ging. Martha war sein Liebling, denn sie war sanft, forderte ihn nie heraus und schien ihn im Gegensatz zu seinen anderen Kindern nie auszulachen. Wenn im August das Sumpffieber kam, hatte er immer Angst um sie. Fast jedes Jahr wurde eines der Kinder vom Schicksal dazu bestimmt, die Reihe der mit Holzkreuzen markierten Gräber an einer etwas höher gelegenen Stelle im Wald unweit der Hütte zu verlängern. Für jedes Grab musste James Ahornbäume und Eschen fällen, damit er Erde ausheben konnte. Inzwischen machte er das im Juli, bevor irgendjemand starb, damit der Leichnam nicht warten musste, bis er das ausgedehnte Wurzelwerk der Bäume besiegt hatte.

Seine Schläge bin ich gewöhnt. Haben mich nicht die Bohne gejuckt. Ein Streit über Äpfel war das, sonst nichts.

Komisch, eh wir in den Black Swamp kamen, hab ich gar nicht viel über Äpfel nachgedacht. Als ich noch klein war, hatten wir einen Obstgarten wie alle anderen auch, ich hab aber nie drauf geachtet, außer wenn er im Mai geblüht hat. Dann bin ich hin und hab da gelegen und den süßen Duft gerochen und den Bienen zugehört, die so fröhlich gesummt haben, weil sie Blumen zum Spielen hatten. Da haben James und ich es auch zum ersten Mal getrieben. Hätte wissen müssen, dass der nichts für mich war. Er war so damit beschäftigt, sich die Bäume meiner Familie genau anzugucken und bei jedem Einzelnen nach dem Alter zu fragen – als ob ich das gewusst hätte – und danach, wie seine Frucht war (saftig wie ich, hab ich gesagt), dass ich schließlich selbst mein Kleid aufknöpfen musste. Da hat er für eine Weile die Klappe gehalten.

Ich war nie eine gute Pflückerin. Ma hat gesagt, ich bin zu schnell, lass zu viele fallen und von den übrigen zieh ich den Stiel ab. Ich war schnell, weil ich's hinter mich bringen wollte. Hab mit beiden Händen zwei Äpfel gedreht und abgezogen, und dann ist der dritte runtergefallen und hat eine Druckstelle gekriegt, und die mit den Druckstellen mussten wir dann alle auflesen und sofort zu Apfelkraut verkochen. Am Anfang der Saison durfte ich noch pflücken, bis Ma und Pa der dritte Apfel wieder einfiel, der immer auf dem Boden landete. Von da an musste ich runtergefallene Äpfel aufsammeln. Die waren aber nicht alle schlecht. Man konnte sie immer noch dämpfen oder zu Saft verarbeiten. Manchmal musste ich auch Mus daraus machen. Oder sie zum Trocknen in dünne Ringe schneiden. Das hat mir gefallen. Wenn man einen Apfel nämlich nicht längs, sondern quer zum Gehäuse aufschneidet, ergeben die Kerne in der Mitte Blumen oder Sterne. Das hab ich John Chapman mal erzählt, und dann hat er mich angelächelt. Gottes Wege, hat er gesagt. Klug von Ihnen, das zu sehen, Sadie. Das einzige Mal, dass mich jemand klug genannt hat.

Die Äpfel an James' Bäumen darf ich auch nicht anfassen. Seine kostbaren achtunddreißig Bäume. (Ich weiß genau, wie viele er hat. Er denkt, ich hör nicht zu, wenn er seine Zahlen runterrattert, aber, betrunken oder nicht, ich krieg es mit, weil er sich so oft wiederholt.) Nach unserer Hochzeit in Connecticut wurde ihm ganz schnell klar, wie viele Äpfel ich verdarb. Im Black Swamp helfen ihm deshalb immer ein paar von den Kindern beim Pflücken – Martha und Robert und Sal. Caleb und Nathan dürfen auch nicht, angeblich sind wir alle zu grob. Mit seinen Bäumen ist er wie ein altes Weib. Macht mich wahnsinnig.

James ging hinter der Hütte vorbei am Gemüsegarten, in dem sie jetzt, da der Boden nicht mehr gefroren war, mit dem Umgraben begonnen hatten, und weiter in den Obstgarten. Als die Goodenoughs sich im Black Swamp niederließen, rodeten sie, nachdem sie in der Nähe des Portage River eine primitive Hütte zusammengezimmert hatten, als Erstes Land für den Obstgarten, um John Chapmans Apfelsetzlinge zu pflanzen. Jede Eiche, jeder Hickorybaum, jede Esche, die James fällte, bedeutete eine qualvolle Anstrengung. Den Stamm und die Äste klein zu hacken und wegzuschleppen, um sie später als Feuerholz oder zur Herstellung von Bettgestellen, Stühlen, Rädern oder Särgen zu verwenden, war schon schwer genug. Doch die Stümpfe und Wurzeln herauszuziehen – das Hacken und Graben und Zerren und Schuften – brachte ihn jedes Mal fast um. Beim Herausstemmen eines Stumpfs wurde ihm wieder bewusst, wie tief ein Baum mit dem Boden verbunden war, wie hartnäckig er sich an einem Ort festhielt. Obwohl James kein sentimentaler Mensch war – starb eines seiner Kinder, weinte er nicht, sondern schaufelte einfach ein Grab und beerdigte es –, verfiel er jedes Mal, wenn er einen Baum tötete und er an die Zeit dachte, die dieser an seinem Platz gestanden hatte, in Schweigen. Bei den Tieren, die er erlegte, machte er das nie. Sie waren Nahrung und vergänglich, bewegten sich so wie Menschen auch durch diese Welt und wieder hinaus. Bäume dagegen waren beständig – bis man sie fällen musste.

Er stand im Dämmerlicht des Märzabends und begutachtete seinen Obstgarten – fünf Baumreihen mit einer kleinen

Sämlingbaumschule in einer Ecke. Einzelne Bäume mit Platz drum herum waren im Black Swamp nur selten zu sehen; normalerweise gab es entweder offene Gewässer oder dichte Wälder. Der Obstgarten der Goodenoughs war nicht spektakulär, für James jedoch der Beweis, dass er in der Lage war, ein kleines Stück Land zu zähmen und die Bäume dazu zu bringen, sich seinem Willen zu beugen. Jenseits von ihnen lauerte im dichten Unterholz und in unerwarteten Sumpflöchern die Wildnis; man durfte keinen unbedachten Schritt tun, wollte man sich nicht bis zu den Oberschenkeln in einem schwarzen Tümpel wiederfinden. Wenn James aus dem Sumpf, von der Jagd, vom Holzfällen oder von einem Besuch bei einem Nachbarn zurückkam, betrat er immer mit großer Erleichterung die verlässliche Ordnung seines Obstgartens.

Jetzt zählte er seine Apfelbäume, auch wenn er natürlich wusste, dass es achtunddreißig waren. Er hatte erwartet, dass die Bedingung für eine dauerhafte Ansiedlung in Ohio leicht zu erfüllen sei, war allerdings auch davon ausgegangen, dass Apfelbäume im Sumpf genauso gut wachsen würden wie auf der Farm seines Vaters in Connecticut, wo der Boden fruchtbar und gut entwässert war. Doch Sumpfland war anders: wassergesättigt und leicht brackig, ließ es Wurzeln verfaulen, begünstigte Mehltau, zog Blattläuse an. Ein Wunder, dass Apfelbäume hier überhaupt überleben konnten. Andere Bäume gab es jede Menge: Ahorn im Überfluss, ebenso Esche, Ulme, Hickory und einige Eichenarten. Doch Apfelbäume brauchten Licht und trockenen Boden, sonst konnte es leicht passieren, dass sie keine Früchte trugen. Und wenn sie keine Früchte trugen, mussten die Goodenoughs ohne auskommen. Der Black Swamp war nicht wie Connecticut, wo man, wenn die eigenen Bäume Feuerbrand, Schorf oder Mehltau hatten und keine Äpfel trugen, ein Tauschgeschäft machen oder von Nachbarn kaufen konnte. Hier hatten sie nur wenige Nachbarn, und die wohnten weit verstreut – lediglich die Days in drei Kilometern Entfernung waren schon fast genauso lange da. Allerdings hatten in letzter Zeit noch andere begonnen, sich in der Nähe niederzulassen. Äpfel hatten sie jedoch keine übrig.

James Goodenough war ein vernünftiger Mann, aber Äpfel waren seine Schwäche. Das waren sie schon seit seiner Kindheit, seit er von seiner Mutter süße Äpfel als besondere Leckerei zugesteckt bekommen hatte. Süße war ein seltener Geschmack, denn Zucker war teuer; die säuerliche Süße eines Apfels dagegen war beinahe umsonst, da Apfelbäume, wenn sie erst einmal gepflanzt waren, wenig Arbeit erforderten. Mit Schaudern erinnerte er sich an ihre ersten apfellosen Jahre im Black Swamp. Drei lange Jahre machten ihm bewusst, was für eine wichtige Rolle Äpfel in seinem Leben gespielt hatten und dass er mehr nach ihnen lechzte als nach Whisky, Tabak, Kaffee oder Sex. Als James im ersten Herbst, nachdem diese Früchte für ihn ein Leben lang ganz selbstverständlich vorhanden gewesen waren, endlich begriff, dass es keine Äpfel zu pflücken, zu lagern und zu essen geben würde, verfiel er in eine Art Trauer, die ihn selbst überraschte. Seine Verzweiflung trieb ihn sogar so weit, die winzigen Früchte eines wilden Apfelbaums zu pflücken, an dem er auf einem der Indianerpfade vorbeikam; er musste aus einem Kerngehäuse gewachsen sein, das ein Siedler weggeworfen hatte. Davon schaffte er nur drei, ehe die Säure ihn zum Aufhören zwang, und danach hatte er Bauchschmerzen. Später bediente er sich zu seiner Schande drüben in der Nähe von Perrysburg im Obstgarten eines Fremden, nahm allerdings nur einen Apfel, der sich dann auch noch eher als Most- denn als Tafelapfel entpuppte. Er aß ihn trotzdem.

In den Folgejahren kaufte er weitere Bäume von John Chapman – Sämlinge diesmal – und zog auch eigene aus Kernen.

Apfelbäume, die aus Kernen wuchsen, trugen in der Regel saure Früchte, doch einer von zehn erwies sich als süß, wie James gerne jedem erzählte, der es hören wollte. Wie alles, was man im Black Swamp anbaute, brauchten auch die Apfelbäume Zeit, um zu gedeihen, und selbst die, die einen gesunden Eindruck machten, konnten über den Winter leicht eingehen. Zwar hatten die Goodenoughs tatsächlich innerhalb von drei Jahren nach ihrer Ankunft Äpfel, doch verlassen konnten sie sich darauf nicht. Manchmal gab es eine reiche Ernte, dann wiederum nur wenige und winzige Äpfel. Manchmal vernichteten Krankheiten die Bäume. Über mehrere Jahre hinweg schaffte James es kaum, dreißig Bäume zum Wachsen zu bringen, geschweige denn fünfzig. In letzter Zeit hatte er mehr Erfolg gehabt und im vergangenen Herbst Äpfel von siebenundvierzig Bäumen gepflückt. Allerdings waren über den Winter, wie es schien, neun eingegangen, gleichsam eine Strafe für seine Hybris.

Zum Glück kam nie jemand vorbei, um die Bäume zu zählen, denn in den Black Swamp hinein- und wieder hinauszugelangen war so beschwerlich, dass die Gesetzeshüter sich gar nicht erst die Mühe machten. Keiner seiner wenigen Nachbarn schien sich um die Fünfzig-Bäume-Regel zu kümmern. Sadie amüsierte sich über die Zahl und zog ihren Mann gerne damit auf. Manchmal flüsterte sie ihm im Vorbeigehen »fünfzig« zu. Doch James war beunruhigt und rechnete ständig damit, dass jemand auf dem Fluss oder über einen der alten Indianerpfade, die den Black Swamp kreuz und quer durchzogen, auftauchte und ihm mitteilte, dass seine Farm ihm nicht länger gehörte.

Ich wollte nie im Black Swamp leben. Wer will das schon? Ist ja nicht gerade ein Name, der einen anzieht. Es ist wohl eher so, dass man da stecken bleibt – im Morast feststeckt und nicht weiterkommt und dann bleibt, weil es da Land gibt und keine

Leute, also genau das, wonach wir gesucht hatten. James war der zweitjüngste von sechs gesunden Söhnen, sodass es von der Goodenough Farm in Connecticut nur ein kleines Stückchen für uns gab. Eine Zeit lang haben wir das hingekriegt, aber nachts hat James sich immer wieder an mich rangemacht, und so kam ein Kind nach dem anderen. Dann ließ sein Vater, ein alter Miesepeter, der mich nie leiden konnte, die ersten Bemerkungen fallen, dass wir doch nach Westen ziehen sollten, wo wir mehr Land besiedeln könnten. Er hat die Frauen von James' Brüdern dazu gebracht, mit ihren Männern zu sprechen, was die mit Vergnügen getan haben, weil sie mich auch nicht leiden konnten. Wenn's um ihre Männer ging, haben sie mir nicht über den Weg getraut. Ich hatte was, was sie nicht hatten. So fingen die Brüder an, James eine Abenteuerlust einzureden, die er gar nicht verspürte. Eigentlich hätten sie James' Bruder Charlie dazu bringen müssen, nach Westen zu ziehen. Charlie Goodenough war der Jüngste und der Tradition nach derjenige, der hätte gehen müssen. Zumal er den Mumm dazu hatte. Charlie hätte sich nicht vom Morast im Sumpf aufhalten lassen. Er hätte sich durchgeschlagen und am anderen Ende offenes Land erreicht, wo man guten, gesunden, festen Boden unter den Füßen hat und dazu Sonne, Gras und sauberes Wasser. Aber Charlie haben sie alle geliebt, seine Frau am allermeisten. Sie war die mit der größten Abneigung gegen mich. Hatte vielleicht auch Grund dazu. Zu allem Überfluss war sie auch noch die hübscheste von den Frauen.

Dann hat plötzlich auch Charlie gemeint, dass James gehen solle – obwohl er wirklich traurig aussah, als wir schließlich losfuhren. Stand länger da als die Übrigen und hat zugesehen, wie unser Wagen sich immer weiter von der Goodenough Farm entfernte. Ich wette, dass er sich wünschte, er säße neben mir, auf dem Weg in ein neues Leben.

Wie sich rausstellte, waren vor uns schon viele Farmer aus Connecticut nach Ohio gegangen. Zu viele. Wir sind quer durch New York gefahren, haben in Buffalo das Boot über den See bis nach Cleveland genommen und dann angefangen, uns umzusehen. Wir sind nämlich davon ausgegangen, dass wir ein geeignetes Stück Land wie ein hübsch gemachtes Bett vorfinden würden, aber alles, was wir vorfanden, waren andere Yankees – von denen die meisten als Kriegsveteranen ihre Parzellen von der Regierung zugewiesen bekommen hatten. Wir sind um Cleveland rum und haben dann gehört, wir sollten lieber nach Westen zum Maumee River, ja, sogar nach Indiana rein. Als wir hinter Lower Sandusky in Richtung Perrysburg unterwegs waren, wurde die Straße – wenn man sie überhaupt so nennen konnte – immer schlechter. Auf dieser Straße sind wir unserem ersten Feind begegnet. Dem Schlamm. So was Klebriges hatte ich noch nie gesehen. Er pappte an den Wagenrädern, und wenn die sich drehten, hat sich an ihnen noch mehr Schlamm angesammelt, wie bei einem Schneeball, der immer größer wird. So schlimm, dass wir den Wagen alle zwanzig Meter anhalten mussten, um ihn abzukratzen. Hätte den Pferden fast die Beine gebrochen. Schließlich haben sie sich nicht mehr vom Fleck gerührt, und wir mussten warten, bis sie sich erholt hatten. Am nächsten Tag kamen wir knapp einen Kilometer weit, eh sie wieder stehen blieben. An dieser Strecke gab es für die Reisenden, die stecken geblieben waren, alle fünfhundert Meter ein Wirtshaus. Und die waren von Siedlern eröffnet worden, die nicht mehr weitergekommen waren.

Am Portage River haben wir dann beschlossen, dass es das jetzt war, dass wir nicht mehr weiterkonnten und nun wohl in unserem Gelobten Land angekommen waren. Zu dem Zeitpunkt war alles mit Schlamm überzogen. Wir waren durch ihn durchgewatet und kriegten ihn weder von den Stiefeln noch von den Kleidern ab oder unter den Zehennägeln raus. Manchmal haben die Jungs abends ihre Hosen ausgezogen, und morgens standen die von alleine, weil der Schlamm getrocknet war. Mussten damit leben und uns im Fluss waschen. John Chapman ist ein Schlauer, mit seinem Kanu, das mühelos die Flüsse und Bäche rauf- und runtergleitet, sodass er sich aus dem Schlamm raushalten kann.

Nach einer Weile haben wir uns dran gewöhnt. Vielleicht war's mir auch irgendwann egal. Wenn ich Neuankömmlinge über den Schlamm klagen hör, denk ich nur, es gibt Schlimmeres als das. Wartet nur mal ab.

Als wir im Sumpf ankamen, war es Anfang April, eine gute Zeit, um sich niederzulassen, nur muss man sich beeilen, das Feld zu bestellen, einen Garten anzulegen und ein Haus zu bauen. Und bevor man irgendwas davon machen kann, muss man Bäume roden. Die waren der nächste Feind im Black Swamp. Feinde gibt es hier jede Menge.

Verdammte Bäume. Ich hasse sie, Gott, wie ich sie hasse. Früher im Osten hatten wir das Baumproblem nicht. James und ich sind beide auf Farmen aufgewachsen, die es schon eine Weile gab, mit fertig gebauten Häusern und Scheunen und gerodeten Feldern und Gärten. Meine Mutter hatte sogar Blumenbeete. Seit zweihundert Jahren leben Siedler in Connecticut, und die früheren hatten sich damit abgerackert, die Baumwurzeln auszugraben. Für jeden Garten, jedes Feld, jeden Friedhof und jede Straße mussten erst mal die Bäume raus. Erst als wir vor einem Streifen Land voller Ohio-Bäume standen, haben wir kapiert, wie viel Arbeit uns erwartete. Das heißt, James und die älteren Kinder. Ich hatte Robert im Bauch und war zu dick, um eine Axt zu schwingen, Holz zu schleppen oder an diesen gottverdammten Stümpfen rumzuzerren. Und Blumenbeete würden im Black Swamp ganz bestimmt nicht angelegt. Gerodet wird nicht für

Blumen: Eine Rodung ist dazu da, einen zu ernähren und warm und trocken zu halten.

Das Roden hat meine Kinder so ausgelaugt, dass ich manchmal denke, es war das, was Jimmy und Patty umgebracht hat; es hat sie so sehr geschwächt, dass das Sumpffieber sie umso leichter packen konnte. Patty ist im ersten Sommer gestorben, Jimmy im nächsten. Das hab ich den Bäumen nie verziehen und werde es nie tun. Wenn ich könnte, würde ich diese Wälder sofort abbrennen.

Selbst als wir dachten, wir hätten alle Bäume, die wegmussten, gerodet, sind immer welche nachgewachsen und haben uns in die Enge gedrängt. Ständig müssen wir nach Sämlingen Ausschau halten, die überall aufkeimen. Es erinnert mich an schmutzige Töpfe oder Wäsche: Man rubbelt und rubbelt, um sie sauber zu kriegen, und eine Stunde später lässt man Haferbrei im Topf anbrennen oder schmiert sich Dreck auf die Schürze, und dann wird einem klar, dass es nie aufhört, dass es immer Töpfe und Wäsche geben wird, die man sauber machen muss. Mit Bäumen ist es genauso; man rodet ein Feld, und schon keimen sie wieder auf. Immerhin sind sie langsamer als Wäsche. Aber man denkt, man passt auf, dann vergeht ein Jahr, und man stellt fest, dass man einen Sämling übersehen hat, und plötzlich ist da ein Baum mit Wurzeln, die nicht rauswollen.

Ich hab gehört, dass es weiter im Westen Land ohne irgendeinen Baum gibt. Prärie. Gott, schick mich dahin. Ich hab versucht, mit James darüber zu reden, dass wir doch da hingehen könnten, aber er hat mir gar nicht zugehört, hat gesagt, wir hätten uns hier einen Platz geschaffen, hingekauert wie eine Kröte im stinkenden, faulenden Sumpf, und hier würden wir auch bleiben.

Hinter ihm im Obstgarten knackte ein Ast. Mein Schatten, dachte James. Er drehte sich nicht um, streckte aber die Hand aus, um mit dem Finger am Ast eines Baums – eines Mostapfelbaums – entlangzufahren und die befriedigende Unebenheit einer austreibenden Knospe zu fühlen. »Robert, hol mir einen Goldpepping aus dem kalten Keller.«

Ein paar Minuten später kam sein Jüngster zurück und reichte ihm einen gelben, braun gesprenkelten Apfel – soweit James wusste, der einzige gelbe Apfel im Black Swamp. Er hatte eine ungewöhnliche, längliche Form, als hätte jemand ihn auseinandergezogen, und war so klein, dass James ihn bequem in der Hand halten konnte. Er drückte ihn, genoss die Vorfreude auf seinen Geschmack. Der Apfel mochte schrumpelig, weich und weit über seine Zeit sein, aber Goldpeppings behielten über Monate ihren Geschmack.

James biss hinein, und obwohl er nicht lächelte – im Black Swamp wurde selten gelächelt –, schloss er doch für einen Moment die Augen, um den Geschmack besser wahrnehmen zu können. Goldpeppings vereinten die Aromen von Nüssen und Honig mit einer herben Note – wie der Geschmack von Ananas, so hatte man es ihm zumindest erzählt. Das erinnerte ihn daran, wie seine Mutter und seine Schwester in Connecticut lachend am Küchentisch saßen und Äpfel in Ringe schnitten, um sie zu trocknen. Die drei Bäume am Rand des Obstgartens im Black Swamp, an denen diese süßen Äpfel hingen, stammten von dem Goldpeppingbaum ab, mit dem James aufgewachsen war. Nachdem die Goodenoughs neun Jahre zuvor im Black Swamp angekommen waren, hatte er sie aus Edelreisern, die er von zu Hause mitgebracht hatte, gepfropft. Mittlerweile waren die drei Bäume zu unterschiedlicher Höhe herangewachsen, und James staunte immer wieder, dass sie sich als ebenso unterschiedlich entpuppten wie seine Kinder.

Robert beobachtete seinen Vater aus braunen, kiefernharzfarbenen Augen, still und eindringlich wie eine der intelligenteren Hunderassen – Englischer oder Deutscher Schäferhund. Man brauchte sich nur selten um ihn zu kümmern, und er schien Bäume auf eine Weise zu verstehen wie sonst keiner der Goodenoughs. Eigentlich hätte er James' Liebling sein müssen: ein Sohn, schmächtig, aber gesund, klug und aufgeweckt, das Goodenough-Kind, dem das Leben im Sumpf wahrscheinlich am wenigsten anhaben würde. Er war unmittelbar nach ihrer Ankunft im Black Swamp geboren, und vielleicht ließen die Mücken ihn in Ruhe, weil er aus dem Sumpf stammte, und hielten sich stattdessen an fremdes Blut. Schon in jungen Jahren war es Robert gewesen, der die Goodenoughs während der Sumpffieberzeit gepflegt hatte, manchmal als einziges noch gesundes Mitglied der Familie. Er folgte seinem Vater überallhin, schaute ihm zu und lernte von ihm, was seine älteren Brüder Caleb und Nathan nie für nötig hielten. Und dennoch fand James die Aufmerksamkeit seines Sohnes befremdlich. Mit fast neun war Robert zu jung, um über andere zu urteilen, aber er brachte James dazu, über sein eigenes Tun nachzudenken, und dann fand er daran immer etwas auszusetzen. Er mochte seinem Sohn noch so viel beibringen – wie man Eichhörnchen häutete, einen Zaun aufstellte, Lücken zwischen den Stämmen der Hütte zustopfte oder Äpfel so lagerte, dass sie keine Druckstellen bekamen –, der Junge starrte ihn immer noch erwartungsvoll an. Daher war ihm die zerbrechliche, stille Martha lieber, die nicht mehr von James zu wollen schien, als er geben konnte.

Jetzt fühlte sich James durch Roberts durchdringenden Blick festgenagelt wie ein Fell an einer Wand und fingerte so ungeschickt an seinem angebissenen Goldpepping herum, dass der Apfel ihm aus der Hand fiel. Er rollte ins welke Laub, das an dem entblößten Fleisch haften blieb. Bevor James sich rühren konnte, hatte Robert ihn schon aufgehoben, wischte ihn ab und hielt ihn seinem Vater hin.

»Iss du ihn fertig«, sagte James.

»Es sind nicht mehr viele übrig, Pa.«

»Macht nichts. Iss ihn ruhig auf.« Zufrieden sah James zu, wie sein Sohn den Apfel mit zwei Bissen aufaß, ein zaghaftes Lächeln im Gesicht.

»Woher kommen diese Goldpeppings?«, fragte er Robert prüfend.

»Connecticut.«

»Und davor?«

»England. Deine Großeltern haben Reiser ihres Lieblingsapfelbaums mit hergebracht.«

»Und wo in England?«

Unverwandt blickte Robert seinen Vater an und schüttelte den Kopf. Er gehörte nicht zu den Jungen, die blufften, wenn sie etwas nicht wussten. James war froh über seine Ehrlichkeit. »Herefordshire. Also, morgen veredeln wir. Geh mal nach dem Pfropflehm sehen, und vergewissere dich, dass er nicht ausgetrocknet ist. Notfalls gib ein bisschen Wasser dazu und rühr es unter.«

Robert nickte.

»Du weißt, worauf du achten musst? Du brauchst mich nicht dafür?«

»Ich schaff das schon, Pa.« Robert trottete in Richtung Fluss davon und hob unterwegs einen Holzeimer auf.

Fast in jedem Frühjahr veredelte James Goodenough ein paar Apfelbäume und verwandelte so Mostäpfel in Tafeläpfel oder schlechte in bessere Mostäpfel. In Connecticut hatte er von seinem Vater gelernt, wie man aus einem mittelmäßigen einen ertragreichen Baum machte, und obwohl er inzwischen dutzendfach erfolgreiche Veredelungen vorgenommen hatte, genoss er immer noch das besondere Gefühl der Neuschöpfung. In ihrem vierten Herbst im Black Swamp hatten sie zum ersten Mal Goldpeppings geerntet, klein und mit einer dickeren Schale als die in Connecticut, aber essbar. James erinnerte sich noch daran, wie er den ersten Bissen genommen und die Knackigkeit und den Honiggeschmack mit dem Hauch von Ananas genossen hatte. Die Tatsache, dass Goldpeppings im Sumpf wachsen konnten – dass ein kleines Stück seines geordneten Lebens in Connecticut jetzt im Schlamm von Ohio gedieh –, weckte in ihm die Hoffnung, dass er sich hier doch eines Tages zu Hause fühlen würde.

Die Veredelung war James immer wie ein Wunder erschienen: dass man den besten Teil eines Baums – etwa die starken Wurzeln – nehmen, an den besten Teil eines anderen, der vielleicht süße Äpfel trug, binden und so einen dritten, kräftigen und ertragreichen Baum schaffen konnte. Es war ein wenig wie Kindermachen, außer dass man hier bestimmen konnte, welche Eigenschaften man haben wollte. Wenn seine Kinder durch Veredelung entstehen könnten, welche Teile von ihm selbst und welche von Sadie würde er gerne zusammenbringen? Vielleicht seine Beständigkeit mit ihrem Temperament, das zwar launenhaft, aber ansteckend war. In der richtigen Stimmung konnte sie einen Raum voller Menschen zum Tanzen bringen.

Doch die Goodenough-Kinder waren keineswegs eine Kombination der besten Eigenschaften ihrer Eltern, sondern eine manchmal unangenehme Mischung aus den Dingen, die James an ihm selbst störten, und denen, die er an Sadie hasste, und dazu eine Prise von ihrem jeweils eigenen Charakter. Caleb war mürrisch und brutal, Sal reizbar, Martha unsicher, Nathan sarkastisch. Robert war ein Rätsel – ein Wechselbalg, dachte James manchmal, ein Kind, das er nie für Sadies gehalten hätte, hätte er es nicht selbst in einer Welle aus Fruchtwasser und Blut aus ihrem Bauch herausgleiten sehen. Er hatte nicht einmal geschrien.

Sadie stand der Veredelung skeptisch gegenüber, eine Haltung, die sie von John Chapman übernommen hatte. »Du bist nicht Gott«, sagte sie gern. »Schneiden und pfropfen und Monster basteln. Das ist nicht richtig.« Die Äpfel von den gepfropften Bäumen ließ sie sich trotzdem schmecken. Als er sie einmal darauf hinwies, warf sie den Apfel, den sie gerade aß, nach ihm und verpasste ihm so eine blutige Nase. Später hob er den Apfel auf und aß ihn selbst fertig. Er konnte nicht zusehen, wie Obst verschwendet wurde.

Als John Chapman zum ersten Mal bei uns durchkam, waren wir erst ein paar Wochen im Black Swamp und lebten halb im Planwagen und halb unter Zelttuch, das wir über einen von James zusammengezimmerten Rahmen geworfen hatten. Die Mädchen und ich waren gerade beim Wäschewaschen unten am Fluss, als wir ein Pfeifen hörten; klang wie von diesem Vogel, den sie Virginiawachtel nennen. Und dann kommt dieser grauhaarige Mann dahergepaddelt und ruft uns aus seinem Kanu ein Hallo zu, als wären wir alte Freunde. Er hatte lange fettige Haare und einen Bart, der um seinen Mund rum gelb gefleckt war vom Tabakkauen, und er trug einen Kartoffelsack mit einem Stück Schnur um die Taille und ausgeschnittenen Löchern für Hals und Arme. Wie ein verrückter Sumpfmensch hat er ausgesehen, aber wir haben uns trotzdem gefreut, denn viele Leute gab es in der Gegend nicht, und es war ein Vergnügen, Besuch zu bekommen, sogar von einem Verrückten.

An sein Boot hatte er ein zweites Kanu gebunden, das mit Eimern voll kleiner Bäume beladen war. Es hat sich dann rausgestellt, dass John Chapman sein Brot mit dem Verkauf von Apfelbäumen verdient – kleinen, größeren und Säcken mit

Samen, die er gratis abgibt. Er und James haben sofort angefangen, über Äpfel zu reden; da waren sie beide in ihrem Element, und James hat sogar seine Arbeit an der Hütte unterbrochen und ist mit John Chapman durch die Waldstücke gegangen, in denen er einen Obstgarten anlegen wollte, und hat ihm die Reiser gezeigt, die er aus Connecticut mitgebracht hat, um sie zu neuen Bäumen zu veredeln. John Chapman hielt es aber für besser, mit Setzlingen anzufangen als zu veredeln, und hat ihm zwanzig Stück verkauft. Es ist an Gott, die Bäume zu verbessern, sagte er, damals noch einigermaßen freundlich und nicht so rigoros, wie er in dieser Sache später wurde. Hätte ihm auch noch mehr Setzlinge verkauft, aber James schaffte es nicht schnell genug, für mehr als zwanzig Bäume Land zu roden.

Sie waren draußen, bis es dämmrig wurde, und deshalb hab ich zu John Chapman gesagt, er soll doch zum Abendessen bleiben, auch wenn wir nicht mehr zu bieten hatten als Erbsen und die paar Eichhörnchen, die Jimmy geschossen hatte. Drei Eichhörnchen sind schon für neun Mäuler nicht viel, da ist ein zehntes nicht unbedingt willkommen. Aber John Chapman erklärte uns, dass er kein Fleisch isst, weil er es nicht vertreten kann, dass ein Lebewesen um seinetwillen getötet wird. Na ja. So was hatten wir noch nie gehört, aber so bekam jeder von uns mehr Eichhörnchen, und deshalb haben wir uns nicht beklagt. Sogar von den Erbsen hat er nur wenig genommen und anstelle von Cider Wasser getrunken.

Nach dem Abendessen saßen wir am Feuer, während er herumlief. Dieser Mann, der muss ständig auf und ab gehen und reden. Damals sprach er allerdings nicht über Äpfel. Stattdessen sagte er: Ich möchte euch neue Nachrichten direkt vom Himmel bringen. Ich hätte ihn ja nicht für einen von diesen Typen gehalten, die ihre Religion rumreichen wie eine Flasche, damit jeder daraus trinkt. Er fing an zu reden, und ich gebe zu, dass ich beim ersten Mal – genaugenommen die ersten paar Male – nicht ein Wort verstanden hab. Die Kinder haben nach einer Weile die Augen verdreht und sich verzogen, und James konzentrierte sich immer mehr auf seine Schnitzarbeit. Mir war das gerade recht, ich hab John Chapman gerne zugeschaut. In der Nacht wollte er nicht im Planwagen oder unter dem Zelttuch schlafen, er fand es im Wald völlig in Ordnung. Wollte nicht mal einen alten Quilt ausborgen. Nathan spionierte hinter ihm her und berichtete, dass John Chapman in einem Laubhaufen schlief.

Als wir am nächsten Tag aufstanden, war er schon weg, kam aber eine Woche später mit den Setzlingen wieder. Unser Geld reichte kaum für den Kauf, da wir alles ausgegeben hatten, um nach Ohio zu kommen. Aber James sagte, das wär es wert, denn so würden wir zwei Jahre früher Äpfel haben, als wenn wir Bäume aus Samen zögen. Dann hat er die Reiser aus Connecticut auf ein paar von den Setzlingen aufgepfropft. John Chapman hat er es allerdings nie verraten, denn er hatte ziemlich schnell begriffen, dass John das Veredeln nicht mag, weil man damit an Gottes Schöpfung rumbastelt.

Seitdem besucht John Chapman uns zwei- oder dreimal im Jahr. Immer im Frühjahr kommt er rauf, um zu sehen, wie wir und unsere Bäume den Winter überstanden haben, und uns bei Bedarf noch mehr zu verkaufen, und dann wieder im Herbst, wenn er nach seiner eigenen Baumschule weiter flussaufwärts schaut. Manchmal kommt er auf dem Weg von einem Ort zum anderen auch im Sommer vorbei. Ich stell mir gern vor, dass er meinetwegen bei uns Station macht, und immer wenn ich ihn wie die Virginiawachtel pfeifen hör, renne ich zum Fluss runter.

John Chapman ist ein merkwürdiger Mann, so viel steht fest. Nicht ein einziges Mal hab ich ihn Kleidung tragen sehen, wie jeder andere Mann sie trägt, Kniehose oder lange Hose, Hemd und Hosenträger. Auch Schuhe oder Jacke nicht, selbst bei

Nachtfrost. Keine Ahnung, was er im Winter anhat, da kriegen wir ihn ja nie zu Gesicht. Vielleicht zieht er sich wie ein Bär in eine Höhle zurück. Ungepflegt ist er auch – Haare und Bart zottelig, lange Fingernägel, Fersen wie Käserinde. Aber seine Augen, die leuchten wie Feuer.

Weil keiner von den anderen Goodenoughs seinem Gottesgerede zuhören will, nimmt er sich jedes Mal eigens für mich Zeit. Und seit er rausgefunden hat, dass ich ein bisschen lesen kann, borgt er mir immer Teile von Büchern, die er aufschneidet und an Siedler flussauf- und flussabwärts verleiht. Die Blätter nehm ich immer gerne, aber wenn er dann weg ist, werd ich aus dem, was da steht, beim besten Willen nicht schlau. Erzählt hab ich ihm das nie, aber die Versammlungen der Erweckungsprediger, zu denen wir hin und wieder gehen, wenn der Sumpf trocken genug ist und wir nach Perrysburg laufen können, sind mir viel lieber. Da trifft man jede Menge Leute und kann sich von einem Gott unterhalten lassen, den ich verstehe.

Was mir an John Chapman am besten gefällt, ist, dass er nicht so über mich urteilt wie manche andere, die ich hier nicht nennen will. Er sagt nie, Sadie, Sie sind betrunken. Sadie, Sie sind eine Schande. Sadie, Sie ziehen Ihre Familie runter in den Sumpf. Er nimmt mir auch nicht die Flasche weg oder versteckt sie oder leert sie aus, sodass ich stattdessen Essig trinken muss. John Chapman kennt die Kraft von Äpfeln und dem, was man daraus macht. Er war es, der mir gezeigt hat, wie man Äpfel als Mittel gegen einen unserer schlimmsten Feinde einsetzt, nämlich das Sumpffieber.

Das Sumpffieber kommt mit den Mücken. Die fangen schon im Juni an zu stechen, aber im August fallen sie in riesigen Schwärmen über uns her. Dann müssen wir uns sogar in der Hitze Laken um den Kopf binden, Handschuhe anziehen und Tag und Nacht die Kohlenpfanne brennen lassen, damit der

Rauch sie vertreibt. Und trotzdem erwischen sie uns und stechen, dass unsere Gesichter und Hände und Knöchel – alles, was nicht von Kleidung bedeckt ist – anschwellen, brennen und jucken. So was hab ich vorher noch nie erlebt. Das reicht, um einen völlig verrückt zu machen. Patty und Sal hatten es immer am schlimmsten. Bei der armen Patty war das Gesicht am Ende so verquollen, dass sie nicht mehr wie eine Goodenough, sondern wie ein Sumpfwesen aussah.

Sie bekam das Fieber als Erste. Fing an, so heftig zu zittern, dass ihre Zähne klapperten. Ich hab sie im Bett festgehalten und mit Wasser übergossen, hab's mit Ackerhundskamille und Katzenminze und Silberkerze probiert, aber nichts hat geholfen. Jimmy erwischte es im Jahr drauf, danach Lizzie, dann Tom, dann Mary Ann. Hab ich sie in der richtigen Reihenfolge genannt? Schwer, den Überblick zu behalten. In manchen Jahren wurden wir verschont. Manchmal wünsche ich, es würde mich erwischen. Ich hab zehn Kinder geboren, und nur noch fünf davon sind übrig.

Nur Robert hat das Sumpffieber nie gekriegt. Aber er ist ja sowieso anders als wir Übrigen. Zwei Monate nachdem wir uns im Sumpf niedergelassen haben, hab ich ihn zur Welt gebracht. Ich hab noch überlegt, ob Patty oder Mary Ann mir wohl bei der Entbindung helfen könnten, Nachbarn gab es ja damals noch keine. Männer wollte ich bei der Geburt nie gern dabeihaben. Letztlich hab ich aber weder James noch die Mädchen oder sonst jemanden gebraucht – ich hatte mich gerade erst mit Wehen hingelegt, da rutschte Robert schon raus und wär fast im Dreck gelandet. Damals hatten wir zwar schon Wände und Segeltuch auf dem Dach, aber noch keinen richtigen Fußboden. Robert hat überhaupt nicht geschrien und mich direkt angeguckt, so als könnte er mich sehen; kein bisschen benommen, keine zusammengekniffenen Augen, kein Gebrüll wie bei den anderen. So ist er auch aufgewachsen – mit diesem festen Blick, der mir ein bisschen Angst macht und mich gleichzeitig beschämt. Ihn lieb ich am meisten, weil es so scheint, als ob er von ganz woandersher käm als wir Übrigen. Kommt er vielleicht auch. Sicher war ich mir nie, aber ich hab so meine Vermutungen. Ich kann es nur nie zeigen, kann ihn nicht in den Arm nehmen oder küssen, weil er mich immer so ansieht, als ob er mir einen Spiegel vorhält, um mir zu zeigen, wie schlecht ich bin.

In der Zeit des Sumpffiebers muss Robert sich um die Kranken kümmern. Einmal im Oktober lagen alle außer Robert und Sal im Bett und zitterten und schlotterten so sehr, dass die Betten klapperten und ich sicher war, dass unsere Nachbarn uns hören konnten, obwohl die etliche Kilometer entfernt wohnen; da kam John Chapman vorbei. Er hatte nicht weit von unserem Haus Dill für uns gesät, den wir verwenden sollten, wenn wir krank waren, aber weder der noch irgendwas sonst schien uns vom Zittern und Schlottern abzuhalten – nichts, außer Zeit oder Tod. Diesmal half er Robert und Sal bei den Tieren und beim Kochen und pflückte sämtliche Äpfel für uns.

Das hier ist genau das, was Sie brauchen, Sadie, sagte er, als er mit einem Sack Mostäpfel reinkam.

Ich hatte keine Ahnung, was er meinte, und in dem Moment war es mir auch egal, denn ich fror und zitterte so, dass ich auf der Stelle sterben wollte.

John Chapman hat in seinen Kanus Mostäpfel von uns mitgenommen, ist damit bis nach Port Clinton runtergepaddelt und mit fünf Fässern Cider wiedergekommen. Stark war der noch nicht, das würde noch ein paar Wochen dauern, aber John Chapman sagte, ich solle ihn trinken, er würde das Fieber austreiben. Also hab ich getrunken, und danach ging es mir wirklich besser. James meinte, zu dem Zeitpunkt wär es mir auch ohne den Cider schon besser gegangen. Das war der Anfang unserer

Apfelkämpfe, die bis heute andauern. Ihm passt es nicht, dass John Chapman mir Aufmerksamkeit schenkt, aber so ist es nun mal, und deshalb stellt er alles infrage, was der Mann sagt. Aber John ist ein Waldmensch, er lebt schon jahrelang mit Sumpffieber, warum soll er also nicht wissen, wovon er redet? Ich hab James einfach ignoriert und auf John Chapman gehört. Und der sagt, dass frischer Apfelsaft gegen Stechmücken hilft, dass aber Cider besser ist und Applejack am allerbesten.

Ich hatte nie selbst Applejack gemacht, und er hat mir erklärt, wie das geht. Man stellt im Winter ein Fass Cider raus, und wenn der obere Teil, wo das Wasser ist, gefriert, wirft man das Eis weg, und das macht man immer wieder, bis nur noch wenig im Fass übrig bleibt, aber das ist so stark, als wär Feuer drin, mit nur wenig Apfelgeschmack dahinter. James trinkt nichts davon, findet, dass es Verschwendung von gutem Cider ist. Mir ist das egal – mehr Jack für mich. Und John Chapman hat recht – wenn er in meinem Blut ist, lassen die Mücken mich in Ruhe, und ich kriege kein Sumpffieber. Das Problem ist nur, im August, wenn der Jack wirklich gebraucht wird, noch genug davon übrig zu haben. Wir müssen einfach mehr Jack machen, das heißt, dass wir mehr Mostäpfel brauchen – nicht das süße Zeug, die Tafeläpfel aus Connecticut, die James mehr liebt als seine Frau. Goldpeppings. Ich hab nie verstanden, warum er sie so toll findet. Redet dauernd von Honig und Ananas, wo doch Äpfel nach nichts als *Äpfeln* schmecken.

Der nächste Morgen war grau und regnerisch, und James brachte seinem Sohn das Pfropfen bei. Er hatte Robert den Vorgang schon einmal gezeigt, aber jetzt, mit fast neun, war er alt genug, sich das Wissen zu eigen zu machen.

In früheren Jahren war Sadie aus der Hütte gekommen, um James beim Pfropfen zuzusehen und sich in harschem Ton darüber auszulassen, dass er vollkommen gesunde Bäume zerstörte. An diesem Tag jedoch schlief sie noch, vom Gestank des Applejacks umweht, den sie am Abend zuvor getrunken hatte. Seit John Chapmans Abreise hatte sie ständig getrunken. Sie war eine unberechenbare Trinkerin – in einem Moment wild und gewalttätig, im nächsten weinend und die Kinder hätschelnd. Manchmal saß sie in einer Ecke und sprach mit einem ihrer toten Kinder – in der Regel Patty –, als wären sie tatsächlich bei ihr. Die lebenden Goodenoughs hatten gelernt, Sadie zu ignorieren, wenngleich Nathan und Sal die Hätschelei genossen.

»Alles bereit?«, sagte James zu seinem Sohn. »Hast du die Reiser?«

Robert hielt das Bündel Zweige hoch, die James beim Schneiden im November aus der Mitte der Goldpeppings entnommen und dann sorgfältig im Keller hinter den Holzkisten mit Äpfeln, Karotten und Kartoffeln aufbewahrt hatte; ihre Enden hatten während der Überwinterung in einem Erdhaufen gesteckt. Ein weiteres Bündel hatte James im Wald verborgen, für den Fall, dass Sadie die Kellerreiser entdeckte und verbrannte, wie sie es schon einmal unter dem Vorwand getan hatte, es sei kein Anzündholz mehr da gewesen.

Ordentlich auf dem Boden aufgereiht, lagen die Werkzeuge und Materialien, die sie zum Pfropfen brauchten: eine Baumsäge, Hammer und Pfropfeisen, ein Messer, das James am Abend zuvor geschärft hatte, und ein Stapel Stoffstreifen aus einer von Sadies alten Schürzen. Daneben stand ein Eimer Pfropflehm, eine Mischung aus Flusslehm, Pferdedung und den Haaren, die sich über ein paar Wochen in Sadies Bürste angesammelt hatten und die Martha ohne das Wissen ihrer Mutter für James eingesammelt hatte. Außerdem hatte er einen der Sandsäcke mitgebracht, die er ein paar Jahre zuvor am Ufer des Eriesees gefüllt hatte, nachdem er eigens zu dem Zweck dorthin gereist war.

Gerade Goldpeppings bevorzugten sandigen Boden, und James würde um die veredelten Bäume herum immer wieder Sand einarbeiten müssen.

Obwohl sie bereit waren – Werkzeug und Reiser, Lehm und Sand und Sohn –, rührte James sich noch nicht, sondern stand im Nieselregen inmitten seiner Bäume. Er konnte förmlich sehen, wie sich die Äste nach dem eisigen Winter öffneten, der Saft zu steigen begann, Knospen als winzige Punkte zutage traten, Nasenspitzen gleich, die schnuppernd aus Fuchsbauten herauslugten. Jetzt noch farblos, würden diese Punkte in ein paar Wochen zu zartgrünen Blättern werden. Wachstum schien ein so langsamer Prozess zu sein, und doch kamen und gingen Blätter, Blüten und Früchte jedes Jahr wie in einem zyklischen Wunder.

Das Pfropfen an sich dauerte nicht lang, aber wie bei allem, was er im Zusammenhang mit Apfelbäumen tat, ging James methodisch vor. Nun war es Zeit. »Also gut«, sagte er und nahm die Säge zur Hand. Damit trat er an einen der Mostapfelbäume heran – einen mittelmäßig tragenden Baum, den er vier Jahre zuvor als Setzling von John Chapman gepflanzt hatte –, packte den Stamm in Hüfthöhe und sägte ihn rasch durch, bemüht, den Blick nicht auf die im Werden begriffenen Knospen zu richten, mit denen die Zweige, die er gerade abschnitt, übersät waren. Er musste rasch arbeiten, ehe Sadie herauskam und mit ansah, wie eine Quelle ihres Applejacks geopfert wurde. Wenn sie lediglich das Ergebnis – zwei an einen Stamm gebundene Reiser mit einem Klumpen Lehm um die Verbindungsstelle – und nicht den Vorgang sah, war es weniger wahrscheinlich, dass sie wütend wurde. Wenn man etwas Neuem gegenüberstand, konnte man mit überraschender Leichtigkeit vergessen, was vorher da gewesen war, so wie bei einem Mann ein frisch rasierter Bart die Aufmerksamkeit sofort auf seine langen Haare lenken konnte.

Der Durchmesser des Opferbaums an der Veredelungsstelle betrug etwas mehr als sieben Zentimeter – genug für zwei Reiser. »Das hier muss eben und glatt sein«, sagte James zu Robert, während er mit seinem Messer über das Holz schabte. Dann nahm er Hammer und Pfropfeisen. »Jetzt machen wir quer über die Fläche einen ungefähr fünf Zentimeter tiefen Schnitt.« Während James vorsichtig hämmerte, fühlte er sich durch die Lage des Griffs in seiner Hand, das Klirren von Metall auf Metall, die Anwesenheit seines Sohnes unmittelbar neben ihm und die tropfenden Bäume nach Connecticut zurückversetzt. Damals war er es gewesen, der von seinem Vater lernte, damit auch er gute Bäume erzeugen und diese Fertigkeit an die nächste Generation der Goodenoughs weitergeben konnte. Wenn man im Black Swamp lebte, war es nicht immer leicht, sich als Teil dieser Tradition zu fühlen, vor allem wenn dem Sumpf alle zwei Jahre ein Kind zum Opfer fiel, aber solange James mit Apfelbäumen arbeitete, konnte er die unvergleichliche Verbindung spüren.

James spitzte die Enden von zwei Goldpeppingreisern keilförmig zu. »Schau her«, sagte er zu Robert, »ein Pfropfreis hat größere Chancen anzuwachsen, wenn es unten an dem Keil ein Auge gibt – siehst du es hier? –, da, wo die Rinde wieder anfängt. Knospen ziehen Saft an. Du sorgst dafür, dass dieser Saft durch die beiden Holzstücke fließt und sie zu einem Baum verbindet.«

Robert nickte.

Sie steckten gerade zwei Pfropfreiser in den Spalt, als Sal auftauchte. James wünschte, sie wäre nicht ausgerechnet in diesem heiklen Moment gekommen, wo er mit dem Pfropfeisen den Spalt aufhielt und Robert anwies, die Reiser so hineinzuschieben, dass ihre Rinde mit der der Unterlage zusammentraf und eine Knospe sich unmittelbar über der Schnittfläche befand. Erst wenn beide Reiser an der richtigen Stelle waren, konnte er das Pfropfeisen herausziehen, damit der Spalt sich um sie schloss.

Einmal hatten sie es schon probiert und die Reiser wieder herausgenommen, um die Enden zurechtzuschneiden. James war nicht begeistert davon, dass die Tochter, die ihn am meisten an Sadie erinnerte, sich ganz in der Nähe auf einen Baumstumpf setzte, ihnen dann aber noch nicht einmal zusah, sondern getrockneten Schlamm von ihrem Rocksaum abkratzte. Wo sie schon da war, sollte sie auch Interesse für das Pfropfen zeigen.

»Ist deine Ma auf?«, fragte er in der vagen Hoffnung, sie damit herüberzulocken. Wie konnte jemand sich nicht für die Magie des Veredelns interessieren?

Doch Sal hob den Blick nicht von ihrem sinnlosen Gekratze – sämtlicher Schmutz, den sie entfernte, würde bald durch neuen ersetzt werden. »Wollte nur ein bisschen Wasser. Hat gesagt, ihr tut der Kopf weh.«

»Kommst du mit dem Abendessen voran?«

Sal zuckte mit den Schultern, eine für sie typische Geste. Schon mit zwölf Jahren hatte sie die Erfahrung gemacht, dass es nicht gut war, sich allzu sehr für Dinge zu interessieren, und hielt deshalb immer ein bisschen Abstand zur Welt. »Das macht Martha.«

»Arbeiten die Jungs noch in der Scheune?«

Als sie nicht antwortete, sagte James: »Dann geh und grab den Garten um.«

»Es regnet.«

»Dann ist der Boden leichter umzugraben.« James' Hand schloss sich fester um das Pfropfeisen. Robert hantierte mit den Reisern, die er drehte, um genau die richtige Position zu finden. »Jetzt geh schon.« Als Sal sich nicht rührte, zog James das Pfropfeisen aus dem Spalt und trat einen Schritt auf sie zu. »Verschwinde!«

Sal stand auf, langsam genug, um deutlich zu machen, dass der Befehl ihres Vaters nicht der Grund dafür war. Die Erinnerung an die aufgeplatzte Lippe ihrer Mutter am Abend zuvor und die Gewalt, zu der ihr Vater fähig war, schienen keinerlei Wirkung auf sie zu haben. Grinsend schlenderte sie statt zum Garten zum Haus zurück. James fragte sich, wann genau er in den Augen seiner Familie jede Autorität verloren hatte. Wahrscheinlich gab es keinen bestimmten Moment; es war vielmehr die Summe aus Sadies Trinkerei, ihren Streitereien und seiner Fixierung auf die Äpfel. Und John Chapman: dessen scharfer Blick auf James, ein Urteil über seine Führung, das die Goodenough-Kinder spürten. Nur Robert schien seinen Vater nach wie vor zu respektieren, und Martha war jung genug zu tun, was James anordnete.

Wir versinken in diesem Sumpf, dachte er. Am Ende wird der Schlamm uns bedecken, und die Goodenoughs werden verschwinden.

»Pa«, sagte Robert, »glaubst du, das hält?«

James musterte die Pfropfstelle. Der Spalt hatte sich so eng um die Edelreiser geschlossen, dass es schien, als wären sie auf natürlichem Weg daraus hervorgewachsen, mit winzigen Knospen unmittelbar darüber. Er wusste es. Manchmal konnte man es mit einem einzigen Blick erkennen. »Ja, die Pfropfung ist gut«, sagte er, erstaunt, dass der kurze Moment der Unaufmerksamkeit, in dem er sich seiner Tochter zugewandt hatte, anscheinend ohne Folgen geblieben war. Auch ohne seine völlige Hingabe würde die Veredelung gelingen.

Er und Robert umwickelten die Pfropfstelle mit Stoffstreifen und packten anschließend den Lehm als unförmige, schützende Kugel, einem überdimensionalen Wespennest ähnlich, darauf. Dort würde er bis zum Sommer bleiben. Schon in ein paar Wochen würden sie sagen können, ob die Pfropfung erfolgreich gewesen war: Wenn die Knospen an den Edelreisern zu wachsen begannen, wussten sie, dass der Saft von der Unterlage in den Zweig darüber stieg. Dann würde der Baum Blätter, Blüten und, in ein paar Jahren, Früchte hervorbringen.

Als sie damit fertig waren, zeigte James Robert den letzten Schritt des Vorgangs, indem er seinen Hosenschlitz öffnete und in die Nähe der neuen Bäume pinkelte. Das wiederholten sie ein paar Tage lang, um die Rehe fernzuhalten, damit sie nicht an den frisch veredelten Bäumen ästen, solange die Blätter noch jung und zart waren.

An diesem Morgen veredelten sie fünfzehn Bäume, fünf mehr, als James vorgehabt hatte. Immer wieder fand er in dem Bündel vielversprechend aussehende Reiser, und da er im Obstgarten ein Übergewicht von Mostapfelbäumen verspürte, machten sie immer weiter. Er verlor kein Wort darüber, dass sie für zwei oder drei Jahre weitere fünf Bäume aus der Produktion nahmen. Irgendetwas hatte von James Besitz ergriffen – ein geradezu manischer Schaffensdrang, der jeden anderen Gedanken auslöschte. Er würde, er musste die allerbesten Apfelbäume hervorbringen, die ihm möglich waren.

Du hättest sie sehen sollen, Ma, sagte Sal. Die sind da draußen und schlachten deine Bäume wie die Schweine.

Sal war schon immer eine Petze. Ich weiß, dass sie besser als alle anderen Goodenoughs auf mich aufpasst, aber ich mag sie deshalb auch nicht mehr. Sie kommt zu mir und sagt, Ma, Martha hat das Bett nass gemacht, Ma, Nathan hat den ganzen Speck aufgegessen, Ma, Robert hat das Feuer ausgehen lassen. Sie will, dass es immer gerecht zugeht, dabei ist die beste Lektion, die ich ihr beibringen kann, dass das Leben nicht gerecht ist und es keinen Zweck hat, das zu erwarten.

Obwohl mir vom Applejack immer noch der Kopf brummte, bin ich aufgestanden und ans Fenster gegangen, um zu sehen, was es mit diesem Baummassaker auf sich hatte. Dass James pfropfen wollte, hatte ich ganz vergessen. Die Tage flossen ineinander, sodass man leicht den Überblick verlor. Ich konnte nichts sehen – sie mussten in einer der hinteren Ecken des Obstgartens sein. Ich wollte nicht raus in den Regen und mir die Tropfen auf den Kopf hämmern lassen, wo es da drin sowieso schon klopfte. Andererseits war ich auch neugierig. Also hab ich gesagt, ich geh mal gucken, aber du gräbst jetzt den Garten um, Sal, du weißt, dass das nötig ist, und ich brauch dir nicht zu sagen, was du machen sollst, bist ja ein großes Mädchen. Sal zog einen Flunsch, nahm aber die Hacke und ging raus.

Ich hab mir ein Tuch über den Kopf gebunden und bin hinter ihr her in den Regen. Damit James und Robert mich nicht sehen konnten, bin ich etwas abseits stehen geblieben. Sie hätten mich sowieso nicht bemerkt, so eifrig, wie sie mit ihren Bäumen beschäftigt waren. Wie ich sie über einen kleinen Stamm gebeugt sah, so, dass ihre Köpfe sich fast berührten, hätte ich am liebsten Steine nach ihnen geworfen. Es war genau wie damals in Connecticut, als die Goodenough-Ehefrauen am Feuer die Köpfe zusammengesteckt und geredet und gelacht und mich ausgeschlossen hatten.

Sal hatte recht: Sie schlachteten die Bäume. Was für Zahlen James mir auch immer vorgebetet hatte, er konnte nicht gemeint haben, dass so viele von meinen Bäumen dran glauben sollten. Das hieß Krieg. Am liebsten hätte ich getobt und geschrien, tat es aber nicht. Stattdessen würde ich auf John Chapmans Rückkehr warten. Er würde schon wissen, was man mit diesen Scheißeklumpen machte, die James da an die Apfelbäume klebte.

Ein paar Tage später kam er tatsächlich in seinem Kanadier flussaufwärts gefahren und gab den Virginiawachtelpfiff von sich. Gott sei Dank gibt es meinen John Appleseed – und die Flaschen Jack, die er mitbrachte, weil er wusste, dass ich sie brauchte, gegen die Stechmücken. Die würden zwar erst in ein paar Monaten anfangen zu stechen, aber den Applejack konnte ich auch jetzt schon gut brauchen.

Er hatte die Bäume dabei, die James bestellt hatte, lud sie aber nicht sofort aus. James wollte ihm nämlich sein Teufelswerk an den Bäumen zeigen und nahm ihn mit runter zum Obstgarten. Da konnte er sehen, was mein Mann Widernatürliches getrieben hatte. Ich wollte hören, was John Chapman dazu sagen würde, musste mich aber verstecken, weil James es nicht mochte, wenn ich seinem Apfelgerede lauschte. So hab ich mich an den Rand des Obstgartens hinter die alten toten Brombeerbüsche geschlichen, die mich gerade so verdeckten.

John Chapman war klug und sagte erst mal gar nichts zu den Scheißeklumpen an den Bäumen und dem ganzen Schlachten und Zerstören, das da stattgefunden hatte. Schließlich war er Geschäftsmann und wollte Bäume verkaufen.

Sie wissen, dass ich in meinem Kanu ein Dutzend gute Setzlinge habe, die Sie anstelle von Sämlingen bekommen könnten, sagte er.

Ich will keine Setzlinge, sagte James. Nur fünfzehn Sämlinge.

Meine Setzlinge sind stark, die werden Ihnen nicht eingehen. In drei Jahren werden sie Früchte tragen – vielleicht sogar schon in zwei.

Wir haben kein Geld für Setzlinge.

Ich gewähre Ihnen Kredit. Sie sind vertrauenswürdig und ziehen nirgendwohin um. Zahlen Sie ihn mir zurück, wenn Sie können.

Mit Zinsen, meinen Sie, sagte James. So dumm ist mein Mann auch nicht.

Ich sehe, Sie haben wieder Gottes Arbeit getan, sagte John Chapman und deutete auf die veredelten Bäume.

Und?

Diese Bäume werden nie so stark sein wie die aus Samen gezogenen.

Welche, diejenigen, die Sie mir verkaufen wollen?

Bäume sind stärker, wenn man sie ganz allein wachsen lässt. Der Mensch braucht nicht an ihnen herumzubasteln.

Also auch kein Schnitt? Kein Ausdünnen von Bäumen, damit andere stärker werden? Kein Mulchen mit Stroh, um sie vor der Kälte zu schützen? Kein Ausstreuen von Asche, um ihr Wachstum zu fördern?

Um all das kümmert sich Gott.

Ich kümmere mich – um die Bäume, um meine Familie.

Ich glaube nicht, dass Sie sich um Ihre Frau kümmern.

Mir hat gefallen, wie John Chapman das Gespräch auf mich brachte. Und dass sie über mich stritten. Ist nicht oft vorgekommen, dass Männer sich um mich gestritten haben. Vielleicht ein bisschen, als ich noch ein junges Ding war. Aber nach zehn Kindern und neun Jahren im Sumpf nicht mehr.

Wollen Sie über Bäume oder über meine Frau sprechen?, hat James gefragt. Entweder das eine oder das andere.

Kurzes Schweigen, dann sagte John Chapman, fünfzehn Sämlinge kosten Sie neunzig Cent.

James stieß einen Pfiff aus. Das ist ein Cent mehr pro Setzling als letztes Jahr.

Das ist mein Preis.

Das ist der Preis, den ich zahlen muss, damit Sie aufhören, sich für Sadie zu interessieren?

Das ist Ihre Sicht der Dinge. Ich verkaufe nur Apfelbäume.

Dann bringen Sie sie schon her. Ich schicke Ihnen Robert zur Hilfe.

Sie gingen davon, und ich blieb in dem toten Brombeergesträuch zurück und fragte mich, warum es von uns dreien vermutlich mir am schlechtesten ging.

Solange die frisch veredelten Bäume schwach und verletzlich waren, behielt James seine Frau genau im Auge. Er arbeitete stets in der Nähe des Obstgartens und fing an, das kleine Feld dahinter, auf dem sie Hafer anbauen würden, zu pflügen. Doch Sadie machte keine Anstalten, die Bäume auch nur anzuschauen; sie blieb im Garten, den sie mit Sal und Martha umgrub.

Als James eines Morgens aufwachte, sah er einen schmutzigen Fuß unter der Bettdecke hervorlugen. Er blickte flüchtig zu Sadie hinüber, die fest zu schlafen schien, sprang dann auf und rannte, ohne Stiefel oder Jacke anzuziehen, geradewegs zum Obstgarten. Eine der Kühe lief frei zwischen den Bäumen umher, und auf ihren Streifzügen hatte sie sich an sieben der fünfzehn Pfropflehmballen gescheuert und die empfindlichen Verbindungsstellen abgeknickt. Nur die nackten dünnen Baumstümpfe waren noch übrig. Die Goldpeppingreiser lagen zertrampelt und zerkaut auf dem Boden.

Nachdem er die Kuh in die Scheune gesperrt hatte, ging James zurück zur Hütte und blieb vor dem Bett stehen. Sadie schlief noch, das Gesicht glücklicher und entspannter, als es hätte sein sollen. Vielleicht sah er aber auch nur, was er sehen wollte. Er weckte sie nicht auf. Er sprach mit niemandem darüber, auch nicht mit seinem Gehilfen Robert. Stattdessen mischte er neuen Pfropflehm an, holte die Reiser, die er im Wald versteckt hatte, und pfropfte die Bäume von Neuem. Sie hatten immer noch Zeit zu wachsen, und vielleicht würde Sadie es nicht merken, wenn er kein Theater darum machte.

In dieser Nacht besorgte er es ihr so heftig, wie er es sich eben getraute. Ihr schien es zu gefallen.

Morgens hat mir alles wehgetan, Möse und Kopf, und ich musste mich wieder aufs Bett legen, weil mir auf einmal schwindlig wurde. Der Jack kann mir den Morgen zur Hölle machen – obwohl es hilft, gleich als Erstes einen Schluck davon zu trinken. Den Teufel mit dem Beelzebub austreiben, wie mein Pa immer sagte. Ich hätte gern jemanden gebeten, mir die Flasche zu bringen, aber ausnahmsweise war das Haus mal still. Nur Martha schlich in der Küche herum, so leichtfüßig, dass ich sie gar nicht gehört hätte, hätte sie nicht vor sich hin gesummt. Sie ist wie ein Mäuschen, das darauf wartet, von mir einen Krümel hingeworfen zu bekommen. Jedes Mal, wenn ich sie um Jack bitte, holt sie ihn brav, hält ihn mir aber mit ihren Mausepfötchen so schüchtern hin, dass ich mich noch schlechter fühle als sowieso schon. Martha ist unser Kümmerling, das einzige von den schwächeren Kindern, das nicht gestorben ist. Sie summt ununterbrochen, Kirchenlieder, damit sie die Schritte des Todes hinter sich nicht hört. *Fels des Heils*, *Kann es denn sein, dass Gott mir gibt*, *Gesegnet sei das Band* und dieses verdammte *O Gnade Gottes, wunderbar.* Die Blinden sehen lassen, von wegen. Keine Ahnung, woher sie die hat – von mir jedenfalls nicht. Wohl von unserer Nachbarin Hattie Day, einer Frau, die ihre Kirchenlieder kennt und weiß, wie sie uns damit triezen kann.

Was machst du gerade, Schätzchen?, hab ich sie gefragt; dachte, nach ein paar netten Worten könnte ich sie leichter nach dem Jack fragen.

Kuchen, sagte sie.

Das »Schätzchen« ließ ihr Gesicht wie im Schein einer Laterne aufleuchten. Also hab ich's noch mal benutzt. Was denn für einen Kuchen, Schätzchen?

Das zweite Mal war ein Fehler – es klang scheinheilig, und Martha wusste, dass sie nicht mein Schätzchen war.

Apfelkuchen. Ich geh jetzt welche holen, sagte sie, und nachdem sie sich an der Schürze das Mehl von den Händen gewischt hatte, ließ sie mich allein zurück.

Eh sie zurückkam, bin ich schnell zur Flasche und hab einen

Schluck genommen. Das musste reichen. Keine Ahnung, warum ich nicht wollte, dass Martha mich trinken sah, aber so war's.

Dass außer mir niemand im Haus war, kam nicht oft vor. Es hat mich nervös gemacht, ich hab gerne Leute um mich, auch wenn ich nicht immer Lust hab, mit ihnen zu reden. Früher im Osten waren zu viele Goodenoughs um mich gewesen, und manchmal musste ich mich im Heu verstecken, wenn ich ein bisschen Ruhe haben wollte. Hier nicht. Das Heu ist nicht süß und trocken wie in Connecticut. Der Sumpf macht sich darin breit und lässt es verfaulen.

Ich sah mich in dem leeren Raum um. Sal und Martha hielten ihn in Ordnung, muss ich wirklich sagen. Holz gestapelt, Boden gewischt, ein sauber brennendes Feuer, Geschirr in den Regalen. Oben in der Dachkammer waren bestimmt die Betten gemacht. Quilts wegen des Regens nicht gelüftet, aber ein paar Tage ging es auch mal ohne. Bis zum Abend würde der Boden mit Dreckspuren übersät sein, ein Haufen schmutziger Stiefel an der Tür, Essensreste überall da, wo Caleb und Nathan sie fallen gelassen hatten. Aber jetzt war alles hergerichtet und bereit für einen Tag im Kampf gegen den Black Swamp. Wir leben nicht *mit* dem Land, sondern ihm zum Trotz. Es will uns nämlich töten, bei jeder Gelegenheit, entweder sind's die Mücken oder das Fieber oder der Schlamm oder die Feuchtigkeit oder die Hitze oder die Kälte. Wenigstens war das Haus an dem Tag warm genug, kein Kunststück, wo der Winter seine Kraft verloren hatte. Wenn sich während der letzten Monate der Schnee am Haus auftürmte, haben wir sieben uns manchmal in Quilts gehüllt, ums Feuer gedrängt und uns den ganzen Tag nicht gerührt, außer um die Tiere, das Feuer und uns selbst zu füttern. Ich war froh, dass diese Zeit um war, denn da machte meine Familie mich wahnsinnig.

Martha hatte den Teig für den Kuchen schon fertig und rollte ihn auf dem Tisch zu einem perfekten Kreis aus. Sal oder ich hätten uns die Mühe nicht gemacht, sondern den Rand einfach ausgefranst gelassen, aber Martha hatte die Ränder überall gleichmäßig angedrückt und einen Teigdeckel gewebt, der wie ein kariertes Tuch aussah.

Ich starrte immer noch auf den Teig, als sie mit der Schürze voller Äpfel zurückkam – Mostäpfel, die wir beim Ciderpressen zum Kochen zurückgehalten hatten. Ich runzelte die Stirn. Da tust du aber Zucker rein, oder?

Martha hat mich aus großen Augen angesehen. Nein, Ma. Keiner mehr da.

Das wusste ich schon, als ich sie fragte. Ich wusste, was wir hatten und was nicht. Wir hatten achtunddreißig Apfelbäume und keinen Zucker. Was machst du dann mit deinen Mostäpfeln?, sagte ich. So wird der Kuchen zu sauer zum Essen.

Darauf hat Martha nichts gesagt, sich nur die Haare hinter die Ohren gesteckt, wie sie es immer tut.

Geh noch mal raus, und hol ein paar von diesen Goldpeppings.

Wieder ein kurzer Blick von Martha. Sind nicht mehr viele übrig, Ma.

Du hast gehört, was ich gesagt hab. Geh und hol sie. Und bring die hier zurück. Dabei hab ich auf die Mostäpfel gezeigt, die sie auf den Tisch gekippt hatte.

Martha schaute über die Schulter zum Obstgarten, aber natürlich konnte James nichts hören. Pa wird das nicht gefallen, sagte sie mit einer Mäuschenstimme, die zu ihren Mäuschenaugen und Mäuschenpfoten passte.

Egal. Du machst, was ich sage. Bring die hier weg. Alle.

Das tat sie. Sie nahm die Mostäpfel wieder mit und kam mit dem Rest der Goldpeppings zurück. Komische Äpfel. Sie sind klein, aber auch lang, so als hätte jemand an ihnen gezogen. Dann hat sie sie alle für den Kuchen zerschnitten. Kein Wort gesagt, aber Mäuschentränen geweint.

Ich konnte es kaum erwarten, beim Abendessen James' Gesicht zu sehen, wenn er in diesen Kuchen biss. Vorher mussten wir aber noch die Schweinekoteletts mit Sauerkraut, Maisbrot und Apfelkompott – aus der Zeit, als wir noch etwas Zucker hatten – hinter uns bringen. Als Martha dann den Kuchen auftrug, sah James mächtig erfreut aus – hat ihr ein breites Lächeln geschenkt, weil er so gerne Kuchen isst. Sie hat jedem ein Stück serviert, nur sich selbst nicht, aber das ist außer mir niemandem aufgefallen. Caleb und Nathan haben ihren Kuchen einfach runtergeschlungen. Sal stocherte an ihrem herum; statt sich an einem Stück frisch gebackenem Kuchen von der besten Bäckerin der Familie zu erfreuen, hat sie nämlich lieber darüber gejammert, dass sie vom Hacken im Regen nass und durchgefroren sei. Bis auf ein Lächeln für seine Schwester aß selbst Robert sein Stück ohne eine Regung.

Ich hab meins verdrückt und dabei meinen Mann im Auge behalten. Der wirkte anfangs völlig zufrieden; erst nach und nach dämmerte ihm, dass das hier seine besonderen Äpfel waren. Er kniff die Augen zusammen und fragte: Was für Äpfel sind in diesem Kuchen?

Martha hielt den Blick auf ihren leeren Teller gesenkt. Goldpeppings, sagte sie so leise, dass nur ich es hören konnte. Aber James hätte gar nicht zu fragen brauchen – er kannte die Antwort.

Warum hast du die genommen? Du weißt, dass du mit denen nicht backen sollst. Dafür sind die Mostäpfel da.

Er hat drauf gewartet, dass sie was sagt, hat sie aber nicht.

Sind noch welche übrig?

Marthas Zunge war erstarrt, wie der Rest von ihr anscheinend auch. Schließlich schaffte sie's, den Kopf zu schütteln. Derweil hab ich mir den Kuchen immer schneller reingeschaufelt, denn ich ging davon aus, dass sie mich jeden Moment anschauen würde, und dann würde James wissen, dass ich dahintersteckte, und wer weiß, was dann kam. Die Spannung machte mich ganz kribbelig und glücklich. Aber Martha hat kein Wort mehr gesagt, und obwohl ihr das wehtun würde, hat sie ihm nicht erzählt, dass sie nur mir gehorcht hatte.

Und es tat ihr wirklich weh, weil er sie mit der Peitsche schlug. Ich hatte mich darauf gefreut, ihn auszulachen und mit seinen Äpfeln im Kuchen aufzuziehen, aber dass Martha geschlagen wurde, verdarb es mir irgendwie. Ich hab mein Stück aufgegessen, aber eigentlich gar nicht geschmeckt, was ich da aß. Um ehrlich zu sein, sollte man Kuchen sowieso mit Mostäpfeln backen, selbst ohne Zucker. Die Säure macht sich nach dem Backen besser.

Er schlug seine Tochter, dachte dabei aber an seine Frau. Mit jedem roten Striemen, der sich quer über Marthas schmale Pobacken und dünne Waden zog, wurde James wütender auf sich selbst, weil er sie bestrafte, obwohl seine Schläge Sadie hätten treffen müssen. Er wusste, dass sie hinter all dem steckte, doch Martha würde das nie zugeben. In ihrem ganzen kurzen Leben hatte sie nie jemanden verpetzt, sondern lieber selbst die Schuld auf sich genommen. Ihre Brüder und Schwestern nutzten ihr Schweigen immer aus – alle, bis auf Robert. Er und Martha waren beide ruhig und in sich gekehrt, doch Robert war stärker und bot jemandem, der seiner Meinung nach im Unrecht war, die Stirn. Mit seinen hellbraunen Augen sah er den Leuten direkt ins Gesicht, und sein fester Blick verunsicherte sie so, dass sie es nicht wagten, ihm die Schuld für etwas zuzuschieben, was er gar nicht getan hatte. Martha hatte wässrig graue Augen, die nie einen Blick erwiderten; ihre mageren Arme und ihr gebückter Gang erinnerten James an eine Weide mit ihren spindeldürren hängenden Zweigen. Sal hatte Marthas Haare an diesem

Morgen zu einem Fischgrätenzopf geflochten, der gar nicht zu ihren dünnen Locken passte. Der Zopf hing ihr wie ein Stück ausgefranste Schnur mit einem Knoten am Ende über den Rücken, und jedes Mal, wenn Martha sich in Erwartung des nächsten Schlags an die Wand lehnte, fiel James' Blick auf ihn, und er schlug noch härter zu als beabsichtigt. Martha weinte nicht einmal richtig, die Tränen liefen nur still über ihre Wangen. Die anderen Kinder waren ebenfalls still und schauten, zumeist teilnahmslos, dem Prügeln zu. Erst als James sah, wie Robert das Gesicht verzog, hörte er auf.

Sadie grinste in ihren Kuchen hinein. »Krieg«, sagte sie, stand auf und griff nach der Applejack-Flasche.

Ist das Krieg?, dachte James, als er aus der stickigen Hütte floh. Falls es das nämlich war, würde er ihn sicher verlieren, denn seine Frau hatte mehr Erfahrung in Grausamkeit und Erbarmungslosigkeit als er. Im Übrigen war es einfacher, in die Offensive zu gehen, so wie sie es tat; er dagegen musste seine Bäume beschützen.

Es war an der Zeit, Vorsichtsmaßnahmen zu treffen. Dafür überließ James das Pflügen Nathan und Caleb, die wie erwartet keine geraden Furchen zogen und das Pflugblatt schartig machten, und errichtete um jeden veredelten Baum einen schulterhohen Zaun aus Hickorystecken, die er an beiden Enden zugespitzt und in den Boden gerammt hatte. Der Familie erzählte er, es reiche nicht aus, um die Bäume herum zu pinkeln, und sie bräuchten Zäune, um das Rehwild fernzuhalten. Um an die Bäume zu kommen, müsste Sadie nun einige der Stecken herausziehen. Dummerweise galt dasselbe auch für James, was ihn um das Vergnügen brachte, das Wachstum seiner Schöpfung aus der Nähe zu verfolgen. Nur aus einigem Abstand konnte er sie betrachten, statt, wie er es gerne getan hätte, die Knospen zusammenzudrücken und mit dem Fingernagel an der Rinde des

Edelreises entlangzufahren, um zu sehen, ob es schon grünte. Doch auch das erschien ihm noch nicht sicher genug, und so fasste er die älteren Goldpeppings ebenfalls einzeln mit Wildzäunen ein, auch wenn sie schon so weit waren, dass Rehe ihre zähen Blätter kaum noch würden fressen wollen. Noch während er die Zäune baute, fragte er sich besorgt, ob sie Sadie nicht auf dumme Gedanken bringen würden, auf die sie sonst gar nicht gekommen wäre.

Zum Glück war der Frühling eine so arbeitsreiche Zeit, dass sie den Obstgarten höchstwahrscheinlich gar nicht aufsuchen würde. Es gab zu viel zu tun: die Hafer- und Maisfelder pflügen und einsäen, den Küchengarten umgraben und bepflanzen, Dächer reparieren, die Scheune und das Haus gründlich sauber machen. Während James mit Nathan und Caleb auf dem Feld arbeitete, gruben Sal und Martha den Garten um, und Robert pendelte zwischen Garten und Feld und half da, wo er am meisten gebraucht wurde.

Da sie das Umgraben nicht mochte und nichts dabei fand, ihre Töchter damit zu beauftragen, blieb Sadie dem Garten meist fern und erledigte nach dem langen Winter den Frühjahrsputz im Haus, indem sie Türen und Fenster aufriss und fegte und schrubbte, klopfte und Staub wischte. Dafür konnte sie eine gewisse Begeisterung entwickeln. Sadie war nie eine besonders gute Hausfrau gewesen, nicht einmal früher im Osten. In Ohio, wo das Sauberhalten schwieriger war, interessierte es sie sogar noch weniger. Sie setzte sich in den Kopf, irgendetwas tun zu müssen, etwa die Quilts auszulüften. Dann spannte sie unter großem Tamtam zwischen zwei Bäumen ein Seil und brachte die Quilts heraus, um sie darüberzuhängen und auszuklopfen. Dabei trug sie unweigerlich zu viele auf einmal und zog die Enden durch den Schmutz, sodass sie gebürstet werden mussten – aber nicht von Sadie, die nie gerne in Ordnung brachte, was sie verpfuscht hatte. Sal, oder wahrscheinlich eher Martha, musste Wasser kochen und den Schmutz auswaschen. Da hatte sich Sadie schon an die nächste Aufgabe gemacht und schrubbte sämtliche Oberflächen mit so viel Essig, dass der sauer-beißende Geruch die Familie aus dem Haus trieb. Sie bewegte sich zwischen Extremen: anziehend, wenn sie liebevoll war, was nicht oft vorkam; oder, was häufiger der Fall war, unberechenbar, boshaft oder gleichgültig. James musste sich auf das lebhafte Mädchen in dem blauen Kleid besinnen, das lachend die Beine um ihn geschlungen hatte. Diese Sadie war schon lange verschwunden, zurückgelassen auf irgendeinem Feld in Connecticut.

Immerhin rührte sie seine Pfropfungen nicht an. Nach ihrer Kriegserklärung und dem Freilassen der Kuh hatte sie es aufgegeben – typisch für Sadie. James traute ihr dennoch nicht. Sie mochte zwar die meiste Zeit vom Applejack benebelt sein, aber einen Groll vergaß sie nicht. Im Gegenteil, sie schien sich mit Genuss darin zu suhlen.

An einem Tag im April, als sie die Felder fertig bestellt hatten, ging James auf einem der alten Indianerpfade, die sie nur selten benutzten, durch den Wald und hielt nach Bisamburgen Ausschau, um dann in deren Nähe Fallen aufzustellen, als er über sich einen grünen Schleier wahrnahm. An den Bäumen waren die Blätter herausgekommen, klein und neu und zerknittert wie ein Sommerquilt, der nach den Wintermonaten erst einmal gründlich ausgeschüttelt werden musste, um wieder glatt zu werden. Obwohl James wusste, dass dies, falls Gott nicht andere, apokalyptische Pläne hatte, jedes Jahr wieder passieren würde, überraschte das Erscheinen der Blätter ihn doch jedes Mal von Neuem. Wie genau er sie auch beobachtete, den Übergang zwischen geschlossener Knospe und offenem Blatt verpasste er doch jedes Mal.

Den Blick auf die Blätter gerichtet, trat er in ein Schlammloch, und die faulig stinkende Brühe schwappte über seine Stiefel. James fluchte und blieb stehen, um sie abzuklopfen. Deshalb liefen seine Kinder oft barfuß durch den Sumpf – es war leichter, sich die Füße zu waschen, als Stiefel vom Morast zu befreien.

Als er sich wieder aufrichtete, bemerkte er gleich neben dem Pfad einen graubraunen Bollen, der mit einem Verband am abgesägten Ast eines wilden Apfelbaums befestigt war und aus dem ein kleiner Trieb herausragte. Es war der Baum, von dem er einst, sehnsüchtig nach dem Geschmack von Äpfeln, saure Früchte gegessen hatte.

Er trat näher, musste den Baum aber gar nicht genauer betrachten, um zu wissen, dass es Roberts Werk war. Die Pfropfung sah genau so aus, wie James selbst sie angelegt hätte. Im Umkreis von zweihundert Kilometern gab es niemanden, der ihn so gut kopieren konnte. Und nicht nur das: Die Veredelung war gelungen, denn an dem Edelreis platzten Knospen und brachten Blätter hervor. Sicher konnte er sich erst bei der Blüte sein, aber er vermutete, dass die Blüten die rosafarbene Tönung der Goldpeppings haben würden. Robert hatte vorausgedacht und außer Reichweite von Sadie einen Apfelbaum herangezogen. James musste lächeln.

Statt weiter nach Hinweisen auf Bisamratten zu suchen, tat James etwas, das ein Siedler im arbeitsreichen Frühjahr, wenn die Lebensmittelvorräte noch nicht aufgefüllt sind, normalerweise nie tun würde. Er tat nichts. Er setzte sich auf einen feuchten Baumstamm und betrachtete den grünen Flaum, der die Bäume überzog, die Vögel, die beim Nestbau durch die Bäume flitzten, die Zahnlilien und Dreiblätter und Kapuzen-Herzblumen zu seinen Füßen und die Pfropfung, die sein Sohn in sicherer Entfernung von Sadie und ihrem Zorn vorgenommen hatte.

Auf dem Baumstamm entspannte er sich allmählich, wie er es nie konnte, wenn er Menschen um sich hatte. Gerne verfolgte er den Kreislauf der Bäume durch die Jahreszeiten, wenn die

Blätter sich zu einem kräftigen Grün entfalteten, dann rot aufflammten, braun wurden und abfielen. Bäume gaben keine Widerworte, waren nicht ungehorsam und lachten ihn nicht aus. Sie waren nicht hier, um ihn zu quälen; ja, sie waren überhaupt nicht seinetwegen hier. Dass James unter ihnen saß, spielte nicht die geringste Rolle, und dafür war er zutiefst dankbar.

Er betrachtete den veredelten Goldpepping und fragte sich, wie lange dieser wohl noch würde wachsen können, bevor der Black Swamp ihm mit Mehltau, Schimmelpilz und Fäulnis zu Leibe rückte. James seufzte und blickte auf seine Hände, rau geworden und vernarbt von Jahren der schlimmsten Art von Arbeit – der vergeblichen. Er wusste, dass er sich nach neun Jahren eigentlich an das Leben hier gewöhnt haben sollte. Im Vergleich zu all den Neuankömmlingen, deren Äxte im Kampf gegen die Bäume durch die Wälder hallten, waren die Goodenoughs schon alteingesessen. Sie waren jetzt diejenigen, von denen die neuen Siedler wissen wollten, wie man ein Feld zum Gerstenanbau entwässerte (Kartoffeln anbauen), wie man sich die Mücken vom Leib hielt (selbst im August Handschuhe tragen) oder ob die vielen Ochsenfrösche gut genug schmeckten, dass man sie im Notfall essen könnte (das werdet ihr selbst herausfinden).

Schließlich stand er auf. Er würde Robert nicht erzählen, dass er den veredelten Baum gefunden hatte. Innerhalb einer Familie, die auf so engem Raum lebte, gab es nur wenige Geheimnisse, aber dieses eine würde er für sich behalten.

Auf dem Weg zurück zur Farm verspürte er den unwiderstehlichen Drang, nach den Goldpeppings in seinem Obstgarten zu sehen. Bisher hatten sie an den oberen Reisern noch keine Anzeichen von Knospung gezeigt, aber da die Wildzäune ihn auf Abstand hielten, konnte er es schwer erkennen. Jetzt, wo rundherum in den Wäldern die Blätter zum Vorschein kamen, musste er wissen, ob die Veredelungen erfolgreich gewesen waren.

Schon vom Rand des Obstgartens aus entdeckte er sie: eine Applejack-Flasche, die umgedreht auf einer der Zaunstangen steckte. James wurde ganz schlecht. Doch als er näher kam, sah er, dass die veredelten Bäume noch intakt waren und tatsächlich alle über der Pfropfstelle austrieben. Bald würden sich ihre Blätter öffnen und sie sich so dem Rest der grünenden Wälder anschließen.

Die umgedrehte Flasche war eine Botschaft an ihn, dass Sadie sie ebenfalls im Blick hatte.

James sagt immer, das Beste am Mai ist die Apfelblüte. Findet er. Für mich war dieses Jahr das Beste, dass wir zum ersten Mal seit November nach Perrysburg gingen. Es sind nur etwas über zwanzig Kilometer dorthin, aber beim Zustand der Straßen hätten es auch hundert sein können, so abgeschnitten waren wir über den Winter. Im Mai ist der Schnee weg und der Matsch schlimm, aber nicht so schlimm wie im April. Und unsere Vorräte waren jetzt richtig knapp – seit Monaten lebten wir schon von Speck, Eichhörnchen und Maisbrot. Im Frühjahr ist es immer schwer, alles fängt an zu wachsen, und wir haben so wenig zu essen. Seit Wochen schon träumte ich von Brot aus Mehl und Eiern – der Fuchs hatte fast alle unsere Hühner geholt – und Kaffee und Tee mit einer Prise Zucker drin. Brauchte Salatsamen, Tomatensamen. Außerdem hatten unsere Stiefel alle Löcher, und die Pflugschar musste repariert werden. Ich hatte keinen weißen Faden mehr und musste Quilts und Hemden, die von den Mäusen angefressen waren, mit braunem stopfen. James wollte Nägel haben. Wir brauchten dringend ein paar Hühner.

Und wir alle wollten mal andere Gesichter sehen. Die Goodenoughs waren die Goodenoughs leid. Wer wäre das nicht, den ganzen langen Winter über eingesperrt in dieser Hütte. Damals in Connecticut waren die Winter hart, aber man hatte die

Familie um sich herum und außerdem jede Menge Nachbarn. Wenn ich von einer dieser Goodenough-Ehefrauen die Nase voll hatte, konnte ich in ein anderes Zimmer gehen und mich zu jemand anderem setzen. Wenn James mich nervte, konnte ich mit Charlie Goodenough reden. Ich konnte die Straße runter zu einer Nachbarin oder zu meiner Mutter oder meinen Schwestern laufen. Hier sind die Nachbarn so weit weg, dass man sich nicht mal eben durch Schnee und Kälte zu ihnen hinquält. Und vom Schlamm und dem Hüttenkoller kriegen alle diesen irren Blick. Mit keinem von ihnen hab ich Lust, meine Zeit zu verbringen, auch wenn James mich zu wählerisch findet. Warum besuchst du nicht Hattie Day, fragt er mich immer wieder. Ich werd euch sagen, wieso. Diese Frau ist so langweilig wie ein Eimer Wasser. Einmal war ich zum Nähen bei ihr und bin über meiner Flickarbeit glatt eingeschlafen. Sal, die mitgekommen war, musste mich mit einem Tritt wecken. Danach kriegten wir beide einen Lachanfall, während Hattie Day nur stirnrunzelnd dasaß. Sie beäugte uns über den Rand ihrer Brille hinweg, die am Ende ihrer Schweinsnase klemmte, und sagte, wir müssten jetzt gehen, ehe es dunkel würde, dabei hatte die Sonne noch einige Stunden am Himmel vor sich.

In Perrysburg herrscht ein bisschen Leben – ein paar Geschäfte, ein Schmied, eine Wirtschaft oder zwei, eine Schule. Und Menschen. Die gibt es dort. Jedes Mal, wenn ich hinkomme, sauge ich die Leute auf, starre ihnen ins Gesicht, bis sie eine Grimasse ziehen, die mir sagt, dass ich aufhören soll. Ich weiß, dass sie sich über uns Bauerntölpel aus dem Sumpf lustig machen, mit unserer groben Art und dem Matsch, den wir uns von den Kleidern klopfen. Aber es kümmert mich nicht, ich bin nur froh, andere Leute zu sehen.

Das Allerbeste aber sind die großen Camp Meetings, die immer im Mai über mehrere Tage stattfinden, in Zelten am

Stadtrand. Wir bleiben meist ein oder zwei Nächte dort, je nachdem, wie James gelaunt ist. Da gibt es Prediger, die Tag und Nacht predigen, und ich bleibe gern auf, lausche ihrem Gerede von Gott und singe die Kirchenlieder mit. So ein Erweckungstreffen muntert mich für eine Weile auf, gibt mir einen Grund zum Lächeln. Es ist gar nicht das Gerede von Gott, das mich so glücklich macht, obwohl mir auch das ganz gut gefällt. Es sind die anderen Leute, vor allem die, die wie ich lange aufbleiben. Zu Hause hat nie jemand Lust, sich mit mir die Nacht um die Ohren zu schlagen. Im Camp singen wir und teilen uns die eine oder andere Flasche – obwohl viele der Prediger Whisky oder Jack missbilligen; wir verstecken die Flaschen einfach. James und die Kinder legen sich dann in unserem Wagen schlafen, während ich mit meinen neuen Freunden die Nacht durchmache.

Die Zusammenkunft zu verlassen, fällt mir jedes Mal schwer. Wenn ich könnte, würde ich eine Woche bleiben, aber James ist immer dagegen. Kaum haben wir die Farm verlassen, fängt er praktisch schon an, vom Heimkommen zu reden und sich Sorgen um den Mais oder die Bäume oder die Fallen, die er aufgestellt hat, zu machen. Oder er sorgt sich um die Kinder, die wir zurückgelassen haben, dass sie den Kamin in Brand stecken, die Kuh sich losreißen oder jemand von einer Klapperschlange gebissen werden könnte. Nach einer Weile wird er von all diesen Sorgen übermannt, und wir müssen nach Hause fahren.

Wir lassen immer zwei zu Hause, um aufs Haus aufzupassen, die Tiere zu füttern, die Kuh zu melken und das Feuer am Brennen zu halten. Einen von den Älteren, Nathan oder Caleb, denn die könnten notfalls einen Indianer, einen Fuchs oder eine Klapperschlange erschießen. Ein zweites Kind lassen wir da, um dem großen Gesellschaft zu leisten und notfalls Hilfe zu holen. Nathan und Caleb wechseln sich jedes Mal ab, während die jüngeren Kinder Streichhölzer ziehen. Sal mogelt immer und muss deshalb nie zu Hause bleiben. Die letzten paar Male hat Martha das kürzere Streichholz gezogen. Typisch für das Mädchen.

Auch dieses Mal zog sie den Kürzeren, und ihr hättet mal ihr Gesicht sehen sollen. Ich bleibe hier, hat Robert gesagt. Geh du an meiner Stelle, mir macht das nichts aus.

Da hat Martha ihm ein Lächeln geschenkt, für das ich sie am liebsten geschüttelt hätte. Nein, hab ich gesagt, dann hätte das Streichholzziehen ja gar keinen Sinn. Dann könntest du dich auch gleich jedes Mal freiwillig zum Bleiben melden. Streichhölzer zu ziehen heißt, dass es Schicksal ist und nicht die Schuld von irgendjemandem; keiner kriegt die Verantwortung dafür zugeschoben.

Aber –

Nein, unterbrach ich ihn. Und hör auf, deiner Mutter Widerworte zu geben, sonst setzt es Prügel.

Er warf mir diesen Robert-Blick zu, denn er wusste, dass er von mir nie Prügel bekommen würde. Aber er stritt nicht mit mir. Tut mir leid, Martha, sagte er. Ich verkaufe ein paar Eichhörnchenschwänze, und dann kaufe ich dir Bonbons. Möchtest du Zitrone oder Pfefferminz?

Zitrone, sagte sie ganz leise. Dummkopf, hätte Pfefferminz wählen sollen. Der Geschmack ist viel stärker.

Den Planwagen haben wir zum Schlafen und auf dem Rückweg für die Vorräte benutzt und sind den größten Teil des Wegs nach Perrysburg zu Fuß gegangen. Damit unsere Füße sich zwischendurch erholen konnten, haben wir uns mit dem Fahren abgewechselt. Inzwischen hatten wir gelernt, was wir damals, als wir zum ersten Mal versucht hatten, durch den Sumpf zu kommen, noch nicht wussten – dass man nämlich auf dem Bohlenweg den Wagen möglichst wenig beladen durfte, damit er nicht so sehr einsank. Außerdem hatten wir jetzt zwei Ochsen, die an die Bedingungen im Sumpf gewöhnt waren – die alten Pferde aus Connecticut waren gestorben, eins durch einen Beinbruch, das andere, weil es von all der Sumpfarbeit einfach zu müde geworden war. Die Ochsen sind groß und dumm, wissen aber, wie man über einen groben Bohlenweg geht.

Mir hat das Gehen nichts ausgemacht, wir hatten ja ein Ziel, es war sonnig, und es gab andere Wagen und Leute, die aus demselben Grund nach Perrysburg unterwegs waren wie wir. Also unterhielt ich mich mit ihnen, während James bloß nickte und sich abseits hielt. Gewann Freunde, denen ich versprach, sie im Camp wiederzutreffen. Hörte, dass es Pläne gab, in einem oder zwei Monaten mit dem Schottern dieser Straße anzufangen. Dann würde man leichter in den Black Swamp kommen. Und leichter weg.

Näher an Perrysburg war die Straße besser, und die Ochsen hatten weniger Mühe. Ich war so müde, dass ich mich eine Zeit lang neben James auf den Wagen setzte, während Sal, Nathan und Robert ein Stück hinter uns gingen. Wir schwiegen, zur Abwechslung mal zufrieden. Für ein Weilchen konnte ich vergessen, dass James und ich im Krieg waren.

Hab gehört, sie fangen bald an, die Straße hier in Ordnung zu bringen, sagte ich.

James brummte.

Gibt Arbeit. Nathan und Caleb könnten da arbeiten, ein bisschen Geld heimbringen. Nur solange wir auf sie verzichten können, bis zur Ernte.

James sagte immer noch nichts. Ich wusste, dass er mir gar nicht richtig zuhörte.

Dann sagte er, Sadie, denkst du manchmal daran zurückzugehen?

Vor Überraschung war ich erst mal sprachlos. Wohin zurück?, hab ich dann gefragt, obwohl mir klar war, was er meinte.

Nach Osten.

Ich wusste nicht, ob ich lügen oder die Wahrheit sagen wollte. Nein, hab ich schließlich gesagt.

Also, ich denke schon eine Weile darüber nach.

Verdammt. Ich starrte auf die Bäume am Rand der Straße. Die Blätter leuchteten richtig, und der Hartriegel hatte noch ein paar Blüten. Ein gelber Falter flatterte über den Weg wie ein kleines Blatt, das vom Wind erfasst wurde. Plötzlich sah alles anders aus. Warum, sagte ich.

Hier ist es zu schwierig. Immer stirbt etwas.

Letztes Jahr haben wir keine Kinder verloren. Das ist doch schon was.

Wir haben neun Bäume verloren.

Ich fing an zu lachen. Darum geht's dir also? Um diese gottverdammten Bäume? Fünf von unseren Kindern sind in diesem Sumpf gestorben, und du willst wegen der Bäume zurück?

James biss die Zähne zusammen und ließ die Muskeln in seinem Kiefer spielen, und ich spürte die Erregung, die mich packte, wenn er wütend war. Fangen wir jetzt hier mitten auf der Straße mit den ganzen Leuten um uns rum an zu streiten?, dachte ich. Es gab nämlich vor uns und hinter uns Leute, und sie würden alle mitbekommen, wie die Goodenoughs aufeinander losgingen. Wenn ich Glück hatte, würde ich ihm ein Veilchen verpassen, damit müsste er dann in Perrysburg herumlaufen.

Aber er hat mich nicht geschlagen. Hat mich überrascht. Es ist ein hartes Leben, das wir unseren Kindern da aufbürden, sagte er. Ich werde mich mein ganzes Leben lang schuldig dafür fühlen, dass wir es ihnen hätten leichter machen können, wenn wir in Connecticut geblieben wären. Dann wären nicht so viele gestorben, und ihre Zukunft wäre nicht so von Tod und schwerer Arbeit geprägt.

Sie werden es schaffen, sagte ich. Fünf Kinder. So schlecht ist das nicht. Außerdem haben wir nichts mehr im Osten. Deine Familie hat kein Land für dich übrig.

Es hat mich selbst erstaunt, dass ich mich so vehement dafür aussprach, im Black Swamp zu bleiben. Wie oft hatte ich mir im Lauf der Jahre gewünscht, wir könnten den Wagen beladen und uns auf den Weg zurück machen. Doch es war zu viel Zeit vergangen, und wenn ich an Connecticut dachte, musste ich nicht mehr lächeln. Stattdessen fiel mir wieder ein, dass meine Schwägerinnen mich alle hassten. Mittlerweile konnte ich sogar zugeben, dass vermutlich auch Charlie Goodenough erleichtert gewesen war, als er mich von hinten sah. Es gab nichts, wofür wir hätten zurückkehren sollen. Außerdem hatten wir fünf Kinder im Sumpf beerdigt. Die konnten wir nicht im Stich lassen.

Sadie, sagte James, dieser Sumpf macht mich fertig. Ich kann keine fünfzig Apfelbäume ziehen.

Wieder Zahlen. Mach dir doch keine Gedanken über diese verdammten Zahlen, sagte ich. Außer dir zählt kein Mensch.

Perrysburg bewirkte jedes Mal, dass es James erst etwas besser und dann etwas schlechter ging. Nach kilometerweise Bäumen und Schilf ließ der Anblick der kleinen Ansammlung grob gemauerter Gebäude sein Herz ein wenig höher schlagen. Hier kam Rauch aus Schornsteinen. Hier gab es rechte Winkel und im Sägewerk gehobelte Kiefernbretter. Hier gab es getünchtes Mauerwerk, Gardinen in Fenstern und Fensterscheiben statt mit Bärenfett eingeschmiertes Papier. Hier gab es Bohlen zum Überqueren von Schlammpfützen, Anbindestangen, Gelächter, sogar das Klimpern eines Klaviers. Hier gab es Frauen mit leuchtend bunten Hüten und Kleidern, deren Säume nicht verdreckt waren. Hier gab es Leben, dessen Fortbestand nicht vom Schweiß der Goodenoughs abhing.

Sehr bald ging es ihm jedoch schlechter. Trotz all der Unbill des Sumpfs herrschte dort eine Reinheit, die Perrysburg fehlte oder die zerstört worden war. Gebäude waren ohne Rücksicht auf die Umgebung hochgezogen worden. Holzstücke hatte man dort, wo sie hingefallen waren, liegen gelassen – Späne von Bohlen, abgeschlagene und verstreute Enden, halb zerhackte und dann vergessene Baumstümpfe. Erdhaufen, die beim Ausheben von Rübenkellern entstanden waren und sich dann durch Regen und Schnee zu hässlichen kleinen Bergen verdichtet hatten. Hier und dort schwelende Haufen aus Laub und Lumpen. Die Klohäuschen stanken nach Scheiße. Niemand sammelte die Pferdeäpfel von der Straße. Die Bohlen vor den Saloons waren glitschig von Spucke, Pisse und Erbrochenem. Wenn James eine Reise nach Perrysburg plante, gelang es ihm immer, diese Seite der Stadt zu verdrängen. Als er sich aber jetzt von dem sicheren Wagensitz aus umblickte, hatte er das plötzliche Bedürfnis, wieder auf der Farm zu sein, im Obstgarten, wo die Apfelbäume blühten. Dort war jetzt die schönste Zeit des Jahres, und er verpasste sie, um herzukommen und unter Menschen und in ihrem Dreck zu sein.

Kaum dass James angehalten hatte, stoben die Goodenoughs auseinander: Sadie, um die Waren in Fullers Gemischtwarenladen in Augenschein zu nehmen, Nathan und Robert, um ihre Eichhörnchenschwänze zu verkaufen, Sal, um nach anderen Mädchen Ausschau zu halten. James fuhr weiter zum Schmied, um die Pflugschar abzugeben und dann seine eigenen Felle zur Handelsstation zu bringen. Er erinnerte Sadie daran, dass sie nicht viel zum Ausgeben hatten. Sie sah ihn abschätzig an. »Wir brauchen Mehl und Bindfaden und Nägel und Zucker. Stoff für neue Hemden für Caleb – er ist aus allem rausgewachsen. Die Schuhe müssen repariert werden. Samen brauchen wir auch.«

»Keine Bänder, meinte ich«, sagte James. »Brauner Zucker, kein weißer. Und lass die Schuhe – für den Sommer brauchen wir sie ja nicht. Wir können sie immer noch im Herbst zum Schuster bringen.«

Sadie schnaubte und verschwand im Laden. Jetzt, wo er Bänder verboten hatte, würde sie wahrscheinlich welche kaufen.

Er ließ die Pflugschar beim Schmied, dessen Preis er mit einem Stirnrunzeln zur Kenntnis nahm, und vereinbarte, sie am nächsten Tag wieder abzuholen. Das würde, wie James hoffte, nur eine Nacht auf dem Camp Meeting bedeuten – wenngleich die reparierte Pflugschar durchaus ein paar Tage auf sie warten konnte. Er suchte immer nach Gründen, um nicht im Camp zu verweilen. Inmitten all der lärmenden Menschen, die Gott lobpreisten, war ihm unbehaglich zumute.

Er fuhr weiter zur Handelsstation, um zu sehen, was er für die Felle und Pelze bekommen konnte, die er dabeihatte: Bisamratten, Biber, Kaninchen. Nathan und Robert waren schon da, beobachteten die Händler beim Feilschen und klimperten mit den paar Münzen, die sie für ihre Eichhörnchen bekommen hatten. Aus der ganzen Region brachten Männer und Jungen Felle herbei. Bei den Sumpfbewohnern waren es wie bei den Goodenoughs hauptsächlich Bisamratten, Biber und Rehwild, manche hatten aber auch exotischere Beute gemacht: einen Iltis, ein paar Wölfe, einen Fuchs mit buschigem roten Schwanz. Einer hatte ein Schwarzbärenfell dabei, und jeder strich darüber, auch wenn der fettige Moschusgeruch so stark und anhaltend war, dass James ihn noch den ganzen restlichen Tag an den Händen roch.

Als sie hinausgingen – James einigermaßen enttäuscht über die Preise, die er erzielt hatte, denn ein guter Feilscher war er nicht –, kam ein zerlumpter Mann mit einem rötlich braunen Bart herein und warf ein Berglöwenfell auf den Boden. »Da!«, rief er triumphierend. »Wette, davon habt ihr noch nicht viele gesehen!«

Hatten sie nicht und blieben deshalb stehen, um einen Blick darauf zu werfen: das seidig glänzende Fell, der im Knurren eingefrorene Fang der Katze, ein Auge weg, das andere mattgelb. Nathan blieb bei der Menge, um es noch ein wenig zu bewundern, doch Robert folgte seinem Vater nach draußen. James war, was Tiere betraf, nicht sentimental; ohne zu zögern, tötete er sie zur Nahrungsgewinnung – Schweine, Hühner, Wild, Vögel, Kaninchen, Eber. Der knurrende Ausdruck der Raubkatze jedoch hatte ihn traurig gemacht.

Ihm wurde unbehaglich, als er sich Fullers Laden näherte. Nicht genug, dass er Sadie würde erzählen müssen, dass er für seine Felle weniger bekommen hatte als erwartet, sodass selbst der Kauf von braunem Zucker nicht infrage kam; schon die Aussicht, den Laden zu betreten, machte ihn nervös. Obwohl von Männern geführt und von vielen männlichen Kunden besucht, waren Gemischtwarenhandlungen immer noch eine Frauendomäne, etwas, das James bereits früher in Connecticut so empfunden hatte. Der Klatsch, das Gelächter, die Betonung von Äußerlichkeiten – dem satten Gelb des Maismehls, der Röte des Karostoffs, dem Glanz der silbernen Anstecknadel – schien ihm fehlgeleitet. Er sah wohl den pragmatischen Aspekt: blasses Maismehl schmeckte nicht, und angelaufene Nadeln hinterließen Spuren auf Stoff. Aber allzu großes Interesse dafür konnte James nicht aufbringen. Als er den Laden betrat, fiel ihm auf, dass die meisten der anderen Männer irgendwo am Rand herumstanden und ebenfalls still waren.

Sadie dagegen war mitten im Geschehen, und ein paar Frauen hatten sich um sie geschart. Das war nicht neu: Sie zog gerne die Aufmerksamkeit der Menge auf sich. Ihre Stimme, die sogar schon draußen zu hören war, ließ ihn zusammenzucken. Sie redete über Äpfel. Als er sich hineinschlich, sagte sie gerade: »Keine Ahnung, warum er so eine Vorliebe für Süßes hat, dass er dauernd Essäpfel statt Mostäpfel haben muss. Cider ist das, was wir brauchen, nicht Äpfel zum Essen. Ist es nicht ein gutes Gefühl, diese vollen Fässer aufgereiht zu sehen, und die Flaschen mit Applejack? Und natürlich auch den Essig.« Dass Sadie ihre Liste um den Essig erweiterte, lag nach James' Ansicht an der Reaktion einer kleinen Frau, die in der Nähe stand und bei der Erwähnung des Applejack eine ruckartige Kopfbewegung machte. Es war Hattie Day, die nächste Nachbarin der Goodenoughs. Man hätte sich keine zwei unterschiedlicheren Frauen in einem Raum vorstellen können: Hattie Day war klein, füllig und von unförmiger Gestalt, mit einem breiten Gesicht, auf das sich nie ein Lächeln zu verirren schien, und einem scheelen Blick, aus dem viel Ungesagtes sprach. Keinen besonders guten Geschmack besaß sie in Bezug auf Hüte; an diesem Tag trug sie einen steifen Strohhut, dessen gerade Krempe ihre Stirn quer durchschnitt und mit winzigen, ursprünglich weißen Seidenblümchen besetzt war, die vom Leben im Sumpf jedoch grau geworden waren. James schenkte Damenhüten keine große Beachtung, konnte aber sehen, dass dieser hier ihr nicht stand. Sogar Sadies ausgefranste Haube gefiel ihm besser als diese schlaffen grauen Blumen.

Er verurteilte sie aber nicht. Die Days waren seit sieben Jahren ihre Nachbarn, und Hattie hatte oft ihr eigenes unausgesprochenes Urteil zurückgestellt, um den Goodenoughs beizustehen, sei es bei Fieber, Überschwemmung, Hunger oder einem von Sadies Wutanfällen, wenn ihr der Applejack ausgegangen war. Die Days waren umsichtige Farmer, John Day war ein guter Jäger, und sie hatten keine Kinder, sodass immer genug da war.

Es war aber keine Einbahnstraße. Mehr als einmal hatte er Sal und Martha am Waschtag hinübergeschickt, um Hattie zu helfen. James und die Jungs hatten John Day beim Bau einer größeren Scheune und bei der Mais- und Heuernte geholfen.

Die Days schienen ihre Farm jedoch fest im Griff zu haben und vermittelten den Goodenoughs den Eindruck, als kämen sie auch gut ohne ihre Hilfe zurecht – was vermutlich sogar stimmte. James sprach mit John Day nie über Äpfel, bot ihm nie den Tausch von Edelreisern oder seine Hilfe beim Veredeln an. Insgeheim beneidete er die Days darum, wie ihre Farm stetig wuchs, mit einem weiteren Stück gerodetem Land hier, einer zusätzlich erstandenen Kuh dort, einer neuen Räucherkammer, einer Speisekammer, die mit mehr Vorräten gefüllt war, als sie in einem Jahr essen konnten. Nur in einem Punkt erweiterten sie sich nicht: bei den Kindern – was alles andere in James' Augen bedeutungslos machte. Bei allem Neid auf die Kühe, das Heer von Einweckgläsern und einen Obstgarten, der mit exakt fünfzig Apfel- und Birnbäumen bepflanzt war, hätte er nicht mit ihnen tauschen wollen.

»Ich sage euch, was ich gemacht hab«, fuhr Sadie, an die Frauen um sie herum gewandt, fort. »Wir hatten nur noch ein paar Essäpfel übrig, und die hab ich alle zu einem Apfelkuchen verarbeitet! Ihr hättet mal das Gesicht von meinem Mann sehen sollen, als er das schmeckte! Als würde er seine Kinder essen, so hat er sich darüber ausgelassen!«

Die Frauen um sie herum lachten, außer Hattie Day, die einen Schritt von Sadie wegrückte und sich Stoffballen anzuschauen begann. Dieser Schritt war jedoch nicht unauffällig genug gewesen. James hätte ihr sagen können, dass Sadie nichts mehr hasste, als wenn jemand ihr bewusst nicht zuhörte. Aus dem Kreis der sie bewundernden Frauen heraustretend, folgte sie der einen Person, die nicht jedes ihrer Worte einsaugte. »Was würdest du machen, wenn dein Mann verrückt nach Äpfeln wäre, Hattie?«, sagte sie.

Hattie Day fixierte Sadie mit starrem Blick. »Ich wäre froh, dass mein Mann etwas Gutes zu essen anbaut«, antwortete sie.

»Das Leben im Sumpf ist hart. Da kann er sich doch wenigstens an seinen Äpfeln erfreuen.« Sie kehrte Sadie den Rücken zu und ging zum Ladenbesitzer hinüber, den sie demonstrativ in ein Gespräch verwickelte. Sadie stand für einen Moment allein da, während die anderen Frauen hinter ihr über diese öffentliche Kränkung feixten.

Es war ein seltenes Gefühl, aber James hatte Mitleid mit seiner Frau. Sadie hatte irgendwie nie gelernt, mit anderen Frauen auszukommen. Diejenigen, die ihrer würdig gewesen wären, hatten nichts für sie übrig, sodass ihr meistens nur die Schleimerinnen und die Gestörten blieben. Mit den Frauen seiner Brüder hatte sie eine schreckliche Zeit durchgemacht: Sadie mit ihnen zusammen zu sehen war, als beobachtete man jemanden, der einer Katze gegen den Strich übers Fell fuhr.

Er senkte den Blick, trat dann neben sie, als hätte er sie noch gar nicht bemerkt und nicht gehört, was sie über ihn und die Äpfel gesagt hatte. »Hab das Geld für die Felle«, sagte er. »Du kannst Zucker kaufen und ein oder zwei Bänder.«

»Weißen?«

»Ja, weißen.« Allein ihr seltenes dankbares Lächeln zu sehen war die zusätzlichen Schulden wert, die er würde machen müssen. Frauen mochten sie meiden, James tat das nicht.

Bevor wir nach Ohio zogen, war ich noch nie auf einem Camp Meeting gewesen. Die Methodisten in Neuengland hatten so was nicht gebraucht – wir hatten unsere Kirchen, in die wir jeden Sonntag gehen konnten. Im Black Swamp dagegen gab es keine Kirchen, nur eine in Perrysburg. Stellt euch nur mal vor, man watet durch den ganzen Schlamm oder Schnee, vielleicht noch mit Fieber, um zu einer mehr als zwanzig Kilometer entfernten Kirche zu kommen und dann festzustellen, dass der Prediger krank oder irgendwo stecken geblieben ist.

Also lesen wir stattdessen die Bibel und gehen ein- oder zweimal im Jahr zu den Camp Meetings. Die Leute strömten aus allen Richtungen, und wie wir Goodenoughs kamen sie direkt aus dem Sumpf und lechzten nach Gesellschaft. In einem der letzten Jahre hatten sich tausend, vielleicht sogar zweitausend Menschen versammelt und in Wagen oder unter Planen, die zwischen Bäumen aufgespannt waren, geschlafen.

Diesmal ließen wir unseren Planwagen stehen und gingen in den Wald, um uns einen Platz zu suchen, an dem wir uns niederlassen konnten. Wie immer bei Camp Meetings hielt sich James im Hintergrund und überließ es mir, uns irgendwo dazwischenzuquetschen. Überall drängten sich Menschen, die einen Platz suchten. Wenn sie einen gefunden hatten, markierten sie mit ausgebreiteten Quilts ihren Anspruch darauf. Sah schon aus, als wären wir zu spät dran, aber ich fand eine kleine Lücke zwischen zwei Familien und faltete einen Goodenough-Quilt auseinander – ein ausgefranstes altes Exemplar mit Neunerblock, das ich Martha zum Stopfen geben würde –, und die Leute neben uns guckten uns zwar schief an, rückten aber weiter, damit wir uns reinquetschen konnten. Als fünf Minuten später eine andere Familie genau dasselbe machte, waren wir die Alteingesessenen, die grummeln und sie mit hochgezogenen Augenbrauen anschauen durften. Die meisten Leute waren aber so glücklich über die Gesellschaft, dass niemand lange wütend blieb.

Bei den Treffen brachten alle Essen mit und kochten über Feuern, manche Familien nur für sich, andere langten gemeinsam zu. Natürlich wollte James, dass die Goodenoughs für sich blieben, während ich dafür war, mich mit anderen zusammenzutun. Ich war die Köchin, und ich beschloss, was wir machten. Nicht weit von uns hing über einem Feuer ein großer Topf, und ohne James oder sonst irgendjemanden zu fragen, tat ich ein Eisbein hinein. Danach wurde die Frau, die sich um den Topf kümmerte, sehr viel freundlicher, lud mich zum Mitkochen und zum Plaudern ein. Ich schickte Nathan und Robert los, um Feuerholz zu suchen. Nathan beschwerte sich, dass es bei so vielen Leuten und Hunderten von Feuern um uns rum in der näheren Umgebung kein Holz mehr geben würde und er keine Lust hatte, so weit zu gehen. Ich schickte sie trotzdem los, während sich Sal auf die Suche nach anderen Mädchen machte und James raus auf die Straße zu den Wagen ging, um den anderen Männern zuzuhören, ohne selbst jedoch ein Wort zu sagen. Da konnte ich mich dann entspannen und anfangen, meinen Spaß zu haben.

Hier lagerten so viele Leute, dass wir weit von dem Podest entfernt waren, auf das die Prediger stiegen, um von allen gesehen und gehört zu werden. Nachdem ich dafür gesorgt hatte, dass man mich lange genug beim Umrühren sah, und Nathan und Robert Arme voll Holz mitgebracht hatten, stahl ich mich davon, um was über Gott zu hören.

Seit dem vergangenen Sommer war ich bei keinem Camp Meeting mehr gewesen, und das Einzige, was ich seitdem über Gott gehört hatte, stammte von John Chapman mit seinen großen Worten wie Entsprechung und Erlösung und Auferweckung. Die Prediger hier waren ganz anders als er. Meist waren es Methodisten, aber hin und wieder passierte es auch, dass ein Baptistenprediger oder ein Kongregationalist vorbeikam und Gelegenheit zum Sprechen bekam. In dieser Hinsicht waren wir nicht wählerisch. Von all den Predigern mag ich eigentlich die Baptisten am liebsten. Die Methodisten, die ich noch aus meiner Kindheit kenne, reden lange, ohne irgendwas Neues zu sagen. Die Baptisten dagegen ereifern sich mit einem Feuer, das direkt aus ihrem Bauch kommt – direkt von Gott, schätze ich mal. Außerdem stellen sie Fragen, und wir alle dürfen laut antworten.

Als ich mich in Hörweite vorgearbeitet hatte, sah ich, dass ich Glück hatte und ein kongregationalistischer Prediger vorne stand – die waren fast so gut wie die Baptisten. Sehen konnte ich ihn nicht, aber ich hörte ihn fragen: Was glaubt ihr, wo Gott heute ist?

Er ist hier, antworteten Leute um mich herum.

Was meint ihr, wo er ist?

Genau hier bei uns.

Verlässt er euch jemals?

Nein.

Ist er in euren Herzen?

Ja.

Ist er in euren Händen?

Ja.

Nein! *Ihr* seid in *seinen* Händen. Wo seid ihr?

In seinen Händen.

Sofort überkam mich dieses erhebende Gefühl, nicht denken oder mich entscheiden zu müssen, sondern nur mit der Menge genau das zu rufen, was der Prediger und Gott von mir hören wollten. Hier konnte ich mein ganzes Leben loslassen, musste nicht an James oder die Kinder oder was wir essen würden oder das Leben im Black Swamp denken. Ich konnte einfach sein.

Natürlich half es, dass ich da schon ein bisschen Jack intus hatte. Irgendwo zwischen dem Kochtopf und dem Prediger hatte ich es fertiggebracht, mir eine Flasche geben zu lassen, und ich hatte einen großen Schluck genommen, denn ich wusste ja nicht, wann sich die nächste Gelegenheit dazu bieten würde. Es war ein ziemlich starker Jack, stärker als der, den ich gewohnt war. Er lief schnurstracks in meinen Bauch und breitete sich von dort überallhin aus, sodass es bis in die Finger- und Zehenspitzen prickelte. Auch meine Zunge lockerte er, und es fiel mir leicht, dem Prediger lauthals zu antworten.

Dann hat er uns aufgefordert zu singen, und das gefiel mir noch besser. Die Kirchenlieder waren anders als die, die ich noch von zu Hause kannte, aber so einfach, dass sie schnell zu lernen und spaßiger zu singen waren. Aus vollem Hals tönte ich:

O Seele, brenne lichterloh
Halle – Halleluja!
Der Himmel naht, des bin ich froh
Glory Halleluja!

Rufet laut, wir rücken weiter vor
Halle – Halleluja!
Satans Reich wird untergehn.
Glory Halleluja!

Bei »Rufet laut« sprang ich, so hoch ich konnte! Die Leute um mich rum sangen zwar auch, aber mir fiel auf, dass zwei Frauen mir diese schrägen Blicke zuwarfen, die ich nur allzu gut kannte, und dass die Männer lachten, über mich, das war mir klar. Zum Glück sind Camps so groß, dass man einfach weitergehen kann und nach ein paar Minuten unter neuen Leuten ist, die freundlicher sind.

So hab ich rufend und singend die Runde gemacht, und dann gab es mal wieder eine Flasche, und ich bin ein Weilchen geblieben und hab mit diesen gastfreundlichen Leuten getrunken, bis sie mit einem Mal wie bissige Hunde auf mich losgingen und ich mich verdrücken musste.

Die Prediger wechselten ein paarmal – manche waren ruhiger, manche so weitschweifig, dass ich einschlief und jemand mich mit einem Knuff weckte, weil ich schnarchte.

Dann kam ein richtiger Baptistenprediger daher, der Beste von allen. Es war ein kleiner Mann mit einem spitz zulaufenden braunen Bart. Er trug einen gelb karierten Anzug und behielt sein Jackett an, obwohl er in der Sonne stand und schwitzte, als würde er Holz hacken. Völlig reglos stand er auf dem Podest und fing ganz leise an, sodass ich ihn anfangs gar nicht hören konnte. Dann wurde er etwas lauter und sagte: Jetzt spüre ich Gott. Spürt ihr Gott?

Ja, sagten ein paar Leute.

Jetzt spüre ich Gott, wiederholte er. Spürt ihr Gott?

Ein paar mehr sagten: Ja, ich spüre Gott.

Er sagte es einfach immer wieder. Jetzt spüre ich Gott. Spürt ihr Gott? Jedes Mal wurde er etwas lauter.

Ja, ich spüre Gott, sagte ich plötzlich. Es sprang einfach aus meinem Mund, ohne dass ich auch nur darüber nachgedacht hätte.

Dann fing der Prediger an, ein bisschen zu zittern – seine Hände, die Arme, dann die Brust. Er wiederholte sich immer und immer wieder und zitterte etwas mehr und noch etwas mehr, bis er von Kopf bis Fuß bebte, und dann antworteten wir alle: Ja, ich spüre Gott, immer und immer wieder, wie eine Welle. Und unwillkürlich hab ich auch angefangen zu zittern, es war wie eine Kraft, die mich in Besitz nahm. Meine Zähne fingen an zu klappern, als hätte ich das Sumpffieber, und meine Arme ruderten, sodass ich andere traf, ohne es zu wollen. Aber die schlugen auch um sich, wir alle zitterten gemeinsam und schwitzten und heulten und riefen: Ja, ich spüre Gott! In meinem ganzen Leben hatte ich mich noch nicht so gut gefühlt, nicht einmal, als ich mit Charlie Goodenough ins frische Heu ganz oben in der Scheune ging und mit ihm schlief. Ich war von Freude erfüllt, und von Gott.

Und mitten in diesem Hüpfen und Zucken und Rufen öffnete ich die Augen, die vom Schweiß brannten, und blickte über das Feld voller sich windender Zeugen Gottes, und da sah ich

Robert stehen. Er war leicht auszumachen, denn er war der Einzige, der sich nicht bewegte. Und er sah mich an.

Sein Blick machte, dass ich aufhören wollte, denn darin war kein Gott, bloß ein Junge, der seine Mutter ansah und dachte: Warum, Ma?

Das hab ich nicht ausgehalten, ich wollte ja gar nicht aufhören. Also hab ich ihm den Rücken zugekehrt. Meinem eigenen Sohn. Dann fing ich wieder an zu hüpfen und zu schreien, aber es war nicht mehr so wie vorher – ganz und gar nicht. Plötzlich hab ich mich so gesehen, wie er mich sah, und das war so hässlich, dass ich mich zwischen all diesen Leuten hinsetzen und heulen musste. Diesmal echte Tränen, nicht das, was der Prediger mir abgezwungen hatte. Das hier waren die echten Tränen von Gott.

Nach einer Weile fand James die Unterhaltung bei den Wagen ermüdend. Er hörte gerne zu und hätte durchaus etwas über das Wetter, die Maisernte, die Straße, die geschottert werden sollte, oder die Schurken im Kongress zu sagen gehabt. Letztlich fehlte ihm jedoch immer der Mut; bis er einmal Worte nach seinem Geschmack formuliert hatte, war das Gespräch schon weitergegangen.

Dann bemerkte einer der Männer in dem Kreis, in dessen Nähe sich James aufhielt: »Hab diesen Winter acht Apfelbäume verloren.«

Ohne nachzudenken, sagte James: »Ich neun.«

»Vier«, sagte ein anderer.

»Zwei, aber ich hab einen dritten im Auge, der immer noch nicht geblüht hat.«

»Ich hab keinen verloren. Vermutlich Glück gehabt. Wenn es so was in diesem Sumpf überhaupt gibt.«

»Was für eine Sorte hast du? Gelber Bellefleur? Buckinham? Milam?«

»Nein – Early Chandler. Aus dem Osten mitgebracht. Hab ich aus Samen gezogen.«

Es folgte eine Pause, dann sagte James: »Ich hab dieses Frühjahr fünfzehn Goldpepping gepfropft.«

»Goldpepping«, wiederholte der erste Mann. »Nie gehört. Woher kommt der?«

»Ein Baum aus Connecticut und davor aus England. Meine Großeltern haben ihn mit rübergebracht. Es ist ein Apfel mit gelber Schale, ein Tafelapfel.«

»Wie hoch ist der Ertrag?«

»Normalerweise zehn Scheffel pro Jahr.«

»Nicht schlecht. Und der Geschmack?«

»Honig und Nüsse und am Ende Ananas«, antwortete James fast automatisch. Diesen Geschmack beschrieb er schon sein Leben lang.

»Sie haben sie gepfropft, sagen Sie?«

»Genau.«

»Verstreichen Sie den Verband mit Wundwachs?«

»Nicht nötig. Lehm reicht, solange man Haare reinmischt, damit er nicht bricht.«

»Und die Reiser wachsen an?«

»Ja.« Fast hätte James hinzugefügt, dass die Edelreiser geblüht hatten, beschloss jedoch, seinen Erfolg nicht zu sehr herauszustellen.

Danach wechselte das Thema, aber diese paar Minuten reichten aus, um ihn für mehrere Stunden in Hochstimmung zu versetzen – den Abend hindurch und in die Nacht, in der gepredigt und gesungen, Eintopf gegessen und den Unterhaltungen am Feuer gelauscht wurde. Schlagartig vorbei war seine gute Laune erst, als er durch den Wald auf den Planwagen zusteuerte, um sich dort schlafen zu legen, und über Sadie stolperte, die, den Rock hochgezogen, von dem rotbärtigen Mann mit dem Berglöwenfell gevögelt wurde. Sie waren beide so betrunken, dass sie ihn gar nicht bemerkten, nicht einmal, als er seine Laterne hochhielt, um auf sie hinabzuleuchten. Einen Moment lang betrachtete er sie. Dann stieß er den Mann von Sadie herunter, als schnippte er eine Fliege von einem Kuchenstück. Der Bärtige wehrte sich nicht, sondern sackte auf dem Boden zusammen und fing an zu schnarchen. Sadie blickte im Laternenlicht zu ihrem Mann auf und lachte.

»Wir gehen«, sagte er. »Kommst du?«

»Ich bin noch nicht so weit.«

James sagte nichts weiter, sondern wandte sich ab und schlängelte sich zwischen Gestalten hindurch, die schlafend überall auf dem Boden lagen. Es war schwer, nicht auf Leute zu treten, und seine Stiefel erwischten Hände und Knöchel und Schultern, was jedes Mal Rufe und Gemurmel auslöste. Er reagierte nicht, denn er war nicht in der Stimmung, sich bei irgendjemandem zu entschuldigen.

Die Ochsen fand er, angebunden und im Stehen eingeschlafen, auf dem Feld, wo er sie zurückgelassen hatte. James tätschelte sie, bevor er ihnen in die Nüstern blies, statt dem Drang nachzugeben, an ihnen zu zerren; er durfte seine Wut nicht an unschuldigen Tieren auslassen.

Die Ochsen sträubten sich dagegen, im Dunkeln wieder loszuziehen. Eine Handvoll Hafer und ein Apfel – Mostobst, aber das schien sie nicht zu stören – ließen sie schließlich lebendig werden, und James führte sie zu dem Wagen, wo die Kinder unter dem Neunerblock-Quilt schliefen. Er hob die Laterne und musterte die Decke einen Augenblick. Neun Jahre zuvor war sie mit ihnen aus Connecticut gekommen – ganz neu damals, in aller Eile von Sadie und ihren Schwestern fertiggestellt, da der Entschluss, nach Westen zu gehen, plötzlich gefallen war. Die Quadrate kannte James gut, auch wenn er sie im schwachen

Laternenlicht kaum sehen konnte. Sie waren aus Stoff von Kleidern, Schürzen, alten Laken und Resten anderer Familienstücke: einer abgetragenen gelben Haube seiner Mutter, einem zerrissenen blauen Rock von Sadie, zerschlissenen Stiefelhosen seines Bruders Charlie. Seine ganze Familie in Connecticut war in raschen, ungleichmäßigen Stichen, die mittlerweile hier und da aufgingen, in den Quilt hineingenäht worden. Aus Rissen zwischen den Quadraten quoll die Füllung heraus, doch trotz ihres zerfetzten Aussehens vermittelte sie Behaglichkeit.

James weckte die Kinder nicht auf, doch als er das Ochsengespann angeschirrt hatte und sie begannen, sich die Straße hinauf zu bewegen, setzte Robert sich auf. Bald darauf hatte er sich zu James auf den Bock gesellt.

»Fahren wir nach Hause?«

»Ja.«

James war dankbar, dass Robert wach geworden war und nicht Nathan oder Sal, die ihn mit Fragen gelöchert hätten. »Weiß Ma Bescheid?«, war alles, was Robert sagte.

»Sie wird schon ihren Weg nach Hause finden.«

Eine Zeit lang saßen sie schweigend im Dunkeln, zur Orientierung nur das Licht der Laterne, die am Wagen hing. »Pa«, sagte Robert nach einer Weile, »was ist mit der Pflugschar und den Vorräten, die wir in Perrysburg gelassen haben? Müssen wir die nicht abholen?«

James ließ die Ochsen noch eine Minute weitertrotten, dann zog er die Zügel an. »Verdammt noch mal.« In seinem Drang, von Sadie wegzukommen, hatte er an nichts anderes gedacht als daran, so schnell wie möglich nach Hause zu fahren.

»Es ist nicht weit, Pa«, sagte Robert. »Ein kleines Stück zurück bis zur nächsten Kreuzung.« Er klang wie ein Vater, der sein Kind beruhigt.

James hielt die Zügel in der Hand und lauschte. Um ihn

herum tiefe Dunkelheit, die viele Stunden lang nicht weichen würde. Der Mond war nicht zu sehen, aber die Sterne leuchteten hell – ein eher poetisches als nützliches Licht. Bei dem Gedanken, vor der Schmiede warten zu müssen, bis der Mann die Tür aufsperrte, seufzte er tief.

Ihm blieb jedoch nichts anderes übrig, als den Wagen zu wenden, zurückzufahren und sich dabei lächerlich vorzukommen. Zum Glück war es nur Robert, vor dem er sich schämen musste. Als sie Perrysburg erreichten, schlüpfte der Junge wieder zu seinen Geschwistern ins Bett und war bald eingeschlafen. James blieb wach, saß nur da und versuchte, nicht über seine Frau nachzudenken.

Die Kinder regten sich nicht, bis das morgendliche Konzert der Vögel einsetzte, das, wie James feststellte, in der Stadt genauso laut war wie im Sumpf. Dann richtete Sal sich auf, mit ihren verwuschelten Haaren eine jüngere Ausgabe von Sadie. »Wo ist Ma?«

»Im Camp.« In dem gedämpften rosafarbenen Licht, mit dem die Sonne ihr Kommen ankündigte, betrachtete James prüfend die Fenster der Schmiede.

»Warum ist sie nicht bei uns?«

James antwortete nicht.

»Wo sind wir?«

»Perrysburg.«

»Das Camp ist nicht weit. Ich könnte hinlaufen und sie holen«, sagte Sal, rührte sich aber nicht. Sie gehörte nicht zu den Mädchen, die mehr taten als das von ihnen verlangte Minimum. Nach einem Blick auf ihre Brüder, die zu beiden Seiten von ihr schliefen, entschied sie sich dafür, Robert mit einem Knuff zu wecken. »Geh und hol Ma«, sagte sie. Robert setzte sich nicht auf, richtete aber seine braunen Augen auf sie.

»Robert geht nirgendwohin«, sagte James. »Und auch sonst

niemand. Wir warten hier, bis der Schmied und der Laden aufmachen, damit wir unsere Vorräte abholen können. Dann fahren wir nach Hause. Eure Ma kann kommen, wenn sie so weit ist.«

»Aber sie kennt den Weg doch nicht!« Sal fing an zu schluchzen.

Orientierung war tatsächlich keine von Sadies Stärken. Zum Portage River führte nur eine Straße, aber vielleicht würde es ihr schwerfallen, die richtige Abzweigung zu ihrem Grundstück zu finden – die alten Indianerpfade sahen, wenn man sie nicht gut kannte und dazu noch betrunken war, alle gleich aus. James stellte sich vor, wie Sadie durch die Wälder irrte, und ein grimmiges Lächeln huschte über sein Gesicht. »Sie wird es schon schaffen.«

Sal legte sich wieder hin, schluchzte aber weiter; sie schien die Dramatik zu genießen. Nathan schlief noch – er konnte beim lautesten Gewitter schlafen –, aber Robert stand auf und setzte sich wieder zu seinem Vater. James griff in eine Jutetasche zu seinen Füßen, holte zwei kalte Johnnycakes heraus und gab einen davon seinem Sohn. Während sie die Maismehlfladen aßen, sahen sie zu, wie die Sonne sich über den Bäumen emporschob, um einen neuen Tag zu beginnen.

»Was meinst du, wie lange der Schmied noch braucht, Pa?«, fragte Robert.

»Eine Stunde vielleicht. So stattlich, wie der ist, will er bestimmt ordentlich frühstücken.«

Robert nickte.

James warf einen flüchtigen Blick hinter sich, um sicherzugehen, dass Nathan und Sal schliefen. Dann räusperte er sich, um die Worte herauszubekommen, die dort zusammen mit dem Johnnycake in seiner Kehle steckten. »Ich hab die Pfropfung gesehen, die du draußen im Wald gemacht hast«, sagte er leise.

»Glaubst du, sie wächst an?«

»Ist sie schon. Das war gute Arbeit.« James lobte seine Kinder nur selten. Er hatte nie das Gefühl, es tun zu müssen.

»Was, wenn Ma sie entdeckt?«

»Da findet sie nie hin.« Noch während er das sagte, begannen jedoch Zweifel an ihm zu nagen. Der von Robert veredelte Baum stand an einem der Indianerpfade in der Nähe des Hauptwegs zu ihrer Hütte. Falls Sadie sich auf dem Heimweg verirrte – was sie höchstwahrscheinlich tun würde –, konnte sie leicht diesen Pfad erwischen und dann auf den Baum stoßen. Und was sie damit machen würde, wenn sie wütend und ängstlich war, wusste James genau.

»Soll ich sie holen gehen?«

Alles tat mir weh. Mein Kopf vom Jack. Meine Kehle vom Kreischen und Singen. Meine Möse von dem wilden Rotbart. Und dann lag ich noch in irgendeinem Gestrüpp, das mich bei jeder Bewegung kratzte.

Nach einer Weile hab ich's geschafft, den Kopf zu drehen, dann hab ich mich auf die Ellbogen gestützt, um zu sehen, was um mich her vorging. Überall waren Leute dabei, sich nach der Nacht wieder präsentabel zu machen – Frauen bürsteten und flochten ihr Haar, Männer pinkelten in den Wald, andere machten Feuer und formten kleine Maismehlfladen zum Braten. Von irgendwoher kam Speckduft.

Ich war anscheinend die Einzige, die noch nicht aufgestanden war, obwohl ganz bestimmt einige dieser Leute in der Nacht Dinge gemacht hatten, von denen auch ihnen bestimmte Körperteile wehtaten. Wie kam es, dass immer ich diejenige war, die ertappt wurde? Alle anderen konnten sündigen und trotzdem morgens mit glattem Haar und einem unschuldigen Lächeln im Gesicht dastehen. Ich dagegen hatte meinen Rock bis zu den Knien hochgezogen und Haare, als hätte mich jemand durch eine Hecke geschleift, mein Atem stank, und meine Haube war spurlos verschwunden.

Ich zog mir den Rock runter und drehte meine Haare zu einem Knoten, den ich mit einem Zweig befestigte, weil ich meine Haarnadeln verloren hatte. Schließlich stand ich senkrecht, obwohl die Kopfschmerzen mich fast umbrachten, und klopfte mir das Kleid ab. Ein bisschen Blut war drauf, und Dreck und andere Dinge, doch das konnte ich nicht ändern. Ich hab niemanden angeguckt, konnte aber spüren, dass wieder schiefe Blicke kamen. Auf der Suche nach unserem Wagen fing ich an, einfach durch das Lager zu laufen. Es war aber so voll mit Leuten und so groß, und der Kopf tat mir so weh, dass ich nicht mehr wusste, wo ich war.

Ich dachte, ich würde in Tränen ausbrechen. Dann hab ich Hattie Day entdeckt, die gerade einen Quilt faltete. Ich bin zu ihr hin und hab das andere Ende genommen, um ihr zu helfen, und gesagt: Hattie, ich weiß, du magst mich nicht, aber kannst du mir bitte den Weg zu den ganzen Wagen zeigen? Mit einem Hauch von Mitleid in den Augen hat sie mich angesehen und den Finger ausgestreckt. Normalerweise kann ich Mitleid nicht ausstehen, aber diesmal dachte ich, ein Hauch davon kann nichts schaden. Also hab ich ihr gedankt, ihr die Enden des Quilts in die Hand gegeben und mich in die Richtung aufgemacht, die sie mir gewiesen hatte.

Schließlich kam ich an der Straße raus und ging die lange Reihe der Wagen entlang, konnte unseren jedoch nicht finden. Ich hab versucht, nicht in Panik zu geraten, aber meine Zähne klapperten, und meine Hände zitterten, obwohl es nicht kalt war.

Meine Familie war weg. Das konnte ich spüren. Ich war ganz allein. Da bin ich einfach mitten auf der Straße stehen geblieben. Ein Wagen kam auf mich zugefahren, und ein Mann rief, ich sollte aus dem Weg gehen. Mir liefen die Tränen.

Ma.

Ich drehte mich um, und da war Robert. Ich war froh, dass von meiner ganzen Familie er derjenige war, der mich gefunden hatte, denn ihn liebe ich am meisten, auch wenn er mir das schlechteste Gewissen macht. Robert ist der Goodenough, der eine Zukunft hat, derjenige, den der Sumpf nicht kriegen wird.

Er streckte die Hand aus und sagte: Ich komme dich holen.

Ich weinte immer noch und ließ ihn meine Hand nehmen und mich wegführen wie ein Kind.

2

Amerika

1840–1856

Smithson Fery
Kingsvill
Kanada

1. Jannuer 1840

Gudinafs
Blek Swomp
Portig River
bei Perisberg
Ohio

Libe Brüder und Schwestern, hier ist euer Bruder Robert. Ich kann jez schreiben. Der Käptn von dem Bot auf dem Eeri-See wo ich abeite hat es mir beigebracht. Jez ist der See gefroren und ich bin in Kingsvill in Kanada. Ich hoffe euch gehts gut und das Fiber hat dieses Jar keinen geholt. Ihr könt mir schreiben ich warte auf einen Brief.

Euer Bruder Robert

Winston Hotel
Ditroit
Mischigen

1. Januer 1841

Gudinaffs
Blek Swamp
Portedge River
bei Perisburg
Ohio

Libe Brüder und Schwestern!

Ein Jar ist es her das ich euch geschriben hab. Das ~~Bot Boht~~ Boot wo ich geabeitet hab ist im Sturm kaput gegangen und ich bin nicht mehr auf dem See. Ditroit ist in Ordnung. Ich spüle Flaschen in einem Hotel.

Wie gehts allen? Was machen die Apfelbäume. Marta wenn du immer noch schreiben kannst kannst du mir einen Brief ins Winston Hotel in Ditroit schicken.

Euer Bruder
Robert

Terre Haute
Indiana

1. Januar 1842

Goodenoughs
Blak Swamp
Portage River
bei Perrysburg
Ohio

Liebe Brüder und Schwestern!

Grüße und ein gutes neues Jar. Von Mr. Jonah Parks mit dem ich jez in einem Wagen herrumreise und Aznei verkaufe habe ich besser schreiben gelernt. Ich arbeite für ihn weil in Ditroit zu fiele Leute waren. Wir sind meistens von ~~Statt~~ Stadt zu Stadt unterwegs. Das gefällt mir, es past besser zu mir als eine ~~Gros~~ Großstadt.

Vieleicht habt ihr mir in das Hotel geschrieben, wie ich euch leztes Jar gesagt habe, aber ich hab keinen Brief bekommen. Die Leute dort waren nicht gut vieleicht hab ich ihn deshalb nicht bekommen.

Wisst ihr was, einmal hab ich John Chapman gesehen. Ich hab ihn nach Neuigkeiten von der Familie und der Farm gefragt aber er hat gesagt das er nicht mehr in den Blak Swamp fährt sondern meistens in Indiana ist. Das war schade denn ich würde gerne Neues von der Familie hören.

Erinnert ihr euch wie John Chapman uns mal in seinem Kanu mitgenommen hat? Ich weiß noch genau wie es so gleichmäßig durchs ~~Waser~~ Wasser glitt.

Mr. Park ist ein guter Mann und ihr könnt in fast jede Stadt in Indiana schreiben und er kriegt den Brief. Auser nach Lafyett und Blumingtown wo er verhaftet würde deshalb schreibt da nicht hin.

Euer Bruder
Robert

Gilbert Hotel
Racine
Wisconsin Territory

1. Januar 1844

Goodenoughs
Black Swamp
Portage River
bei Perrysburg
Ohio

Liebe Brüder und Schwestern!

Es tut mir leid das ich leztes Jar nicht geschrieben habe wie die Neujare vorher aber das ~~Gesez~~ Gesetz hatte mich und Mr. Parks eingeholt und ich war im Gefängnis. Als ich wieder draußen war bin ich weiter nach Westen gegangen und bin jez in Wisconsin wo ich mich im Stall von einem Hotel um die Pferde kümmere. Es ist gut weil die Pferde mich nachts wärmen in Wisconsin sind die Winter nämlich sehr kalt noch kälter als im Black Swamp. Ich war noch nicht im Sommer hier aber sie sagen es gibt nicht so fiele Stechmücken.

Wie gehts der Farm. Manchmal muss ich an die Goldpeppings denken. Ich vermisse den Geschmack. Neben einem der Indjanerpfade Richtung Perrysburg steht ein Goldpepping-Baum, den ich gepfropft habe. Ich möchte gerne wisen ob er noch lebt und ob er schon mal Früchte getragen hat. Vieleicht könnt ihr ihn finden.

Ihr könnt mir hier ins Hotel schreiben. Ich hätte gerne einen Brief.

Euer Bruder
Robert

Fort Leavenworth
Beim Missouri River
Missouri Territory

1. Januar 1847

Goodenoughs
Black Swamp
Portage River
bei Perrysburg
Ohio

Liebe Brüder und Schwestern!

Mein lezter Brief ist drei Jare her. Inzwischen bin ich nach Westen gegangen und arbeite jetzt in den Stallungen der Armee. Hier sind die Sommer heiß und die Winter sehr kalt. Ich will kein Soldat werden und glaube nicht das ich noch lange hier bleibe.

Über 8 Jahre ist es her das ich den Sumpf verlassen habe und ihr seid alle erwachsen. Vieleicht hast du schon geheiratet, Caleb. Vieleicht auch Nathan oder sogar Sal. Vieleicht bin ich Onkel Robert. Ich bin viel rumgekommen aber ich denke immer noch an die Farm im Black Swamp. Ich würde gerne Neuigkeiten von euch hören wenn ihr bald hierher schreibt sie bringen zuverlässig Briefe zum Fort.

Euer Bruder
Robert

Rancho Salazar
Texas

1. Januar 1849

Goodenoughs
Black Swamp
Portage River
bei Perrysburg
Ohio

Liebe Brüder und Schwestern!

Ich schreibe am ~~Neujar~~ Neujahrstag aus Texas, wo ich seit fast zwei Jahren auf einer Ranch arbeite. Ich hatte nicht vor hier zu landen, habe aber ein ziemlich übles Pack kennengelernt, und es war schwer, davon wegzukommen. Wir sind den Santa Fe Trail runter und haben dann Arbeit auf der Ranch eines alten Mexikaners gefunden, der nie von dort weggegangen war, nicht mal, als Texas ein unabhängiges Land war.

Es ist eine verlässliche, aber schwere Arbeit und Vieh mag ich nicht besonders. Es zieht zu fiele Fliegen an. Außerdem ist das Land eine Wüste, sehr ~~hieß~~ heiß und es gibt keine Bäume. Wir sind weit von allem entfernt sodass ich keine Adresse angeben kann an die ihr schreiben könnt was schade ist weil ich gerne Post hätte.

Mir geht es gut aber wenn ich genug Geld verdiene gehe ich nach Kalifornin. Einer von den Männern hier war dort und hat mir von Bäumen namens Redwoods erzählt, die 90 Meter hoch sind und um sie zu umfassen braucht man 20 ausgestreckte Männerarme. Ich habe ihm nicht geglaubt und will das selbst sehen. Mir fehlen Bäume. Außerdem gibt es Gold in Kalifornin und das ist eine

Versuchung. Ich höre dass man beim Goldschürfen 200 Dolar am Tag verdienen kann. Hier kriege ich nur 5 Dolar im Monat.

Ich schreibe wieder aus Kalifornin, wenn ich eine Adresse habe. Vergesst mich nicht. Ich habe meine Familie im Black Swamp nicht vergessen.

Euer Bruder
Robert

Miller General Store
Nevada City
Kalifornien

1. Januar 1850

Goodenoughs
Black Swamp
Portage River
bei Perrysburg
Ohio

Liebe Brüder und Schwestern!

Ich hoffe, ihr seid gesund. Wie gehts der Farm. Manche von euch müssen jetzt Kinder haben. Das versuche ich mir manchmal vorzustellen.

Wie angekündigt, habe ich es nach Kalifornien geschafft. Es war eine lange Reise wie so ~~fiele~~ viele sie gemacht haben. Im Westen von Kansas habe ich den Überlandweg genommen und bin ihm durch die Rocky Mountens nach Salt Lake City und dann in die Sierra Nevada Mountens gefolgt. Tausende von Leuten gingen entlang dieser Route und viele sind unterwegs gestorben, überall am Wegrand gibt es Gräber. Aber ich bin das Leben im Freien gewohnt, sodass es für mich gar nicht so schlimm war. Ich bekam die Berge zu sehen und das war schon was. Auch den Büffel, den ich einmal gegessen habe, aber nicht mochte. Ich habe meinen Namen in den Unabhängigkeitsfelsen geritzt, ein großer Granitblock beim South Pass. Das macht jeder, der da vorbeikommt. Wenn einer von euch mal auf diesem Weg nach Kalifornien geht, kann er an dem Felsen nach mir suchen.

Ich bin auf der westlichen Seite der Sierra Nevada wo Gold in den Flüssen ist, die von den Bergen runterfließen. Ich arbeite in einem der Goldgräberlager. Es liegt Schnee, aber trotzdem wasche ich jeden Tag Gold, manchmal allein, manchmal arbeiten wir zusammen und benutzen dabei eine Goldwaschrinne oder eine Wippe. Ein kleines Bisschen habe ich gefunden, hauptsächlich Flitter. Von mir aus flussabwärts hat gestern ein Mann einen Goldklumpen im Wert von $ 1000 gefunden. Nach so was suchen wir alle.

Ich komme ziemlich regelmäßig zum Einkaufen nach Nevada City, falls ihr schreiben wollt. Ich würde ja gerne von zu Hause hören.

Euer Bruder
Robert

Miller General Store
Nevada City
Kalifornien

1. Januar 1851

Goodenoughs
Black Swamp
Portage River
bei Perrysburg
Ohio

Liebe Brüder und Schwestern!

Ein gutes neues Jahr euch allen. Ich bin immer noch hier in Kalifornien beim Goldschürfen, genau wie letztes Jahr, bin aber ein bisschen den Fluss rauf und runter gegangen. Ich habe viel gefunden, aber nicht viel verdient, weil hier das Leben so teuer ist. Was ich für mein Gold bekomme, gebe ich sofort für Vorräte wieder aus. Mehl und Munition und Hafer und Stallung, all das kostet mehr als überall sonst wo ich je gelebt habe. Ich glaube, lange mache ich das nicht mehr, das Goldfieber behagt mir nämlich nicht. Manche Männer werden von ihm überwältigt und selbst wenn sie Gold gefunden haben, sind sie nie zufrieden.

Wenn ihr mir schreiben wollt, tut es schnell, weil ich nicht mehr allzu lange hier sein werde.

Euer Bruder
Robert

Greenshaw Hotel
Sacramento
Kalifornien

1. Januar 1853

Goodenoughs
Black Swamp
Portage River
bei Perrysburg
Ohio

Liebe Brüder und Schwestern!

Seit meinem letzten Brief sind zwei Jahre vergangen. Ich hab mit dem Goldschürfen aufgehört, weil es die Seele eines Menschen zerstört, dem Gold nachzujagen. Jetzt arbeite ich auf Farmen und Ranches, meistens in der Nähe von Sacramento, aber ich gehe auch an andere Orte.

Ich hab die riesigen Redwoods gesehen, von denen sie reden. Die sind schon toll, sehr hoch und gerade und dunkel zwischen all den kleineren Bäumen. Ich hab auch das Meer gesehen. Es ist ein bisschen wie der Eriesee, nur die Wellen sind größer und das Wasser schmeckt salzig.

Das Greenshaw Hotel wird Briefe für mich aufbewahren, falls ihr schreiben wollt.

Euer Bruder
Robert

Pension Bienenstock
Montgomery & California Streets
San Francisco
Kalifornien

1. Januar 1854

Goodenoughs
Black Swamp
Portage River
bei Perrysburg
Ohio

Liebe Brüder und Schwestern!

Ein gutes neues Jahr und ich hoffe, alle sind gesund und munter.

Ich hatte ein gutes Jahr, denn ich habe einen Mann namens William Lobb kennengelernt. Er sammelt Pflanzen und Bäume und Samen und schickt sie nach England, wo sie Kiefern und andere Pflanzen aus Kalifornien mögen. Ich wusste gar nicht, dass es eine solche Arbeit als Pflanzenhändler gibt. Dabei helfe ich Mr. Lobb jetzt.

Wir haben Riesenbäume oben an einem Ort namens Calaveras Grove gesehen. Sie sind wie Redwoods mit ihrer roten Rinde, aber noch dicker. Ich wünschte, ihr könntet sie sehen, ihr würdet staunen, wie groß sie sind. Der Fuß des Stammes würde die Küche des Hauses im Black Swamp füllen. Ich glaube, sie sind wohl die ältesten Bäume auf der Erde. Vor ihnen habe ich mich klein gefühlt, aber es war das beste Gefühl, das ich je hatte, sogar besser als Kirche oder ein gutes Essen.

Ich bin viel unterwegs und sammle Samen, komme aber immer

nach San Francisco zurück und, egal, wo ich bin, Mrs. Bienenstock weiß, wie sie mir Briefe zukommen lassen kann. Ich nehme an, dass ihr mich längst vergessen habt, aber ich habe euch nicht vergessen.

Euer Bruder
Robert

Pension Bienenstock
Montgomery & California Streets
San Francisco
Kalifornien

1. Januar 1856

Goodenoughs
Black Swamp
Portage River
bei Perrysburg
Ohio

Liebe Brüder und Schwestern!

An jedem Neujahrstag überlege ich, was ich meiner Familie zu Hause im Black Swamp schreiben soll. Manchmal schreibe ich nicht, weil es zu schwierig ist und so lange dauert. Es ist jetzt über 17 Jahre her, dass ich den Sumpf verlassen habe, und nie habe ich einen Brief zurückbekommen. Ich weiß nicht, ob ihr überhaupt alle noch am Leben seid, und deshalb ist das mein letzter Brief.

Ich sammle immer noch Samen und Pflanzen für Mr. Lobb. Er hat mir viel beigebracht und dafür bin ich ihm sehr dankbar. Mir wird es hier gut gehen. Ich habe eine Arbeit, die mit Bäumen zu tun hat, und das ist mehr, als ich je erwartet habe.

Ich hoffe, euch geht es gut, wo immer ihr seid.

Zum letzten Mal:
Euer Bruder
Robert

3

Kalifornien

1853–1856

Robert Goodenough arbeitete gerade auf einem Feld nördlich von Sacramento, als er zum ersten Mal von Baumriesen hörte, die sogar noch größer als Redwoods waren.

Er und eine Handvoll andere Männer waren dabei, vor einem Sommergewitter, das in weiter Ferne grollte, aber nicht näher zu kommen schien, Heu einzufahren. Das war nur eine der vielen Stellen, die Robert angenommen hatte, seit er zwei Jahre zuvor mit der Goldsuche aufgehört hatte. Die Sonne auf seinem Rücken, der beißende Schweiß in seinen Augen, die endlose Wiederholung machten ihm nichts aus. Diese Dinge waren ihm vertraut. Das Leben war oft nur die Wiederholung derselben Bewegungen in einer anderen Reihenfolge, je nach Tag und Ort.

Was er nicht ertragen konnte, war das permanente Gequatsche des Mannes, der rechts von ihm arbeitete: stundenlange öde Geschichten über das Gold, das er gefunden und versoffen hatte, oder über die Wucherpreise, die in Kalifornien für alles verlangt wurden, oder die Widrigkeiten, denen er auf dem Überlandweg von Kentucky hierher begegnet war. Für Kalifornier waren das alles vertraute Geschichten, belebt nur durch einen ungewöhnlichen Erzählstil oder eine überraschende Wendung am Ende. Nichts davon hatte der Mann neben ihm zu bieten, verfolgte aber seine Geschichten mit der verbissenen Ausdauer, die er beim Heurechen gerade nicht an den Tag legte.

Um ihn nicht mit einem Fausthieb zum Schweigen zu bringen, verstärkte Robert den Griff um seinen eigenen Rechen. Dann bemerkte der Mann: »Ich werd bald nach Kentucky zurückgehen. Hab genug von Kalifornien. Hab alles gesehen, was es zu sehen gibt: den größten Goldklumpen der Welt, mit dreiundzwanzig Pfund. Den Ozean, hat mich nicht sonderlich beeindruckt. Die roten Bäume, schön hoch, aber ich vermisse den Hickory, den Blumenhartriegel und die Tulpenbäume zu Hause. Mehr brauch ich nicht zu sehen. Ich bin hier fertig.«

»Aber die dicken Bäume drüben in Calaveras County hast du nicht gesehen«, sagte der Mann neben ihm. »Das sind vielleicht Dinger! Stell dir einen normalen Redwood vor, und nimm den mal drei, so groß sind sie!«

Robert hielt im Rechen inne. »Ist das am Calaveras River?«

»Nee – ein Stück den Stanislaus River rauf«, erwiderte der Mann.

»Den Stanislaus rauf? Du meinst runter, oder?«

»Ich mein, was ich gesagt hab.«

»Flussaufwärts in östliche Richtung? Nicht nach Westen?«

»Nein, nach Osten.«

»Wie weit flussaufwärts?«

»Keine Ahnung. Rauf in die Berge.«

»In den Bergen gibt es aber keine Redwoods. Die wachsen nur an der Küste.«

Der Mann zuckte die Achseln.

Robert fixierte ihn mit einem Blick, von dem er wusste, dass er Leute durcheinanderbrachte. »Hast du sie wirklich gesehen?«

Verärgert darüber, dass seine Glaubwürdigkeit infrage gestellt wurde, runzelte der Mann die Stirn. »Als ich in Sacramento war, hat mir jemand von ihnen erzählt.«

»Die einzigen Bäume, die ich sehen muss, sind die Hartriegelbäume neben der Farm von meinem Vater«, warf der Mann rechts neben ihm ein. »Das sind die schönsten Bäume, die ihr je im Frühjahr gesehen habt. Allein der Gedanke dran tut mir schon weh.«

Robert nahm seinen Rechen wieder fest in die Hand und zog das Heu zu einem Haufen zusammen. Er stellte keine Fragen mehr, denn er hatte kein Interesse an bloßen Gerüchten. Der andere Mann konnte leicht Beschreibungen von Redwoods wiedergeben, die Robert selbst entlang der Küste gesehen hatte. Jeder würde ihre Größe herausstreichen und sie als riesig bezeichnen. Robert hatte vor Bäumen gestanden, die er auf mindestens hundert Meter Höhe schätzte. Und ein Stamm, dreimal so dick wie ein Redwood: Was hieß das wirklich? Robert hatte hohe Redwoods gesehen und ebenso kleine zehnjährige, die wie Kiefern wirkten, aber mit roter Rinde.

Dennoch blieben ihm die Worte des Mannes im Gedächtnis haften. Zumindest war er sich sicher gewesen, dass diese mysteriösen Bäume oben in den Hügeln der Sierra Nevada statt unten an der Küste wuchsen. Weiter als achtzig Kilometer vom Meer entfernt hatte Robert keine Redwoods gesehen; die Vorstellung, dass es so weit im Hinterland welche geben sollte, verwirrte ihn.

Als die Ernte eingebracht und es Zeit war weiterzuziehen, ging er nicht nach Norden oder Westen, um dort Arbeit zu suchen, sondern hielt sich südöstlich, überquerte die Flüsse Mokelumne und Calaveras und erreichte schließlich den Stanislaus River, ohne sich einzugestehen, dass das von Anfang an sein Ziel gewesen war. Er begann, dem Fluss bergauf in Richtung seiner Quelle zu folgen, und schon bald wurde das Gerücht bestätigt. »Es gibt sie tatsächlich, diese Riesenbäume«, erzählte ihm ein Mann, der für die Union Water Company arbeitete. »Hat ein Jäger entdeckt, der der Water Company Fleisch liefert. Hat da oben einen Grizzly gejagt und ist auf einen Hain aus den größten Bäumen gestoßen, die je einer gesehen hat. Wurde deswegen letztes Jahr ständig zum Essen eingeladen. Dachte, inzwischen hätte es jeder gehört. Woher kommen Sie?«

Auch dieser Mann hatte die Bäume nicht selbst gesehen, konnte jedoch den Weg zu dem Wäldchen detailliert beschreiben. Dennoch blieb Robert skeptisch: Schließlich könnte es sich immer noch um besonders dicke Redwoods handeln, nur eben weit von der Küste entfernt.

Doch je näher er dem Calaveras Grove kam, desto lauter wurde das Gerede darüber, bis es den Anschein hatte, als wäre jeder, den Robert traf, begierig darauf, ihm von den Mammutbäumen zu erzählen. Seltsamerweise hatte niemand sich tatsächlich die Zeit genommen hinzugehen und sie anzuschauen. Aber Robert wusste auch, dass Bäume anderen längst nicht so wichtig waren wie ihm. Schließlich erreichte er Murphys, eine von der Union Water Company errichtete Bergbaustadt rund fünfundzwanzig Kilometer von dem Hain entfernt, und dort traf er endlich jemanden, der die Bäume mit eigenen Augen gesehen hatte. Der Mann war recht wortkarg. »Sie müssen sie selbst anschauen«, erklärte er mit einem Kopfschütteln, als traute er seiner eigenen Erinnerung nicht. »Ich kann sie nicht beschreiben.«

Am Morgen sattelte Robert sein Pferd – einen launenhaften Grauschimmel, den er einem Bergarbeiter abgekauft hatte, nachdem Bolt, sein ständiger Begleiter seit der Zeit in Texas, von Indianern gestohlen worden war. Er hatte dem Grauschimmel keinen Namen gegeben und war sich nicht sicher, ob er es je tun würde, denn wenn man etwas benannte, band man es an sich, und das machte den Verlust nur schmerzlicher. Abgesehen von seinen anderen Launen, stieg der Grauschimmel nicht gern über eine bestimmte Höhe hinaus, und einen großen Teil des Wegs zum Calaveras Grove legte er scheuend und seitwärts trippelnd zurück. Die Straße befand sich in einem erstaunlich guten Zustand: Zwei unternehmungslustige Brüder hatten ein Stück des

Landes, auf dem die Baumriesen wuchsen, erworben und für die Besucher, die sie dorthin zu locken hofften, eine Zufahrt gebaut.

Als Robert am Rand des Calaveras Grove ankam, stieg er ab und blieb, eine Hand auf dem Hals seines Pferdes, stehen. Auf seinen Reisen hatte Robert viele Dinge gesehen, die ihm tief in der Brust wehgetan hatten, wie ein Splitter aus Schwermut, der sich in sein Herz bohrte: Prärie, die sich in der Ferne verlor; eine einzelne Ulme, durch deren Blätterdach der Himmel blauer erschien als alles, was er je gesehen hatte; einen Tornado, der am grüngrauen Horizont dahinwirbelte; schneebedeckte Berggipfel, die wie weiße Dreiecke über ihm hingen. Und nun sah er noch ein weiteres.

Zu beiden Seiten des Pfades standen zwei gewaltige Bäume, eine natürliche Pforte zu dem Hain jenseits davon. Sie waren nicht so hoch wie die Redwoods, die Robert an der Küste gesehen hatte, aber weitaus dicker – am Fuß hatten sie das Ausmaß einer ganzen Hütte. Ihr Umfang und die schiere Masse an Holz ließen alles Umliegende winzig erscheinen.

Robert ließ den Grauschimmel stehen, und während er ein paar Schritte weiterging, hatte er den Eindruck, neben den zwei Bäumen zu einem Klecks zu schrumpfen. An einem der beiden stützte er sich mit einer Hand ab und blickte nach oben. Er konnte die Spitzen der untersten Äste nicht mehr sehen. Die rotbraune Oberfläche war schwammig und von dicken Rissen durchzogen, eine faserige Baumrinde, die sich leicht löste und in roten Staub verwandelte, den Robert später in Kleidung und Haaren, unter den Fingernägeln, im Nacken und in seinen Satteltaschen fand. Über Jahrtausende verrottete Nadeln machten den Waldboden um die Bäume herum dick und federnd und dämpften Roberts Schritte. Und es war still, denn nirgendwo in seiner Nähe gab es Zweige, die im Wind geraschelt hätten. Erst in rund dreißig Metern Höhe wuchsen die untersten Äste, und die meisten von ihnen ragten so hoch über seinem Kopf in den Himmel, dass sein Hals steif wurde, wenn er lange hinaufstarrte.

Im Gegensatz zu Robert, der den Blick kaum von den erhabenen Riesen abwenden konnte, waren dem Grauschimmel die Bäume nicht geheuer. Er schnaubte, stampfte und rollte mit den Augen, bis Robert die Zügel packte und ihn an eine Stelle zwischen den normalen Nadelbäumen führte, von der aus er die Baumriesen nicht sehen konnte. Dort band er ihn an eine junge Tanne, ein Stück von den größeren Zuckerkiefern entfernt, deren schwere, klebrige Zapfen Knochen brechen konnten. Es dauerte eine Weile, bis Robert das Pferd beruhigt hatte.

Dann ließ er es zurück und ging wieder zu dem Hain. Dieser bestand hauptsächlich aus Kiefern, war jedoch durchsetzt mit den Baumriesen, manche in der Nähe, andere weiter weg, von denen viele ebenso groß, wenn nicht größer als die Schildwachen am Eingang waren. Der Wald war nicht mehr so ruhig und leer wie bei Roberts Ankunft. Ein paar der Männer, mit denen Robert gesprochen hatte, hatten erwähnt, dass im Calaveras Grove Arbeiten im Gange seien: Die Besitzer bauten für die Besucher ein Hotel und andere Attraktionen. Um tiefer in den Hain vorzudringen, musste Robert an einer Gruppe Männer vorbei, die gerade angekommen waren und angefangen hatten zu hämmern und zu rufen. Widerstrebend ging er auf sie zu.

Dann sah er den Baumstumpf, der bis gut einen Meter über seinem Kopf vor ihm aufragte. Eine Leiter lehnte daran, und Robert stieg hinauf und betrachtete die Oberfläche, deren Durchmesser mehr als sieben Meter betrug. Sie war rau, wurde jedoch gerade von einem Mann glatt geschliffen, während zwei andere ein paar Stufen bauten, um den Zugang zu erleichtern. Eingehend betrachtete Robert die Hunderte von Ringen, die sich von innen nach außen ausbreiteten. Er betrat den Stumpf nicht und schwor sich, das niemals zu tun.

Von seiner Leiter aus erblickte Robert einen gigantischen Baumstamm, der sich von der Stelle, wo er gefällt worden war, bis weit in den Wald hinein erstreckte und so dick war, dass Robert ihn im Vorbeigehen nicht einmal bemerkt hatte. Ein Stück der Rinde war abgerissen worden, und der Stamm sah nackt und verwundbar aus. Weiter entfernt kletterten andere Männer auf ihm herum, damit beschäftigt, eine einfache Hütte und ein langes, niedriges Gebäude zu bauen, für die der Baumstamm als Fußboden diente.

Robert stieg hinunter und ging um den Baumstumpf herum. Neben ihm lag ein riesiges Stück von dem Stamm, fast dreimal so groß wie er selbst, das von dem restlichen Stamm abgesägt worden war. Auf einem seitlich angenagelten Schild stand von Hand geschrieben: »Chip Of the Old Block – Ganz der Vater« Die Schnittfläche war von tiefen Rillen durchzogen, die, so vermutete Robert, von dem Werkzeug stammten, mit dem der Baum gefällt worden war. Er konnte sich nicht vorstellen, wie die Männer das bewerkstelligt hatten, und der kleine Teil von ihm, den diese Entweihung nicht schockierte, war fasziniert von der technischen Herausforderung.

Jetzt folgte er dem Stamm in seiner ganzen Länge und zählte dabei vom Stumpf bis zu dem gezackten Ende, an dem beim Umfallen die Spitze abgebrochen sein musste, mehr als hundert Schritte. Nachdem er einen der Arbeiter auf sich aufmerksam gemacht und ihn gefragt hatte, was sie denn bauten, erfuhr er, dass da ein Saloon und eine Bowlingbahn entstanden. Robert war zwar schon an vielen Orten gewesen, von einer Bowlingbahn hatte er aber noch nie gehört. Laut dem Arbeiter gab es sie im Osten.

»Wie haben Sie denn einen so großen Baum gefällt?«, fragte er unwillkürlich, verkniff sich allerdings die Frage: »Und warum?«

»Pumpenbohrer«, erklärte der Mann. »Aus einem der Goldgräberlager. Damit haben sie dann ringsrum Löcher in den Stamm gebohrt.«

»Ich war dabei«, fügte ein anderer Arbeiter hinzu, froh über den Vorwand für eine Sägepause. »Das war vor ein paar Monaten. Hat zweiundzwanzig Tage gedauert, und selbst als wir mit den Löchern fertig waren, ist der Baum nicht umgefallen. Auch nicht, nachdem wir Keile reingetrieben hatten. Nicht mal, als wir ihn mit einem anderen Baum anstießen. Nichts. Dann sind wir zum Abendessen gegangen, und krach!, kam er runter. Hat das ganze Wild verrückt gemacht und die Hasen aus ihren Löchern gescheucht. So durchgeknallte Vögel hab ich noch nie gesehen.«

»Suchen Sie Arbeit?«, fragte der erste Mann. »Wir könnten Hilfe gebrauchen.«

Robert schüttelte den Kopf und lehnte damit zum ersten Mal in seinem Leben eine Arbeit ab. Er wollte nicht dafür bezahlt werden, auf einem gefällten Mammutbaum herumzuklettern.

Der Mann grummelte. »Sie sind heute schon der zweite Trottel, der über gutes Geld die Nase rümpft. Sind wohl Brüder?« Mit einer ruckartigen Kopfbewegung deutete er auf einen großen Mann mit dunklem Bart und Haupthaar, der auf einem Felsblock seitlich des Baumstamms saß. Aufmerksam betrachtete er den Baum und schrieb hin und wieder etwas in ein Notizbuch, das aufgeschlagen auf seinen Knien lag. Während Robert ihn beobachtete, sprang er auf und suchte sich sorgfältig seinen Weg durch die Äste, die um den Stamm verstreut waren, manche durch den Aufprall abgetrennt, manche immer noch fest am Stamm. Ihre Nadeln waren erstaunlicherweise immer noch grün, obwohl der Baum schon vor Monaten gefällt worden war. Der Mann hockte sich neben einen Ast, befühlte die Nadeln, holte ein Vergrößerungsglas aus der Tasche und sah sie sich dadurch an. Nach einer Weile setzte er sich, die Nadeln im

Schoß, auf den Boden und fing an zu zeichnen. Dass er beobachtet wurde, schien er nicht zu bemerken.

Robert fand sein Verhalten fast ebenso interessant wie die Riesen selbst. Noch nie hatte er jemanden gesehen, der einen Baum so genau unter die Lupe nahm. Jetzt war der Mann wieder auf den Füßen, hob kleine Zapfen auf und hielt sie unter sein Vergrößerungsglas, bevor er sie wieder fallen ließ. Dann kniete er sich hin und kratzte an der zerfurchten Baumrinde, bevor er aufstand und mit langen, gleichmäßigen Schritten den Stamm entlangging und zählte.

Robert gesellte sich nicht sofort zu ihm, trat aber näher und wartete darauf, dass der Mann ihn bemerkte. Dieser beendete seine Messung, lief aber weiterhin vor und zurück, wobei er ihm allmählich näher kam. Robert schmunzelte: Es war, als ob er darauf wartete, dass sein Grauschimmel zur Ruhe kam und sich satteln ließ. Das schwarze Haar des Mannes war grau meliert, glänzte aber, als hätte er Makassaröl verwendet, und war, im Gegensatz zum langen Haar der meisten Männer im Grenzland, das von ihren Hüten angedrückt und von Fett und Schweiß strähnig war, kurz und hoch stehend. Als er sich näherte, erkannte Robert eine niedrige Stirn, tief liegende Augen und eine lange Nase, die ein entschiedenes T in das markante, bärtige Gesicht zeichneten. Er musste gut zwanzig Jahre älter sein als Robert; genau konnte man es aber nicht sagen, denn das Reisen ließ Männer auf verschiedene Weise altern. Robert selbst war schlank und drahtig, hatte aber ein Gesicht, das so rau und vernarbt war wie der Mammutbaumstumpf. Nur seine hellbraunen Augen wirkten immer noch wie die eines Jungen.

Am Ende standen sie nebeneinander. Wie selbstverständlich hielt der Mann einen Zapfen in der Hand und betrachtete ihn. Das ist einer, der Bäume kennt, dachte Robert. »Ich habe einhundertzwei Schritte gezählt«, sagte er.

»Fünfundneunzig«, korrigierte der Fremde. »Allerdings bin ich etwas größer als Sie, sodass ich weniger Schritte brauche. Ich schätze, er ist etwa neunzig Meter lang – fünfundneunzig, wenn die Spitze noch dran wäre. Nicht so hoch wie die Küstenmammutbäume. Was aber so ungewöhnlich ist, ist sein Umfang.«

»Unterscheiden sich diese Redwoods von denen entlang der Küste?«

»Das hier sind keine Redwoods«, erwiderte der Mann mit der Bestimmtheit eines Lehrers. »Nennen Sie sie nie Redwoods. Es sind Sequoien. Selbe Familie, aber andere Gattung und Art. Sie sind breiter, aber nicht so hoch wie Redwoods und haben eine andere Kronenform: Ihre Zweige sind kürzer und liegen am Stamm an, während die oberen Zweige der Redwoods gerade nach außen wachsen, die unteren dagegen sich erst nach außen und dann nach unten strecken. Und die Nadeln – sehen Sie?« Er bückte sich, um einen abgebrochenen Zweig aufzuheben. »Völlig anders. Bei den Sequoien ähneln sie schuppigen Schnüren. Redwoods haben abgeflachte Nadeln, eher wie die von Kiefern. Und die Zapfen.« Er reichte Robert den grünen, hühnereigroßen Zapfen, den er in der Hand hielt. »Redwoodzapfen sind kleiner als dieser hier – vielleicht halb so groß.«

Der Mann hatte einen rauen englischen Akzent, aus dem Robert jedoch noch einen anderen, spanisch klingenden Einschlag heraushörte. »Hier ist es viel trockener als da, wo die Redwoods an der Küste wachsen«, bemerkte er.

Der Mann nickte. »Die Hitze öffnet die Zapfen, sodass die Samen herauskommen. So.« Er hob einen trockenen braunen Zapfen auf und schüttelte ihn. »Sehen Sie, die Samen sind fast alle weg.« Er warf seinen Fund zurück ins Unterholz. »Kann nur die grünen sammeln.«

»Tun Sie das? Sie sammeln?« Erst jetzt fiel Robert auf, dass zu Füßen des Mannes ein Sack stand.

Der Mann runzelte die Stirn – obwohl das an seinem Gesichtsausdruck nicht viel änderte, denn die niedrige Stirn befand sich zu dicht über der Nase. Seine Augen waren so schmal, dass Robert ihre Farbe nicht ausmachen konnte. »Kommen Sie von den Laphams?«

»Von wem?«

»Den Brüdern, denen das Land hier gehört. Arbeiten Sie da drüben?« Mit dem Kopf deutete er auf die Baustelle hinter ihnen.

»Nein. Ich bin nur hier, um die Bäume zu sehen.«

Der Mann nahm den Sack, warf einen grünen Zapfen hinein, wandte sich dann ab und hob den nächsten auf.

»Ich weiß nicht mal, was Bowling ist«, fügte Robert hinzu.

Der andere hielt inne und antwortete, den Kopf leicht zur Seite geneigt: »Das ist das lächerlichste Spiel, das man sich vorstellen kann. Man stellt kurze Holzsäulen in einer bestimmten Formation auf und lässt dann eine Holzkugel auf sie zurollen, um sie umzustoßen. Diese Bäume sind für Besucher anscheinend nicht unterhaltsam genug; sie brauchen andere Attraktionen, um sie bei Laune zu halten.« Er streckte die Hand aus. »William Lobb.« Robert schüttelte sie. »Und, helfen Sie mir jetzt, oder schonen Sie Ihre Füße?«

Sie begannen mit dem gefällten Baum, kletterten für jeden grünen Zapfen, den sie finden konnten, zwischen den Ästen herum. Die Zapfen der Sequoien waren markant und leicht von Kiefernzapfen zu unterscheiden. Wie Hühnereier hatten sie ein abgerundetes und ein spitz zulaufendes Ende und passten genau in die Handfläche. Ihre Schuppen lagen dicht an dicht, sodass die Zapfen aussahen, als hätte jemand ein Diamantmuster in ihre Oberfläche geritzt.

Lobb war mit den Zapfen so vertraut, dass Robert es kaum glauben konnte, als er sagte, er sei nur wenige Stunden vor ihm selbst im Calaveras Grove angekommen, um sich die Riesenmammutbäume anzuschauen. Der Mann war jedoch, wie er bald feststellte, ein wandelndes Pflanzenlexikon. Im Laufe der Zeit hatte er so viele Samenzapfen gesehen, dass er, wenn er einen neuen fand, ihn automatisch zwischen die Zapfen einordnete, die er bereits in seinem Kopf katalogisiert hatte.

Nachdem Robert um den Baumstamm herum einen halben Sack Zapfen gesammelt hatte, wühlte William Lobb darin herum und zog ein paar angeknabberte heraus. »Da waren Chickarees am Werk«, erklärte er, während er sie ins Gebüsch warf. »Sammeln Sie die nicht. Wenn man die so verschifft, keimen sie an Bord oder faulen.«

Verwirrt von allem, was Lobb gesagt hatte, runzelte Robert die Stirn. »Chickaree?«

»Auch Douglashörnchen genannt – diese lärmenden kleinen Dinger, die Sie hier überall sehen. Lauschen Sie mal einen Moment, dann werden Sie eins hören.« Ganz still standen sie da, und schon bald setzte nicht weit von ihnen in einer kleinen Zuckerkiefer das Geschnatter ein. Robert blickte auf und beobachtete das kleine Baumhörnchen mit seinem rötlichen Fell auf der Oberseite, dem hellen Bauch und den dunklen Streifen, die beides voneinander trennten.

»Sie machen zu viele Zapfen kaputt.« Lobb warf einen halb aufgefressenen Zapfen nach dem Douglashörnchen, worauf es außer Sicht huschte.

Als sie die Äste der gefällten Sequoia leer gesammelt hatten, drangen sie weiter in den Hain vor. Im Calaveras Grove gab es auf einem Streifen von ungefähr zwei Kilometern Länge zwischen anderen Bäumen verstreut rund hundert Sequoien. Jede, zu der sie kamen, versetzte Robert in Staunen. Trotz ihres unglaublichen Umfangs bemerkte man sie erst, wenn man unmittelbar vor ihnen stand. Robert wollte bei jedem Baum stehen bleiben, die Hände auf den riesigen Stamm legen und nach oben blicken. Doch William Lobb hatte auf seinen Reisen viele ungewöhnliche Bäume gesehen und wusste sie zwar zu würdigen, ging aber ansonsten unsentimental und forsch zu Werke.

Um die lebenden Sequoien herum lagen weniger grüne Zapfen, da die meisten von ihnen noch an den Ästen hingen. Robert glaubte schon nicht mehr daran, dass der Sack voll würde, als William Lobb plötzlich davonstapfte und mit einer Flinte zurückkam. Nachdem er sie geladen hatte, hob er sie an, zielte hoch in den Baum und drückte ab. Es gab ein Krachen, und im nächsten Moment hing ein Ast lose am Baum und fiel dann langsam herunter, wobei er an den Stamm und andere Äste stieß und Nadeln und Zapfen auf die beiden Männer regnen ließ. Robert duckte sich. Der Engländer schmunzelte. »Das Beste an der ganzen Geschichte.«

Er ließ Robert weiter Zapfen aufsammeln und ging zurück zu seiner Ausrüstung, um einen Spaten und einige Metalleimer zu holen. »Wir brauchen ein paar Sämlinge«, erklärte er. »Samen keimen oft in einem neuen Land und Klima nicht, aber Sämlinge haben eine Chance weiterzuwachsen.« Mehrmals stapfte er durchs Unterholz um den Baum herum, ehe er einen gesunden fußhohen Sämling ausmachte. Dann fing er an, den Spaten in den dicken, humusartigen Waldboden, der aus zersetzten Nadeln und rotem Rindenstaub bestand, zu stechen. »Sind natürlich viel schwerer zu transportieren«, brummte Lobb, während er arbeitete. »Oft überleben sie die Überfahrt auch nicht.«

»Überfahrt? Über was?«

»Den Ozean. Schon die Fahrt nach San Francisco wird ihnen nicht gefallen. Ist es aber trotzdem wert, welche zu sammeln, vor allem von einer neuen Spezies.« Er hob den Sämling hoch, senkte ihn dann unter Beigabe von Erde in einen Eimer und drückte ihn mit den Fingern fest. Als er mit dem Resultat zufrieden war, griff er nach seinem Spaten und machte sich erneut auf die Suche.

Robert hatte sämtliche Zapfen um den Baum herum gesammelt und begann nun, bei der Suche nach Sämlingen zu helfen. Das war schwieriger als gedacht; wegen des geringen Lichteinfalls wuchsen unter den Baumriesen nur wenige Sämlinge. Und diejenigen, die dort wuchsen, waren oft nicht das, wofür er sie hielt. Als er auf einen vielversprechenden Sämling zeigte, schüttelte Lobb den Kopf. »Das ist eine Rauchzeder. Davon gibt's hier jede Menge.« Er deutete auf einige höhere, dünne Bäume in ihrer Umgebung, deren rote, rissige Rinde Ähnlichkeit mit der der Sequoien aufwies. »Gehen Sie mal hin und streichen über die Rinde. Sehen Sie? Viel fester als bei der Sequoia. Und die Nadeln mögen zwar auch schuppig sein, sind aber flacher, als hätte man sie geplättet.«

Während sie zu einer anderen Sequoia weitergingen, gab William Lobb Robert die Flinte, damit er weitere Äste herunterschoss. Robert zielte sorgfältig, wohl wissend, dass er beurteilt wurde und nicht danebenschießen durfte. Er war ans Jagen gewöhnt – so hatte er sich auf seinem Weg durch Amerika ernährt –, hatte aber nie absichtlich auf den Ast eines Baums gezielt. Als er abdrückte, traf die Kugel den Ast der Sequoia, der zwar brach, aber nicht fiel.

»Noch eine genügt«, sagte Lobb. »Direkt am Ansatz.«

Diesmal fiel der Ast, zusammen mit einem weiteren Nadel- und Zapfenregen.

Von den Bauarbeitern tönte ein lauter Ruf herüber. Ein Mann löste sich von den Übrigen und kam zwischen den Bäumen hindurch auf sie zugelaufen. William Lobb stieß einen leisen Fluch aus. »So viel dazu. Spaß hat immer seinen Preis, so oder so.« Er nahm seinen Spaten und stach damit in den weichen Waldboden um einen anderen Sämling herum, der für Robert wie eine Rauchzeder aussah. Offensichtlich hatte er noch eine Menge zu lernen.

Lobb blickte nicht auf, als der Mann sie erreichte, klein, schwitzend und außer Atem, obwohl er nicht weit gelaufen war. Robert fehlte Lobbs Unbekümmertheit; er hörte mit dem Zapfensammeln auf und stand schuldbewusst mit dem Sack zu seinen Füßen da, obwohl ihm nicht ganz klar war, was er falsch gemacht hatte.

»Sagen Sie mal, was soll denn die Schießerei hier?« Der Mann fingerte an einem langen Schnurrbart herum, der das untere Drittel seines runden Gesichts vom Rest abschnitt. Er trug einen aus der Stirn geschobenen, abgewetzten Zylinder und ein Hemd mit hochgerollten Ärmeln, dessen Weiße offenbarte, welcher Tätigkeit er nachging: Er war ein Mann der Finanzen, kein Arbeiter. »Was treiben Sie hier?«

Lobb arbeitete weiter. »Graben.«

»Ja, aber *wonach* graben Sie? Und *warum* graben Sie? Und schießen auch noch. Hier gibt es kein Gold, Sir, falls es das ist, wonach Sie suchen.« Er zog ein schmuddeliges Taschentuch aus der Tasche und wischte sich erst die Hände, dann die Stirn ab. »Vielleicht sind Sie ja neu in diesem Geschäft und verstehen das Wesen des Goldes noch nicht, aber ich versichere Ihnen, unter diesen Bäumen hier gibt es keins. Sie sollten lieber an den Fluss gehen und seinem Lauf ein Stück folgen. Obwohl ich seit gut zwei Jahren nichts mehr von Goldfunden im Stanislaus gehört hab.«

Er hielt inne und blickte William Lobb erwartungsvoll an. Der brach jedoch weiter den Boden um den Sämling herum auf, hob die Pflanze dann heraus und setzte sie in einen der Eimer. Robert machte sich wieder daran, Zapfen aufzuheben. Wieder fingerte der Mann an seinem Schnurrbart herum, bevor er die Hand ausstreckte. »Heiße Lapham. Billie Lapham. Ich hab dieses Grundstück erworben.«

William Lobb ignorierte die Hand. Robert tat Billie Lapham fast ein bisschen leid, sodass er kurz darauf zu ihm hinüberging und ihm die Hand schüttelte.

Das schien den Finanzier anzuspornen. »Und deshalb möchte ich wissen, was das soll, wenn jemand auf meinem Land schießt und gräbt«, fuhr er fort.

»Das ist nicht Ihr Land«, sagte William Lobb.

»Doch, doch, das ist es. Ich habe die Papiere. Kann ich Ihnen zeigen, drüben im Lager.«

»Wenn überhaupt, dann gehört dieses Land den Indianern.« Lobb sprach, als hätte er Billie Lapham gar nicht gehört. »Die Miwoks haben ihr Lager gleich südlich von hier – sie sind schon länger da als Sie. Das Land gehört ihnen oder Gott – das können Sie sich aussuchen.«

»Nein, es gehört mir, mir und meinem Bruder. Wie Sie sehen, bauen wir hier für die Touristen. Einen Saloon, eine Bowlingbahn, und die Hütte ganz dahinten bauen wir zu einem Hotel aus. Das Big Trees Hotel«, erklärte Billie Lapham stolz. »Moment mal, graben Sie etwa *Bäume* aus?« William Lobb hatte einen weiteren Eimer mit einem Sequoiasämling bestückt. »Sie können nicht einfach Bäume ausgraben! Was haben Sie denn damit vor?«

Lobb hielt inne. »Wie, gibt es hier etwa nicht genug Bäume für Sie? Mir ist aufgefallen, dass Sie sich um die großen nicht sonderlich Gedanken machen, schließlich haben Sie einen davon gefällt, um daraus – ja was? Den Boden einer Bowlingbahn zu machen.«

»Also, ich habe ihn nicht abgesägt! Die Entscheidung haben andere getroffen.« Wieder wischte sich Billie Lapham die Hände ab. »Sie hatten aber gute Gründe dafür. *Erzieherische* Gründe. Die Leute wollen sehen, wie groß die Bäume sind, aber wenn man direkt davor steht, ist das gar nicht so einfach, haben

Sie das gemerkt? Mit einem so dicken Stumpf dagegen und einem so langen Stamm bekommt man eher ein Bild von der Höhe und dem Umfang dieses Dings. Und als es dann schon mal unten war, hab ich gedacht, könnte ich auch was draus machen! Der Große Stumpf wird eine Tanzfläche, wissen Sie. Und es wurde nur der eine umgehauen. Den Rest werden wir schützen.« Offenbar hörte er diese Kritik nicht zum ersten Mal. Dann versuchte er, den Spieß umzudrehen. »Außerdem will ich alles schützen, was wächst.« Er zeigte auf den Sämling in Lobbs Eimer. »Wenn Sie die ausgraben und mitnehmen, werden wir sie in Zukunft nicht mehr hier haben, stimmt's?«

William Lobb hörte mit dem Graben auf; wie es schien, hatte Ungläubigkeit seinem Spaten Einhalt geboten. »Sie meinen also, dass diese Riesen« – mit einer ausladenden Geste deutete er auf die Bäume um sich herum – »die Kleinen hier werden überleben lassen? Es gibt keinen Platz. Schauen Sie sich doch um! Wenn diese Bäume erst einmal Wurzeln geschlagen haben, kann unter ihnen nichts über einer bestimmten Höhe mehr wachsen. Ich tue diesen Sämlingen einen Gefallen [illegible] gebe ihnen eine Chance. Irgendwo anders könnten sie tatsächlich heranwachsen.«

»Moment, Moment«, protestierte Billie Lapham, während er sich über seinen Schnurrbart strich. Er war ein Mann voller nervöser Ticks. »Haben Sie vor, sie woanders einzupflanzen?«

Was sollte jemand, der Sämlinge ausgräbt, sonst mit ihnen machen?, dachte Robert, behielt es aber für sich, während er in den Sack mit den Zapfen lächelte.

»Das kann ich nicht zulassen«, fuhr Billie Lapham fort. »Auf keinen Fall! Sie stehlen hier Bäume, um einen Hain als Konkurrenz zu unserem zu pflanzen. Nein, Sir, das kann ich nicht zulassen. Nie und nimmer.«

William Lobb grummelte. »Selbst wenn ich zwei Kilometer von hier weg einen Hain pflanzte, würden gut fünfhundert Jahre ins Land gehen, bevor er auch nur annähernd so aussähe wie dieser hier. Bis dahin wären Ihre und meine Knochen längst zu Staub zerfallen. Sie können aber ganz beruhigt sein, die Bäume hier werden nicht mit diesem Hain konkurrieren: Sie gehen nach England.«

Nur für eine Sekunde wirkte Billie Lapham sprachlos. »England! Wenn Sie da Redwoods pflanzen, kommt keiner mehr rüber, um die Bäume im Calaveras Grove zu sehen.«

William Lobb machte sich gar nicht die Mühe, dieses lächerliche Argument zu entkräften. Ein vierter Sämling landete in einem Eimer, etwas unsanfter als die vorherigen.

»Das sind Sequoien«, murmelte Robert.

»Was?« Billie Lapham wandte sich Robert zu, als hätte er ihn gerade erst bemerkt. »Was haben Sie gesagt?«

»Das sind keine Redwoods – es sind Sequoien, Riesenmammutbäume.« Robert stellte fest, dass er es genoss, Billie Lapham zu korrigieren, auch wenn er gar nicht so genau wusste, was er sagte.

»Natürlich sind es Redwoods.« Doch William Lobbs Gleichgültigkeit gegenüber seiner Autorität hatte Billie Laphams Selbstbewusstsein eindeutig erschüttert. »Sie müssen welche sein – das steht in den Werbeanzeigen, die ich in den Zeitungen schalte.«

»Eine Anzeige entscheidet nicht darüber, wie ein Baum heißt«, sagte William Lobb. »Die kalifornische Akademie der Wissenschaften hat beschlossen, dass es sich um eine neue Gattung handelt, und ihr den Namen Sequoia gegeben; die vollständige lateinische Bezeichnung wird bald folgen. Redwoods wachsen in der Nähe der Küste, sind hoch und relativ dünn, wenn auch im Vergleich zu anderen Bäumen immer noch enorm. Sequoien, die man in den Vorgebirgen findet, sind breiter und kürzer.«

»Jetzt passen Sie mal auf.« Billie Lapham spulte all seine nervösen Ticks ab, strich sich den Schnurrbart glatt und wischte sich dann Hände und Stirn ab. Die Gesten schienen ihm Kraft zu geben. »Haben Sie vor, mehr als die drei Eimer da auszugraben? Ich werd' sie Ihnen nämlich in Rechnung stellen müssen.«

William Lobb hörte auf zu graben und stach seinen Spaten in den Boden, so nah vor Billie Laphams Füßen, dass er einen Satz machte. »Ich bin hier fertig«, sagte er zu Robert. »Wenn Sie den nächsten Sack voll haben, bringen Sie ihn zu den Pferdeställen.« Damit zog er den Spaten heraus, nahm die vier Eimer und hängte sie über den Griff. Als er zügig davonging, den Spaten waagerecht über der Schulter, hüpften die Sämlinge im Takt seiner Schritte.

Robert sah ihm nach, wohl wissend, dass sich Billie Lapham jetzt ihm zugewandt hatte. Ihm kam der Gedanke, dass William Lobb ihm gerade einen Job vermacht hatte: mit dem Eigentümer des Calaveras Grove zu verhandeln. Robert war nicht gut im Verhandeln, aber falls er dadurch die Chance hätte, für Lobb zu arbeiten, würde er das in Kauf nehmen. Durch die Beobachtung von Tieren hatte er gelernt, dass er keine Schwäche zeigen durfte. Und so blickte er, genau wie Lobb zuvor, nicht zu Billie Lapham auf, sondern warf weiterhin Zapfen in den Sack. Währenddessen versuchte er, sich in sein Gegenüber hineinzuversetzen. Robert hatte selbst nie Land besessen, dachte aber zurück an die Goodenough-Farm im Black Swamp. Wie hätte sein Vater reagiert, wenn jemand vorbeigekommen wäre, auf ihrem Grundstück Apfelsämlinge ausgegraben und Fallobst zur Samengewinnung aufgelesen hätte? Was hätte er erwartet? Zumindest mal eine Bezahlung. Robert versuchte sich daran zu erinnern, was John Chapman vor so langer Zeit für seine Sämlinge berechnet hatte. Fünf Cent pro Sämling? Nicht dass solche Zahlen wirklich hilfreich waren: In Kalifornien waren die Preise durch den Goldrausch unverhältnismäßig in die Höhe getrieben worden. Als er noch ein kleiner Junge war, damals im Osten, hatte man für einen Dollar fünfzig ein ganzes Fass Cider kaufen können. Hier bekam man dafür lediglich ein Abendessen in Sacramento. Ein Pfund Mehl hatte zehn Cent gekostet; jetzt waren es vierzig. Für Tabak, der in New York sechs Cent gekostet hatte, musste man in Kalifornien einen Dollar zahlen. Allerdings hatten vor zwei Jahren Männer mit der Goldsuche tausend Dollar im Monat gemacht, mehr, als sein Vater in zehn Jahren verdient hätte.

Robert war außerstande, für Bäume einen Wert anzusetzen; in seinen Augen hatten sie nichts mit Handel zu tun. Dabei fiel ihm ein, dass selbst John Chapman – der ausgewiesene Baumhändler – in seinen Preisen nicht ganz einheitlich gewesen war. Ohne besonderen Grund hatte er James Goodenough manchmal sechs statt fünf Cent für den Sämling berechnet, dann aber auch ganze Säcke voller Samen verschenkt.

Schon eine ganze Weile hatte Robert nicht mehr an Apfelbäume gedacht. Er hatte es sich nicht gestattet; wenn er es doch tat, überkamen ihn Übelkeit und Leere.

Er wollte nicht jeden Sequoiazapfen oder -sämling einzeln bewerten. Und feilschen wollte er auch nicht. Es musste einen anderen Weg geben. Robert blickte zu Billie Lapham auf, der sich schon wieder die Stirn wischte und so für die Verhandlung bereit machte. Ehe seine Hand sich jedoch dem Schnurrbart nähern konnte, sagte Robert: »Wir zahlen Ihnen fünf Dollar für die Samen und Sämlinge, die wir im Calaveras Grove sammeln.«

Billie Lapham strich sich über den Schnurrbart. Offensichtlich kannte auch er den Wert der Bäume nicht. »In Ordnung«, sagte er, schien sich jedoch schon im nächsten Moment über seine Zustimmung zu wundern. »Moment mal – wo würden Sie

sie denn sammeln, wenn ich Nein sagen würde? Sonst gibt es doch nirgendwo Riesenredwoods – äh, Mammutbäume. Oder?«

»Sie haben bereits zugestimmt.« Robert richtete sich auf und streckte die Hand aus. Billie Lapham zögerte, ehe er sie ergriff. Wie es aussah, war auch er kein besonders guter Feilscher.

Den Rest des Tages verbrachte Robert mit dem Sammeln von Zapfen, während William Lobb sich weitere Notizen machte und die Bäume skizzierte. Außerdem sammelte Lobb Äste, Nadeln und Rinde, bemüht, deren Struktur zu erhalten. »Die werde ich in Kampfer einlegen und zur Untersuchung nach Kew schicken«, erklärte er.

»Q«, wiederholte Robert. »Was ist das?«

»Ein botanischer Garten am Rand von London – der schönste auf der Welt. Dort werden alle Arten von Bäumen und Pflanzen gesammelt und studiert. Ich weise Veitch immer an, ihnen neue Entdeckungen zu schicken. Sie werden die Sequoien sehen wollen.«

Robert nickte, während er sich Leute vorzustellen versuchte, die sich so für Pflanzen interessierten, dass sie sie studierten. Doch dann dachte er daran, wie sein Vater die Apfelbäume veredelte, wie methodisch er dabei vorgegangen war, und fand die Vorstellung gar nicht mehr so seltsam.

Ihr Lager schlugen sie unmittelbar außerhalb des Calaveras Grove auf, ein gutes Stück von den Arbeitern entfernt – »so muss ich nicht die ganze Nacht irgendwelchen Maulhelden zuhören«, murmelte William Lobb. Als sie nach dem Essen am Feuer saßen und Lobb eine Pfeife rauchte, fragte Robert schüchtern, ob er einen Blick in das lederne Notizbuch werfen dürfe, das der Engländer den ganzen Tag benutzt hatte. Lobb reichte es ihm, und im Schein des Feuers blätterte er die Seiten mit den vielen Notizen und Zeichnungen der Sequoien durch: Übersichtsdarstellungen, die Lobb von einem ganzen Baum angefertigt hatte, von dem er gut hundertzwanzig Meter entfernt gesessen hatte, um ihn aus verschiedenen Blickwinkeln zu sehen. Zeichnungen vom Stamm, von der Rinde, verschiedenen Ästen und Zweigen, den Nadeln, den Zapfen, dem Lebensraum unter ihm und um ihn herum. Auch ganze Baumgruppen hatte er festgehalten, und es gab mehrere Skizzen, die zu einem Panorama zusammengesetzt werden konnten, um eine Vorstellung vom Ausmaß des gesamten Hains zu bekommen. In manche Zeichnungen hatte Lobb einen kleinen Menschen eingefügt, der neben dem Riesenmammutbaum stand und denselben Hut aufhatte wie Robert. Dieser hatte sich noch nie gezeichnet gesehen und fühlte sich etwas verunsichert, aber auch geschmeichelt, in William Lobbs Notizbuch aufzutauchen. Zudem gab es dort Skizzen von den Zapfen mitsamt der Angabe von Datum, Ort und Höhe, wo sie gesammelt worden waren.

»Was werden Sie mit den Samen machen?«, fragte Robert, als er ihm das Notizbuch zurückgab.

»Sie nach England schicken.« Lobb verstaute das Buch. »Die Engländer werden sich die Finger nach diesen Bäumen lecken. Sie lieben schon die Redwoods, die ich hingeschickt habe, und viele der kalifornischen Kiefern. Diese Sequoien werden auf manch einem Anwesen in Bedfordshire, Staffordshire oder Hertfordshire die Könige sein – falls sie überleben.«

»Ist das Wetter das gleiche wie hier?«

William Lobb schnaubte. »Nein! Reichlich Regen, nicht viel Sonne. Den Redwoods scheint das aber nichts auszumachen: Manche der Samen, die ich vor ein paar Jahren gesammelt habe, sind in England prächtig herangewachsen. Aber diese – hier ist es trocken, und Waldbrände lassen die Zapfen aufplatzen, sodass der Samen herauskommen kann. Das wird in England nie passieren. Und hier sind wir auf einer beachtlichen Höhe – den Ausläufern von Bergen, wie England sie gar nicht hat. Es ist ein Glücksspiel. Aber wenn sie angehen …« Er warf einen Kiefernzapfen ins Feuer.

»Was machen die Engländer denn mit den Bäumen?«, bohrte Robert nach.

»Auf ihrem Anwesen pflanzen.«

»Haben sie in England keine Bäume?«

William Lobb schmunzelte. »Doch, natürlich. Sie wollen aber neue und andere. Die wohlhabenden Grundbesitzer ordnen Bäume gern so an, dass sie wie Kunstwerke aussehen, statt die Natur einfach wachsen zu lassen. Jetzt verlangen sie nach exotischen Nadelbäumen, die das Jahr über grün bleiben. Sie betonen die Laubbäume mit ihren wechselnden Farben und sorgen für Struktur und Leben, wenn alles andere kahl ist. Es gibt dort nur wenige einheimische Nadelbäume – die Waldkiefer, die Gemeine Eibe, den Wacholder. Also habe ich von Kalifornien aus so viele hingeschickt, wie ich konnte. Manch einer legt auf seinem Anwesen sogar ein ›Pinetum‹ an, in dem er eine Vielzahl von Nadelbäumen pflanzt und stolz vorzeigt.«

»Sie schicken Bäume nach England.« Tief in Roberts Bewusstsein regte sich ein Gedanke wie ein Fisch in den Tiefen eines Sees.

»Ja, manchmal Setzlinge, obwohl sie die Reise oft nicht überstehen. Sämlinge sind besser – da sie kleiner sind, knicken sie nicht so leicht ab. Man kann aber ebenso gut Samen verschicken, das ist am besten. Allerdings gehen viele Samen gar nicht an. Sagen wir, Sie säen hundert, dann erhalten Sie vielleicht zwanzig Sämlinge, und von denen wachsen vielleicht fünf zu Setzlingen heran und davon zwei zu Bäumen. Deshalb muss ich solche Unmengen von Zapfen sammeln – so viele, wie mein Pferd tragen kann. Und Ihres dazu, falls Sie die Zeit haben, nach San Francisco zu reiten. Wovon ich ausgehe, sonst wären Sie ja nicht hier draußen, nur um sich Bäume anzusehen.«

Robert brauchte einen Moment, bis ihm klar wurde, dass William Lobb ihn bat, noch länger für ihn zu arbeiten. Ehe er antworten konnte, fügte Lobb hinzu: »Natürlich werde ich Sie entlohnen. Für mich macht es sich bezahlt, zweimal so viele Zapfen sammeln und transportieren zu können.« Offensichtlich dachte er, Roberts Zögern habe mit Geld zu tun.

Tatsächlich hätte Robert ihm sogar unentgeltlich geholfen. Sein Zögern hatte einen ganz anderen Grund. »Haben Sie je von einem Goldpepping gehört?«, fragte er.

»Selbstverständlich.« William Lobb war mit seiner Pfeife fertig und zog sich die Stiefel aus. Der plötzliche Themenwechsel schien ihn nicht zu stören. »Ich selbst mag allerdings den Cornwalliser Nelkenapfel lieber. Für mich müssen Äpfel ein bisschen Rot haben.«

»Sind Goldpeppings denn in England weit verbreitet?« Robert versuchte, seine Enttäuschung zu verbergen. So wie sein Vater darüber gesprochen hatte, hatte er immer geglaubt, Goldpeppings seien sehr selten und im Grunde nur den Goodenoughs bekannt.

»Schon ziemlich. Nicht so wie ein Ribston Pepping oder ein Blenheim Orange, aber doch problemlos zu finden. Wissen Sie, dass George Washington sie sich nach Mount Vernon bringen ließ? Allerdings gediehen sie dort nicht – nicht das richtige Klima.«

»Die Bäume der Goodenoughs schon.«

»Was?«

»Sie gediehen. Wir haben in Ohio Goldpeppings gezüchtet, und davor in Connecticut. Meine Großeltern hatten Reiser aus England mitgebracht und veredelt, und als mein Vater nach Ohio ging, tat er dasselbe.«

»Wirklich?« Zum ersten Mal betrachtete William Lobb Robert mit aufrichtigem Interesse. »Ihr Vater war also ein Veredler?«

Robert nickte.

»Mein Bruder und ich haben damals in Killerton, Devonshire, hin und wieder veredelt. Wie hoch war der Ertrag bei Ihnen?«

»Zehn Scheffel pro Baum.« Zum ersten Mal seit Jahren erlaubte sich Robert, an die Goldpeppings zu denken. »Haben Sie schon mal Ananas probiert?«

»Ananas?« William Lobb schmunzelte. »In Südamerika habe ich jeden Tag welche gegessen, bis ich sie überhatte. Warum?«

»Danach haben unsere Goldpeppings geschmeckt: erst nach Nüssen und Honig, dann nach Ananas. Jedenfalls hat Pa sie so beschrieben. Ich hab selbst noch nie Ananas gegessen. Er vielleicht auch nicht.«

William Lobb starrte ihn an. »Woher aus England stammt Ihre Familie?«

Robert runzelte die Stirn. Am liebsten hätte er gesagt, dass er sich nicht erinnere, aber er wusste, dass das für jemanden wie William Lobb keine akzeptable Antwort war. Er versuchte sich auf das zu besinnen, was sein Vater vor langer Zeit gesagt hatte. »Herefordshire«, sagte er schließlich.

Lobb brach in Gelächter aus, ein gewaltiges Bellen. »Pitmastoner Ananasapfel«, verkündete er.

Robert runzelte die Stirn.

»Pitmastoner Ananasapfel«, wiederholte William Lobb. »Den hat Ihr Vater gezüchtet. Ein Goldpeppingsämling, der ursprünglich in Herefordshire wuchs, mit einem ziemlich ungewöhnlichen Geschmack. Vor einigen Jahren hat ihn ein Mann aus Pitmaston, der ihn züchtet, in der London Horticultural Society ausgestellt. Nannte ihn ›Pitmastoner Ananasapfel‹. Ich hab darüber gelesen, aber nie einen probiert. War zu oft außerhalb von England, um mit der Entwicklung der Äpfel mitzuhalten.«

»Ich wusste nicht, dass Äpfel ihren Geschmack ändern können.«

»Nun, manchmal wechseln sie von sauer zu süß.«

»Das weiß ich. Jeder zehnte Sämling entpuppt sich als süß«, wiederholte Robert die Worte seines Vaters.

William Lobb nickte erfreut. »Wenn sie von sauer zu süß wechseln können, gibt es keinen Grund, warum andere Geschmacksnuancen sich nicht auch verändern können: von Zitrone zu Ananas, zum Beispiel.« Er zog eine Decke aus seiner Satteltasche.

»So ist also ein englischer Baum nach Amerika gekommen, und Sie schicken jetzt amerikanische Bäume nach England.«

»Genau. Es gibt einen Handel mit Bäumen, genau wie mit Menschen. Aber ein Pitmastoner Ananasapfel, der in Ohio wächst?« William Lobb lachte in sich hinein, während er sich zum Schlafen in seine Decke wickelte. »Das ist fast schon ein Grund, dorthin zu reisen, nur um ihn zu probieren!«

Am nächsten Morgen sammelten sie noch mehr Zapfen und beluden dann ihre Pferde. Dem Grauschimmel behagte es nicht, die vier prall gefüllten Säcke zu tragen, die zwar leicht, aber unförmig waren, und er drehte sich unablässig in dem Versuch, sie loszuwerden. Das Scheppern der Eimer mit den Setzlingen darin ließ ihn seitwärts trippeln. Mit einer gewissen Belustigung beobachtete Lobb diese Eskapaden, während sein eigenes Pferd – eine stämmige braune Stute mit schwarzen Fesseln, scheinbar träge, aber vermutlich genauso clever wie ihr Besitzer – gelassen und gleichmütig dastand, obwohl es das kompliziertere Gepäck trug. Am Ende hatte Lobb vier Sequoiasämlinge und zwei größere Setzlinge ausgegraben, alle in Eimern, die er rund um das Pferd befestigte, sodass es mit seiner klappernden und scheppernden Blechladung einem fliegenden Händler glich. Hinzu kamen noch Satteltaschen und eine Lederschachtel mit trocknenden Zweigen und Nadeln, die Lobb als Anschauungsexemplare gesammelt hatte. Er musste umsichtig reiten, aufrecht, als hätte er einen Stock verschluckt, aber wie sein Pferd schien er daran gewöhnt zu sein.

Robert fiel es schwer, sich vom Calaveras Grove zu verabschieden, ohne zu wissen, wann er zurückkommen würde, um die Baumriesen zu sehen. Als er einen Blick zurückwarf und die rotbraune Rinde zwischen den kleineren Bäumen aufblitzen sah, hatte er ein beklemmendes Gefühl in der Brust. Er war froh, mit William Lobb zusammen zu reiten, denn das zwang ihn, nach vorne zu schauen.

Sie nahmen die Straße hinunter nach Murphys, eine Strecke, die normalerweise nur wenige Stunden, mit Lobb jedoch einen ganzen Tag dauerte. Ständig hielt er an, um sich Pflanzen anzuschauen, die für Robert wie nichtssagende Blumen aussahen, sich knappe Notizen darüber zu machen, sie zu skizzieren und ein Exemplar zwischen den Seiten seines Notizbuchs zu pressen. Manche davon kannte Robert: Lupinen, Katzenpfötchen oder Riesenbärenklau. Andere dagegen waren ihm fremd, wie der Schöne Ampfer, eine dunkelrot blühende Pflanze mit klebrigen ovalen Blättern, die Lobb begierig sammelte. Wieder andere kannte nicht einmal Lobb selbst. Erst später wurde Robert bewusst, dass vielleicht zum allerersten Mal jemand diesen Pflanzen wirklich Beachtung schenkte – dass Lobb sie studierte und ihnen sogar am Ende ihren Namen geben würde.

Außerdem ließ der Engländer Robert ein paar weitere Sämlinge ausgraben – keine Sequoien, denn deren Verbreitungsgebiet hatten sie verlassen, sondern Rauchzedern und Gelbkiefern. Er beobachtete genau, wie Robert den Spaten neben dem ersten

Zedernsämling ansetzte, innehielt, ihn ein Stückchen weiter weg bewegte, dann, den Fuß auf der oberen Blattkante, zögerte. »Nur Mut, Junge!«, sagte Lobb. »Was Sie jetzt brauchen, ist ein entschlossener Fuß und ein sauberer Schnitt.«

Viermal rasch hintereinander stach Robert in den Waldboden um den Sämling herum, ehe er ihn in einem Klumpen aus staubiger, mit Nadeln übersäter Erde herauszog.

»Gut so. Und jetzt rein in den Eimer.«

Nachdem Lobb ihn unter seiner Anleitung noch drei weitere Sämlinge hatte ausgraben lassen, schien er überzeugt, dass Robert es beherrschte, denn als Nächstes zeigte er ihm, wie man Blumen zum Trocknen presste. Langsam begann Robert, die Grundlagen des Pflanzensammelns zu verstehen.

Von Murphys aus führten andere Straßen und Wege sie durch die Ausläufer der Sierra Nevada hinunter in die Ebene Zentralkaliforniens. Nach den von Nadelbäumen beherrschten Bergen ritten sie nun Hügel voller trockenem goldenen Gras und Canyon-Eichen hinunter. Das gab ihnen wenig Gelegenheit zum Sammeln, denn Eichen waren für die Engländer nicht von Interesse. William Lobb tat sie geringschätzig ab. »Kein Grund, solche kümmerlichen Dinger in ein Land zu schicken, das für seine Eichen berühmt ist. Ah, die englischen Eichen – das sind vielleicht Bäume! Wenn Redwoods das Rückgrat von Kalifornien sind, dann sind Eichen das von England. Riesengroß, knorrig, voller Persönlichkeit. Wussten Sie, dass sich Charles II. in Shropshire vor Soldaten in einer Eiche versteckte? Der Baum wurde so berühmt, dass Leute ihn später dadurch zerstörten, dass sie Teile von ihm als Andenken mitnahmen. Das sollte Billie Lapham sich merken.«

William Lobb entpuppte sich als recht redefreudig. Er und sein Bruder Thomas waren in einem verschlafenen Dorf in Cornwall aufgewachsen, und beide hatten ein außergewöhnliches Leben als Pflanzensammler begonnen. Während ihres Ritts nach Stockton erfuhr Robert alles über Lobbs Reisen durch Kalifornien, aber auch nach Panama, Peru, Chile, Argentinien, Brasilien – ja, ganz Südamerika. Er hörte von Schnee und steilen Bergpässen, Kriegen und Attentaten, Krankheit und verlorener Zeit. Robert selbst hatte natürlich auch Abenteuer erlebt; Amerika so zu durchqueren, wie er es getan hatte, war ohne Zwischenfälle gar nicht möglich. Er hatte im Gefängnis gesessen und sich vor Indianern versteckt, war beim Durchwaten von Flüssen fast ertrunken und von Wölfen und Wildkatzen verfolgt worden. Doch Lobbs Reisen waren um Klassen exotischer, noch betont durch die nüchterne Art, in der er die raue Landschaft, die Schneestürme, die erbarmungslose Sonne und die Begegnungen mit Einheimischen, die Schießereien und Regierungsumstürze schilderte.

Er würzte seine Geschichten mit beißenden und sarkastischen Bemerkungen über James Veitch, den englischen Baumschulbesitzer, der William nach Südamerika und Kalifornien und Thomas Lobb nach Asien geschickt hatte, um Pflanzen zu entdecken und zu sammeln. »Er hat keine Ahnung, was Tom und ich durchmachen müssen, um Pflanzen für ihn zu finden – ihm Geld einzubringen. Ich bezweifle, dass er je einen Fuß auf ein Schiff gesetzt, im Schnee sein Lager aufgeschlagen oder zwanzig Stunden am Stück auf einem Pferd gesessen hat. Er beschwert sich, wenn die Postkutsche von Exeter nach London im Schlamm stecken bleibt! Dummkopf.«

Am meisten jedoch hörte Robert von Pflanzen: lange Listen lateinischer Namen, die ihm fremd blieben, selbst als William Lobb ihm Skizzen in seinen Notizbüchern zeigte. *Passiflora mollissima. Embothrium coccineum. Tropaeolum lobbianum. Crinodendron hookerianum. Tropaeolum azureum. Araucaria imbricata.* Die umgangssprachlichen Namen klangen nicht weniger exotisch: Bananen-Passionsblume, Chilenischer Feuerbusch, Kleine Kapuzinerkresse, Laternenbaum, Blaublühende Kapuzinerkresse und Affenrätselbaum. Dieser Letzte ließ Robert auflachen. »Eine chilenische Tanne«, erklärte Lobb. »Sieht komisch aus. Hat keine Nadeln, aber überall an den Ästen und am Stamm wachsen dicke glänzende Stacheln. In Cornwall stand mal jemand davor und meinte, für einen Affen dürfte es wohl ein Rätsel sein, wie er da hinaufkäme – die Stacheln sind nämlich spitz und verursachen blutende Wunden. Wirklich albern, wo es doch in Chile gar keine Affen gibt. Aber so sind sie nun mal in England – werfen alle fernen Länder in einen Topf. Wenigstens der Name ist gut.«

Beim Zuhören dämmerte Robert allmählich, wie begrenzt sein Wissen über Pflanzen und Bäume war. Zwar konnte er Birken von Espen, Buchen von Hainbuchen, Ahorne von Platanen unterscheiden, aber schon die kalifornischen Kiefernarten konnte er kaum auseinanderhalten: Weißkiefer und Coulter-Kiefer, Bischofs-, Warzen- und Monterey-Kiefer. An diesem Abend verbrachte William Lobb am Feuer viel Zeit damit, die Pyramidenform der Grannen-Tanne, ihr wunderbar sattes Grün, ihre ungewöhnlichen Zapfen mit den blattartigen Borsten zu beschreiben. Robert hatte noch nie von ihr gehört, geschweige denn eine gesehen.

Später lag er in seine Decke gewickelt, den Kopf auf seinem Sattel, und ließ die Namen vor seinem geistigen Auge vorbeiziehen. Begonie. Rhododendron. Amaryllis. Malve. Fuchsie. Keine davon kannte er, wollte sie aber alle kennenlernen.

In Stockton angekommen, hatten sie bereits einen der Sequoiasetzlinge verloren; er war abgebrochen, als die braune Stute vor einem Rebhuhn scheute, das aus dem Dickicht aufflatterte. Lobb nahm den Verlust gelassen. »Ich rechne fest damit, dass der andere es auch nicht überlebt«, sagte er. »Wenn wir ihn nicht auf dem Weg nach San Francisco verlieren, dann geht er vermutlich bei der Überfahrt nach England ein. Die Sämlinge haben größere Chancen, und den besten Ertrag bringen ohnehin die Samen.«

Von Stockton aus fuhren sie auf einem Dampfschiff den San Joaquin hinunter nach San Francisco. Robert hatte die Dampfer schon früher flussauf und flussab fahren sehen, jedoch nie selbst einen bestiegen. Ebenso wenig wie der Grauschimmel. Wie erwartet weigerte er sich, das schwankende Deck zu betreten, stieg und trat aus, als Robert ihn an Bord führte. Dabei schaffte er es, den anderen Setzling umzustoßen und zu zertreten. »Einer für Ihr Pferd und einer für meins«, bemerkte William Lobb trocken, während er den zertrampelten Baum in den Fluss warf.

In der klapprigen Box buckelte und trat der Grauschimmel weiter, bis Robert ihn festhielt und ihm einen Sack über die Augen stülpte. Schließlich beruhigte sich das Pferd, und Robert gesellte sich zu Lobb an Deck.

Während der Schaufelraddampfer den Fluss hinunterfuhr, standen sie beieinander und ließen die Landschaft vorbeiziehen. Vor ihnen erstreckte sich Kilometer um Kilometer flaches, fruchtbares Land: Gras, das durch die sengende Sommersonne braun geworden war, unterbrochen durch grüne Oasen, wo es Wasser gab und Menschen sich niedergelassen und Farmen aufgebaut hatten. Hin und wieder sahen sie Indianer, die mit Körben voller Eicheln zu Fuß unterwegs waren oder in Gruppen dahinritten, eine lange Reihe von Pferden, die sich parallel zum Fluss bewegten. Sie blieben stehen und beobachteten das Schiff, für die meisten immer noch außergewöhnlich, auch wenn nun schon seit einigen Jahren Dampfer den San Joaquin auf und ab fuhren. Kleine Jungen ließen ihre Angeln zurück und rannten mit dem Dampfer um die Wette am Ufer entlang. Robert hatte das Gefühl, gen Westen gezogen zu werden, etwas, das er in seinem Leben immer wieder empfunden hatte.

»Wo übernachten Sie, wenn Sie in San Francisco sind?«, fragte Lobb, während sie zusahen, wie die Jungen am Ufer müde wurden und umkehrten.

»Ich war noch nie dort.« Robert schämte sich, zugeben zu müssen, dass er seit fast vier Jahren in Kalifornien war, dessen größte Stadt aber noch nicht kannte. Gold war wie ein Magnet gewesen, der ihn in der Sierra Nevada festgehalten hatte, selbst als er schon mit dem Schürfen aufgehört hatte.

»Ha! Sie werden es entweder lieben oder hassen. Ich kann mir schon vorstellen, was von beiden.«

Sie durchquerten die Bucht von San Francisco, und als sie auf die Küste zusteuerten, staunte Robert über die endlosen Wasserwege, die Hügel und die Andeutung von Meer dahinter. Am Kai gerieten er und William Lobb in das geschäftige Treiben Hunderter von Schauerleuten, die Schiffe aus aller Welt be- und entluden. Sie hielten sich jedoch nicht lange auf; Lobb führte sie von den Hafenanlagen fort und in die Stadt hinein.

Als sie durch die Straßen ritten, stellte Robert fest, dass von allen Städten, die er kennengelernt hatte – Detroit, Indianapolis, Chicago, St. Louis, Salt Lake City –, San Francisco bei Weitem die schlimmste war. Die Lage der Stadt zwischen Wasser und Hügeln hätte sie schön und atmosphärisch wirken lassen sollen, doch stattdessen entpuppte sie sich als schmutzig, rau und stinkend. Die meisten Bäume hatte man der hektischen Bautätigkeit geopfert, die nötig war, um die knapp fünfunddreißigtausend Menschen unterzubringen, die während der letzten Jahre in die Stadt geströmt waren. Gebäude wurden schachbrettartig angelegt und in Reihen zusammengedrängt, die sich die Anhöhen hinauf- und hinunterzogen und die einzigartige Landschaft verschandelten.

Sie kamen an Dutzenden von Saloons vorbei, aus denen Männer heraustaumelten, während andere wie Wasser, das durch eine Schleuse strömt, eilig die Straßen entlangritten. Robert kannte die gierige, achtlose Art von Goldgräbern auf Zechtour, die hier waren, um das, was sie eingenommen hatten, wieder auszugeben, denn in den Goldgräberlagern gab es nicht viel zu tun. Sie verprassten ihr Geld mit derselben Geschwindigkeit, mit der sie es verdienten, und waren nach San Francisco gekommen, um hemmungslos zu trinken, zu huren und zu spielen; waren die Taschen leer, würden sie sich auf der Jagd nach Gold wieder in ihre Lager in den Bergen und an den Flüssen verziehen. Robert war nicht sicher, ob es für eine Stadt gut war, voller verblendeter Träumer zu sein.

William Lobb interessierten an der Stadt nur die Hafenanlagen. Er war weder ein Spieler noch ein Trinker, und den wenigen Frauen, die ihnen über den Weg gelaufen waren, hatte er kaum mehr als einen flüchtigen Blick geschenkt. Überhaupt schien er Menschen nicht sehr zu mögen. »Diese Stadt ist ein Gruselkabinett«, verkündete er, während sie dahinritten, »aber auf ihren Hafen kann ich nicht verzichten. Zwei- oder dreimal im Jahr verschiffe ich eine Ladung nach England.«

»Wohin reiten wir?«

»Ecke Montgomery/California. Ich habe eine Vereinbarung mit einer Pension getroffen, wo ich Gerätschaften, Samen und Pflanzen lagern kann. Hier sind wir schon.«

Sie hielten vor einem Haus, an dessen Türrahmen eine Zigarre rauchende Frau lehnte. Groß und breitschultrig, mit roten Wangen und struppigem fahlen Haar, trug sie eine schmuddelige Schürze, die sie noch weniger weiblich aussehen ließ, zumal sie weder Hut noch Haube aufhatte. In Kalifornien lebten nur wenige Frauen, und die konnten es sich leisten, gesellschaftliche Konventionen zu ignorieren. Die Regeln waren hier andere –

es gab keine. Deshalb waren wohl auch viele Neuankömmlinge versucht zu bleiben: Die strikten Grenzlinien, die zu Hause von ihren Familien, Gemeinschaften und Kirchen gezogen worden waren, existierten hier nicht. Robert hatte viele Männer getroffen, die beschlossen hatten, nicht zu ihren wartenden Ehefrauen zurückzukehren, sondern weiter das Spiel, die Hurerei und die Freiheit zu genießen.

Die Frau rührte sich nicht, ließ aber die Männer vom Pferd steigen und näher kommen.

»Hallo, Mrs. Bienenstock«, sagte William Lobb. »Haben Sie noch ein Bett für diesen Burschen hier frei? Er geht mir zur Hand.«

»Kein Erbrochenes auf meiner Treppe«, unterwies Mrs. Bienenstock Robert. »Wenn Sie mir ins Haus kotzen, sind Sie draußen.«

Robert nickte, die einzig mögliche Reaktion auf eine solche Äußerung.

»Wir haben eine besondere Lieferung«, fuhr Lobb fort. »Sie wird nicht lange hier lagern – nur bis ich einen Dampfer mit Kurs auf Mittelamerika gefunden habe.«

Mrs. Bienenstock paffte ihre Zigarre. »Die *Uncle Sam* fährt in zwei Tagen nach Nicaragua. Market Wharf.«

»Nicht die Nicaragua-Route. Panama ist sicherer.«

»Dann die *Columbus*. Pacific Wharf in vier Tagen.«

»Ausgezeichnet. Wir laden schnell ab, dann gehe ich zum Anleger runter und regle alles Nötige. Danke, Mrs. B.«, fügte er respektvoll hinzu. Robert vermutete, dass seine Vermieterin eine der wenigen war, denen er mit solcher Achtung begegnete.

Lobbs Zimmer lag nach Norden. Das einzige Fenster war durch einen schweren, schwarzen Vorhang noch stärker verdunkelt worden und randvoll mit wachsversiegelten Blechkisten. Ratlos blickte sich Robert im Zimmer um. Lobb schmunzelte.

»Hier«, sagte er, während er eine Kiste aufbrach, sodass Robert deren Inhalt sehen konnte: Hunderte beschrifteter Päckchen mit Pflanzensamen. »Manche enthalten außerdem getrocknete Pflanzen«, erklärte er. »Das alles verschicke ich in Kürze nach England. Schauen Sie, die Kisten sind mit Blei ausgekleidet, um Feuchtigkeit und Licht abzuhalten, damit die Samen nicht auskeimen. Deshalb achte ich auch darauf, dass es hier drinnen dunkel ist.«

Er führte Robert über den kleinen Hof hinterm Haus, wo sich zwischen Schrott und Unrat die stinkende Außentoilette befand. Mrs. Bienenstock konzentrierte ihre Energie offensichtlich aufs Innere des Hauses: Die Zimmer waren sauber und frei von Flöhen, und die Gäste waren von ihr offenbar hinreichend eingeschüchtert, dass sie sich benahmen. »Hier hinten bewahre ich Sämlinge und Setzlinge auf, die ich gesammelt habe«, sagte Lobb und deutete auf eine Reihe von Eimern mit winzigen Bäumchen. »Mrs. B. gießt sie für mich – für sie leicht verdientes Geld.«

Nachdem sie die Eimer mit den Sequoien zu den anderen gestellt und die Säcke voller Zapfen in Lobbs Zimmer gebracht hatten, machte der Engländer sich auf den Weg zurück zum Hafen, und Robert hatte Zeit, die Stadt zu erkunden. Die Saloons und Bordelle reizten ihn allerdings nicht; stattdessen fragte er Mrs. Bienenstock, wohin er gehen könne, um den Ozean zu sehen.

»Seal Rocks«, antwortete sie, während sie in der Küche stand und mit einem Bügeleisen über noch immer leicht feuchte Laken fuhr. »Nehmen Sie die Broad Street in westliche Richtung, und gehen Sie immer weiter, auch wenn sie zu einem Pfad wird.« Sie nickte beifällig. »Viel Unsinn können Sie da nicht anrichten!«

Erleichtert stellte Robert fest, dass die Seal Rocks ein ganzes

Stück außerhalb der Stadt lagen, weg von den Goldgräbern, dem Dreck und dem Lärm. Weiter draußen auf der Landzunge entstand ein neues Fort, doch ansonsten gab es dort draußen keine Gebäude. Robert und der Grauschimmel folgten dem Pfad bis an dessen Ende, wo das Gelände steil abfiel und der Pazifik sich unter ihm wie ein gewaltiges wässriges Laken ausbreitete, in dem sich ein ebenso gewaltiger Himmel spiegelte. Robert hatte den Ozean schon zuvor gesehen, doch er versetzte ihn immer wieder in Staunen. Nach Tausenden von Kilometern eingeschlossen in einem Land, dem alles Wasser entzogen worden war, gab es hier mehr davon, als er sich je auf einem Fleck hätte vorstellen können.

Der Grauschimmel teilte Roberts Begeisterung nicht. Er reagierte auf die offene Weite genauso wie auf den Anblick der Sequoien: Er wieherte, buckelte und trat aus, bis Robert ihn wendete und ein paar Hundert Meter landeinwärts führte, wo er ihn grasen ließ.

Dann setzte er sich an den Klippenrand und betrachtete über eine Stunde lang das Meer. Vor der Küste ragten majestätische Felsen aus dem Wasser, die aussahen wie die Köpfe von Riesenrobben mit ihren spitzen, zum Himmel gereckten Nasen. Die echten Robben lagen auf ihnen, aalten sich in der Sonne und gaben bellende Töne von sich.

Ganz allmählich schlich sich ein Hauch von Traurigkeit in das Gefühl der Ehrfurcht, das Robert beim Anblick des Ozeans empfand. Er hatte das Ende des Landes erreicht und war so weit von Ohio entfernt, wie er nur sein konnte; bei dem Gedanken, umdrehen und sich gen Osten wenden zu müssen, überkamen ihn so große Schuldgefühle und Verzweiflung, dass ihm übel wurde. Robert hatte versucht, ein ehrliches Leben zu führen, sogar, als er von unehrlichen Menschen umgeben war, aber so untadelig er jetzt auch leben mochte, er wusste, dass er einen

Fehler gemacht hatte, dem er niemals würde entfliehen können. Dieses Wissen würde ihn verfolgen, egal, wohin er lief.

Plötzlich geriet das Wasser etwa zwei Kilometer vor der Küste in Aufruhr. Eine Fontäne spritzte hoch, und eine gewaltige Schwanzflosse kam zum Vorschein, fächerte aus und tauchte wieder unter die Wasseroberfläche. Robert verschlug es den Atem. Er sah zu, wie die Flosse kam und ging, während der Wal auf einen Horizont zuschwamm, den Robert selbst nie erreichen würde. Es war ein weiteres Zeichen dafür, dass er nun entweder innehalten und einen Weg finden musste, mit sich hier draußen zu leben, oder zurück in den Osten gehen und sich dem stellen, was er getan hatte.

Die folgenden drei Tage verbrachten Robert und William Lobb damit, ihre Ladung reisegerecht zu verpacken, die meiste Zeit dank des schönen Wetters draußen im Hof – allerdings erst, nachdem Lobb einen Sack Ätzkalk für die Außentoilette gekauft hatte, damit sie ohne ständigen Brechreiz arbeiten konnten.

Er zeigte Robert, wie man die Sequoiazapfen auf einem Leinentuch in der Sonne zum Trocknen auslegte. Jeder von ihnen beherbergte Dutzende winziger flacher Samen, die wesentlich leichter zu transportieren waren, wenn man sie aus den getrockneten Zapfen herausgeschüttelt hatte. »Sie sollen lernen, wie das geht, auch wenn wir bei dieser Ladung nicht die Zeit dazu haben«, sagte Lobb. »Wir können nicht warten, bis die hier trocken sind – das würde drei Wochen kosten, in denen womöglich jemand anders vor uns Sequoien nach England schickt.«

»Gibt es noch andere Baumsammler?«

»Ein paar. Mit manchen habe ich sogar hier und da zusammengearbeitet. Andrews und Parry sind in Ordnung. Sie treiben mich nicht um. Es sind eher Bridges oder Beardsley oder die Murray-Brüder, die mir zuvorkommen könnten.«

»War irgendeiner von ihnen oben im Calaveras Grove?«

»Nicht dass ich wüsste – aber zutrauen würde ich es ihnen! Sie könnten unmittelbar nach uns hochgegangen und sofort zurückgekehrt sein und wären dann morgen auf der *Columbus*, genau wie wir.« Offensichtlich war es für Lobb eine Frage der Ehre, als Erster Sequoien auf englischen Boden zu bringen.

Im Gegensatz zu der Lässigkeit, mit der sie die Zapfen beim Sammeln im Hain behandelt hatten, ging William Lobb beim Verpacken mit unerwarteter Akribie vor. »Der Erfolg des Pflanzensammelns liegt hauptsächlich im Verpacken«, verkündete er. »Wenn es tot oder verfault in England ankommt, ist es letztlich egal, was Sie gesammelt haben.«

Als Erstes polsterten sie die bleiverkleideten Blechkisten mit alten Zeitungen aus, die Mrs. Bienenstock für sie aufgehoben hatte. Dann legten sie die Sequoiazapfen hinein. Robert hätte immer ganze Hände voll davon hineinfallen lassen, doch Lobb legte die Zapfen einzeln nebeneinander, bis sie eine gleichmäßige Schicht bildeten, auf die er eine weitere und dann noch eine breitete. Als die Kiste voll war, nahm er einen Sack mit Sand, den er am Strand gefüllt und in seinem Zimmer aufbewahrt hatte, und ließ ihn so in die Kiste rieseln, dass er sämtliche Ritzen zwischen den Zapfen ausfüllte. »Absorbiert Feuchtigkeit«, erläuterte er. »Diese Kisten werden ein paar Monate lang auf dem Wasser sein. Wenn die Samen feucht werden, verfaulen oder keimen sie. Das kann ich nicht gebrauchen.« Zum Schluss versiegelte er die Kisten mit Wachs.

Lobb beschloss, dass die Sämlinge in einem Wardschen Kasten transportiert werden sollten, und schleppte Holz- und Glasmaterial in den Hof. Wenn er ordentlich konstruiert war, wären darin sämtliche Pflanzen vor Wind und Gischt geschützt und könnten an Deck gebracht werden, um Sonnenlicht zu tanken. Auf den Boden des Kastens streuten die Männer Erde, in die sie die Sequoiasämlinge sowie ein paar andere Pflanzen aus Lobbs eigener Anzucht pflanzten. Nachdem sie sie gegossen hatten, schlossen sie den Glasdeckel. Bis zu seiner Ankunft in England würde der Wardsche Kasten nun nicht mehr geöffnet werden.

Darüber rätselte Robert eine Weile. »Wie bleiben sie denn feucht?«, fragte er schließlich, während William Lobb mit dem Wachs einer brennenden Kerze den Kastendeckel rundherum versiegelte.

»Kondensation«, antwortete Lobb, ohne aufzublicken. »Das Wasser kann nicht durch Verdunstung entweichen, also bleibt es im Inneren des Kastens. In einem Wardschen Kasten kann eine Pflanze, solange sie nicht zerdrückt wird, Monate überdauern. Es sind am ehesten Menschen, die den Pflanzen Schaden zufügen. Ich hatte einmal Exemplare, die in Wardschen Kästen den ganzen Weg von Brasilien nach England überlebten, nur um einzugehen, als sie zu lange in der Kälte auf einem Londoner Kai standen. Samen sind, solange sie nicht auskeimen, immer eine sicherere Sache.«

Am nächsten Tag brachten die beiden Männer ihre Fracht hinunter zur Pacific Wharf, wo die *Columbus* lag. Über Panama City und den Isthmus von Panama würde die Fracht zu einem weiteren Dampfer transportiert, der durch die Karibik Kurs auf New York nehmen würde. Von dort aus würden Kasten und Kisten auf einem Schiff mit Ziel Southampton nach England gelangen. Insgesamt würde die Reise zwei oder drei Monate dauern.

Nachdem sie den Wardschen Kasten und die Blechkisten unten im Frachtraum verstaut hatten und wieder an Deck gekommen waren, stopfte William Lobb seine Pfeife und ließ dann den Blick übers Wasser schweifen. »Gehen Sie, und holen Sie alles, was noch im Wagen ist, mein Junge, ja? Ich habe die Hände voll.«

Robert dachte, sie hätten schon alles an Bord gebracht, ging aber, wie angewiesen, noch einmal zurück. Auf der Ladefläche des Wagens fand er eine Ledertruhe mit einem Messingschild, in das die Initialen *WL* eingraviert waren. Er fuhr mit dem Finger über die Buchstaben und runzelte die Stirn. Mit der geschulterten Truhe ging er wieder zum Schiff.

William Lobb stand im Eingang einer Kabine und gab Robert zu verstehen, dass er die Truhe am Fußende des Betts abstellen solle. Als Robert sich wieder aufgerichtet hatte, blickte er seinen Pfeife schmauchenden Arbeitgeber an.

»Kommen Sie nicht mit zurück zu Mrs. Bienenstock?«, fragte er schließlich, als Lobb keine Anstalten machte, von sich aus etwas zu sagen.

»Nein, Robert.« Es war eines der wenigen Male, seit sie sich kennengelernt hatten, dass Lobb ihn mit seinem Namen ansprach. »Ich fahre nach England zurück. Dort rechnet man erst in frühestens einem Jahr mit mir, und Veitch wird überrascht sein, mich zu sehen. Das hier ist aber der aufregendste Fund seit dem Affenrätselbaum. Er wird mir niemals glauben, wie gigantisch diese Sequoien sind, wenn ich sie ihm nicht von Angesicht zu Angesicht beschreibe und ihm meine Zeichnungen zeige. So kann ich außerdem selbst nach dem Wardschen Kasten sehen und dafür sorgen, dass er ab und zu ins Sonnenlicht kommt und nicht zerstört oder einfach seinem Schicksal überlassen wird.«

»Aber –«

»Mrs. B. weiß Bescheid und erklärt Ihnen alles Weitere. Jetzt muss ich mit dem Kapitän noch das eine oder andere regeln. Sie versuchen immer, mich mit dem Frischwasser übers Ohr zu hauen. Wir sehen uns in ein oder zwei Jahren, falls nicht die See *mich* kriegt oder ein Grizzlybär *Sie*!« Mit diesen Worten schritt William Lobb davon und ließ Robert verloren an Deck zurück.

Er wartete nicht aufs Ablegen des Dampfschiffs, sondern kehrte wie benommen zur Pension zurück. Er hatte geglaubt, dass er und Lobb nach Abfahrt der *Columbus* ihre Pferde satteln und südwärts zu den Bergen um Monterey reiten würden, wo der Engländer ihm alles über Kiefern beibringen würde. Diesen Traum musste er nun aufgeben. Jetzt wollte er nur noch den Grauschimmel satteln und fortreiten – fort von der Pension und San Francisco, fort von Redwoods und Sequoien, fort von Monterey-, Gelb- und Grannen-Kiefern, von denen er gehofft hatte, William Lobb würde sie ihm zeigen. Das Problem war nur, dass man von Kalifornien aus nicht nach Westen gehen konnte, Robert aber nie eine andere Richtung als Westen eingeschlagen hatte.

In seinem Zimmer packte er seine paar Habseligkeiten zusammen. Als er jedoch bei Mrs. Bienenstock, die gerade in der Küche Kaffee mahlte, seine Rechnung begleichen wollte, schüttelte sie den Kopf. Stattdessen hatte sie Anweisungen für ihn: »Sie nehmen sein Zimmer, falls es Sie nicht stört, wie klein und dunkel es ist«, sagte sie. »Aber jetzt, wo die Kisten weg sind, ist es gar nicht mehr so schlimm. Ich soll Ihnen Ihr Geld geben. Sie können alles auf einmal haben oder wie einen Lohn in regelmäßigen Abständen. Wie wollen Sie's?«

Sprachlos starrte Robert sie an. Mrs. B. schüttelte erneut den Kopf und drehte energisch die Kurbel ihrer Kaffeemühle. »Wir machen's lieber regelmäßig.« Als er sich nicht rührte, fügte sie hinzu: »Los doch, Mann. Zeit, auf eigenen Füßen zu stehen. Nun gehen Sie schon, ich bringe Ihnen frische Laken.« Als Robert sich anschickte, ihr zu gehorchen, glaubte er, sie kichern zu hören.

William Lobb hatte sein Zimmer ordentlich und leer hinterlassen, abgesehen von einem Stapel Notizbüchern mit braunem Ledereinband und einem Brief. Die Notizbücher ähnelten dem, das Lobb im Calaveras Grove benutzt hatte. Sie waren voll mit allem, was er über kalifornische Nadelbäume wissen musste.

Robert öffnete den Brief – den ersten, den er je bekommen hatte. Er bestand im Wesentlichen aus einer Liste.

13. September 1853
Goodenough –

Bitte sammeln Sie Folgendes:
je 5 Säcke von Pinus radiata, muricata, ponderosa und attenuata
+ jeweils 3 Sämlinge
3 von Abies bracteata + 3 Sämlinge
10 von Riesensequoia + 5 Sämlinge
4 von Sequoia sempervirens + 5 Sämlinge
3 von Pinus lambertiana + 3 Sämlinge
je 5 von Abies grandis, procera, magnifica und concolor
+ 3 Sämlinge

Auf der beigefügten Landkarte habe ich markiert, wo die Bäume am besten zu finden sind. Vieles können Sie in der Nähe von San Francisco oder Monterey sammeln, für die Letzten auf der Liste werden Sie jedoch weiter nach Norden in die Berge von Oregon reisen und die Zapfen per Schiff nach San Francisco bringen müssen.

Schicken Sie alle Lieferungen an
William Lobb Esq
Veitch and Sons' Exotic Nursery
Mount Radford
Exeter
England

Verwenden Sie Adams Express, auf meine Rechnung. Wenn Sie Pflanzen verschiffen, schicken Sie mir immer zwei Mitteilungen – eine auf dem Schiff mit der Fracht, die andere getrennt davon auf einem anderen Schiff –, um mir deren Ankunft anzukündigen.

Hochachtungsvoll
William Lobb

Lange saß er da, las den Brief immer wieder und studierte die Liste der Bäume. Lobb hatte ihn nicht gefragt, ob er für ihn sammeln wolle, sondern war wie selbstverständlich davon ausgegangen. Es machte Robert nichts aus. Angesichts der Wahl zwischen dem ziellosen Leben, das er die letzten paar Jahre geführt hatte, und dem Sammeln von Bäumen für einen solchen Arbeitgeber brauchte er nicht lange zu überlegen. Und es schmeichelte ihm, dass William Lobb ihn für der Aufgabe gewachsen hielt – ja sogar die letzten paar Tage damit verbracht hatte, Robert zu unterweisen.

Er lächelte vor sich hin. Er war auf dem Weg, ein Baumhändler zu werden.

Über ein Jahr lang sammelte Robert für William Lobb, ohne ein Wort von ihm zu hören. Er arbeitete hart, um die in dem Brief geforderten Mengen zusammenzubekommen, reiste in einem weiten Radius um San Francisco herum, machte erneut einen Abstecher zum Calaveras Grove – wo er Maultiere mietete, um die Säcke in die Stadt hinunterzubringen – und drang zum ersten Mal nach Norden zu den Bergen Oregons vor. Der Grauschimmel fand sich schließlich damit ab zu klettern und Säcke mit Zapfen zu tragen, obwohl er immer noch trat und biss, sobald sein Besitzer versuchte, Eimer mit Sämlingen an ihn zu hängen, sodass Robert sie stattdessen in einen Lederbeutel stecken musste.

Wie sich herausstellte, war das Sammeln von Pflanzen eine einsame Beschäftigung. Früher hatte Robert das Alleinsein genossen, jedenfalls dachte er das. In Wirklichkeit war er selten lange allein gewesen: Bei der Arbeit in Hotels, in Ställen, in der Landwirtschaft und als Goldgräber hatte er immer Menschen um sich gehabt. Nun war er in den Wäldern, oben in den Bergen oder in der Ebene Zentralkaliforniens oft tagelang unterwegs, ohne mit irgendjemandem zu sprechen. Seine Kehle schien sich zu schließen, und er musste sich immer wieder räuspern, laut singen oder die lateinischen Pflanzennamen aufsagen, um sich zu vergewissern, dass er immer noch eine Stimme hatte. *Araucaria imbricata. Sequoia sempervirens. Pinus lambertiana. Abies magnifica*. Es überraschte ihn, wie sehr ihm die Gesellschaft anderer fehlte. Manchmal suchte er ganz bewusst Goldgräberlager auf, nur um mit den Männern am Lagerfeuer zu sitzen. Wenn er Vertrautheit brauchte, kehrte er zurück nach San Francisco, wo er Mrs. Bienenstock zum Reden hatte – obwohl sie nicht besonders gesprächig war. Robert sagte auch nicht viel, aber immerhin saßen sie zusammen in der Küche und lasen Zeitung oder hockten draußen auf den Stufen vor der Haustür, wo sie ihre Zigarre rauchte und er Passanten beobachtete. Einmal bot sie ihm eine Zigarre an, und er machte den Fehler zu inhalieren. Damit zog sie ihn eine Woche lang auf.

Bis zum folgenden Frühjahr hatte er drei Ladungen Pflanzen und Samen gesammelt, verpackt und verschickt und alle Punkte auf Lobbs Liste abgehakt. Danach wusste er nicht, was er tun sollte, und fragte Mrs. Bienenstock, die, eine Zigarre zwischen den Zähnen, den Küchenboden wischte und nicht einmal den Blick hob. »Machen Sie alles noch mal von vorne.« Das tat er.

So ritt er an einem Frühjahrsnachmittag eine Straße in Sacramento hinunter, als die Sonne hinter einer Wolke hervorkam und eine Frau in einem gelben Kleid anstrahlte. Sie stand neben einem Wagen und sah zu, wie Männer ihn mit Mehlsäcken beluden. Ruckartig brachte Robert den Grauschimmel zum Stehen.

Robert hatte Molly Jones fünf Jahre zuvor auf einer Ranch in Texas kennengelernt, wo sie als Köchin arbeitete und nebenbei den Männern ihre Dienste anbot. Sie schien sich in beiden Rollen wohlzufühlen, auch wenn sie sich selbst nie als Hure bezeichnete. Mit Männern zu schlafen war einfach eine weitere

Aufgabe, genau wie Töpfe schrubben oder Hühnchen ausnehmen. Robert hatte einmal erlebt, wie sie mitten in der Zubereitung eines Eintopfs mit einem Cowboy in die Speisekammer verschwunden war. Molly hatte lockiges schwarzes Haar, große blaue Augen, einen üppigen Busen und eine Fröhlichkeit, die nicht von ihrer Umgebung abzuhängen schien. Robert hatte Molly auch dann noch lächeln sehen, wenn sie an einer Leiche am Straßenrand vorbeikam oder ein Kunde ihr ein blaues Auge verpasst hatte. »Robert Gutgenug«, sagte sie, als sie seinen Namen zum ersten Mal hörte. »Also, ich bin *sicher*, dass das nicht stimmt! Ich werde prüfen müssen, wie gut du tatsächlich bist!« Und das tat sie in der folgenden Nacht, indem sie ihn auf ihr Zimmer mit dem bequemsten Bett der ganzen Ranch mitnahm und von seiner Unwissenheit über Frauen befreite. Ihr Busen roch nach Brot. »Das erste Mal ist gratis«, sagte sie hinterher, als sie, den Kopf in die Hände gestützt, lächelnd dalag. »Du kannst jetzt gehen, Süßer«, fügte sie hinzu, denn Robert saß, offenbar unschlüssig, wie er sich verhalten sollte, mit den Händen zwischen den Knien auf der Bettkante. So hilfsbereit konnte Molly sein.

Eine Woche lang war Robert in sie verliebt, mit ihrem Geruch nach Hefe, den gekräuselten Haaren, die nicht in einem Knoten bleiben wollten, den dunkelroten Lippen, als hätte sie gerade Blaubeeren gegessen. In Wirklichkeit war er verliebt in diese absolute Nähe zu einem Menschen, dem Gefühl, eins mit dem Körper eines anderen zu werden. Davon konnte er nicht genug kriegen und suchte Molly in derselben Woche noch dreimal auf. Wenn sie sich im Bett zwischendurch erholten, fragte sie ihn nach seiner Vergangenheit. Den schwierigen Fragen wich Robert aus; er erzählte ihr nicht, warum er Ohio verlassen hatte, wie plötzlich er erwachsen werden musste, dass ihm Kälte, Hunger und Müdigkeit zugesetzt hatten. Wenn er nicht darüber sprach, musste er nicht darüber nachdenken und konnte den dunklen Vorhang zwischen damals und jetzt fest geschlossen halten. Stattdessen unterhielt er sie mit Geschichten über Jonah Parks, den Scharlatan, für den er in Indiana gearbeitet hatte. Mollys Lieblingsgeschichte war die, wie sie ins Gefängnis geworfen wurden, nachdem Jonah Parks ein Holzbein gestohlen und unglücklicherweise versucht hatte, es dem Eigentümer wieder zu verkaufen.

Sie selbst sprach offener über ihre Vergangenheit: Kindheit in Georgia, Mutter bei der Geburt gestorben, Vater Säufer, Bruder und Schwester von Indianern ermordet, während Molly sich in einem Heustapel versteckte und zusah. »Du musst lächeln«, sagte sie. »Sonst würdest du von morgens bis abends heulen.«

Nach dem vierten Mal nahm Molly sein Geld und sagte: »Jetzt machen wir mal eine Pause, sonst verjubelst du deinen ganzen Lohn und stehst am Ende mit leeren Händen da.« So warnte sie ihn davor, mehr für sie zu empfinden, als er sollte, und Robert wusste, dass sie recht hatte. Zwar ging er weiterhin gelegentlich mit ihr ins Bett, versuchte aber nicht mehr, sie besser kennenzulernen.

Manchmal jedoch, wenn er in einer sternenlosen Nacht in seine Decke gewickelt dalag oder unter der glühenden texanischen Sonne auf einer endlosen Ebene dem Horizont nachjagte, erinnerte er sich an das Gefühl von Benommenheit während dieser fieberhaften Liebeswoche, als er zwischen dem Vieh umherritt und glaubte, alles auf der Welt – jede kümmerliche Pflanze, jede Felsnase, jede Kuh, jedes Pferd, jeder Mensch und jede Wolke –, alles verbinde sich entlang eines Pfades, der zurück zu einer Frau führte, die in einer Küche stand und Brot backte. Solange das Gefühl anhielt, hatte er geglaubt, nie wieder etwas anderes fühlen zu können. Doch nach und nach wurde Molly für ihn einfach zu einer weiteren Arbeiterin auf der Ranch, und als Robert nach Kalifornien aufbrach, verabschiedete er sich von ihr, als hätten sie sich kaum gekannt und nie ein schweißnasses Bett geteilt. Molly dagegen blieb heiter. »Vielleicht geh ich auch nach Kalifornien«, sagte sie. »Finde ein bisschen Gold und leg die Füße hoch. Das wär ein Leben, was? Vielleicht mach ich das.«

Wie es schien, hatte sie ihre Ankündigung wahrgemacht. Robert saß auf dem Grauschimmel und musterte sie. Molly war jetzt dünner und wettergegerbter – ihr Gesicht trug die Spuren ihrer harten Reise durch Amerika –, sah aber immer noch fröhlich aus. Sie hatte ihn noch nicht bemerkt; er hätte einfach vorbeireiten, so tun, als hätten sich ihre Wege nicht gekreuzt, und sie nie wiedersehen können. Doch dann rief er ihren Namen.

Molly stieß einen Schrei aus, als sie ihn erkannte, lief, während er abstieg, zu ihm hinüber und umarmte ihn stürmisch. Sie presste sein Gesicht an ihre Brust, die ein wenig schlaffer geworden war, aber immer noch nach Brot roch. »Warum siehst du so überrascht aus?«, rief sie, als sie ihn zum Luftholen auftauchen ließ. »Ich hab dir doch gesagt, dass ich nach Kalifornien komme.«

»Schürfst du etwa?«, fragte er. Es fiel ihm schwer, sich Molly als Goldgräberin vorzustellen. Gold zu finden war inzwischen schwieriger geworden; das meiste von dem, was noch übrig war, konnte nur mit schwerem Gerät, aber nicht von einem Einzelnen mit Pickel, Schaufel und Pfanne gewonnen werden. Viele Goldsucher hatten sich zu Schürfgesellschaften zusammengeschlossen. Die Übrigen waren schweren Herzens umgekehrt und hatten sich wieder gen Osten aufgemacht, oder sie waren geblieben und Seeleute oder Rancher, Kaufleute oder Zuhälter, Huren oder Gauner geworden. Kalifornien war einst ein riesiges Land mit ein paar Indianern und Californios als Einwohnern gewesen; inzwischen lebten dort Hunderttausende Amerikaner, die wegen des Goldes gekommen waren und nun nach etwas anderem als Ersatz für diesen Traum Ausschau hielten.

»Ich eine Goldgräberin?« Molly lachte. »Glaubst du, ich würde mir diese Hände schmutzig machen? Nein, ich koch in einem der Lager den French Creek aufwärts, nicht weit vom Cosumnes River südlich von Hang Town. Kennst du das? Nach Sacramento komm ich nur zum Einkaufen. Goldgräber wollen nicht eine Minute von ihrer Arbeitszeit verschwenden, deshalb zahlen sie mir gutes Geld, damit ich sie mit Essen versorge. Dabei halt ich nach demjenigen Ausschau, der das meiste Gold gefunden hat *und* es schafft, sein Geld zusammenzuhalten. Bei dem bleib ich dann. Hab ihn aber noch nicht gefunden.«

Sie ist wie eine Katze, dachte Robert, landet immer auf den Füßen. Er freute sich zu hören, dass sie Arbeit und einen Plan hatte und dem Goldfieber entgangen war, das so viele befiel und zerstörte. Ihm war allerdings auch etwas unbehaglich zumute: Als Molly ihn sah, glaubte er, ein kurzes Aufblitzen von Verzweiflung hinter ihrer Fröhlichkeit entdeckt zu haben, stärker als die Freude, auf jemanden zu treffen, den man kannte. Eine Frau hatte es nicht leicht in Kalifornien, denn es gab so wenige von ihnen und so viele unstete Männer, doch Robert stellte sich lieber vor, dass Molly für sich selbst sorgen konnte. Er wollte sich nicht für sie verantwortlich fühlen.

»Und was ist mit dir, mein Süßer? Schürfst du?«

»Hab ich eine Weile gemacht, aber jetzt nicht mehr.«

»Hätt mich auch gewundert. Du siehst wirklich nicht aus, als wärst du plötzlich reich geworden. Keine Uhr, keine neuen Stiefel. Und dein Pferd …« Molly zog eine Grimasse. »Was ist mit Bolt passiert?«

»Von Indianern gestohlen.«

Sie lachte leise. »Schande. Die haben ein gutes Auge für

Pferde. Und dafür haben sie dir diesen Flohbeißer da überlassen, was?«

Der Grauschimmel schien sie zu verstehen, denn er schlug mit dem Kopf und wieherte.

Robert erklärte, dass er die Goldsuche aufgegeben und angefangen hatte, für William Lobb Bäume zur Verschiffung nach England zu sammeln. Molly starrte ihn an. »Was wollen die denn mit unseren Bäumen? Haben die keine eigenen?«

Robert zuckte die Schultern. »Sie haben nicht so viele Kiefern.«

»Du bringst sie auf ein Schiff, das Tausende Seemeilen fährt, und dafür zahlen sie dir gutes Geld?«

Robert nickte.

»Das ist wirklich das Albernste, was ich je gehört hab.«

Robert lächelte. Diese Reaktion war er inzwischen gewöhnt. »Schon mal vom Calaveras Grove gehört, knapp hundert Kilometer südlich von hier?«

»Gehört schon. Nie da gewesen. Da gibt's ein Hotel, stimmt's?«

»Ja, und Bäume, größer als alles, was du dir überhaupt vorstellen kannst. Denk mal an den größten Baum, den du je gesehen hast –«

»Ein alter Pekannussbaum hinter der Hütte von meinem Pa in Georgia«, sagte Molly plötzlich. »Ich hab immer an seinem Fuß gesessen und einfach nur hochgeguckt. Den Baum hab ich geliebt.« Nur für einen Augenblick ließ sie ihre Maske der Fröhlichkeit fallen und wurde nachdenklich.

»Stell dir diesen Pekannussbaum vor, nur dreimal so hoch und so dick. Das ist eine Sequoia.«

»Na, also das will ich sehen. Vielleicht geh ich zum Calaveras Grove und schau mir diese Bäume an.« Sie klang genauso wie in Texas, als sie über Kalifornien gesprochen hatte. Sie wechselten noch ein paar Worte über Leute, die sie beide in Texas gekannt hatten, und darüber, was wohl aus ihnen geworden war. In der Zwischenzeit hatten die Männer das Mehl fertig aufgeladen und warteten jetzt, während sie sich in den Zähnen herumpulten und Tabak auf den Boden rund um den Wagen spuckten, auf Molly.

»Also, viel Glück beim Samensammeln, Robert Goodenough«, sagte Molly schließlich. »Ich sehe, dass Bäume besser zu dir passen als Vieh.«

»Schätze ich auch.«

»Komm mich besuchen, wenn du mal in der Nähe von French Creek bist.«

»Backst du immer noch diese Kekse?« In Texas waren Mollys Kekse berühmt gewesen.

»Na klar.« Molly zwinkerte. »Denk dran, der erste ist gratis.«

Robert hatte gedacht, er würde ihre Einladung nach French Creek nie annehmen. Dort wuchsen weder Redwoods noch Sequoien, nur ein paar Zucker- und Gelbkiefern, die er genauso gut auch näher an San Francisco finden konnte. Trotzdem machte er sich drei Wochen später auf den Weg. Als er sah, wie sehr sich Molly freute, ihn zu sehen, wurde ihm klar, dass das Aufblitzen von Verzweiflung auf ihrem Gesicht keine Einbildung gewesen war. Es war da, als er ankam und als er wieder ging. Dazwischen sorgte sie dafür, dass er in ihrer Nähe war, holte ihn in ihr Bett und ließ ihn sie wieder und wieder nehmen, bis seine aufgestaute Energie erschöpft war. Wenn sie nicht im Bett lagen, half er ihr beim Kochen, denn er wollte weder Gold schürfen noch anderen dabei zusehen.

French Creek erinnerte Robert an die Goldfelder, die er drei Jahre zuvor verlassen hatte: die manische Suche nach Gold, die Menschen ebenso verrückt wie stumpfsinnig machte, und die vielen Nächte, die man am Feuer saß und über die Ausrüstung diskutierte – ob eine Waschrinne mehr Gold auffing als eine einzelne Pfanne, oder wo man einen Pickel mit Gegengewicht kaufen konnte – oder die jüngsten Gerüchte über Goldfunde irgendwo anders analysierte, die ein Lager über Nacht leeren konnten. Die Goldgräber, die immer noch am Traum vom großen Reichtum festhielten, waren noch rücksichtsloser als damals, obwohl sie eigentlich hätten zusammenarbeiten müssen.

Sie behandelten Molly viel schlechter, als es die texanischen Cowboys getan hatten, die ihr für ihr Essen, ihr Bett und ihre Fröhlichkeit dankbar gewesen waren. Die Goldsucher interessierte nur das Gold: Nie waren sie zufrieden mit dem, was sie fanden, und ständig in Sorge, den größeren Nugget, die bessere Schürfstelle verpasst zu haben. Alles, was ihrer Suche im Weg stand, selbst Dinge, die lebenswichtig waren – Essen, Schlaf, Sex –, wurde bestenfalls schnell nebenbei erledigt. Im schlimmsten Fall wurden sie gewalttätig und ließen an Molly ihre Enttäuschung darüber aus, dass sie nicht das Gold entdeckten, das ihr Fieber heilen würde. Fleisch, das zu zäh war, warfen sie ihr vor die Füße, spuckten ihr Whisky ins Gesicht, beschimpften sie wüst. Doch sie nahm es hin, während sie aufmerksamen Blickes auf den Mann wartete, der ihr das bequeme Leben bieten würde, das sie sich wünschte. Sie arbeitete, ging mit Männern ins Bett, wurde geschlagen und wartete.

Ihr Schlafzimmer jedenfalls war behaglich. Molly hatte es immer verstanden, sich aus einer dicken Matratze, Federkissen, guten Laken und einer Dekoration aus Fransentüchern und Wandschirmen ein Nest zu bauen. Sie badete oft und setzte sich weder Regen noch der prallen Sonne aus. Zudem hatte sie eine Begabung dafür, so wenig wie möglich zu arbeiten, ohne faul zu erscheinen, indem sie andere mit einem Lächeln oder einer Stichelei dazu brachte, ihr zu helfen. Robert bezweifelte, dass sie je etwas Schwereres als einen Fünfpfundsack Maismehl getragen hatte. Sie ergatterte stets den Platz unmittelbar am Feuer und ging nie weit zu Fuß, sondern sorgte durch Schmeicheleien dafür, dass sie mitgenommen wurde, am liebsten in einem Wagen, wo sie sich zurücklehnte und das Land um sie herum mit dem ihr gebührenden Gehabe einer Königin betrachtete. Umso schwerer war für Robert zu ertragen, wie schlecht die Goldgräber sie behandelten. Solange er da war, brachte er ihr, wie um die Grausamkeit der anderen Männer wettzumachen, jeden Morgen Kaffee ans Bett. Obwohl er die Bohnen anbrennen ließ und sie ungeschickt mit dem Hammer zerkleinerte, reagierte Molly freudiger, als diese kleine Geste es hätte erwarten lassen.

Am dritten Tag sattelte Robert nach dem Frühstück unter Mollys Blicken den Grauschimmel. »Ich hab dir was zu essen für unterwegs eingepackt, mein Süßer«, sagte sie, »aber du musst nicht gehen.« Sie flehte nicht, doch Robert spürte die in ihr aufsteigende Panik und mühte sich nach Kräften, sich davon nicht anstecken zu lassen. Bewusst langsam stellte er seine Steigbügel ein. Aus Respekt vor Molly ließ er sie nicht merken, wie dringend er fortwollte. »Ich muss Samen sammeln«, sagte er.

Bevor sie ihn gehen ließ, rang sie ihm das Versprechen ab, sie innerhalb von drei Monaten wieder zu besuchen. So wurde Robert Goodenough Mollys Plan B für den Fall, dass sich keiner der Schakale, unter denen sie lebte, als respektabler Goldgräber entpuppte. Alle paar Monate besuchte er sie für zwei Nächte – nie länger – in French Creek, besorgte es ihr, bis er wund war, und floh dann wieder zu seinen Bäumen. Er hatte ein schlechtes Gewissen, weil er sich nicht erneut in sie verliebte, konnte aber trotz aller Bemühungen die Woche in Texas nicht wieder aufleben lassen, als die ganze Welt auf sie ausgerichtet gewesen war. Dieses Gefühl gehörte zu anderen Menschen.

Robert sah im Stall unweit von Mrs. Bienenstocks Pension nach seinem Pferd. Es war Anfang Dezember, und er war gerade von einem weiteren Besuch bei Molly nach San Francisco zurückgekehrt. Auf dem Rückweg hatte es zu schneien begonnen, was seinen Besuchen vorerst ein Ende setzen würde, wollte er nicht riskieren, in einer Schneewehe stecken zu bleiben und zu erfrieren. Auf dem letzten Stück Weg war der Grauschimmel auf einen scharfen Stein getreten. Robert hatte sich gleich nach ihrer Ankunft darum gekümmert, hatte das Hufeisen abgenommen und den Eiter ausgekratzt, bevor er einen Verband anlegte. Jetzt wollte er sich vergewissern, dass es nicht zu einer Entzündung gekommen war. Dem Pferd schien es gut zu gehen, auch wenn es das nicht unbedingt zum Ausdruck brachte. Vielleicht spürte es Roberts eigenen Mangel an Zuneigung, denn es schien wenig für seinen Besitzer übrigzuhaben. Robert hatte Männer um sich gehabt, die ihre Pferde mehr liebten als ihre Frauen, und weinten, wenn sie starben oder gestohlen wurden. Manche schworen, sie könnten spüren, wie ihre Pferde unter ihren Schenkeln lachten. Falls der Grauschimmel überhaupt Humor besaß, mutmaßte Robert, dann einen trockenen.

Er setzte sich auf ein Fass, beobachtete sein Pferd und aß dabei einen Apfel – einen Gravensteiner, einen der wenigen Äpfel, die es in Kalifornien zu kaufen gab. Frisch gepflückt waren sie saftig und schmeckten nach Beeren, aber sie ließen sich nicht gut lagern, und nun im Dezember waren sie mehlig und geschmacklos mit einer unangenehm wächsernen Schale. Robert verzog das Gesicht, fragte sich, warum er sich damit quälte, und fütterte ihn dem Grauschimmel, der in Sachen Äpfel nicht wählerisch war.

»Ich habe einen, der Ihnen besser schmecken wird.«

William Lobb stand in der Tür. Er zog einen Apfel aus der Tasche und warf ihn Robert zu. Der Apfel war klein, gelb und verschrumpelt, und Robert sah ihn sich von allen Seiten an.

»Probieren Sie. Ich habe ihn eigens für Sie mitgebracht, mein Junge. Na, beißen Sie schon rein.«

Obwohl er von seiner langen Reise alt und weich war, enthielt der Apfel immer noch eine Spur des Honig- und Ananasgeschmacks eines Goldpeppings.

»Dachte, das würde Ihnen gefallen. Pitmastoner Ananasäpfel sind in England inzwischen groß in Mode. Sogar Veitch verkauft sie, und dem sind Apfelbäume eigentlich egal.«

Robert erwog, William Lobb die Hand zu geben, aber eine solche Formalität schien bei ihm nicht angebracht. Nur ein einziges Mal hatten die beiden sich die Hand geschüttelt, damals bei ihrer ersten Begegnung. »Sind meine Lieferungen angekommen?«, fragte er stattdessen. »Es waren drei, aber ich habe nichts mehr davon gehört.«

»Das sind sie in der Tat. Habe ich Sie nicht benachrichtigt? Nein? Ich bitte um Verzeihung. Ja, sie sind alle angekommen und größtenteils unversehrt. Die Wardschen Kästen waren in Ordnung, die Sämlinge frisch wie an dem Tag, als sie ausgegraben wurden. Drei Ihrer Kisten mit Zapfen sind der Feuchtigkeit zum Opfer gefallen, aber bei ein paar Dutzend ist das gar nicht so schlecht.« Lobb trat in die Box, die seine braune Stute beherbergte. Während seiner Abwesenheit war sie von anderen geritten worden, hatte aber, kaum dass sie seine Stimme hörte, zu wiehern begonnen. Lobb tätschelte sie und gab ihr einen Apfel – hoffentlich kein Pitmastoner Ananasapfel, dachte Robert.

»Habe ich gesammelt, was Sie wollten?«

»Ja. Sie haben die Zapfen von Edel- und Prachttanne verwechselt – aber das kann leicht passieren und ist auch leicht wieder in Ordnung zu bringen«, fügte William Lobb nach einem flüchtigen Blick auf Roberts enttäuschtes Gesicht hinzu.

»Wie machen sich die Sequoien in England? Hat man Ihnen die Größe abgenommen?«

»Aber ja, aber ja! Die Engländer lieben die Vorstellung von diesen riesigen Bäumen. Ich habe wohl eher Billie Lapham einen Bärendienst erwiesen. Seine Werbung für den Calaveras Grove ist bis nach Europa gedrungen, und nachdem sie erst einmal von dem Mammutbaumhain erfahren hatten, wollte jeder einen haben. Mein Timing war perfekt.« Lobb fuhr fort, seine Stute zu streicheln. »Anfangs waren die Kunden natürlich entrüstet, dass es keine Riesenbäume zum Einpflanzen gab – als erwarteten sie von uns, ausgewachsene Sequoien auszugraben und ihnen per Schiff zu schicken! Wir haben aber schnell genug Sämlinge herangezogen, und das scheint sie zufriedenzustellen. Ihnen gefällt die Vorstellung, dass ihre Ururenkel sich einmal an einem Baum erfreuen werden, von dessen Größe sie selbst nur träumen können.«

»Was ist mit den Sämlingen?«

»Von den vieren, die ich mitgenommen hatte, sind zwei im Wachstum; die beiden anderen sind eingegangen, nachdem sie in englischen Boden umgepflanzt worden waren, der sie nach der kalifornischen Erde, die sie gewohnt waren, vermutlich zu Tode erschreckt hat. Mir ging es übrigens ganz ähnlich.«

Tatsächlich sah William Lobb anders aus als sonst. Er wirkte müde, seine Gesichtszüge durch die eingefallenen Wangen und tiefen Augenhöhlen noch markanter. Drei Monate auf See würden vermutlich bei jedem ihre Spuren hinterlassen – doch da war noch etwas Tiefergehendes als nur Müdigkeit und Krankheit. Lobb bewegte sich steif, so als hätte er seine Beine nicht ganz unter Kontrolle. Sein schwarzes Haar war stark ergraut und eher strähnig als glänzend. Sein Lachen erschien derber, und er fluchte mehr. Als sie später in ein Gasthaus gingen – einen Ort, an dem ein rauer Ton üblicher war als freundliche Worte –, zog seine Ausdrucksweise die Blicke der Gäste auf sich, die es allerdings sorgfältig vermieden, ihm in die Augen zu sehen.

Seine Wut auf James Veitch ließ eine Vene an seiner Schläfe anschwellen. »Er melkt mich bis auf den letzten Tropfen, wie eine alte Kuh mit welken Zitzen!«, rief er aus, während er sich Schinken in den Mund schaufelte. »Alles, was er will, ist, dass ich für ihn Pflanzen sammle, bis mir die Eier abfallen, dieser betrügerische Dreckskerl. Verdient sein Geld mit meinem Wissen, ohne einen Funken Respekt davor!«

»Für wie viel verkauft er die Sequoien?«

»Zwei Guineen pro Sämling.« Als Robert auf diese Zahl nicht reagierte, ergänzte Lobb: »Das sind acht Dollar!«

Robert machte große Augen. »Damals in Ohio hätten wir für diesen Preis hundertfünfzig Apfelbaumsämlinge bekommen.«

»Ja, und sehe ich irgendwas von diesem Geld? Gerade mal ein Almosen!«

Robert ließ ihn weiterwettern, in der Hoffnung, dass sein Zorn irgendwann abflauen würde und sie in vernünftigerem Ton über die Arbeit reden konnten. Ihm war letztlich egal, wie viel die Bäume kosteten, ja selbst, wie Veitch seinen Angestellten behandelte. Er wollte nur wissen, ob er weiterhin für Lobb arbeiten würde.

Als eine Pause eintrat, wagte Robert zu fragen: »Was werden wir denn als Nächstes sammeln?«

Worauf William Lobb explodierte. »Herrgott noch mal, junger Mann, kann man denn nicht mal einen Moment verschnaufen, ohne drangsaliert zu werden? Ich komme gerade vom Schiff, meine Beine sind steif, der Kopf tut weh, ich will nur schlafen, ohne dass jemand mich bedrängt!« Er stand von seinem halb vollen Teller auf und stürmte davon. Das Begleichen der Rechnung überließ er Robert.

Mehrere Tage blieb Lobb in seinem Zimmer. Wäre er nicht da gewesen, hätte Robert seine eigenen Pläne gemacht, doch jetzt, wo sein ehemaliger Arbeitgeber zurück war, fühlte er sich verpflichtet, auf Anweisungen von ihm zu warten. Er hasste es jedoch, untätig zu sein, und ging stattdessen Mrs. Bienenstock zur Hand. Er entrümpelte den Hinterhof, und eines Nachmittags befreiten sie die Straße vor dem Haus vom Schlamm – ein vergebliches Unterfangen, denn mit dem nächsten Regen würde er zurückkommen, aber Mrs. B. bestand darauf. »Prinzipien«, erwiderte sie, als er sie darauf aufmerksam machte.

Während sie arbeiteten, fragte er sie nach William Lobbs Verfassung. Auf ihre Schaufel gestützt, hielt Mrs. B. inne. »Der hat die Spanische Krankheit. Was meinen Sie, was er da unten in Südamerika getrieben hat? Da ging es nicht nur um Pflanzen.« Sie zeigte auf seinen Unterleib. »Passen Sie auf, dass Sie sie nicht auch kriegen, mit Ihren Ausflügen nach French Creek rauf. Man nennt das nämlich auch die Franzosenkrankheit!« Mrs. B. genoss es, ihn mit Molly aufzuziehen.

Sie hörte jedoch auf zu kichern, als sie Roberts bekümmerte Miene sah. »Machen Sie sich seinetwegen keine Sorgen, Mann – der ist in ein oder zwei Tagen wieder auf dem Damm. Da habe ich schon welche wesentlich mehr leiden sehen.«

Sie hatte recht – am nächsten Tag war William Lobb wieder auf den Beinen. Er sagte nichts zu seinem Ausbruch in der Gaststätte, noch zahlte er Robert das Geld für sein Essen zurück. Stattdessen teilte er ihm mit, dass sie nach Süden gehen würden, um blühende Pflanzen zu sammeln. »Gelbe Blumen, das ist es, was die Engländer Veitchs Ansicht nach jetzt wollen. Mohnblumen, Veilchen, Schlüsselblumen. In Purpur haben sie sie schon, aber jetzt wollen sie um ihre kalifornischen Nadelbäume herum Goldmohn und gelb blühende Veilchen aus Kalifornien pflanzen. Mit Bäumen kennen Sie sich aus – jetzt ist es Zeit, dass Sie was über Blumen lernen.«

Die folgenden anderthalb Jahre verbrachten sie damit, für Veitch eine Vielfalt an Blumen, Büschen und Bäumen zum Verkauf an experimentierfreudige englische Gärtner zu sammeln. Dazu reisten sie bis nach Santa Barbara im Süden und dann nach Norden bis in die Berge von Oregon. Oder vielmehr: Robert ging nach Norden. William Lobb war nicht mehr so leicht bereit, sich in entlegenere Gegenden zu wagen. Ihn plagten Gelenkschmerzen, Taubheitsgefühl und heftige Kopfschmerzen; zudem wurde er zunehmend verwirrter und vergesslicher. Oft war er launisch, brüllte Robert an, richtete seinen Ärger jedoch meistens gegen Veitch, der, wie er klagte, seine Fähigkeiten als Sammler nicht zu schätzen wusste. »Ohne mich wäre Veitchs Baumschule *gar nichts*«, ereiferte er sich. »Sie würden nur Rosen und Narzissenzwiebeln und Buchsbaumhecken verkaufen. Die exotischste Pflanze in ihrem Angebot wäre der Schwarze Holunder! Ich habe ihnen Rhododendren und Amerikanischen Flieder gebracht. Mir verdanken sie die Fuchsien, die jetzt in jedem ordentlichen britischen Garten wachsen, ganz zu schweigen vom Affenrätselbaum und den Redwoods. Und was bekomme ich für meine Mühen? Beschwerden und Forderungen!« Allerdings nagte es auch an ihm, wenn er keine Briefe mit der Bitte um mehr Samen und Pflanzen bekam. »Er hat jemand anderen gefunden«, verkündete er dann. »Bridges oder Beardsley oder irgendeinen anderen fügsamen Lakaien, der sich für noch weniger Geld ausbeuten lässt.«

Mit der Zeit hörte Robert nicht mehr zu und bot ihm an, die anstrengenderen Touren allein zu machen. Manchmal willigte Lobb ein. Manchmal aber wurde Robert zum Ziel seiner Paranoia, und Lobb war plötzlich überzeugt, dass Robert danach trachtete, sein Geschäft zu übernehmen. Dann bestand er darauf mitzukommen, obwohl er jetzt langsamer ritt, weshalb er manchmal, statt seine Stute zu satteln, einen Wagen mietete.

Obwohl Robert eine Menge von seinem Arbeitgeber lernte, war er enttäuscht darüber, dass sie nie wieder die Magie dieser ersten gemeinsamen Reise vom Calaveras Grove nach San Francisco erlebten, als Robert der Schwamm und Lobb der Fluss des Wissens gewesen war, den er aufsaugte.

Nach einem Jahr zunehmend beschwerlicherer Reisen beschloss William Lobb, in San Francisco zu bleiben und sich auf das Verpacken und Verschicken zu konzentrieren, während Robert das Sammeln übernahm. Mrs. B. war es, die diese Regelung vorschlug. »Himmel, Arsch und Zwirn«, unterbrach sie Lobb eines Tages, als er in ihrer Küche saß und über die Wehwehchen jammerte, die er sich bei ihrem jüngsten Abstecher nach Monterey zugezogen hatte. »Bleiben Sie hier, kümmern Sie sich ums Verpacken und lassen den Jungspund für Sie kreuz und quer durch Kalifornien reiten! Sagen Sie nicht selbst immer, dass der Erfolg des Sammelns im Verpacken liegt? Sie sind der Chef – übernehmen Sie den wichtigen Teil, und hören Sie auf zu lamentieren!«

Lobb schwieg für einen Moment. Er erwies Mrs. B. noch immer größeren Respekt als irgendjemandem sonst, und jedes Mal, wenn sie ihm einen durchdringenden Blick zuwarf oder eine spitze Bemerkung machte, legte sich sein Wahn auf wundersame Weise. »Vielleicht haben Sie ja recht«, stimmte er schließlich zu.

Mrs. B. zog die Augenbrauen hoch. »Vielleicht?«

Robert kam die neue Regelung ebenfalls zupass. Er konnte allein unterwegs sein, hin und wieder Molly besuchen und William Lobb, die Launen abgemildert durch Mrs. Bienenstock, in kleinen Dosen genießen. Er war glücklich, nahezu.

Die Begeisterung der Briten für Riesenmammutbäume schien nicht nachzulassen, und Robert unternahm regelmäßig Abstecher hinauf zum Calaveras Grove, um Samen zu sammeln. Wann immer er die Gelegenheit hatte, nahm er sich ein paar Tage Zeit, um die Gegend zu erkunden. Er erzählte niemandem – weder William Lobb noch Billie Lapham, Mrs. Bienenstock oder Molly –, dass er nach weiteren Sequoien Ausschau hielt. Lobb hatte angedeutet, dass irgendwo entlang des Gebirgszugs auf gleicher Höhe noch mehr davon wachsen könnten, doch inzwischen hatte die Krankheit seinen Abenteuergeist zerfressen, und er sammelte lieber an ihm bekannten Orten.

Es dauerte fast drei Jahre, doch im Spätsommer 1856 stieß Robert schließlich auf weitere Baumriesen. Er bahnte sich gerade einen Weg durch unwegsamen Wald keine zehn Kilometer südöstlich des Calaveras Grove, als der Grauschimmel erst zu schnauben und zu wiehern begann und dann ausschlug. Robert nahm an, dass er am Boden eine Schlange gesehen hatte, aber der Blick des Pferdes war nach vorne gerichtet. Mit klopfendem Herzen stieg er ab und hielt die Zügel fest in der Hand. Obwohl er kein verräterisches Rotbraun in der Ferne entdecken konnte, sah Robert den Wald vor sich plötzlich mit anderen Augen. Er war still geworden; er hörte kaum noch Vogelgezwitscher, und auch das Rauschen der Blätter klang gedämpft.

Er zerrte den Grauschimmel zwischen den Bäumen hindurch, bis er die erste Sequoia sah, dann band er das Pferd mit dem Rücken zu dem Hain und der Nase in einem vollen Hafersack an und begann mit der Erkundung. Hier standen Dutzende von Sequoien, weiter verstreut als im Calaveras Grove und sogar noch größer und schöner. Es gab keine befestigten Wege und Schilder oder lachende Touristen, die aus Saloons quollen oder auf Riesenstümpfen standen. Er wunderte sich, dass niemand vor ihm diesen Hain entdeckt hatte, obwohl er auf seinen Reisen die Erfahrung gemacht hatte, dass Menschen sich eher an ausgetretene Pfade hielten, als zu neuen Orten vorzudringen.

Robert war der einzige Zeuge dieser Bäume, und er hatte vor, es auch dabei zu belassen. Hier würde er keine Zapfen sammeln: Der Hain würde unberührt bleiben, wie Bäume es sein sollten. So hätte auch James Goodenough entschieden. Das war ihm sogar das Geld wert, das er Billie Lapham für das Privileg zahlte, weiterhin auf seinem Land sammeln zu dürfen. Inzwischen mochte Robert Billie Lapham, aber er wusste, der Geschäftsmann würde Anspruch auf den neuen Hain erheben und versuchen, sein Geschäft auszuweiten.

Am nächsten Tag reiste er weiter zum Calaveras Grove. Als er zwischen den zwei Schildwachen hindurchritt, sah er, dass auf dem Großen Stumpf getanzt wurde. Obwohl er sich inzwischen an den Anblick gewöhnt hatte, weigerte er sich nach wie vor, selbst einen Fuß auf den Stumpf zu setzen. Kalifornier liebten das Tanzen mehr als jedes andere Volk, das er kennengelernt hatte. Wie es schien, waren sie anfällig für zwei Arten von Fieber: Gold und Tanz. Überall wurde getanzt, sogar wenn es keine Frauen gab, mit denen man hätte tanzen können. In den Goldgräberlagern tanzten die Männer nach einem langen Tag über Waschpfannen miteinander oder legten zur Musik von Geige und Gitarre ein flottes Solo hin.

Heute sah er nur zwei Paare, die eine schnelle Polka auf die Musik tanzten, die einer der Männer pfiff. Auf ein nur ihnen bekanntes Zeichen hin wechselten die Partner. Robert staunte immer über den fließenden Bewegungsablauf; er selbst war kein Tänzer. Trotz Mollys Versuchen, ihm ein paar einfache Schritte beizubringen, hatte er die Tanzfläche immer gemieden. Stattdessen hatte er am Rand gestanden und zugeschaut, wenn nach dem Abendessen Tische und Stühle weggeschoben wurden und die Musik einsetzte.

Jetzt folgten seine Augen, wie sie es immer taten, zuerst den Frauen. Eine war rund und vollbusig, und als sie merkte, dass

Robert sie beobachtete, wiegte sie ihre üppigen Hüften noch energischer. Er wusste nicht, ob sie ihn in Verlegenheit bringen wollte oder die Aufmerksamkeit genoss, ließ aber seine Blicke zu der anderen Frau wandern. Klein, zierlich, mit Haarsträhnen, die aus ihrem Knoten gerutscht waren, sah sie weder Robert noch ihren Partner an, sondern bewegte sich, als tanzte sie nicht in den Armen eines Goldgräbers auf dem Stumpf eines Riesenmammutbaums, sondern irgendwo weit weg.

Wenigstens waren sie heute nur zu viert. Robert hatte einmal einem Figurentanz anlässlich des 4. Juli zugeschaut, bei dem zweiunddreißig Menschen auf dem Großen Stumpf getanzt und auch die Musiker noch genug Platz gehabt hatten. Der Tanz hatte es in die Zeitungen von Stockton, Sacramento und sogar San Francisco geschafft; das Ganze hatte mehr von einer Werbeanzeige als von einem Nachrichtenartikel gehabt. Robert vermutete, dass Billie Lapham seine Hand im Spiel gehabt hatte.

Roberts Blicke schweiften von den Frauen zu ihren Tanzpartnern. Beide hatten die wettergegerbte Haut von Goldgräbern, die von ihrer Goldbesessenheit bei jedem Wetter ins Freie getrieben wurden, wo Hagel, Hitze, Eis und Wind ihre Wangen und Lippen rissig machten. Selbst acht Jahre nach dem Beginn des Goldrauschs hatten sie immer noch diese Spur von Goldwahn in den Augen. Ein Wahn, den sie mit vielen anderen teilten: Robert hatte Franzosen, Spanier, Deutsche, Holländer und Chinesen getroffen, die ihm verfallen waren. Er hatte Männer und ein paar Frauen aus Maine und Florida, Indiana und Missouri, Wisconsin und Connecticut kennengelernt. Er hatte Menschen aus Ohio getroffen, und einmal sogar einen Mann aus dem Black Swamp, der dort nur kurz gelebt hatte, lange nach Roberts Zeit. Robert hätte ihn fast nach der Goodenough-Farm gefragt, sich aber noch einmal besonnen: Der Mann war betrunken, und außerdem war Robert nicht sicher, was er überhaupt hören wollte. An ihrer Kleidung und der Tatsache, dass sie französischen Brandy tranken – ein außergewöhnlicher Luxus, wo doch kubanischer Rum oder Whisky aus der Gegend viel billiger erhältlich war –, erkannte er, dass diese beiden bei der Goldsuche Erfolg gehabt und es geschafft hatten, nicht ihre ganzen Einnahmen zu verspielen. Das kam selten vor; kein Wunder, dass die Frauen mit ihrer vornehm blassen Haut und den gut geschnittenen Kleidern bereit waren, mit ihnen zu tanzen. Das war die Art von Männern, nach denen Molly Ausschau hielt. Das waren die Touristen, die Billie Lapham mit seinen Anzeigen, seiner befestigten Straße und seinem Hotel mit Bowlingbahn anlocken wollte.

Und da war er auch schon. »Goodenough! Sie kommen genau richtig. Eine Frau hat nach Ihnen gefragt.«

Robert drehte sich um. Lapham hatte wie üblich seinen Zylinder, dessen Krempe sich teilweise von der Krone gelöst hatte, aus der Stirn geschoben und strich sich mit einer Hand über den Schnurrbart, während er die andere Robert entgegenstreckte.

»Möchte Nancy mich sehen?«, fragte Robert.

Billie Laphams Gesicht verdüsterte sich. »Nancy ist ein bisschen unpässlich – und wird Sie natürlich trotzdem sehen wollen. Stecken Sie den Kopf zur Tür rein, bringen Sie sie wieder zum Lächeln.«

Laphams Frau Nancy war schwach und kränklich, mit fahlblondem Haar und einem Gesicht, das an den Wangen breit war und wie das einer Katze zum Kinn hin spitz zulief. Als er sie das erste Mal husten hörte, wusste Robert, was das bedeutete: Am Ende würde die Schwindsucht sie dahinraffen. Jedes Mal, wenn er zum Calaveras Grove kam, machte er sich auf schlechte Nachrichten gefasst und war erleichtert, Nancy immer noch dabei anzutreffen, wie sie auf der Veranda des Big Trees Hotels

Gäste begrüßte, den Boden im Saloon wischte oder hinten im Garten Gläser spülte. Sie lächelte Robert immer zu und schien erfreut, ihn zu sehen.

Und Billie Lapham freute sich, seine Frau glücklich zu sehen. Er war kein eifersüchtiger, sondern ein gastfreundlicher Mensch und lud Robert gelegentlich zum Abendessen oder auf einen Whisky ein, was dieser immer gerne annahm. Laphams Angebot, er dürfe gratis, statt wie die anderen für fünfzig Cent, auf dem Großen Stumpf tanzen, lehnte er dagegen dankend ab. Er war froh, dass zwischen ihm und Lapham eine lockere Geschäftsbeziehung entstanden war, die schon ans Freundschaftliche grenzte, beflügelt durch die fünf Dollar, die er ihm jedes Mal, wenn er dort Samen sammelte, zahlte.

Der Unternehmer fingerte an seinem Schnurrbart und sah den Paaren bei ihrer Polka zu. »Ganz unter uns, Goodenough, ich verkaufe meinen Anteil und ziehe mit Nancy nach Murphy runter. Da gibt's mehr Leute, die sich um sie kümmern können, statt dass sie sich um andere Leute kümmert.«

»An wen verkaufen Sie?«

Billie Lapham verzog das Gesicht. »Haynes hat mich ausbezahlt.«

Dr. Smith Haynes war seit fast zwei Jahren Billie Laphams Geschäftspartner, und Robert hatte ihn nie gemocht. Er war ein härterer Mann als Lapham, mit dichtem Vollbart, intensivem Blick, einer eng anliegenden Weste und Händen, die immer in den Hosentaschen steckten. Er bestand darauf, »Doktor« genannt zu werden, obwohl er sich, soweit Robert wusste, nie ärztlich betätigt hatte. Billie Lapham begegnete er mit ungerechtfertigter Missachtung.

Noch mehr machte Robert zu schaffen, wie wenig Respekt er Nancy in ihrer Rolle als Hausherrin des Big Trees Hotels entgegenbrachte. Für Haynes musste eine Hoteldame all das sein, was Nancy nicht war: laut, vollbusig, amüsant und selbstbewusst. Sie sollte Gäste mit Getränken versorgen, ihnen Witze erzählen, mit den Männern flirten und die Frauen bedauern. Nancy tat nichts dergleichen, besaß jedoch einen stillen Charme, der seine Wirkung ausübte, wenn man ihr die Chance gab. Doch Haynes gab ihr nie eine Chance. Als sie kränker und schwächer wurde, reagierte er wütend, als hätte sie sich absichtlich mit Tuberkulose angesteckt, um ihn zu provozieren. Natürlich konnte er sie nicht feuern, denn sie war die Frau seines Geschäftspartners, und Billie Lapham verteidigte sie energisch, wenn auch mit Sorge. »Es geht ihr besser, und sie sieht doch schon ganz gut aus, finden Sie nicht?«, pflegte er in Haynes' Gegenwart zu Robert zu sagen, der ihm beipflichtete, selbst wenn es Nancy offensichtlich schlechter ging. »Die Gäste mögen sie«, gab Lapham Haynes gegenüber zu bedenken. Das taten sie tatsächlich, obwohl Nancy eine flache Brust hatte und keine Witze erzählte. Sie war liebenswürdig und hörte sich ihre Beschwerden an, sei es über den Nebel, der ihnen die Sicht auf die Sequoien nahm, über Flöhe im Bett, ihre Verluste am Kartentisch oder die Blasen, die sie vom Tanzen auf der rauen Oberfläche des Großen Stumpfs bekamen. Wenn sie konnte, schaffte sie Abhilfe: Um die Flöhe zu vertreiben, stopfte sie Flohminze und Rosmarin in die Matratzen, schlug vor, einen Ausflug zu machen, um dem Nebel zu entrinnen, bat ihren Mann, auf dem Stumpf einen Schwingboden anzubringen. Ansonsten fühlte sie mit, lächelnd und hustend. Doch Haynes genügte das nicht. Er war sicher hocherfreut über die Entscheidung der Laphams.

»Genaugenommen«, fuhr Billie Lapham fort, »werden Sie mit Haynes eine neue Abmachung über das Sammeln von Samen treffen müssen. Angesichts dessen, was Sie von hier mitnehmen, sind ihm fünf Dollar zu wenig. Mir persönlich ist das egal. Ich weiß, wie Nancy sich über Ihre Besuche freut. Ein Lächeln meiner Frau ist mir viel mehr wert als die fünf Dollar, die Haynes Ihnen zusätzlich berechnen will.«

»Danke für die Warnung. Wenn Sie umziehen, komme ich Sie und Nancy in Murphys besuchen.«

Lapham nickte. »Damit würden Sie uns eine Freude machen. Also, diese andere Frau …«

»Was für eine andere Frau?«

»Die auf der Suche nach Ihnen ist.«

»Ich dachte, Sie meinten Nancy.«

»Nein, es war ein Gast. Sie ist gestern angekommen und hat nach Ihnen gefragt.« Billie Lapham grinste. »Erschien mir dringend, deshalb hab ich sie zu Nance geschickt. Frauen wissen doch genau, welche Fragen man stellen muss. Am besten hören Sie mal bei ihr nach. Ich bringe Sie jetzt zu ihr – wollte sowieso mal nach ihr sehen.«

Mit einem flauen Gefühl in der Magengegend folgte Robert ihm zum Hotel. Bei seiner letzten Begegnung mit Molly vier Monate zuvor hatte sie davon gesprochen, zum Calaveras Grove zu fahren, um die Bäume zu sehen. Nun hatte sie offenbar Ernst gemacht. Solange sie in French Creek war, hatte Robert das Gefühl, er könnte sie vom Rest seines Lebens getrennt halten; wenn sie aber nun hier war, würde sie bleiben. Haynes wäre begeistert von ihr, und wenn Nancy dann ging, könnte Molly die Hoteldame sein, die er sich wünschte, mit ihrem Lachen, ihrem Busen und ihrem großen, einladenden Bett.

Nancy und Billie Lapham schliefen in einer Kammer ganz oben im Hotel, wo man eher ein Zimmermädchen als den Besitzer erwartet hätte. Aber so verdienten Geschäftsleute nun mal ihr Geld – indem sie die guten Zimmer vermieteten und ihren eigenen Komfort so lange hintanstellten, bis sie es sich leisten konnten, darüber nachzudenken. Nancy lag in einem Bett, das fast den ganzen Raum einnahm und dennoch für die beiden gerade groß genug war. Obwohl das Fenster offen stand, roch es nach Milch, die jemand im Glas hatte sauer werden lassen, nach dem Nachttopf, der zu selten geleert wurde; die Gerüche eines bettlägerigen Körpers. Robert hätte sie am liebsten nach unten getragen und in einen der Schaukelstühle auf der Hotelveranda gesetzt, vermutete jedoch, Haynes würde sie dort nicht haben wollen.

Mit dem Hut in der Hand, stand er in der Tür, während Billie Lapham seine Frau weckte. Nancy wimmerte, doch als Billie ihr Roberts Namen ins Ohr flüsterte, rappelte sie sich mühsam zum Sitzen hoch. Ihr spitzes Gesicht war weiß, abgesehen von zwei hellroten Flecken auf den Wangen, so als hätte sie sich auf die Hände gestützt. Und sie lächelte. »Robert«, krächzte sie, »ich bin so froh, dass Sie gekommen sind.«

»Ja, Ma'am, ich auch.« In ihrer Gegenwart wurde Robert immer förmlich.

»Sagen Sie doch nicht Ma'am zu mir. Ich bin Ihre Freundin und nicht die Frau eines Pfarrers. Kommen Sie, setzen Sie sich zu mir.« Nancy klopfte leicht auf die Bettkante.

Robert blickte flüchtig zu Billie Lapham, der nickte. »Ich hab dir einen Krug frisches Wasser gebracht, Nance«, sagte er. »Direkt vom Brunnen, schön kalt. Hab ich selbst gepumpt.« Nachdem er die saure Milch aus dem Fenster gekippt hatte, spülte er das Glas aus und füllte es mit Wasser. »Möchtest du sonst noch was?«

»Nein danke, Liebling. Ich werde einfach ein bisschen mit Robert plaudern. Wir haben ein paar Dinge zu besprechen.«

Billie Lapham kicherte. »Allerdings habt ihr das.« Sein Gelächter verwirrte Robert, ebenso wie Nancys immer breiter werdendes Lächeln. Sie schienen sich auf seine Kosten zu amüsieren.

Als Billie Lapham die Treppe hinuntergepoltert war, wurde Nancys Lächeln etwas schwächer, und Robert sah sie besorgt an. Er wunderte sich oft darüber, wie viel sie ihm bedeutete. »Wie geht es Ihnen, Nancy?«, fragte er, darauf bedacht, sie beim Namen zu nennen.

Nancy hob die Hand, deutete auf ihren ans Bett gefesselten Körper und ließ sie wieder sinken. »Ist das nicht offensichtlich? Mir geht's einfach immer schlechter. Hat Billie Ihnen erzählt, dass wir nach Murphys umziehen?«

Robert nickte.

»Ehrlich gesagt tue ich es um seinetwillen. Ob ich hier im Bett liege oder dort, wird für mich keinen Unterschied machen. Aber er fühlt sich vielleicht besser, und er muss nichts mehr mit Haynes zu tun haben. Dieser Mann: Ich wünschte, ihm würde ein Zuckerkiefernzapfen mitten auf den Kopf fallen.« Als Nancy Roberts Lächeln sah, feilte sie ihre Rachefantasie noch weiter aus. »Ein großer, dreißig Zentimeter lang, hübsch grün und schwer. Und mit dem Saft dran, der so klebrig ist, dass man ihn gar nicht mehr abkriegt, und dem Dreck, der drankommt und auch nicht mehr abgeht, und dann läuft man rum und sieht ganz ungewaschen aus. Genau das sollte diesem Mann mal passieren.«

»Soll ich ein paar Zapfen vom Baum schießen, wenn er gerade untendurch geht?«

»Ja, das machen Sie.« Nancy schloss die Augen und ließ den Kopf wieder aufs Kissen sinken. »Die großen Bäume werden mir fehlen. Denen trauere ich jetzt schon nach.«

Robert wartete. Nach einer Weile dachte er, sie müsse eingeschlafen sein, denn das Wasserglas in ihrer Hand begann zu kippen. Behutsam stellte er es auf den kleinen Tisch neben ihrem Bett, wo bereits eine Bibel, eine Kerze und ein Stapel frisch gewaschene Taschentücher lagen. Eins davon war zusammengeknüllt; Robert konnte Blutflecken darauf sehen.

Dann erstarrte er. Hinter den Tüchern stand ein kleiner brauner Glastiegel mit einem Etikett, auf dem stand: »Jonah Parks' Atembalsam – für eine freie Atmung«. Neben der Schrift erkannte er die grobe Darstellung einer Frau mit einem Blumenstrauß in der Hand, die Robert selbst womöglich fünfzehn Jahre zuvor gezeichnet hatte, denn so alt sah der Tiegel aus.

Er streckte die Hand danach aus und hob ihn hoch, als Nancy die Augen aufschlug. »Nancy, woher haben Sie das?«

»Oh, ein Gast hat es mir letzte Woche gegeben und gesagt, es würde mir helfen, leichter zu atmen. Und das tut es! Wieso, haben Sie es auch mal benutzt?«

»Nein.«

Nancy schaute ihn fragend an. »Was ist?« Als er nicht antwortete, seufzte sie. »Robert Goodenough, Sie erzählen mir nie was!«

»Es ist nichts, wirklich – ich habe nur mal für Mr. Parks gearbeitet.«

»Ach ja? Das ist ja witzig! Wo war das denn?«

»Indiana.« Robert verriet ihr nicht, dass der Balsam lediglich eine Mischung aus Bienenwachs, Kampfer und Sassafraswurzel war – ebenso wie das Schlangenöl, das Gehirnsalz, die Kur gegen Haarausfall und all die anderen Arzneien, die Jonah Parks sich ausdachte. Nancy wollte glauben, dass der Balsam ihr beim Atmen half, und deshalb tat er das vielleicht auch. Den Blick auf dieses Relikt aus seiner Vergangenheit gerichtet, saß er da und wunderte sich, dass es seinen Weg auf Nancys Nachttisch gefunden hatte. Indiana war weit von Kalifornien entfernt, und Ohio noch weiter. Und trotzdem, wie klein war doch die Welt!

Nancy waren die Augen wieder zugefallen, und Robert beschloss, aus dem Zimmer zu schlüpfen und sie schlafen zu lassen. Doch als er aufstand, packte sie seinen Arm kraftvoller, als er erwartet hätte. »Wo wollen Sie denn hin?«, fragte sie, die Augen immer noch geschlossen.

»Ich dachte, Sie wären eingeschlafen.«

»Meinen Sie, ich schlafe ein, wenn wir über eine Frau zu sprechen haben? Ich habe nur meine Augen geschont, das ist alles.« Sie schlug sie auf, und Robert setzte sich wieder hin.

»Wissen Sie«, sagte Nancy, »als ich Sie vor ein paar Jahren kennenlernte, konnte ich gar nicht glauben, dass Sie nicht verheiratet waren oder wenigstens ein Mädchen hatten. ›Den sollte sich mal eine schnappen‹, hab ich zu Billie gesagt. Sie sind ein hübscher Bursche – jetzt ziehen Sie nicht den Kopf ein, das stimmt! Sie haben die aufgewecktesten braunen Augen, jedes Mädchen wäre schon glücklich, wenn Sie sie nur ansehen. Sie sind reinlich, trinken oder spielen nicht, und Sie hören anderen Menschen zu. Wenn Sie ein bisschen Geld zu investieren gehabt hätten, hätte Billie Sie gebeten, mit ihm zusammen den Hain zu betreiben. Wir wussten, dass Sie sich um die Bäume kümmern würden.«

Von dieser Idee hatte Robert nie etwas gehört, und er fragte sich, wie er auf ein solches Ansinnen reagiert hätte.

»Jetzt ist es jedenfalls zu spät – wir haben Haynes am Hals, und Billie und ich verschwinden von hier.« Wieder schloss Nancy die Augen. Das Sprechen ermüdete sie offensichtlich, und Robert würde warten müssen, bis sie sich erholt hatte. Das machte ihm nichts aus: Er hatte es überhaupt nicht eilig, von Molly zu hören.

Nancy schlug die Augen auf. »Was für ein Schock war es für mich, als ich hörte, dass es doch eine Frau in Ihrem Leben gibt! Warum haben Sie uns nichts davon erzählt, Robert? Die ganze Zeit habe ich mich um Sie gesorgt, und dabei wäre das gar nicht nötig gewesen!«

»Also …« Robert war schleierhaft, wie er seine Beziehung zu Molly auf eine Weise beschreiben konnte, die Nancy zufriedenstellen würde. »Mir war nicht klar, dass es Sie irgendwie beschäftigt.«

»Natürlich tut es das! Ich will doch wissen, dass Sie glücklich sind. Sie wirken nämlich nicht immer glücklich, außer bei den Bäumen draußen. Bei Menschen – selbst bei Billie und mir – sagen Sie nicht viel. So wusste ich zum Beispiel bis eben nicht, dass Sie mal in Indiana waren. Ich hatte immer gehofft, dass Sie das Gefühl hätten, Sie könnten mir Dinge anvertrauen.«

»Ich … ich weiß.« Robert spürte, wie seine Brust sich zusammenzog, wie sie es jedes Mal tat, wenn Molly ihm zu viele Fragen stellte. »Ich denke einfach nicht viel über die Vergangenheit nach.«

Nancy schien zu wissen, dass sie schon weit genug gegangen war, und drang nicht weiter in ihn. Stattdessen sagte sie: »Also sind Sie immer dann, wenn Sie sagen, Sie gehen Bäume sammeln, in Wirklichkeit bei ihr?«

»Nein«, widersprach Robert. »Meistens sammle ich wirklich Bäume. Nur ab und zu bin ich bei ihr.«

»Natürlich.« Wieder lächelte Nancy. Es war offensichtlich, dass sie ihm nicht glaubte.

»Wann haben Sie sie gesehen?«

»Gestern. Wir haben ein wenig geplaudert. Sie saß genau da, wo Sie jetzt sitzen.«

Robert wurde rot und rieb sich am Kopf. Es fiel ihm schwer, sich Molly hier vorzustellen, mit ihren Kurven, ihrem Lachen und ihrer Verzweiflung. Dazu war das Zimmer zu klein. Außerdem war er verlegen: Molly war nicht die Art Frau, die Nancy an seiner Seite erwarten würde. Er war verlegen, und dafür schämte er sich, denn das war Molly gegenüber respektlos. Am liebsten wäre er aus diesem heißen, muffigen Raum geflohen.

»Was hat sie gesagt?«, fragte er.

»Nicht viel – brauchte sie auch nicht. Natürlich möchte sie Sie sehen. Gut, dass Sie gerade jetzt aufgetaucht sind!«

»Wo ist sie jetzt?«

»Ich habe ihr gesagt, dass ich nicht weiß, wann Sie das nächste Mal vorbeikommen, und dass sie sich ein Zimmer nehmen und warten soll. Und dass wir versuchen, Sie zu benachrichtigen, da es ja dringend ist. Als sie meinte, dass sie sich das nicht leisten kann, habe ich ihr gesagt, sie soll sich hier ein oder zwei Tage ausruhen und dann mit irgendjemandem zurück nach Murphys fahren, wo es mehr und günstigere Zimmer gibt.«

Roberts Gedanken kreisten um das eine Wort, das sowohl Billie als auch Nancy Lapham benutzt hatten: dringend. Er konnte sich nur einen Grund vorstellen, warum es dringend sein sollte. »Wo – wo ruht sie sich denn aus?«

»In der Scheune. Billie weiß Bescheid. Ich habe ihr geraten, Haynes aus dem Weg zu gehen. Dieser Mann würde mit Vergnügen eine Frau in ihrem Zustand rausschmeißen, genau wie der Herbergsbesitzer in Bethlehem. Deshalb hält sie sich außer Sichtweite.« Nancy sprach nun immer langsamer und verworrener, und Robert war sich nicht sicher, dass er sie richtig verstand. Vielleicht wollte er auch einfach nicht glauben, was er hörte.

»Was meinen Sie damit? Nancy?«

Nancy waren die Augen zugefallen. Er wartete mit zunehmender Ungeduld, dass sie sie wieder aufschlug, doch diesmal war sie eingeschlafen. Wenn er wirklich wissen wollte, warum Molly hier war, musste er es selbst herausfinden.

In der stickigen Scheune war sie nicht. Auch nicht im Stall, um sich die Pferde anzuschauen, wie sie es in French Creek manchmal tat. Sie war nicht auf der Veranda, wo sie sich für einen Kaffee trinkenden Gast hätte ausgeben können. Sie war weder im Saloon noch bei der Bowlingbahn, auf dem Großen Stumpf oder bei einem Plausch mit den Köchen in der Küche.

Er ging noch einmal zur Scheune, um sicherzugehen, dass sie nicht zurückgekommen war, während er anderswo nach ihr suchte. Dort stieß er auf einen jungen Mann, der Heu in eine Schubkarre lud, um die Pferde zu füttern. »Suchen Sie die Lady?«, fragte der Junge. »Diese da?« Und er machte die Geste, vor der Robert sich fürchtete, seit Billie und Nancy Lapham ihn vielsagend angelächelt hatten: die unmissverständliche Kurve eines Bauchs, der ein Kind in sich trägt.

»Wissen Sie, wo sie ist?«

»Sie wollte sich die Bäume ansehen.« Der Junge grinste, während Robert sich umdrehte und hinaus an die frische Luft stolperte.

Er hatte Molly nie nach Babys gefragt, so wie er ihr überhaupt seit ihren ersten gemeinsamen Nächten wenig Fragen gestellt hatte. Soweit er wusste, hatte sie nie welche gehabt. Sie hatte ihn aber auch nicht gebeten, seinen Schwanz früher herauszuziehen oder ihn mit etwas zu bedecken. Er wusste, dass es Dinge gab, die Frauen taten, um nicht schwanger zu werden, und die mit einem heißen Bad, Senf und Essig oder einem Besuch beim Arzt zu tun hatten. Das waren Frauensachen, nach denen er nicht fragte und die er lieber auch nicht wissen wollte.

Wenn sie so dick war, wie die Hand des Stallburschen angedeutet hatte, musste sie schon schwanger gewesen sein, als sie sich vor vier Monaten das letzte Mal gesehen hatten. Gesagt hatte sie nichts, doch Robert versuchte sich zu besinnen, wie sie ausgesehen hatte. War ihr Bauch runder und ihr üppiger Busen noch größer gewesen? Er konnte sich nicht erinnern. Seine Besuche in Mollys Bett verschmolzen zu einer einzigen Erinnerung an verschwitztes Fleisch und zerwühlte Laken, an einen Erguss, der sein Verlangen nie ganz stillen konnte, egal, wie oft er in sie eindrang. Dass aus diesem Chaos der Lust ein Kind hervorgehen würde, hatte er nie bedacht. Andererseits hatten seine Eltern auf diese Weise zehn Kinder gezeugt. Kopfschüttelnd stand er in der Sonne, während in der Ferne die Sequoien rot leuchteten.

Er machte sich auf den Weg zum Wald. Damit die Gäste es bequemer hatten, wand sich ein Pfad zwischen den Baumriesen hindurch, den Robert jedoch ignorierte – ihm machte es nichts aus, durchs Unterholz zu stapfen. Neben dem Anlegen des Pfades hatten Billie Lapham und sein Partner auch einigen der Bäume Namen gegeben und Schilder an ihnen befestigt. Da waren die beiden Schildwachen am Eingang zum Calaveras Grove; ganz in der Nähe lag der Entdeckungsbaum, den der Jäger aus Murphys bei der Bärenjagd als Ersten gesehen hatte. Das war die Sequoia, die sie gefällt und in eine Bowlingbahn verwandelt hatten. Dann gab es die Drei Grazien, ein Trio aus wunderschönen, dicht beieinanderstehenden Bäumen, und den Alten Junggesellen, einen Eremiten, der etwas abseits stand. Die Siamesischen Zwillinge mit zwei Bäumen, die aus einem Stamm wuchsen. Den Verbrannten Baum, der nach einem Blitzeinschlag umgestürzt und vom Feuer so ausgehöhlt worden war, dass ein Mensch hindurchreiten konnte. Robert hasste die Schilder genauso wie die Namen. Hin und wieder dachte er daran, all diese Schilder zu stehlen und zu verbrennen, doch ihm war klar, dass man sie umgehend ersetzen würde.

Eine andere umgestürzte Sequoia war beim Aufschlag auf den Boden entzweigebrochen, und Billie Lapham hatte die Teile vermessen und geschätzt, dass der Baum mit einer Länge von über hundertzwanzig Metern der größte im Hain war. Während Robert diese Schätzung für zu hoch erachtete, hielt Billie Lapham an seiner Messung fest und nannte den Baum den Vater des Waldes. Da Robert, immer wenn er ihn sah, an seinen Vater denken musste, mied er ihn lieber.

Auch von der Mutter des Waldes hielt er sich fern; sie machte ihn noch trauriger, denn bis zu einer Höhe von gut dreißig Metern war ihre Rinde abgeschält worden, um sie in einer Ausstellung in New York all den Skeptikern zu zeigen, die die

Sequoien für eine Lügengeschichte hielten. Nun war der Stamm nackt, abgesehen von dem Gerüst, das ihn immer noch umgab. Robert nahm an, dass es Besuchern demonstrieren sollte, wie man vorgegangen war; einen anderen Grund konnte er sich dafür, dass Billie Lapham etwas so Hässliches stehen ließ, nicht vorstellen. Ein paar Jahre lang schien es, als hätte die Mutter des Waldes von dieser Entrindung keinen größeren Schaden davongetragen, doch vor Kurzem war Robert aufgefallen, dass ihre Belaubung ausdünnte. Er vermutete, dass der Baum früher oder später sterben würde, nachdem ihn Hunderte, vielleicht sogar Tausende von Jahren kein Mensch angerührt hatte. Robert mochte Billie Lapham, doch für das, was er und seine Partner im Namen des Kommerzes im Calaveras Grove getan hatten, empfand er nur Verachtung.

Es gab noch andere Familiengruppen: Mutter und Sohn mit einem größeren und einem kleineren Baum, deren Kronen sich berührten. Mann und Frau, einander zugeneigt. Die Drei Schwestern. Doch Molly saß unter keinem dieser Bäume. Stattdessen hatte sie sich die Waisen ausgesucht, zwei Sequoien am östlichen Rand des Hains, die mit verflochtenen Ästen so dicht beieinanderstanden, dass sie aus derselben Wurzel gewachsen zu sein schienen. Wie sie so unter diesen Baumriesen saß, wirkte sie sehr klein, doch als sie ihn sah und sich mit schon tränennassen Augen hochrappelte, erkannte Robert, dass Nancy und Billie Lapham ihren Zustand nicht übertrieben hatten. Sie war kurz davor, ein Kind zu gebären.

Doch in einem anderen, wichtigen Punkt hatten sie alle sich getäuscht. Es war nicht Molly. Es war Martha.

Als er seine Schwester erkannte, achtzehn Jahre nachdem er sie in einem Apfelbaum versteckt verlassen hatte, breitete sich ein Strahlen auf seinem Gesicht aus; und er spürte, dass er eine so tiefe, reine Freude seit Kindertagen nicht mehr empfunden hatte.

4

Black Swamp, Ohio

Herbst 1838

»Robert, bring mir kaltes Wasser.«

»Martha, hol mir noch einen Quilt!«

James und Sadie Goodenough sprachen gleichzeitig und mussten sich wiederholen, damit ihre Worte entwirrt und verstanden werden konnten. Sie lagen nebeneinander im Bett, und James hielt sich so steif wie möglich, um dem Zittern entgegenzuwirken, das seinen Körper erfasste. So war er immer mit dem Sumpffieber umgegangen – dagegen ankämpfen, indem er seinen Forderungen nicht nachgab. Egal, wie sehr er fror, er hüllte sich nicht in Quilts. Wenn seine Zähne klapperten, presste er die Kiefer zusammen. Sein einziges Zugeständnis war Wasser: frisch gepumpt und kalt.

Sadie dagegen schwelgte in ihrer Krankheit. Wenn sie durstig war, trank sie den ganzen Krug leer. Wenn sie zitterte, rüttelte sie das Bett so durch, dass James fürchtete hinauszufallen. Wenn ihr Fieber anstieg, redete sie allen möglichen Unsinn, lachte und fluchte und führte imaginäre Gespräche, oft mit anderen Männern, was ihn verlegen machte. Jetzt zog sie James den Quilt weg und verlangte dann noch einen weiteren.

Martha erschien mit dem Neunerblock-Quilt im Arm und blieb zögernd neben dem Bett stehen, das kleine Gesicht so wachsam wie immer in Gegenwart ihrer Mutter. »Er ist immer noch feucht von deinem Schweiß, Ma«, sagte sie. »Ich hab ihn gelüftet, aber heute gab es nicht genug Sonne, um ihn zu trocknen.«

»Gib ihn her!« Sadie schnappte sich den Quilt. Jemand rief von oben, und Martha kletterte pflichtschuldig die Leiter hoch.

James nahm den Becher, den Robert ihm hinhielt, und bekam, im Gegensatz zu Sadie, ein schwaches »Danke, mein Sohn« heraus. Robert sah zu, wie er das Wasser hinunterstürzte, füllte den Becher erneut und stellte ihn in James' Reichweite auf den Boden. »Brauchst du sonst noch was, Pa?«

»Nein. Die Tiere sind gefüttert?«

»Ja, Pa.«

»Was macht der Mais? Hast du schon was davon geerntet?«

»Morgen. Mr. Day hilft mir, jetzt, wo das Heu eingefahren ist.«

»Und heute hast du mit Martha im Garten gearbeitet?«

»Ja. Später wollen wir Gurken einlegen und Tomaten einmachen. Mrs. Day hat gesagt, sie kommt uns helfen.«

»Die Days helfen zu viel.«

Robert zuckte die Schultern. Daran konnten sie nichts ändern: Nathan, Caleb und Sal waren auch krank. Einer von ihnen hatte gerade oben auf dem Dachboden das Zittern, sodass die Decke über ihnen bebte. Es gehörte zur Ironie des Sumpffiebers, dass es immer während der arbeitsreichsten Zeit zuschlug, wenn alle Hände gebraucht wurden. Auf dem Feld und im Garten war alles bereit zur Ernte; die Menschen waren es jedoch nicht, außer Robert, dem man mit seinen gerade mal neun Jahren die Arbeit eines erwachsenen Mannes abverlangte. Wenigstens Martha konnte ihm diesmal zur Hand gehen: Normalerweise war sie die Erste, die das Fieber bekam, und die Letzte, die wieder aufstand.

»Hast du nach den Äpfeln gesehen?« James konnte nicht anders, als zu fragen, so wie jeden Tag. »Bist du sicher, dass sie noch nicht soweit sind? Manche von den Mostäpfeln könnten jetzt reif sein.«

»Sie sehen nicht so aus, Pa.«

»Bring mir einen. Nein, bring mir zwei. Bring mir den rötesten der Mostäpfel und einen Goldpepping.«

Robert seufzte, und James begriff, dass er lästig war. Um an einen der Goldpeppingbäume zu gelangen, würde sein Sohn ein paar Stangen des Wildzauns herausziehen müssen. James wusste, dass die Äpfel noch nicht reif waren, und machte sich dennoch unentwegt Sorgen.

Sadie streckte den Kopf unterm Quilt hervor. »Hör auf mit diesem verdammten Apfelgequatsche«, knurrte sie. »Wenn ich nicht im Bett wär, würde ich diese Bäume umhauen!«

»Halt den Mund. Wenn du krank bist, redest du noch mehr Blödsinn, als wenn du gesoffen hast.«

Sadie trat nach ihrem Mann, war aber so schwach, dass es keinen großen Effekt hatte. James rutschte an den Rand des Bettes, war aber immer noch in Reichweite ihrer Tritte. Als er das laute, unkontrollierbare Zähneklappern eines der Kinder über ihm hörte, hätte er fast auch wieder angefangen zu zittern.

So viel Zeit hatten James und Sadie seit Monaten nicht zusammen verbracht. Seit ihrer Rückkehr von dem Camp Meeting im Mai hatte sie es vermieden, mit ihm allein zu sein, und sich in Hausputz und Gartenarbeit gestürzt. Sie hatte sogar versucht, einen Streifen Land für Winterkartoffeln zu roden, etwas, das James schon jahrelang für sie hatte machen sollen. Er hatte ihr dabei zugeschaut, wie sie den Ulmen, Eschen und Eichen mit einer Axt zu Leibe gerückt war, sie gefällt und die Stämme und Äste so zerhackt hatte, dass sie als Feuerholz zum Trocknen aufgestapelt werden konnten. Bis dahin hatte sie es allein geschafft. Den Stümpfen musste sie sich allerdings geschlagen geben. Sie hackte und stocherte an einem herum und riss Stücke davon ab, bis sie das, was übrig war, kaum noch greifen konnte und sie schließlich schwitzend und fluchend neben dem Stumpf im

Dreck lag. James bot ihr weder Hilfe noch Rat an. Ihr Verhalten auf dem Camp Meeting hatte ihn tief verletzt. Sadie ließ die übrigen Stümpfe, wie sie waren: ein hässlicher, mit Kriechgewächsen und Brombeersträuchern bedeckter Streifen längs des Gartens.

Ihr plötzlicher Eifer fiel mit einer neuen Nüchternheit zusammen, denn der Applejack war ihr ausgegangen. Und sich mit Cider zu betrinken war schwierig. Wenn Sadie nachts ins Bett kam – die einzige Zeit, in der sie allein zusammen waren –, versuchte James nicht mehr, sich ihr zu nähern. Züchtig wie Kinder, schliefen sie in größtmöglichem Abstand nebeneinander ein.

Das Sumpffieber brachte ihre boshafte Seite wieder zum Vorschein, schwächte sie allerdings auch so sehr, dass sie ihn nur mit Worten attackieren konnte. James musste sich endlose Beschwerden anhören, begleitet von einem Schwall von Flüchen und, wenn spätnachmittags das Fieber anstieg, von wirrem Gerede und Klagelauten. Das meiste davon ergab keinen Sinn, doch oft ließ sie Namen fallen: von ihren Kindern, von John Chapman, von Familienmitgliedern zu Hause in Connecticut. Aber nie von ihm. Nie James. Er wusste nicht, ob er sich das wünschen sollte, denn andere Namen waren oft von Gemurmel und Flüchen begleitet, und er wollte nicht hören, was sie in ihrem Delirium über ihn dachte. Er wusste es ja sowieso schon.

Während er darauf wartete, dass Robert ihm die Äpfel brachte, lag er, so still er konnte, da und betrachtete die mit Spinnweben behangenen Deckenbretter über sich – durch die alljährlichen Fieberanfälle ein vertrauter Anblick. Beim Bau der Hütte vor neun Jahren hatte James Kiefernstämme für die Wände und Eichen, die er sich in Perrysburg zu Brettern hatte sägen lassen, für Böden und Decken genommen. Sein Vater hatte seinerzeit auch Eiche verwendet, und James mochte die vertrauten Windungen und Knoten und die dichte Maserung. Später stellte er fest, dass Ahorn die bessere Wahl gewesen wäre, denn der war leichter und biegsamer. Nur die Engländer benutzten Eiche als Bauholz, was James einigen Spott einbrachte. »Engländer Gutgenug« wurde er eine Zeit lang von Nachbarn genannt, ein Spitzname, den Sadie zu »Engländer nicht Gutgenug« abwandelte. Jetzt war James jedenfalls froh, die dichte Eichenmaserung über sich zu haben.

Für einen Moment schloss er die Augen, und dann war Robert wieder da und hielt ihm einen kleinen gelb-braunen Goldpepping und einen rot-grünen Mostapfel hin. James biss in den Mostapfel. »Unreif.« Er gab ihn Robert zurück. »Den kriegt das Schwein.«

Auch der Goldpepping war eindeutig noch nicht reif; James biss trotzdem hinein. Er war noch sauer. Es würde wohl noch eine, eher zwei Wochen dauern, bis man sie pflücken konnte. Bis dahin würde er wieder so weit auf dem Damm sein, dass er die Ernte überwachen konnte.

James lehnte sich zurück und ließ den Goldpepping aufs Bett fallen. Sofort stieß Sadie den Apfel weg, worauf er in einer Ecke landete. Dann fing sie an, sich schreiend hin und her zu werfen, obwohl sie normalerweise so früh am Morgen noch kein hohes Fieber hatte. Sie begann zu stöhnen und zu geifern, und dann hörte James sie »Charlie!« rufen und unmissverständliche Brunstgeräusche von sich geben, zu denen sie sich entsprechend bewegte. Er hielt sich mit seinem Kopfkissen die Ohren zu.

Ich hab ihn mit seinem Bruder Charlie bestraft. Hatte kein Fieber, wollte ihn nur ein bisschen ärgern. Hab mitgekriegt, wie er zusah, als ich versucht hab, die Stümpfe aus dem Kartoffelbeet rauszuziehen. Keinen Finger hat er gerührt und auch nicht zu Caleb oder Nathan gesagt, sie sollen mir helfen oder mir wenigstens erklären, was ich falsch gemacht hab.

Ich wollte es so gern besser machen. Nach dem Camp Meeting hat keiner mehr mit mir gesprochen. Keiner hat mir in die Augen geguckt oder mich gefragt, wie's mir geht, oder mir beim Essen von sich aus was auf den Teller getan. Nicht mal Sal, die mir sonst immer mit kleinen Gesten gezeigt hat, dass sie ihre Ma respektiert. So als hätt ich eine Krankheit und jeder müsste Abstand von mir halten.

Ich hab diese Hütte sauberer geputzt als je zuvor, hab sie geschrubbt und jeden Staubflusen weggewischt, jede Spinnwebe weggemacht, hab den Schimmel abgewaschen, alles gelüftet, was man lüften konnte, mehrfach. Hab alle Kleider gewaschen, damit der Dreck abgeht, alle Stiefel für den Winter geschrubbt. Jeden Quadratzentimeter Garten hab ich gejätet, Nacktschnecken vom Kopfsalat abgesammelt, die Vögel und Karnickel verscheucht. Die Einweckgläser zum Gemüseeinmachen ausgekocht und die Bohnen eingemacht.

Dann hatte ich die Idee mit dem Beet für Winterkartoffeln. Wenn man sie im Herbst in einen Graben mit Dung und welkem Laub pflanzt, wachsen sie sogar im Winter, und wir hätten sie dann im Frühjahr, wenn uns normalerweise die Vorräte ausgehen. So hat mein Pa es früher in Connecticut gemacht. Das hab ich James gesagt – eins der wenigen Dinge, die ich überhaupt zu ihm gesagt hab –, und er meinte nur: Viel Glück. Caleb und Nathan und Robert haben zugeguckt, während ich die Bäume umgehauen hab, aber ihr Vater muss ihnen verboten haben, mir zu helfen – nur als Robert vorbeiging, hat er mir zugeflüstert, dass ich die Axt schärfen solle, dann würde es leichter gehen.

Wenn ich mir etwas in den Kopf gesetzt hab, hält mich nichts davon ab. So war ich schon immer. Entschlossen. Meine Ma hat das widerspenstig genannt, aber sie war nur neidisch. Aber diese Stümpfe – denen musste ich mich geschlagen geben. Ich hatte keine Ahnung, dass Bäume so starke Wurzeln haben, die sich so fest in die Erde krallen. Klar, die wollen sich ja nicht mehr da wegbewegen. Einen ganzen Tag lang hab ich versucht, einen Stumpf rauszustemmen, hab's aber nur zur Hälfte geschafft. Und das war gerade mal einer von zwanzig Stümpfen. Hab mich dabei halb totgeschwitzt und das schlimmste Kopfweh gekriegt, das ich je hatte, sogar schlimmer als vom Jack. Musste mich alle paar Minuten hinsetzen, weil ich so schwach war, dass ich schon schwarze Punkte vor den Augen hatte. Als ich am nächsten Morgen wach wurde, war mir klar, dass ich nicht mehr zu diesen Stümpfen gehen konnte, denn die würden mich schneller umbringen als irgendein Fieber oder ein Klapperschlangenbiss. Es musste einen Weg geben, sie rauszukriegen, aber keiner würde es mir sagen, und zum Fragen war ich zu stolz. Vielleicht hätte John Chapman mir geholfen, wenn er vorbeigekommen wäre, aber der kam normalerweise nicht mitten im Sommer. Also hab ich die Stümpfe da stehen lassen, wie eine Reihe fauler Zähne, die ich mir jeden Tag, wenn ich draußen im Garten war, angucken musste.

Jetzt, wo ich mit James im Bett liege und wir beide das Zittern haben, hab ich's ihm heimgezahlt. Mit Fieber hat man nicht viele Möglichkeiten, Krieg zu führen, aber mir ist eine eingefallen. Ich hab Charlie Goodenoughs Namen gerufen, immer wieder. Hab den Quilt zusammengeknüllt und mir zwischen die Beine gestopft und angefangen, ihn zu bumsen, und gerufen: Charlie, Charlie, komm, besorg's mir! Das fühlte sich vielleicht gut an, mit Fieber und allem! Ich hätte noch lange so weitermachen können. James hat irgendwas gemurmelt und sich das Kissen über die Ohren gezogen, und ich hab nur gelacht. Das ist für die Stümpfe, hab ich gedacht. Dafür, dass du dich mehr um deine Äpfel als um deine Frau kümmerst.

James war dankbar, dass Sadie mit ihrem Gerammel aufgehört hatte und eingeschlafen war, als Hattie Day kam, um den Kindern beim Gemüseeinmachen zu helfen. Als Erstes spannte die Nachbarin eine Schnur quer durch den Raum und hängte die Quilts, die Sadie vom Bett geworfen hatte, als eine Art Vorhang zwischen ihm und Sadie auf der einen und der Küche auf der anderen Seite darüber. »Keine Widerrede«, antwortete sie, als James schwach protestierte. »Während wir arbeiten, brauchen Sie uns nicht zu sehen und wir Sie nicht.« Sie war so entschieden, dass er gar nicht erst versuchte, mit ihr zu streiten. Sadie hätte es getan, wenn sie wach gewesen wäre, das wusste er, und er war versucht, sie anzustupsen. Stattdessen lag er im Bett und lauschte Mrs. Days tatkräftigem Schaffen auf der anderen Seite des Quiltvorhangs.

Sie machten sich daran, Tomaten einzukochen und Eier einzulegen. Normalerweise mussten die Goodenoughs ihre Eier nicht haltbar machen, denn sie wurden sofort verbraucht. Doch jetzt, wo alle Familienmitglieder bis auf zwei seit über einer Woche krank waren und nichts als Wasser zu sich nahmen, wurden die Eier schlecht. Hattie Day stellte die Eier zum Kochen auf den Herd, ebenso wie einen Topf mit Salzwasser und Essig, dessen penetranter Geruch schon bald die ganze Hütte erfüllte. Dann ließ sie die Kinder die hart gekochten Eier schälen, während sie selbst die Tomaten hackte und zum Kochen aufsetzte und die Einweckgläser auskochte.

Da Robert und Martha die meiste Zeit schwiegen, verriet nur das Geräusch von zerbrechenden Eierschalen, dass sie da waren. James hätte liebend gerne gesehen, wie seine Kinder über ihre Arbeit gebeugt am Tisch saßen, doch aus Angst vor Hattie Days tadelndem Blick wagte er es nicht, den Vorhang zurückzuziehen. Stattdessen fuhr er mit einem Finger um die Patchworkquadrate in Blau, Gelb und Braun. Seinem Kopf am nächsten war ein

Viereck aus grüner Seide von einem alten Kleid seiner Mutter, das stärker ins Auge fiel als all die anderen Stoffe.

»Die Salzlake ist so weit«, hörte er Hattie Day sagen. »Seid ihr mit dem Eierschälen fertig?«

»Ja, Ma'am«, antwortete Robert.

»Habt ihr sie in Wasser getunkt, wie ich's euch gezeigt habe, damit keine Schale mehr dran ist, wenn wir sie in die Gläser tun?«

»Ja, Ma'am.«

»Gut. Was für einen Geschmack wollt ihr denn haben? Mr. Day und ich mögen sie nur mit Salz und Pfeffer, aber eure Familie macht es vielleicht anders.«

»Salz und Pfeffer ist gut.«

»Bring mir die Pfefferkörner, Martha. Gib eine kleine Handvoll in jedes Einweckglas. So ist's gut. Also, ich gebe manchmal noch eine kleine Rote Bete dazu, damit das Wasser sich pink verfärbt, nur fürs Auge – die Eier schmecken deswegen nicht anders. Wollt ihr, dass ich das mit denen hier auch mache?«

»Himmel, nein!«

James fuhr zusammen. Er hatte gedacht, Sadie hätte geschlafen. Ihre Stimme war brüchig und heiser. Hattie Day hatte sie wohl nicht gehört, aber sie hörte Marthas leise Worte. »Wir lassen das Wasser normalerweise klar.«

»Das Miststück übernimmt meine Küche«, murmelte Sadie.

»Lass sie machen – sie versucht doch nur zu helfen. Das können wir, weiß Gott, gebrauchen.« Insgeheim jedoch musste er Sadie zustimmen. Dass Hattie Day in ihrem Haus war und ihren Kindern sagte, was sie tun sollten, hatte etwas Heimeliges an sich, das ihm nicht gefiel. Zu allem Überfluss sagte sie noch etwas, das er nicht verstand, worauf Martha und Robert laut auflachten. Wenn sie mit mir zusammen sind, lachen sie nie, dachte er.

Das war's. Das gefärbte Wasser war ja schon schlimm genug, aber als diese Frau meine Kinder zum Lachen brachte, hab ich's nicht mehr ausgehalten.

Es hat mich all meine Kraft gekostet, aber ich bin vom Bett aufgesprungen und mitten durch den hängenden Quilt gestürzt. Verschwinden Sie aus meiner Küche!, hab ich gebrüllt. Das war alles, was ich sagen konnte, bevor der Quilt sich in meinen Beinen verfing und ich hinschlug und ohnmächtig wurde.

Als ich zu mir kam, lag ich wieder neben James im Bett. Der Quilt hing wieder an der Schnur, hatte aber in der Mitte einen breiten Riss, und die Wolle von der Füllung quoll noch stärker raus als vorher. Martha würde ihn stopfen müssen, ihre Stiche waren gleichmäßiger als die von mir oder Sal.

Dumme Kuh, hat er gemurmelt, als er sah, dass ich die Augen offen hatte. Warum hast du das gemacht? Dabei hat er mich aber angelächelt. Hattie Days Gesicht hättest du sehen sollen, hat er noch gesagt, ganz leise, damit die anderen es nicht hören konnten. Als wär ihr eine Katze unter'n Rock gekrochen.

Ich hab gekichert. Wann geht sie denn?, hab ich gesagt, nicht laut, aber auch nicht leise. Mir war egal, ob sie mich hört oder nicht.

Still jetzt. Sie will einfach eine gute Nachbarin sein. Wenn wir wieder auf sind, brauchen wir die Hilfe nicht mehr.

In dem Moment ist Martha mit einer Tasse kaltem Wasser reingekommen und hat mir geholfen, sie zu trinken. Ich hab in ihr verkniffenes Gesicht geguckt und ein Stechen in der Brust gespürt. Mir ist aber nichts eingefallen, das ich hätte sagen können, außer: Die Tomaten brennen doch nicht an, oder? Ich finde, es riecht angebrannt. Darauf ist sie losgerannt, um nachzusehen. Ich hab gespürt, wie James mich angeguckt hat, aber ich wollte das nicht und hab mich auf die Seite gedreht und so getan, als ob ich schlafe. Es war die Hölle zu hören, wie dieses

Miststück meine Kinder rumkommandiert und sich in meiner Küche zu schaffen macht, aber ich hab den Mund gehalten und sie machen lassen.

James war als erster Goodenough wieder auf den Beinen. Am Anfang konnte er nur bis in die Küche wanken, um Sadie Wasser zu holen oder ein Weilchen am Tisch zu sitzen. Bald ging er Holz von dem Stapel vor der Tür holen, immer nur ein Scheit. Als Nächstes schaffte er es hinaus zum Klohäuschen, statt den Nachttopf zu benutzen, auch wenn jeder Schritt ihn ermüdete und die Scheune und der Obstgarten unglaublich weit entfernt schienen. Er war froh, frische Luft einzuatmen und die Sonne auf der Haut zu spüren, und als er das erste Mal vor die Tür trat, waren alle seine Sinne aufs Äußerste gespannt, und er empfand die Sonne heller, den Wind stärker, das Rascheln der Blätter und Zweige lauter, die Gebäude und Bäume in der Umgebung schärfer konturiert.

Nachmittags war die Sonne noch warm genug, auch wenn sie bereits schräg am Himmel stand und ihre Strahlen eher golden als gleißend waren. Der September erschien James immer wie ein Wendepunkt, an dem die Leichtigkeit des Sommers durch harte Arbeit ersetzt und Vorbereitungen getroffen werden mussten, um den Winter zu überstehen. Es war eine Sache der Einschätzung. Gab es genug Hafer, Mais und Heu, um die Tiere ein Jahr lang zu füttern? War das Schwein dick genug, um bald geschlachtet zu werden? Hatte der Garten genug hervorgebracht, um die Goodenoughs bis zur nächsten Ernte zu versorgen? Er war immer unruhig, bis Scheune, Speisekammer und Keller voll waren. Und das waren sie am Ende der Ernte nicht immer. Der Black Swamp war ein launisches Land: zu feucht, zu trocken, zu faulig oder zu karg.

Auch wenn er noch nicht ganz wieder bei Kräften war, gab

es für James eine Menge zu tun. Er musste in der Scheune nach den Tieren sehen und sich vergewissern, dass John Day das Heu richtig eingefahren hatte, dann einen Blick in den Küchengarten werfen. Der letzte Mais musste geerntet werden; er sollte sich das Feld zumindest mal anschauen, selbst wenn er noch nicht helfen konnte. Stattdessen ging er zum Obstgarten. Auf dem Weg dorthin blieb er zweimal stehen, um sich auszuruhen, und wurde auf halber Strecke von seinem jüngsten Sohn eingeholt, der ihm wieder auf Schritt und Tritt folgte.

Für James erreichte ein Obstgarten im September seinen Höhepunkt. Der ganze Zyklus eines Apfelbaums – vom Saft aus den Wurzeln über die Blätter zu den Blüten – gipfelte in seinen Früchten. Als er mit Robert zusammen am Zaun stand, sah er ein Feld voller schwer behangener Bäume, die seine Familie monatelang ernähren könnten. Er wusste, dass man nicht ausschließlich von Obst leben konnte, aber wenn es möglich wäre, würde er mit Vergnügen jeden Tag nur Äpfel essen.

Die meisten der Äpfel waren noch nicht ganz reif. Sie hatten ihre volle Größe erreicht, waren aber noch grün, mit leichten Rötungen hier und da. James fand sie so am reizvollsten: Es war, als ob man eine Frau fand, sie aber noch nicht heiratete – sie begehrte und noch nichts von ihren Launen, ihrer Faulheit oder ihrem Hang zum Flirten mit anderen Männern wusste. Diese Äpfel mochten am Ende mürbe und wurmstichig oder nur noch zum Kochen zu gebrauchen sein – an den Bäumen waren sie vollkommen.

Die drei Goldpeppingbäume hingen besonders voll mit Äpfeln, und von den fünfzehn Bäumen, die er und Robert veredelt hatten, trugen zwölf Blätter und gediehen prächtig. Die Zäune mit ihren spitzen Stangen hatten den Sommer überdauert und sowohl das Wild als auch Sadie ferngehalten. In zwei oder drei Jahren würden sie süße Äpfel tragen.

Die fünfzehn Sämlinge von John Chapman aus diesem Frühjahr wuchsen alle auf ihrem eigenen kleinen Feld heran und würden im darauffolgenden Jahr umgepflanzt, wenn James Land für sie gerodet hatte. Nach der Ernte und bevor der erste Frost kam, würde er damit anfangen.

»Sieht aus, als hätten wir in ein paar Jahren fünfzig tragende Bäume«, sagte er, wohl wissend, dass er das schon mal gesagt hatte, aber diesmal war er davon überzeugt.

Robert nickte. »Das ist gut, Pa.«

»Ja. Dann sind wir richtig angekommen. Und den Äpfeln hier geben wir noch eine Woche, dann pflücken wir sie.«

Am nächsten Tag fühlte James sich gut genug, um wieder zu arbeiten, wenn er sich auch zwischendurch oft ausruhen musste. Manchmal raste sein Herz wie das eines Vogels, und er musste sich in den Schatten einer Ulme am Rand des Feldes setzen, auf dem er und Robert gerade den Mais einbrachten. Bald konnte sich Caleb ihnen anschließen, dann Nathan. Sadie und Sal standen als Letzte wieder auf und überließen Martha bis dahin das Kochen und Putzen. Deren Gesicht wurde immer hagerer, sie hatte dunkle Ringe unter den Augen, und zwischen den Augenbrauen prägte sich eine senkrechte Linie aus, die im Gesicht eines jungen Mädchens nichts zu suchen hatte.

Als James eines Abends aus der Scheune zurückkam, traf er auf Sadie, die auf der Bank vor der Tür saß und in der Abendsonne eine Pfeife rauchte. Sie sah friedlich, ausgeruht und vollkommen fieberfrei aus. In ihrem Gesicht gab es keine Augenringe, keine Sorgenfalte.

»Warum hilfst du Martha nicht?«, fragte er. »Sie hat genug damit zu tun gehabt, für uns alle zu sorgen.«

Die Pfeife zwischen den Zähnen, lehnte sich Sadie an die Hauswand. »Haben wir nicht deswegen Kinder – damit sie die Arbeit für uns machen?«

Ohne auch nur einen Moment zu zögern, versetzte er seiner Frau eine schallende Ohrfeige. Dabei flog ihr die Pfeife aus dem Mund und landete auf einem Stück trockenem Gras, und James ging hin, um sie aufzuheben, damit sie kein Feuer entfachte. Als er zurückkam, war Sadie weg.

Drinnen stand Martha am Herd und backte Johnnycakes, ohne Sadies Hilfe. Er konnte hören, wie sie sich oben auf dem Dachboden ins Bett fallen ließ. Martha arbeitete ohne aufzublicken weiter.

Dass er mich geschlagen hat, kam mir gerade recht. Ich hab mich nie wohlgefühlt, wenn James und ich uns vertrugen. Einen gemeinsamen Feind wie Hattie Day zu haben, hat alles durcheinandergebracht, uns auf dieselbe Seite gestellt, und das hat sich irgendwie falsch angefühlt. Seit damals in Connecticut hat James mir nicht mehr den Rücken gestärkt. Und vielleicht nicht mal dort.

Am Ende fand ich's langweilig, die Kranke zu spielen. Ich hab dafür gesorgt, dass auch Sal aufgestanden ist, damit ich dem Mäuschen in der Küche nicht allein gegenüberstehen musste. Ich hasse es nämlich, wie Martha mir, sogar ohne ein Wort zu sagen, das Gefühl vermittelt, die schlechteste Mutter der Welt zu sein. Was ich wahrscheinlich auch bin.

Am Anfang war ich so schlapp wie eine Flickenpuppe, sodass ich im Sitzen gearbeitet hab und Martha mir Zutaten bringen und in Töpfen rühren musste. Deshalb ist mir das Glas mit den eingelegten Eiern ein paar Tage lang nicht aufgefallen. Dann bin ich irgendwann in die Speisekammer gegangen, um zu Brot, Käse, Kopfsalat und Tomaten noch ein paar Gurken zu holen. Auf dem Regal standen drei Gläser mit eingelegten Eiern, und eins davon war pinkfarben. Ich hab es mit in die Küche genommen. Was ist denn das?, hab ich das Mäuschen gefragt.

Sie war gerade dabei, den Neunerblock-Quilt zu stopfen, und guckte furchtsam wie immer zu mir hoch. Eingelegte Eier, Ma.

Weiß ich. Aber warum sind sie pink?

Martha hat sich erst mal geräuspert, als würde dadurch vielleicht eine andere Antwort rauskommen. Das ist von der Roten Bete, die Mrs. Day zum Färben reingetan hat, würgte sie dann raus.

Ich hatte dir gesagt, dass ich kein gefärbtes Wasser will. Und ich weiß, dass du das gehört hast.

Martha gab nicht den leisesten Pieps von sich. Dann hat sie versucht, ihre Stopfarbeit wieder aufzunehmen, aber ihre Hände haben so gezittert, dass sie die Nadel nicht halten konnte. Also hat sie sie wieder abgelegt und angefangen, sich die Haare hinter die Ohren zu stecken.

Lass deine verdammten Haare in Ruhe. Warum hast du dich mir widersetzt?

Entschuldigung, Ma, sagte sie so leise, dass es wie ein Summen klang.

Nichts Entschuldigung. Du magst Mrs. Day lieber als mich Ist es das?

Nein, Ma.

Hättest du gern Hattie Day als Mutter?

Nein, Ma.

Ich glaub schon. Vielleicht sollte ich dich einfach auf der Stelle rüberschicken – und fertig. Dann setzt sie dir einen von ihren Strohhüten auf. Das würde dir gefallen, was?

Nein, Ma. Ihr Gesichtsausdruck war wirklich sehenswert.

Warum hast du es dann gemacht, wo du doch genau weißt, dass ich meine Eier nicht in pinkfarbenem Wasser haben will?

Eine Weile hat sie gar nichts gesagt. Und was dann kam, hab ich nicht verstanden.

Was hast du gesagt?

Ich hab gedacht, es würde schön aussehen, flüsterte sie. Mittlerweile hatte sie angefangen zu heulen.

Schön? Darüber musste ich lachen. Findest du, dass es bei uns nicht schön genug ist? Du findest das da nicht schön? Dabei hab ich auf den Quilt in ihrem Schoß gezeigt. Martha hatte zwar den Riss in der Mitte gestopft, aber besonders gut sah er immer noch nicht aus. Was ist mit meinem Gesicht?, hab ich noch gesagt. Ist dir das nicht schön genug? Oder Sal? Sie ist die Hübsche in der Familie.

Martha versuchte, sich mit einer Ecke vom Quilt die Tränen zu trocknen.

Mehr hab ich nicht gesagt, hab einfach weiter das Abendessen gerichtet. Im Vorbeigehen bin ich aber mit dem Ellbogen an das Eierglas gestoßen, und dann ist es runtergefallen und zerbrochen.

Herrje, wisch bloß die Sauerei auf, hab ich gesagt. Ich mach das ganz bestimmt nicht.

Nach der Maisernte waren die Äpfel so weit, nur die drei Goldpeppings brauchten noch ein paar Tage. James hatte Robert, Martha und Sal zum Pflücken eingeteilt, während Caleb den Garten umgrub und Zwiebeln und Kohl pflanzte. Nathan lag wieder mit Fieber im Bett.

Die Krankheit hatte Sal ihren beißenden Spott fürs Erste ausgetrieben, sodass es im Obstgarten friedlich zuging. Mit einem in den Gürtel gesteckten Sack kletterte Robert auf die Bäume und pflückte die Mostäpfel, die schwer zu erreichen waren, während Martha sich die weiter unten vornahm. Sal las das Fallobst auf – da diese Äpfel ohnehin zu Cider verarbeitet werden sollten, war es egal, wie grob sie mit ihnen umging. James erinnerte Robert und Martha daran, die Äpfel zu drehen, sodass sie am Stiel abgingen, statt ein Stück Zweig mitzunehmen oder den Stiel abzureißen, was die Äpfel leicht faulen ließ. Außerdem sollten sie die Äpfel behutsam in ihre Säcke legen, obwohl die meisten Mostäpfel unverzüglich gekocht, getrocknet oder für Cider gepresst würden. James war nach wie vor Perfektionist, entschlossen, seine Äpfel makellos zu halten. Er ließ die Kinder ihre Säcke langsam in die Schubkarre leeren, die er dann selbst zum Haus zurückfuhr. Die Äpfel zum Verzehr stapelte er im Keller behutsam in Kisten; das Fallobst kam draußen in Tonnen, die nach Port Clinton zur Presse gehen würden.

Er brachte eine Schubkarre voller Mostäpfel zu Sadie. Sie war dabei, Brot zu backen, während die letzten Tomaten aus dem Garten auf dem Herd kochten. »Heute scheint die Sonne recht kräftig«, sagte James. »Du kannst mal damit anfangen, Apfelringe zu trocknen. Soll ich dir Sal zum Helfen schicken? Sie liest nur Fallobst auf, und das kann auch noch ein oder zwei Tage länger auf dem Boden liegen.«

»Erzähl du mir nicht, wie ich meinen Haushalt besorgen soll«, murmelte Sadie. Sie knetete Teig, den sie heftig boxte und schlug. Seine Oberfläche erinnerte James an das glatte weiche Fleisch ihrer Pobacken ganz am Anfang ihrer Ehe. Zu seiner Überraschung ließ die Erinnerung daran ihn hart werden, und während er die Äpfel ablud, musste er sich wegdrehen, um es zu verbergen.

Trotzdem schickte er Sal zu Sadie ins Haus, während er, Martha und Robert im Obstgarten weiterarbeiteten. Jedes Mal, wenn er eine voll beladene Schubkarre zum Haus rollte, schaute er sich Sadies und Sals Fortschritt an; bis zum Nachmittag hatten sie Dutzende von Äpfeln zerschnitten und die Ringe auf dem Neunerblock-Quilt zum Trocknen in die Sonne gelegt. Allerdings fiel ihm auf, dass sie die Äpfel nicht vom Kerngehäuse befreit hatten – es waren also weniger Ringe als vielmehr Scheiben, deren Kerne und feste Membranen in der Mitte einen Stern bildeten.

Nachdem sie alle Äpfel in einer Baumreihe gepflückt hatten, feierte Robert das, indem er auf den höchsten Baum im Obstgarten kletterte – einen Mostapfelbaum, den James im ersten Jahr neben den Goldpeppings gepflanzt hatte und der jetzt über dreieinhalb Meter hoch war. Martha sah zu, und James empfand Mitleid mit ihr. Obwohl die Zeit, als er selbst auf Bäume geklettert war, längst hinter ihm lag, erinnerte er sich noch an die Freiheit, mit der Sonne im Gesicht oben in den Ästen zu sitzen und sich vom Wind wiegen zu lassen.

»Komm rauf.«

Einen Moment lang dachte James, Robert spräche mit ihm.

»Ich weiß nicht, wie«, sagte Martha, die am Fuß des Baumes stand und hilflos zu ihrem Bruder aufschaute.

»Setz deinen rechten Fuß auf diesen niedrigen Ast, und leg die linke Hand auf den Ast über dir, dann zieh dich hoch und stell deinen linken Fuß auf den nächsthöheren Ast.« Als Martha zögerte, sagte Robert: »Du bist stärker, als du glaubst.«

Das schien sie anzuspornen. Während James sie beobachtete, brachte seine Tochter Fuß und Hand in Position, verharrte einen Moment, biss dann die Zähne zusammen und zog sich einen knappen halben Meter vom Boden hoch.

Robert redete Martha ununterbrochen gut zu, während ihre Bewegungen sie immer weiter vom Boden wegtrugen. James widerstand der Versuchung, sich unter den Baum zu stellen, denn dann hätte sie womöglich vor lauter Angst losgelassen. Außerdem war es das Spiel der beiden; er hatte darin nichts zu suchen.

Schließlich saß sie in einer Astgabel, Robert ein Stückchen über ihr. Beide lächelten, und Martha ließ die Beine baumeln und sang »Gesegnet sei das Band«.

James wollte ihnen ihr Vergnügen nicht nehmen und bereitete sich selbst eins, indem er den Wildzaun an einer Stelle öffnete und einen Goldpepping pflückte. »Kommt runter und probiert den hier«, sagte er.

Unter Roberts Anleitung kletterte Martha hinunter, und als auch er wieder auf festem Boden stand, teilten sie sich den Apfel, dessen Geschmack James mit einem Nicken billigte. Die Goldpeppings waren fast reif.

Als sie abends ins Haus kamen, waren ihre Wangen rot, und ihre Augen leuchteten, so als hätten sie Fieber. Das Haus duftete nach dem Apfelkraut, das Sadie gerade kochte. Die Apfelringe hatten sie über Nacht hereingeholt. James hätte einfach den Frieden und dieses seltene Glücksgefühl genießen sollen, das er mit seinen Kindern teilte. Aber er konnte nicht anders: Sadie hatte so eine Art, allem ihren Stempel aufzudrücken, selbst Apfelringen. »Hast du den Ausstecher nicht gefunden?«, fragte er.

Sadie schöpfte Apfelkraut in Gläser und beachtete ihn gar nicht.

»Sadie«, sagte James.

Sie blickte nicht auf. »Was?« Ihr Arm zitterte, sodass eine Schöpfkelle mit heißem Apfelkraut den Tisch traf und spritzte. James machte einen Satz zurück.

»Warum hast du nicht das Kerngehäuse ausgestochen, bevor du die Äpfel zerschnitten hast? Mit den Kernen drin werden die Ringe nicht süß, sondern schmecken am Ende bitter.«

»Das hab ich für Martha gemacht.« Sadie warf ihrer Tochter einen kurzen Blick zu. »Seit Hattie Day hier war und ihr diesen Floh ins Ohr gesetzt hat, schwärmt sie so für schöne Dinge, dass ich gedacht hab, ihr sind die Sterne in den Ringen wichtiger als die Süße. Dir gefallen die Sterne, stimmt's, Mädchen?«

Martha zog den Kopf ein, als könnte sie so der Aufmerksamkeit ihrer Mutter entgehen. »Macht beim nächsten Schwung das Kerngehäuse raus«, sagte James und wusste, noch während er es sagte, dass er damit genau das Gegenteil erreichen würde. Sadie würde sich ihm ganz bewusst widersetzen, und so würde ihr Kleinkrieg weitergehen, vermutlich bis ans Ende ihrer Tage. Der Gedanke zermürbte ihn.

In diesem Moment hörten sie John Chapmans unverwechselbares Pfeifen. »John Appleseed!« Sadie ließ die Schöpfkelle in den Topf fallen und rannte zur Tür. Wenn ein Mitglied ihrer Familie heimkehrte, freute sie sich nie so wie bei John Chapman. James wusste, dass ihn das eigentlich nicht kümmern sollte – es war verständlich, dass jemand, den sie nur zwei- oder dreimal im Jahr sah, Sadie aufregender erschien als die Menschen, die sie Tag für Tag um sich hatte. Trotzdem biss er die Zähne zusammen und musste sich, als John Chapman durch die Tür trat, einen freundlichen Gruß abringen. Sadie drückte zwei Flaschen Applejack an sich.

»Setzen Sie sich doch, John!«, rief sie. »Nehmen Sie den Schaukelstuhl am Feuer. Es ist noch nicht so kalt, aber Sie sind ja nicht oft im Haus, deshalb müssen Sie sich gut aufwärmen. Sie kriegen gleich eine Portion Apfelkraut. Hab ich gerade gemacht. Muss geahnt haben, dass Sie kommen.« Mit der gleichen Behutsamkeit, die James süßen Äpfeln vorbehielt, stellte Sadie den Applejack ab und schöpfte dann Apfelkraut in eine Schüssel. In ihrem Eifer reichte sie John Chapman die Schüssel so hektisch, dass etwas von der heißen Masse auf den Boden schwappte. »Lassen Sie nur!« Sadie kniete sich hin, um es mit ihrer Schürze aufzuwischen. »Bitte schön. Möchten Sie Rahm drauf? Martha, hol Rahm für Mr. Chapman!«

»Nicht nötig«, erklärte John Chapman. »Sie wissen ja, ich esse keine Tiere und nichts, was von ihnen kommt.«

»Lass doch, Martha, du dummes Ding! Hast du nicht gehört, was er gesagt hat?«

Wie benommen stand Martha vor der Anrichte, den Rahmkrug in der Hand, und sah aus, als würde sie ihn womöglich fallen lassen. Behutsam nahm Robert ihr den Krug ab und stellte ihn wieder hin.

War es wirklich erst fünf Minuten her, dachte James, dass sie mit ihren Äpfeln glücklich gewesen waren?

Doch John Chapman blickte Martha aufmunternd an, worauf sie mit einem schwachen Lächeln antwortete. Er sah so zerlumpt aus wie immer, mit seinen nackten Füßen, dem langen Haar und seinem Kartoffelsack als Hemd. »Ich freue mich, dass Sie Ihre Äpfel eingebracht haben.« Er nickte in Richtung der trocknenden Scheiben. »Gute Ernte dieses Jahr?«

James setzte zu einer Antwort an, als Sadie ihm zuvorkam. »Das war die beste Saison aller Zeiten. Mehr Äpfel denn je. Außer für Apfelkraut, Mus und Trockenobst haben wir noch jede Menge für Cider und Jack.«

»Wie geht's Ihren Goldpeppings?«, wandte sich John Chapman an James.

Erfreut richtete James sich auf. »Hoher Ertrag. Keine großen Äpfel, aber eine ordentliche Menge. Ich gebe ihnen noch ein paar Tage, an der Baumspitze sind aber ein oder zwei schon reif. Möchten Sie sie probieren?«

»Gerne.« John Chapman lehnte sich zurück und schaukelte.

»Robert, lauf und pflück Mr. Chapman einen guten, reifen Goldpepping. Nimm zwei, wenn du noch einen findest.« James genoss es, sich diese Großzügigkeit leisten zu können.

Die ganze Familie sah zu, als John Chapman in den Apfel biss – sogar Nathan, der sich oben an die Dachbodenleiter gesetzt hatte, als er den Besucher hereinkommen hörte. Obwohl seine Miene sich nicht veränderte, nickte John Chapman. »Er hat diesen erstaunlichen Geschmack. Ananas, sagten Sie, oder?«

»So hat mein Vater ihn beschrieben«, antwortete James. »Ich selbst habe noch nie Ananas gegessen. Ein Kiefernnadelaroma hat er auch. So frisch vom Baum ist er noch ein bisschen säuerlich. Reift aber mit der Zeit. Hier, nehmen Sie den.« Er reichte John Chapman einen weiteren Goldpepping. »Heben Sie ihn bis Weihnachten auf, dann ist er süß wie Honig.«

»Schluss mit Äpfeln!«, rief Sadie, sichtlich pikiert darüber, dass sie für ein paar Minuten nicht John Chapmans volle Aufmerksamkeit genossen hatte. »Nehmen Sie einen Schluck Applejack. – Um gegen das Sumpffieber zu helfen, ist es zu spät, aber willkommen ist er auf jeden Fall.« Sie zog den Korken aus der Flasche und goss einen Schuss in zwei Becher.

John Chapman steckte den Goldpepping ein. »Vielen Dank, Sadie, aber erst mal bitte nur einen Schluck Wasser. Ich möchte den Geschmack von diesem Apfel auskosten.«

Sadie zuckte die Schultern und trank erst den einen, dann den anderen Becher leer. »Martha, hol dem Mann frisches Wasser.« Dabei schob sie ihrer Tochter über den Tisch einen der Becher zu. Martha hantierte so ungeschickt damit, dass er klirrend zu Boden fiel.

Nach dem Essen hat mir John Chapman die Nachrichten frisch vom Himmel verkündet. Alle anderen waren in ihre Betten oder raus in die Scheune verschwunden, was ich ungehörig fand, aber mir war's ja recht, denn so hatte ich ihn ganz für mich allein. Fast das gesamte Abendessen über hatten er und James über ihre verdammten Äpfel geredet. Man sollte doch meinen, dass ihnen nach all den Jahren zu dem Thema nichts Neues mehr einfiel. Gott sei Dank hat der Jack es etwas erträglicher gemacht. Er war stark und feurig. Da es aber erst in ein paar Monaten kalt genug sein würde, um neuen zu machen, hab ich ihn mit Bedacht getrunken.

Ich hab John Chapman mit seinem Gottesgerede weitermachen lassen, bis es richtig spät und das Feuer runtergebrannt war, die Kerzen ausgingen und alle schliefen. Er sprach immer wieder davon, eine »moralische Bestandsaufnahme« des eigenen Lebens zu machen. Keine Ahnung, was das heißen sollte. Ich höre ihm immer gern zu, aber was er sagt, bewegt mich nie so wie die Predigten auf den Camp Meetings. Und schon war es in meinem Kopf, obwohl ich versucht hatte, nicht an unseren letzten Ausflug zu denken.

Da hörte John Chapman auf zu reden und sah mich komisch an. Alles in Ordnung mit Ihnen, Sadie? Sie sind rot geworden. Ist der Applejack Ihnen zu stark?

Nein, nein, hab ich gesagt. Das ist es nicht. Ich wollte ihm nichts davon erzählen, dass meine Familie mich auf dem Camp Meeting alleingelassen hatte. Wünschen Sie sich manchmal, irgendwo anders zu sein?, hab ich ihn gefragt.

Wie meinen Sie das?

Würden Sie manchmal am liebsten in Ihr Kanu springen und losfahren?

John Chapman lächelte. Genau das *tue* ich. Die ganze Zeit.

Das würde ich auch gern machen. Vielleicht könnte ich ja mit Ihnen gehen.

Für mehr als mich und meine Bäume ist kein Platz, Sadie. Sie wissen, dass ich allein fahre.

Es gab genug Platz – er hatte ein ganzes Kanu nur für seine Bäume. Verfluchte Bäume, murmelte ich.

Was stört Sie denn so an Bäumen?

Ich dachte eine Sekunde nach. Nicht länger, weil ich die Antwort schon kannte. Ich werd' Ihnen sagen, was es ist, fing ich an. Als wir aus Connecticut kamen, hat James die Stöcke von seinen verdammten Goldpeppings mitgebracht und hier gepflanzt. Hat sie direkt in die Bäume gesteckt, die Sie ihm verkauft hatten, und es war wie ein Wunder, denn drei von ihnen sind angewachsen und halten sich so gut wie jeder andere Baum in der Gegend. So als wären sie schon immer hier gewesen.

Warum ärgert Sie das?

Tut es nicht, sagte ich. Tat es doch, und John Chapman wusste das. Es ist nur – na ja, diesen Bäumen geht's im Black Swamp besser, als es mir hier je gehen wird. Die haben sich hier eingewöhnt. Und sind doch nur Bäume!

Darauf hat John Chapman nichts gesagt, mich nur mit seinen Funken sprühenden Augen angeguckt.

Bäume müssen nicht umziehen und, wenn sie es doch tun, auch noch gedeihen, hab ich hinterhergeschoben.

Bäume ziehen ständig um, Sadie! Mein ganzes Geschäft beruht darauf. Im Winter fahre ich nach Pennsylvania und hole dort in der Cidermühle säckeweise Samen. Den verschenke ich oder bringe ihn in meinen Baumschulen in die Erde. Ein oder zwei Jahre später grabe ich diese Sämlinge aus und verkaufe sie an Leute in ganz Ohio, sogar bis nach Indiana hinein. Und es geht ihnen gut. Ein Großteil der besten Äpfel in diesem Land ist ursprünglich woandersher gekommen – zumeist aus Europa. Wenn man genauer darüber nachdenkt, ziehen Bäume am Anfang immer um. Damit er wachsen kann, muss ein Samenkern ein ganzes Stück von seiner Mutter entfernt landen, sonst liegt er in ihrem Schatten und kann nicht gedeihen. Vögel können einen Samen über Kilometer, ja Hunderte von Kilometern hinweg im Bauch tragen, bis sie ihn irgendwo ausscheiden, und dann wächst der Baum einfach da, wo er gelandet ist. Nun wissen Sie, dass ich kein Anhänger des Pfropfens bin, mit dem Ihr Mann arbeitet. Allerdings muss ich zugeben, dass ich es beeindruckend finde, wie der Zweig eines Apfelbaums in Connecticut in einen Baum hier draußen in Ohio verwandelt wurde. Und das Ganze aus einem Baum, der ursprünglich in England stand.

Tja. Sind Bäume nicht überhaupt das Allerbeste?, sagte ich. Sind vermutlich besser als Menschen. Dann bin ich aufgesprungen und hab angefangen, das Feuer für die Nacht mit Kohle zu bestreuen.

John Chapman schmunzelte. Eigentlich sind Bäume rücksichtslos. Sie kämpfen miteinander um Licht, Wasser und all das Gute, das sich im Boden befindet. Überleben können sie nur, wenn der Abstand zwischen ihnen groß genug ist. Ist Ihnen schon mal aufgefallen, wie weit auseinander Ihr Mann seine Apfelbäume pflanzt? Je näher sie zusammenstehen, desto geringer ist der Ertrag. Sehen Sie all die Keimlinge in den Wäldern? Die werden nicht erwachsen, bis auf einen, der alle anderen umbringt. Das ist ein Schlachtfeld da draußen.

Da hab ich ihn angeschaut. Hier drinnen auch.

Ich spreche nur über Bäume. Mit Menschen kenne ich mich nicht aus.

Zeit zum Schlafengehen. Hier ist Ihr Bettzeug. Dann hab ich den Neunerblock-Quilt gepackt, der mit den Apfelringen drauf auf dem Boden lag, und ihm zugeworfen; dabei hat es überall Apfelringe geregnet, und ich hab sie nicht aufgehoben.

Am nächsten Morgen war John Chapman weg, und die Apfelringe lagen ordentlich in Reihen auf einem Laken. Hab nie gefragt, wer das gemacht hat.

James sah jeden Tag nach den Goldpeppings und wartete ungeduldig darauf, dass sie reif genug für die Ernte wurden. Robert begleitete ihn oft, und manchmal auch Martha; jetzt, wo sie klettern konnte, stieg sie gerne in den höchsten Mostapfelbaum, setzte sich dort in die Gabel und lächelte ihnen zu.

Während dieser Tage wurde Sadie immer betrunkener. Sie hatte seit Mai keinen Applejack mehr gekostet und trank ihn, als wäre er Wasser oder Kaffee. John Chapmans Applejack war besonders stark, und zwei Becher davon genügten, um sie schwanken zu lassen. Wenigstens würden die Flaschen bald leer sein.

John Chapman hatte für sie in seinem Kanu drei Fässer mit Fallobst nach Port Clinton mitgenommen, und wenn er in ein paar Tagen mit Cider zurückkäme, würde James dafür sorgen, dass er ihr keinen Jack mitbrachte. Wenn Sadie erst ihren eigenen gemacht hätte, würde James ihn wie immer heimlich mit Wasser verdünnen.

Der Applejack ging genau an dem Tag aus, an dem die Goldpeppings pflückreif waren. James brauchte Robert und Martha eigentlich nicht, um die Äpfel von gerade mal drei Bäumen zu pflücken, bat sie aber trotzdem, ihm zu helfen. Als Erstes zogen sie die angespitzten Stangen der Wildzäune heraus und stapelten sie auf einer Seite. Dann begannen sie mit dem kleinsten Goldpeppingbaum – James auf einer Leiter, auf der er sich nach den höchsten Äpfeln streckte, während die Kinder den Rest pflückten. Dann luden sie die Äpfel in Holzkisten um, wobei James in dem dunklen Keller hockte, während Robert sie ihm hinunterreichte. Sal war in der Küche damit beschäftigt, Rahm zu Butter zu schlagen, während Sadie reglos auf dem Bett lag und ihren Kater ausschlief – dachte James zumindest. Als er wieder aus dem Keller hinausstieg, warf er einen flüchtigen Blick hinüber und sah, dass seine Frau die Augen offen hatte und sie beobachtete.

»Alles in Ordnung, Sadie?«, sagte James, obwohl er sie so etwas sonst nie fragte – die Antwort kannte er ja. Sie blickte ihn nur mit zusammengepressten Lippen an.

Sie waren schon fast mit dem Abernten des zweiten Baums fertig, als Sadie auftauchte und rasch humpelnd auf sie zusteuerte. Bei ihrem Anblick verkrampfte sich James' Magen: Ihr Schritt war der eines Menschen, der auf Streit aus war. Am Fuß der Leiter blieb sie stehen. »Wo ist meine Flasche?«, fragte sie und rieb sich dabei mit den Händen die Oberschenkel.

»Sie ist leer – du hast sie gestern Abend ausgetrunken.«

»Du hast sie ausgeschüttet, so war's wohl eher!«

»Nein, das hast du ganz allein geschafft. Aber keine Sorge – in ein oder zwei Tagen kommt John Chapman wieder und bringt Cider mit, und wenn's kalt genug ist, kannst du deinen eigenen Jack machen.« James wandte sich wieder seinen Äpfeln zu. Dabei konnte er ihren wütenden Blick auf seinem Rücken spüren. Dann plötzlich verschwand das Gefühl, und er wagte nach unten zu schauen. Sadie hatte ihre Aufmerksamkeit dem noch voll mit Obst behangenen dritten Goldpeppingbaum zugewandt. Er war von den dreien der größte – um die obersten Äpfel zu pflücken, würde Robert bis in die Krone klettern müssen. James beäugte seine Frau, während sie, der schmale Körper angespannt und jetzt durch und durch hellwach, den Baum betrachtete. »Lass es, Sadie!«, warnte er und wusste im selben Moment, dass er dadurch alles nur noch schlimmer gemacht hatte.

Robert und Martha hielten im Pflücken inne und starrten ihre Mutter an. Sadie bemerkte, dass alle Blicke auf ihr lagen, und schnaubte. »Glotzt mich nicht so an mit euren Goodenough-Augen.« Dann machte sie kehrt und ging mit den gleichen ruckartigen Bewegungen wie zuvor zum Haus zurück.

James atmete tief aus. »Also dann. Fast fertig.«

Sie häuften gerade die letzten Äpfel des zweiten Baums in die Schubkarre, als Sadie zurückkam. »Pa«, warnte Robert mit leiser Stimme.

James blickte auf. Sadie hielt eine Axt in der Hand. Er schaffte es gerade noch, hinter ihr herzustolpern, wobei er einige Äpfel von dem Haufen in der Schubkarre stieß, und ihren Arm zu packen, als sie zu einem wilden Schlag auf den größten Goldpeppingbaum ausholte.

»Nimm deine verdammten Hände weg!« Die Axt schwingend, wirbelte Sadie herum. »Ich bring euch alle um!«

James trat einen Schritt zurück. »Was ist denn in dich gefahren, Frau? Nimm die Axt runter, du verletzt dich noch selbst!« Aus dem Augenwinkel sah er, dass Martha zu ihrem Mostapfelbaum huschte und hochkletterte. Hinter sich hörte er ein Rascheln, wagte jedoch den Blick nicht von seiner Frau zu wenden. Wahrscheinlich war es Robert, der die heruntergefallenen Goldpeppings auflas. Schließlich konnte er doch nicht widerstehen und drehte sich um. »Tu die nicht wieder zu den anderen, sie haben sicher Druckstellen.« Das hätte er nicht zu sagen brauchen – Robert kannte sich mit Äpfeln aus.

Und es war genau der Fehler, auf den Sadie gewartet hatte. Sie wandte sich wieder dem Baum zu, schwang die Axt und senkte sie mit einem dumpfen Schlag in den Stamm. Die Schneide fuhr tief hinein, fällte ihn jedoch nicht.

»Nein!«, schrie James. Er rannte los und packte Sadie, als sie gerade die Axt aus dem Holz riss. In ihrem Kampf stießen sie so heftig an den Stamm, dass es um sie herum Äpfel regnete. Einander umklammernd, die Axt zwischen sich, stolperten sie und stürzten in die ordentlich aufgestapelten Zaunstangen, die wild durcheinander auf einen Haufen fielen, aus dem manche wie die Stacheln eines Stachelschweins herausragten.

Schließlich versetzte Sadie James einen so harten Kopfstoß gegen die Stirn, dass er unter stechendem Schmerz rückwärtstaumelte. Benommen nahm er seine Kinder wahr: Sal, die mit vor der Brust verschränkten Armen vom Haus herunterkam und Sadie zum Verwechseln ähnlich sah; Robert, der mit einem Apfel in der Hand wie erstarrt neben der übervollen Schubkarre stand; und Marthas blasses Bein, das mit einem schmutzigen Stiefel dran von dem Mostapfelbaum herunterbaumelte. Dann sah er Sadie mit der Axt herumwirbeln, um dem Goldpepping den Schlag zu versetzen, von dem er wusste, dass er tödlich sein würde, und er stürzte auf sie zu und warf sich dazwischen.

Die Axt versank in seiner Seite, brach ihm die Rippen und

traf einen Lungenflügel. Er spürte, wie seine Brust sich mit Blut füllte, doch der Schock des Schlags dämpfte den Schmerz. James fiel auf die Knie. »Pa!«, hörte er über dem Rauschen in seinen Ohren, aber er wusste nicht, welches seiner Kinder geschrien hatte. Aus Augen, die so blau waren wie ihr Kleid, starrte Sadie ihn an.

»Verdammt«, sagte sie. »Ich hab wohl gewonnen.«

Das hab ich nicht gewollt. Ich wollte die Axt an jeden einzelnen dieser Apfelbäume legen und sie alle umhauen. Ohne sie würden wir nicht im Black Swamp bleiben müssen. Ohne sie wären wir frei. Wir könnten nach Westen in die Prärie gehen, wo es überhaupt keine Bäume gibt. Oder wieder nach Osten, meinetwegen sogar zurück nach Connecticut. Nur weg von hier, das war es, was ich wollte. Wir könnten umziehen, wie diese Samenkerne im Bauch eines Vogels. Bloß hab ich den Fehler gemacht, mit dem Goldpepping anzufangen. Dumm von mir. James würde mich nie den Baum anrühren lassen, den er am meisten liebte.

Ich bin zu ihm hin und hab nach der Axt in seiner Seite gegriffen. Überall war Blut, und er hat ein fürchterliches rasselndes Geräusch von sich gegeben. Ich konnte keinen klaren Gedanken fassen. Vielleicht hab ich gedacht, wenn ich sie einfach rausziehe, schließt sich das Fleisch über dem Loch in seiner Seite und er ist wieder gesund. Vielleicht hab ich aber auch gedacht, dass ich mit dem Baumfällen weitermache. Egal, was ich vorhatte, es ist nicht passiert. James hat mich kommen sehen und mir gegen die Knöchel getreten. Da hab ich das Gleichgewicht verloren und bin rückwärtsgetaumelt, bis ich direkt in dem Haufen aus Zaunstangen gelandet bin. Eine davon hat sich mitten durch mich durchgebohrt.

Komisch, am Anfang hat das nicht mehr wehgetan als ein Bienenstich. Ich lag auf dem Stangenhaufen unter dem Baum und hab nach oben geguckt. Da konnte ich Marthas Bein runterhängen sehen, aber es war zu hoch, sodass ich nicht danach greifen und es berühren konnte. Es war ganz still. Dann fiel mir plötzlich das Atmen schwer.

Nach einer Weile hab ich draußen im Wald eine Virginiawachtel pfeifen hören und mich gefragt, ob das John Appleseed war, der mit dem Cider zurückkam. Einen schönen frischen Cider, den hätte ich vertragen können.

Dann stand Robert über mir. Ma, hat er gesagt.

Ich hab zu ihm hochgeschaut, und da wusste ich, dass es Zeit war, ihm zu sagen, was er wissen musste. Onkel Charlie ist dein Vater, hab ich gesagt. Nicht er. Dabei hab ich zu James rübergeguckt. Seine Augen waren offen, deshalb glaub ich, dass er mich gehört hat. Mein letzter Schlag.

Irgendwas passierte mit Roberts Gesicht, als ob ein Krug einen Sprung kriegt, wie ein zerbrochener Spiegel, in dem ich mich in zwei Hälften sehen konnte. Es tat zu weh, ihn zu verletzen, meinen Wechselbalg, den ich von allen am liebsten gehabt hab. Er ist vermutlich dein Vater, hab ich hinzugefügt. Lässt sich nicht genau sagen. Wenigstens bist du der Sohn deiner Mutter, so viel ist klar.

Da stand er, am Rand des Obstgartens, und sah aus, als würde er nie wieder unversehrt sein, genauso wie ich. Geh jetzt, sagte ich. Raus aus diesem Sumpf. Geh raus in die Prärie, wo es keine Bäume gibt.

Er schaute zu Martha hoch, die über uns in ihrem Baum saß und den Fuß vor und zurück schwingen ließ.

Lass sie, sagte ich. Sie wird dich nur aufhalten.

Marthas Fuß hat aufgehört zu schwingen.

Du musst dich selbst retten, hab ich gesagt. Jetzt geh schon, verschwinde. Los.

So ist er gegangen. Und ich auch.

5

Black Swamp, Ohio

1844–1856

Day's Farm
Black Swamp
bei Perrysburg
Ohio

25. Juni 1844

Gilbert Hotel
Racine
Wisconsin Territory

Lieber Robert,

heute hat Mrs. Day mir einen Brief gebracht, den du in Wisconsin geschrieben hast. Er ist sechs Monate alt. Sie hat ihn im Gemischtwarenladen in Perrysburg bekommen, wo er bei Mr. Fuller darauf gewartet hatte, dass ein Goodenough vorbeikommt. Er hat monatelang dort gelegen, weil Caleb nur selten in den Laden geht und niemand an mich gedacht hat, bis Mrs. Day den Brief zufällig sah.

Ich war so glücklich, von dir zu hören, dass ich weinen musste. Fast sechs Jahre ist es her, seit du von zu Hause weggegangen bist, und ich bin sehr froh zu wissen, dass du am Leben bist.

Du fragst dich sicher, was aus deinen Brüdern und Schwestern geworden ist. Caleb und Nathan haben die Farm geführt, so gut sie konnten, aber natürlich nicht so, wie Pa es getan hat. Den ersten Winter ging es noch ganz gut, weil wir die Ernte vom Sommer hatten, das Gartengemüse, das wir beide eingemacht hatten, und dann noch die ganzen Äpfel. Die Jungen haben gejagt, und so kamen wir durch den Winter, wenn auch das Haus immer kalt und nicht so sauber war, wie es hätte sein sollen. Die Days haben nach uns gesehen und uns Säcke mit Mehl und ein paar wilde Truthähne gebracht. Auch andere Nachbarn haben uns geholfen. Mr. Chapman kam mit den Ciderfässern vorbei, und als er hörte, was geschehen war, ist er wieder in sein Kanu gestiegen und seitdem nicht mehr in den Black Swamp zurückgekehrt.

Im nächsten Sommer war die Haferernte schlecht, und das Heu haben sie feucht eingeholt, sodass es verfaulte. Sal und ich haben den Garten bestellt, konnten uns aber nicht mehr so richtig an alles erinnern, was wir machen mussten oder daran, wie man Kaninchen und Wild fernhält. Ans Zurückschneiden der Apfelbäume hab ich mich aber erinnert, und das ging gut. Unsere Kleider waren zu klein, und wir hatten für nichts Geld und kaum genug zu essen. Dann bekam Nathan das Fieber und starb, und Sal lief weg. Sie lebt jetzt in Toledo. Ich schäme mich für das, was sie da macht, deshalb schreibe ich es dir nicht.

Danach hat Mrs. Day mich gefragt, ob ich bei ihr und ihrem Mann wohnen wolle. Sie und Mr. Day hatten ja nie Kinder, und sie konnte die Hilfe gebrauchen. Ich war froh, dass ich gehen konnte, ich war nämlich nicht gerne allein mit Caleb, der angefangen hat zu trinken. Für die Days wurde ich so was wie eine Tochter, außer dass sie mir mehr abverlangten, eher wie einer Dienstmagd, nur ohne Bezahlung. Mrs. Day hat mir auch das Schreiben beigebracht. Erinnerst du dich an ihren Strohhut? In der Stadt trägt sie ihn immer noch, und wenn ich ihn sehe, muss ich grinsen.

So geht es also uns allen. Caleb ist immer noch auf der Farm, bestellt aber die Felder nicht mehr, abgesehen von ein bisschen Mais für das Pferd und die Kuh. Das Ochsengespann hat er verkauft. Er geht hauptsächlich auf die Jagd und verkauft Felle. Ich schaue nicht oft auf der Farm vorbei, aber einmal im Oktober war ich doch dort, und ich muss dir leider sagen, dass die Apfelernte dürftig war. Die Äpfel waren klein, und Caleb hatte sich nicht die Mühe gemacht, sie zu pflücken, sodass es viel Fallobst gab. Mrs. Day hielt das für eine Verschwendung der Gnade Gottes.

Jetzt kann ich mich freuen, denn ich weiß, wo du bist und dass du noch an deine Familie denkst. Wann kommst du zurück? Bitte schreib mir zu den Days, ich glaube nicht, dass Caleb mir einen Brief von dir geben wird. Oder schick nach mir, und ich komme, denn die Days sind zwar recht freundlich, aber eben doch nicht meine Familie.

Deine Schwester
Martha

Day's Farm
Black Swamp
bei Perrysburg
Ohio

1. Januar 1845

Gilbert Hotel
Racine
Wisconsin Territory

Lieber Robert,

ich habe auf einen Brief von dir gewartet. Ich weiß, dass Briefe Zeit brauchen, um an ihr Ziel zu gelangen. Mr. Day hat mir erzählt, dass Wisconsin weit im Westen liegt. Deshalb dachte ich, mein Brief könnte 2–3 Monate brauchen, bis er bei dir ist, vielleicht bis September. Und deine Antwort würde dann wieder 3 Monate unterwegs sein. Deshalb habe ich nicht ernsthaft erwartet, vor Dezember von dir zu hören, aber natürlich konnte ich nicht aus meiner Haut: Jedes Mal, wenn Mrs. Day nach Perrysburg fuhr, war ich ganz aufgeregt, weil dort ja ein Brief auf mich warten könnte.

Doch sie kam immer mit leeren Händen zurück, und so schreibe ich nun wieder – am Neujahrstag, wie du es auch getan hast. Es ist Nacht, tagsüber konnte ich mir nämlich die Zeit nicht nehmen – Mrs. Day hat mich fast die ganze Zeit bügeln lassen, um die Kleider zu trocknen, die wir tags zuvor gewaschen hatten und die gefroren waren. Das Eisen ist schwer, und ich verbrenne mir die Arme, aber wenigstens wird einem dabei warm, und das ist doch in dieser Kälte schon was. Vor Weihnachten waren wir eine Woche lang eingeschneit. Aber du hast in deinem Brief gesagt, dass es in Wisconsin noch kälter ist als im Black Swamp. Ich hoffe, du hältst dich warm mit all den Pferden.

Ich erinnere mich an jede Zeile deines Briefes, so oft hab ich ihn gelesen – den Brief selbst habe ich aber nicht mehr. Mrs. Day meinte, Caleb sollte ihn auch sehen, da er doch an alle Goodenoughs adressiert war. Als wir ihn ihm gaben, sagte er, er hätte zu tun und würde ihn später lesen, obwohl er nichts anderes tat, als auf der Türschwelle zu sitzen und zu schnitzen, und das bei all der Arbeit, die anstand. Außerdem glaube ich nicht, dass Caleb lesen kann, und ich hätte ihm den Brief gern vorgelesen, aber das wollte er nicht. Als ich ein paar Tage später wieder hinging, um den Brief zu holen, sagte er, dass er ins Feuer gefallen und verbrannt wäre. Da habe ich ein bisschen geweint – nicht vor Caleb, sondern erst, als ich allein war.

Jeden Tag warte ich darauf, von dir zu hören, und hoffe, dass du Geld mitschickst, damit ich eine Postkutsche – oder mehrere – nehmen kann, um nach Racine zu gelangen.

Diesen Sommer kam Sal zu Besuch – das erste Mal, seit sie weggelaufen ist, obwohl Toledo nicht sehr weit entfernt ist. Sie hat jetzt ein Kind, einen Jungen namens Paul. Du bist also Onkel Robert und ich Tante Martha. Wer der Vater ist, hat sie nicht gesagt. Paul war unartig. Er hat den Hund am Schwanz gezogen und Asche aus dem Feuer auf dem Boden verstreut. Dann hat Sal ihn geschlagen, obwohl er doch noch klein ist. Ich hab Sal von deinem Brief erzählt. Sie hat zwar nichts gesagt, aber ich bin sicher, dass ich dich von ihr grüßen soll.

Du wirst dich freuen zu hören, dass ich den Goldpeppingbaum an dem Indianerpfad gefunden habe, den du gepfropft hast. Er steht gut da, auch ohne dass ihn jemand schneidet. Ich konnte ein paar von seinen Äpfeln pflücken und mit zu den Days nehmen. Wir haben sie gegessen, und sie schmeckten so scharf und süß, weißt du noch?

Morgen werde ich mit diesem Brief hinaus zur Straße nach Perrysburg gehen und hoffentlich jemanden finden, der ihn für mich mitnimmt. Ich hoffe, du bist gesund und schreibst mir bald.

Deine Schwester
Martha

Day's Farm
Black Swamp
bei Perrysburg
Ohio

15. August 1845

Gilbert Hotel
Racine
Wisconsin Territory

Lieber Robert,

ich habe eine Weile nicht geschrieben, weil ich kein Papier hatte und Mrs. Day nicht um welches bitten wollte, sie soll nämlich nicht wissen, dass ich dir schreibe. Wenn sie vom Gemischtwarenhändler zurückkommt, frage ich sie auch nicht mehr nach Briefen von dir, denn sie reagiert dann immer ganz merkwürdig. Wahrscheinlich sorgt sie sich, dass ich eines Tages fortgehe, um bei dir zu leben, und dass sie dann niemanden mehr hat, der für sie arbeitet. Trotzdem hoffe ich auf einen Brief von dir. Ich frage mich, ob du immer noch in Racine oder mittlerweile woanders bist. Die Menschen sind heute so viel unterwegs. Jeden Tag sehen wir Leute auf dem Weg gen Westen hier durchkommen. Die Straße ist jetzt besser als damals, als wir jung waren. Erinnerst du dich an den Schlamm, in dem wir festgesteckt haben? Seit sie geschottert wurde, ist sie gar nicht so schlecht.

Hier ist es sehr heiß, und die Mücken sind dieses Jahr früh gekommen. Die Days liegen beide mit Fieber im Bett, und ich kümmere mich um sie, mache aber auch das Gemüse aus dem Garten ein und schaue nach den Tieren. Das Heu ist noch nicht gemacht, und wenn es Mr. Day nicht bald besser geht, werde ich Caleb um Hilfe bitten müssen. Er ist immer noch auf der Farm, und mittlerweile lebt eine Frau bei ihm, sodass er etwas netter zu mir ist. Ich weiß nicht, wie sie heißt.

Ich denke mir, dass du vielleicht nach Westen gegangen bist, und werde außen auf diesem Brief an den Hoteleigentümer schreiben, dass er ihn weiterschicken soll, falls er weiß, wo du bist. Aber vielleicht bist du ja auch noch da. Ich will versuchen, dorthin zu dir zu kommen. Ich habe angefangen zu sparen, damit ich selbst eine Postkutsche nehmen kann, aber da die Days mir kein Geld geben, ist das schwer. Ein bisschen habe ich verdient, indem ich für eine Frau, die Fieber in den Augen hatte und deshalb vorübergehend nichts sehen konnte, einen Quilt fertig genäht und das Baby von Nachbarn in der Nähe gehütet habe. Bis jetzt habe ich 31 Cent. Etwas davon werde ich den Nachbarn geben müssen, die Briefe für mich aufgeben. Ich werde aber weiter sparen und dann eines Tages einen Weg finden, zu dir zu gelangen.

Deine Schwester
Martha

Day's Farm
Black Swamp
bei Perrysburg
Ohio

1. Januar 1846

Gilbert Hotel
Racine
Wisconsin Territory

Lieber Robert,

ich wünsche dir ein sehr glückliches und erfolgreiches neues Jahr. Ich hoffe, du bist gesund.

Mir geht es gut. Inzwischen bin ich meiner Reise mit der Postkutsche 75 Cent näher gekommen. Mit ein paar Siedlern, die hier durchgekommen sind, habe ich über die Route gesprochen, und ich weiß jetzt, dass ich über Fort Wayne und Valparaíso, Indiana, nach Chicago und von da weiter nach Racine fahren muss. Ich habe alles aufgeschrieben, um mich für die Reise zu rüsten. Allerdings brauche ich mindestens 5 Dollar und einen Brief von dir, in dem steht, dass du dort bist und möchtest, dass ich komme.

Mir fehlt die Familie.

Deine Schwester
Martha

Day's Farm
Black Swamp
bei Perrysburg
Ohio

2. Mai 1846

Gilbert Hotel
Racine
Wisconsin Territory

Werter Herr,

ich suche meinen Bruder Robert Goodenough, 17 Jahre. Einmal habe ich einen Brief von ihm bekommen, in dem er schreibt, dass er in Ihrem Hotel, in den Stallungen, arbeitet. Können Sie mir bitte sagen, ob er noch dort ist, und, falls nicht, wohin er gegangen ist? Falls er noch da ist, richten sie ihm bitte aus, dass seine Schwester Martha gerne von ihm hören möchte.

Ihre ergebene
Martha Goodenough

Day's Farm
Black Swamp
bei Perrysburg
Ohio

15. Mai 1847

Fort Leavenworth
Beim Missouri River
Missouri Territory

Lieber Robert,

ich habe mich so gefreut, als ich deinen Brief aus Fort Leavenworth erhielt. Obwohl seit deinem letzten Brief 3 Jahre vergangen waren, habe ich die Hoffnung nie aufgegeben, dass ich wieder von dir hören würde – sogar nachdem der Hotelbesitzer in Racine mir geschrieben hatte, dass du schon seit 2 Jahren nicht mehr da bist, und mir all meine Briefe an dich zurückgeschickt hat. Er sagte, du wärst nach Westen gegangen, aber mehr wüsste er nicht. Der Westen ist sehr groß. Das war ein schwerer Schlag für mich, aber ich habe trotzdem daran geglaubt, dass du eines Tages wieder schreiben würdest.

Als ich mit Mrs. Day nach Perrysburg fuhr, rechnete ich nicht mit einem Brief. Seitdem ihr Rücken sie plagt, nimmt sie mich immer mit zum Einkaufen, damit ich ihr die schweren Säcke mit Mehl trage. Du hast mich sicher als klein und schwach in Erinnerung, aber ich bin stärker, als du denkst. Weißt du noch, das hast du einmal zu mir gesagt. Ich habe es nie vergessen, und diese Worte haben mir durch manche schwere Zeit geholfen. Da lag also dein Brief im Gemischtwarenladen, auf dem Regal hinter dem neuen Besitzer, Mr. Malone. Ich sah ihn, während er mit Mrs. Day sprach.

Ich habe »Goodenough« gelesen und gewusst, dass es deine Handschrift war, obwohl ich sie zuvor nur einmal gesehen hatte.

Ich wollte nicht vor Mrs. Day danach fragen, weil sie gerne so tut, als wäre ich eine Day. Ich lebe jetzt seit fast 8 Jahren bei ihr und Mr. Day, bin aber immer noch eine Goodenough. Also habe ich beim Rausgehen mein Taschentuch fallen lassen und bin zurückgegangen, es zu holen. Dann habe ich Mr. Malone nach dem Brief gefragt. Er sah überrascht aus, und ich habe ihn daran erinnert, dass ich eine Goodenough bin, keine Day. Zuerst sagte er Nein, wollte auf Caleb oder seine Frau warten. Darauf habe ich ihm gesagt, dass das lange dauern könne und dass ich ihn Caleb bringen werde, und daraufhin hat er ihn mir gegeben.

Ich werde nicht Tinte und Papier darauf verschwenden zu beschreiben, was in diesen 9 Jahren, seit du weggegangen bist, passiert ist. Nur so viel: Nathan ist am Fieber gestorben. Sal lebt in Toledo und hat 2 Kinder. Sie arbeitet in einem Hotel, könnte man wohl sagen. Caleb bestellt die Farm, eine Frau lebt bei ihm, und sie haben ein Baby. Du bist also Onkel Robert und ich Tante Martha. Ich lebe bei Mr. und Mrs. Day und arbeite hart für sie, anstelle der Kinder, die sie nie hatten, und der Hilfskraft, die sie sich nicht leisten können.

Das bisschen Geld, das ich hier und da verdiene, habe ich für die Postkutsche gespart, die mich nach Westen zu dir bringen soll. Ich habe jetzt 4,86 Dollar, glaube aber, dass das nicht annähernd ausreicht, um zu dir zu kommen, zumal du jetzt noch weiter weg bist als Racine. Ich weiß nicht einmal, wo der Missouri River ist, aber ich werde es herausfinden. Bitte schreib mir und sag, wohin du gehst, dann treffe ich dich dort, und wenn du kannst, schick mir ein wenig Geld für die Reise. Oder ich frage Sal, sie leiht mir vielleicht welches, nur sehe ich sie nie.

Ich denke an dich und hoffe, dass wir uns schon bald wiedersehen.

Deine Schwester Martha

Day's Farm
Black Swamp
bei Perrysburg
Ohio

7. Juli 1848

Fort Leavenworth
Beim Missouri River
Missouri Territory

Sehr geehrter Herr General,

ich schreibe Ihnen, um nach meinem Bruder, Robert Goodenough, zu fragen. Er hat in den Stallungen in Fort Leavenworth gearbeitet, und ich habe einen Brief mit Datum 1. Januar 1847 von ihm bekommen. Seitdem habe ich nichts mehr von ihm gehört und versuche nun, ihn zu finden. Bitte, Sir, können Sie mir sagen, ob er immer noch dort arbeitet, oder wissen Sie, wohin er gegangen ist? Er ist der Mensch, der mir am allermeisten auf der Welt bedeutet, und ich möchte ihn gerne finden.

Ihre ergebene
Martha Goodenough

Day's Farm
Black Swamp
bei Perrysburg
Ohio

1. Januar 1850

Fort Leavenworth
Beim Missouri River
Missouri Territory

Lieber Robert,

hiermit wünsche ich dir ein sehr glückliches neues Jahr. Ich schicke diesen Brief nach Fort Leavenworth, auch wenn ich vermute, dass du da gar nicht bist. Ich habe wegen dir an den General dort geschrieben, aber nie eine Antwort erhalten. Trotzdem möchte ich dir schreiben, also schicke ich den Brief an die letzte Adresse, die ich habe.

Ich habe traurige Nachrichten von den Goodenoughs für dich: Unsere Schwester Sal ist im Sommer gestorben und hat 2 Kinder hinterlassen. Ich sollte mich um sie kümmern, denn ich bin ihre Tante, aber die Days sind nicht bereit, sie bei sich aufzunehmen. Zu viele Mäuler zu stopfen und zu viel Ärger, hat Mrs. Day gesagt. Sie hat aber auch nicht vorgeschlagen, dass sie bei Caleb wohnen, weil ihr klar ist, dass das nicht gut für sie wäre. Seine Frau hat ihn mit dem Kind verlassen, und er ist in alte Gewohnheiten zurückverfallen. So sind sie in ein Waisenhaus in Toledo gekommen, was ich wirklich sehr bedaure. Der Gedanke daran lässt mich dankbar sein, dass die Days mich zu sich genommen haben. Obwohl sie manchmal eine ganz schöne Plage sein können, wäre es in einem Waisenhaus viel schlimmer gewesen.

Ich wünschte, ich wüsste, wo du bist. Amerika ist so ein großes Land, du könntest überall sein. Wenn ich dich finden würde, könnten wir die Kinder zu uns nehmen, eine neue Familie Goodenough gründen und ihnen ein besseres Leben bieten, als es ihnen nun bestimmt ist.

Ich werde auch weiterhin hoffen, von dir zu hören, auch wenn es schwer ist. Ich lege immer noch mein Geld zurück (jetzt 7,31 Dollar!) und bin bereit zur Abreise, sobald ich deinen Brief bekomme.

Deine Schwester
Martha

Goodenough Farm
Black Swamp
bei Perrysburg
Ohio

11. März 1855

Fort Leavenworth
Beim Missouri River
Missouri Territory

Lieber Robert,

jetzt sind es fast 8 Jahre, seit ich einen Brief von dir erhalten habe. Ich weiß nicht, wo du bist oder ob du überhaupt noch lebst. Sämtliche Briefe, die ich nach Fort Leavenworth geschrieben hatte, sind mir in einem Bündel zurückgeschickt worden. Als sie ankamen, habe ich geweint. Ich wollte aber, dass du weißt, wo ich bin, deshalb schreibe ich trotzdem, vielleicht kommst du ja eines Tages ins Fort zurück, und dann wird dich dieser Brief dort erwarten.

Ich lebe wieder mit Caleb auf der Farm. Mrs. Day ist letzten Sommer an einem Tumor gestorben, und danach wurde das Zusammenleben mit Mr. Day schwierig. Leider muss ich sagen, dass ich ein Kind erwartete, aber es kam viel zu früh und war tot. Danach hatte ich gehofft, dass Mr. Day mich in Ruhe lassen würde, aber er hatte eindeutig die Absicht, wieder gemein zu sein, und so blieb mir keine andere Wahl, als wieder nach Hause zu gehen.

Es ist viele Jahre her, seit ich hier gelebt habe. Das Haus ist zugig und sehr schmutzig, Caleb lebt wie ein Tier. Ich versuche, es sauber zu halten. Ich werde auch den alten Garten umgraben und habe sogar die Apfelbäume zurückgeschnitten, um zu sehen, ob ich ihnen wieder zu einem besseren Ertrag verhelfen kann. Ich erinnere mich an das, was Pa dir beigebracht hat, ich habe nämlich auch zugehört. Ich freue mich darauf, im Mai die Blüten zu sehen und vielleicht bald wieder diese süßen Äpfel zu kosten. Zwei von den Goldpeppingbäumen leben noch und scheinen gesund zu sein.

Es tut gut zu schreiben, selbst wenn du diesen Brief nie sehen wirst. Gegen jede Vernunft hoffe ich, dass er dich irgendwo draußen in der Welt erreicht.

Deine Schwester
Martha

Pension Water Street
Water Street
New York City
New York

2. Februar 1856

Pension Bienenstock
Montgomery & California Streets
San Francisco
California

Lieber Robert,

seit November will ich dir schon schreiben, hatte aber bis jetzt noch keine freie Minute. Ich bin in New York City und warte darauf, dass der Fluss auftaut, damit ich auf einen Dampfer gehen kann, der mich zu dir bringt. Endlich weiß ich nämlich, wo du bist! Diesen Brief schicke ich für den Fall, dass er vor mir eintrifft, um dich wissen zu lassen, dass ich komme.

Es gibt vieles, was ich dir gerne erzählen würde, aber das kann warten, bis ich dich in Kalifornien wiedersehe. Die letzten Monate waren eine Strapaze, die auch für eine Goodenough kaum zu ertragen war. Aber ich lebe noch. Und du auch. Inzwischen konnte ich alle deine Briefe lesen, Caleb hatte sie nämlich. Es ist merkwürdig, dass er sie behalten hat, obwohl er nicht einmal lesen kann und kein Familiengefühl besitzt. Seit Mrs. Day gestorben und Mr. Day gemein zu mir gewesen ist, musste ich wieder mit ihm auf der Farm leben. Caleb war auch gemein zu mir, aber er gehört zur Familie, und ich konnte sonst nirgendwohin. Das weißt du natürlich nicht: Sal und Nathan sind beide schon lange tot.

Als ich letzten November im Gemischtwarenladen einkaufte, sagte Mr. Malone, für mich wäre ein Brief gekommen. Es war mein letzter Brief an dich, der mir aus Fort Leavenworth zurückgeschickt worden war. Vor Enttäuschung fing ich mitten im Laden an zu weinen. Da sagte Mr. Malone etwas über einen Brief an die Goodenoughs vor ein paar Monaten, und dass er ihn Caleb gegeben hatte. Caleb stritt alles ab, aber als er an dem Abend völlig betrunken eingeschlafen war – er hat sich nämlich wie Ma mit dem Applejack angefreundet –, habe ich mich auf die Suche gemacht und schließlich all deine Briefe unter einem losen Stein im Kaminsims gefunden. Ich war so wütend darüber, dass Caleb sie mir all die Jahre vorenthalten hatte, dass ich ihn aufgeweckt und angeschrien habe. Ich weiß, das war dumm von mir, aber ich war so zornig, dass ich nicht anders konnte. Als Caleb klar wurde, dass ich die Briefe gefunden hatte, wurde auch er wütend und gemein zu mir. Da hab ich noch eine weitere Dummheit begangen, und dann musste ich Hals über Kopf aus dem Black Swamp verschwinden.

Ich bin zu Fuß bis nach Toledo gegangen, wo ich versuchen wollte, eine Postkutsche Richtung Westen zu nehmen. Dort hat mir aber ein Mann, der selbst wegen des Goldes drüben in Kalifornien gewesen war, erklärt, wie riesig Amerika ist, mit den vielen endlosen Ebenen und einer hohen Bergkette in der Mitte. Und er hat mir gesagt, dass es westlich von Chicago nicht mehr viele Kutschen gibt, sondern Planwagen, die über all diese Ebenen und Berge rattern, und dass ich auf dem Wasserweg besser dran wäre: Eriesee, dann der Kanal nach New York City und schließlich ein Schiff, das um Südamerika herum nach San Francisco fährt. Er zeichnete mir eine Landkarte auf, damit ich verstand, wohin ich unterwegs war. Es erschien mir merkwürdig, nach Osten und Süden zu fahren, um nach Westen zu gelangen, aber mein Leben war schon so lange merkwürdig, dass mich auch das nicht aufhalten würde.

Es war beängstigend, weil ich, seit ich ein kleines Mädchen war, den Black Swamp nicht verlassen hatte, aber manchmal war es auch aufregend, und die Menschen waren meist sehr hilfsbereit. Jetzt warte ich auf das Schiff, das mich nach Kalifornien bringen wird. Die Reise ist lang, aber ich vertraue auf Gott, dass er mich sicher zu dir bringen wird. Im Black Swamp hatte ich ihn eine Zeit lang aus den Augen verloren, aber jetzt ist mein Glaube wieder da.

Immer deine Schwester
Martha

6

Kalifornien

1856

Martha musste Robert immerzu festhalten. Sie ließ ihre Hand auf seinem Arm liegen, während die beiden unter den Waisen saßen und er den Packen Briefe las, den sie ihm gegeben hatte. »Sie erklären besser, als ich es jetzt kann, was mir in den letzten Jahren widerfahren ist«, sagte sie.

»Aber wie?«, wiederholte Robert immer wieder, nachdem er die Briefe überflogen, aber nicht alles begriffen hatte. »Wie hast du mich gefunden?« Er hatte genau gewusst – oder zu wissen geglaubt –, wo sie war, hätte sich aber nie träumen lassen, dass seine Schwester ihn in einem so großen Land würde finden können.

»So schwer war es gar nicht«, erklärte sie geduldig. »Aus deinem Brief hatte ich die Adresse von Mrs. Bienenstocks Pension, also hatte ich schon mal mein Ziel. Es war Winter, und ich wollte nicht durch diesen ganzen Schnee reisen, also war klar, dass ich den Seeweg nehmen musste. So bin ich zum Eriesee gefahren und habe ein Schiff rüber nach Buffalo genommen, dann einen Frachtkahn durch den Eriekanal nach New York. Ich hatte Glück, denn es war noch nicht so kalt, dass der Kanal gefroren war, sonst hätte ich den ganzen Winter in Buffalo festgesessen und auf Tauwetter gewartet.«

»Du bist nach Osten gefahren?«

»Ja, zuerst musste ich nach Osten, damit ich anschließend nach Westen fahren konnte, um dich zu finden. Ich weiß, es klingt merkwürdig«, fügte sie hinzu, als Robert den Kopf schüttelte, »aber manchmal muss man wohl zurückgehen, um vorwärtszukommen. Mit dem Schiff bin ich dann ganz unten um Südamerika herum und wieder hoch nach San Francisco gefahren. Das hat sechs Monate gedauert.« Martha strich sich eine lose Haarsträhne hinter die Ohren. Die Geste trieb Robert Tränen in die Augen. Sie wirkte so zerbrechlich und sprach doch so selbstbewusst über Amerika und darüber, wie man seinen Weg durch dessen komplizierte, riesige Weite fand.

»Wann hast du Ohio verlassen?«

»Mitte November. In New York City musste ich ein paar Wochen bleiben, wegen der Übelkeit –«

Martha deutete auf ihren Bauch. »Als es mir besser ging, hab ich ein Schiff genommen, aber es hat alles so lang gedauert. Ich hab dir sogar aus New York geschrieben, doch der Brief ist auf demselben Schiff gelandet wie ich! Er kam gerade mal eine Stunde vor mir bei Mrs. Bienenstock an.«

»Wie hast du die Fahrt mit dem Schiff bezahlt? Das ist nicht billig.«

»Es war etwas Geld im Haus.«

»Weiß Caleb, dass du es genommen hast?«

Seine Schwester zuckte zusammen und umklammerte heftig seinen Arm. »Sprich diesen Namen nie wieder aus.«

Robert ließ den Blick an einer Gelbkiefer auf und ab wandern, entlang der tiefen Risse in ihrer gelbgrauen Rinde. Was er in Wirklichkeit fragen wollte, war: Wer ist der Vater? Doch tief im Innern kannte er die Antwort. Plötzlich verstand er, wie ein Mann fähig sein konnte, einen anderen zu töten.

»Woher wusstest du, dass ich hier oben bin?«, fragte er, als er sich beruhigt hatte.

»Von Mrs. Bienenstock. Sie ist wirklich patent – hat mir einen Platz auf dem Dampfschiff nach Stockton besorgt und gesagt, das Geld für die Fahrkarte würde sie schon von dir zurückbekommen. Ich hoffe, das macht dir nichts aus.«

»Natürlich nicht!«

»Dann habe ich eine Kutsche nach Murphys genommen und dort herumgefragt, und alle haben sie dich gekannt. Für sie bist du der Baum-Mann. Auch sie waren nett – für eine Goldgräberstadt.« Wieder wunderte er sich über Marthas unerwartete Weltkenntnis. »Dort habe ich mir ein Pferd geliehen.«

»*So* bist du hierhergeritten?« Er deutete auf ihren Bauch.

Martha zuckte die Schultern. »Ich wollte dich einfach finden, Robert. Du bist meine Familie. Ich bin schon so lange unterwegs, da wollte ich nicht herumsitzen und warten, wo du nicht mal fünfundzwanzig Kilometer entfernt warst.«

»Warum hast du Nancy nicht erzählt, dass du meine Schwester bist?«

»Du solltest nicht von jemand anderem hören, dass ich da bin – ich wollte dich überraschen.«

»Die Überraschung ist dir gelungen. Ich dachte …« Die Worte blieben Robert in der Kehle stecken.

»Was?«

»Ich dachte, du wärst am Sumpffieber gestorben. Entschuldige.« Nun kämpfte er mit den Tränen.

Martha ließ ihn einen Schluchzer hinunterschlucken, dann drückte sie seinen Arm. »Ich glaube dir nicht. Weißt du, warum?«

Robert schüttelte den Kopf.

»Weil du in jedem deiner Briefe ›Brüder und Schwestern‹ geschrieben hast – nicht ›Schwester‹, wie wenn in deiner Vorstellung nur noch Sal übrig gewesen wäre. Nein, du hast geglaubt – oder *gehofft* –, dass ich lebe, und das ist in meinen Augen dasselbe.«

»Vielleicht hast du recht«, sagte er nach einer Weile. »Wie kommt es, dass du mich besser kennst als ich selbst?«

Martha lächelte. »Andere Menschen zu kennen ist leicht, sich selbst zu kennen aber nicht.«

In diesem Moment sah Robert sie zum ersten Mal wirklich; er sah, dass sie vielleicht klein war, aber nicht zerbrechlich, wie er sie in Erinnerung gehabt hatte, und mit einem großen Herzen. Wieder war er den Tränen nah, und so konzentrierte er sich auf das Praktische. »Müde?«

Martha schüttelte den Kopf. »Hungrig. Ich könnte einen ganzen Topf Bohnen verdrücken!«

»Dann lass uns zum Hotel zurückgehen und dir etwas zu essen besorgen.«

Während sie dem Pfad durch den Hain folgten und sich dabei weiter unterhielten, blieb Martha bei Robert eingehängt. Die Baumriesen, an denen sie vorbeigingen, schien sie zunächst gar nicht zu bemerken, bis sie schließlich an den Drei Grazien vorbeikamen. »Die sind ja riesig!«, rief sie erstaunt aus. »Wieso sind die so groß und die anderen Bäume nicht?«

»Ich weiß es nicht«, antwortete Robert. »Ein paar Kilometer von hier gibt es noch einen Hain mit solchen Bäumen, und davon ist einer sogar noch größer, noch schöner. Außer mir kennt ihn niemand. Wenn du möchtest, zeige ich ihn dir irgendwann mal.« Schon gab er seiner Schwester sein wertvollstes Geschenk – seinen geheimen Mammutbaumhain.

»Ja, gerne.«

»Wir könnten jetzt gleich gehen – es sind nur ein paar Kilometer. Das würdest du auf dem Pferd doch schaffen, oder?« Plötzlich konnte Robert an nichts anderes mehr denken, als daran, seiner Schwester die geheimen Bäume zu zeigen.

Martha musste über seinen Eifer lächeln. »Vielleicht morgen. Mein Bauch schmerzt ein wenig.«

»Weißt du, wann das Baby kommt?«

»Bald. Sehr bald. Es hat sich schon gesenkt.« Auf seinen erschrockenen Blick hin schüttelte sie den Kopf. »Du hast nie schwangere Frauen erlebt, oder? Mrs. Day und ich haben bei

Nachbarinnen im Black Swamp geholfen. Die Wehen setzen lange, bevor es richtig losgeht, ein. Das Baby macht sich einfach bereit. Ich habe noch Zeit.«

Ein Weilchen gingen sie schweigend weiter, bis Robert sagte: »Was machen wir denn jetzt?«

»Darüber habe ich schon mit Mrs. Lapham gesprochen«, antwortete Martha. »Sie ist wirklich sehr nett.«

»Nancy? Was hat sie denn gesagt?«

»Dass wir mit ihnen nach Murphys gehen sollten. Sie brechen morgen auf. Ich kann das Kind dort kriegen.«

Robert nickte. Martha hatte recht; es war wohl am besten, sich erst einmal auf die nächsten Tage zu konzentrieren, alles Weitere würde sich dann schon finden.

Nancy Lapham war hocherfreut, zu hören, dass Martha Roberts Schwester und nicht seine Geliebte war. Die Neuigkeit schien ihr neue Kraft zu verleihen. »Eine Schwester! Natürlich!«, rief sie, setzte sich im Bett auf und streckte die Hand aus, um Marthas Arm zu tätscheln. »*Das* erklärt alles! Jetzt, wo ich Sie beide nebeneinander sehe, ist die Ähnlichkeit unverkennbar. Oh, wie wunderbar, dass Sie sich gefunden haben! Erzählen Sie mir, wie es dazu kam?« Und sie ließ Martha die Geschichte von vorne erzählen, von verlorenen Briefen und ihrer Reise mit Schiff und Dampfer, Kutsche und Pferd. Dabei ging sie rasch über einige der fragwürdigen Momente hinweg. Nancy war eine gute Zuhörerin – sie bohrte nicht nach, sondern wollte stattdessen alles über die Monate an Bord des Schiffes wissen. »Haben Sie Pinguine gesehen?«, fragte sie. »Eingeborene mit Speeren? Delfine? Waren die Männer anständig? Respektabel? Wie viele Frauen waren noch an Bord? Konnten Sie sich waschen? Wie viel frisches Wasser haben Sie bekommen? War es eine stürmische Überfahrt? Gab es Ratten? Flöhe? Was haben Sie gegessen? Hatten sie Rüsselkäfer im Mehl? Was für Früchte haben sie mit an Bord genommen? Kokosnüsse? Ananas?«

Bei dem Wort Ananas schreckte Martha hoch. »Ach, Robert, könntest du mir wohl meine Tasche holen? Ich habe sie in der letzten Box im Stall versteckt. Bitte.«

Als er mit der Tasche zurückkam, waren die Frauen mit Billie Laphams Hilfe die Treppe hinuntergestiegen und saßen Seite an Seite in Schaukelstühlen auf der Veranda. »Es ist mir wirklich eine Ehre, Sie kennenzulernen, Ma'am«, sagte Lapham gerade, den Zylinder in beiden Händen. »Wirklich und wahrhaftig. Jede Schwester von Robert ist auch mir eine Schwester.«

»Woher hast du die?«, fragte Robert, als er Martha eine ramponierte Reisetasche reichte.

»New York.« Während Martha in der Tasche herumwühlte, stellte sich Robert voller Staunen vor, wie seine schüchterne Schwester sich ihren Weg durch die Straßen von Amerikas größter Stadt bahnte. Sie machte nicht den Eindruck, als wäre sie dazu in der Lage, und doch hatte sie sich quer durchs ganze Land zu ihm durchgeschlagen. Das schüchterne, wehrlose Mädchen, das mit schmutzigen Stiefeln im Apfelbaum saß, war erwachsen geworden.

Martha zog ein Taschentuch hervor. Als sie es auseinanderfaltete, rieselte etwas über ihren Bauch in ihren Schoß und von dort auf die Veranda. »Oh!«, rief sie. »Bewegt euch nicht!«

»Was ist das?« Vorsichtig trat Robert näher.

»Samen. Die sind für dich. Ich hab sie den ganzen Weg hierher bei mir gehabt, und jetzt –«

»Keine Sorge.« Mit spitzen Fingern machte sich Robert am Boden zu schaffen, bis er ein Dutzend braune, tränenförmige Samenkerne in der Hand hielt.

»Goldpeppingsamen. Sie stammen von dem Baum am Indianerpfad, den du als Junge gepfropft hast. Ich dachte, du könntest hier draußen einen pflanzen.«

Robert rollte die harten Kerne zwischen den Fingern. »Ich weiß, dass die meisten davon wohl Mostäpfel sein werden«, fügte Martha hinzu, »aber trägt nicht jeder zehnte Baum Essäpfel, wenn man sie aus Samen zieht?«

Robert nickte. »Das weißt du noch?«

»Natürlich. Hier hast du mehr als zehn Samenkerne; vielleicht bekommst du so wenigstens einen süßen Goldpepping.«

Nancy starrte sie an. »Worüber sprecht ihr beiden da?«

»Äpfel«, sagte Martha. »Familienäpfel.«

Bald darauf schickte Nancy die Männer weg. »Hol mir mein Umhängetuch, Billie. Martha und ich bleiben noch eine Weile hier sitzen und lernen uns ein bisschen kennen.« Sie streckte die Hand aus, die Martha ohne zu zögern ergriff.

Billie Lapham sah Robert an, der die Schultern zuckte. Nun hätte er Zeit, die Sequoiazapfen zu sammeln, derentwegen er zum Calaveras Grove gekommen war – doch er wollte seine Schwester nicht verlassen, aus Angst, dass sie ein Traum war, aus dem er plötzlich erwachen würde.

Schließlich machte er sich auf den Weg zu den Stallungen, um Säcke und seine Flinte zu holen, drehte sich dabei aber immer wieder nach Martha um. Wie er die beiden Frauen so beieinander sah, wurde ihm endlich klar, warum er sich trotz ihrer Krankheit immer zu Nancy Lapham hingezogen gefühlt hatte: Sie und Martha waren sich so ähnlich, dass sie hätten Schwestern sein können. Nancys Gesicht war breiter und ihr Haar dunkler als Marthas blonder Schopf, doch beide waren sie zart, schüchtern und liebevoll.

Jedes Mal, wenn Robert sich umblickte, lachte Martha und winkte. Ihr Lachen war glockenhell, doch er glaubte, einen

Hauch von Hysterie darin zu hören. Vielleicht war es nur die neunmonatige Reise, die ihren Tribut forderte. Vielleicht machte sie sich aber auch Sorgen, dass Robert, nachdem sie Tausende von Kilometern weit gereist war, um ihn zu finden, in den Sequoienhain gehen und verschwinden würde. Schließlich hatte er sie schon einmal verlassen.

Er suchte seine Ausrüstung zusammen und machte sich auf in den Wald. Vom ersten Riesenmammutbaum, auf den er traf, schoss er ein paar Äste herunter und warf die grünen Zapfen in einen Sack, ohne sie vorher auf Fäulnis oder Rothörnchen-Fraß zu untersuchen.

Außer Sichtweite des Hotels verlangsamte er seinen Schritt. In seinem Kopf überschlugen sich die Gedanken: Innerhalb nur einer Stunde hatte sein Leben sich vollkommen verändert. Martha wiederzusehen war ein Traum gewesen, von dem er nie zu hoffen gewagt hatte, dass er in Erfüllung gehen würde. All die Briefe, die er geschrieben hatte, waren kaum mehr gewesen als ein Haken, blind aufs Meer hinausgeworden; damit, dass sie kommen und ihn finden würde, hatte er nicht gerechnet. Nun war sie gekommen, mit einem Goodenough-Baby im Bauch, und mit ihr eine Unmenge neuer Verpflichtungen und Erwartungen. Seit er neun war, hatte Robert sein Leben mehr oder weniger allein geführt: Er konnte jederzeit alles hinter sich lassen und weiterziehen. Niemand hatte je seinen Arm umklammert. Molly hatte es versucht, doch er hatte sie abgeschüttelt. Martha aber konnte er nicht abschütteln. Und wollte es auch gar nicht: Er genoss es, ihren Griff um seinen Arm zu spüren. Nur ein winziger Teil von ihm hätte sich gerne von ihrer Hand befreit und gesagt: »Ich weiß nicht mehr, wie man ein Bruder ist.«

Während er seinen Gedanken nachhing, gewann sein Sammlerinstinkt die Oberhand, und er begann, seine Säcke mit Zapfen zu füllen, und fand sogar drei Sämlinge zum Mitnehmen. Er hatte gerade den letzten ausgegraben, als der Stallbursche mit der Nachricht auftauchte, er werde im Hotel gebraucht.

Obwohl er kaum eine Stunde weg gewesen war, saß Martha in Tränen aufgelöst auf der Veranda, neben ihr Nancy, die im Takt mit ihr schaukelte und ihre Hand drückte. »Martha, Martha, ich bin hier, ich bin nicht fortgegangen. Ich habe nur Samen gesammelt. Das ist meine Arbeit. Ich werde dich nicht verlassen, das verspreche ich dir.«

»Ihr Bruder ist ein guter Mann«, fügte Nancy hinzu. »Das haben Billie und ich immer gesagt. Und jeder andere hier wird es Ihnen bestätigen: Robert Goodenough ist ein guter Mann.«

Martha nickte und zog ihre Hand aus Nancys, um sich die Augen zu trocknen. »Das weiß ich. Natürlich weiß ich das.«

Doch Robert war sich nicht sicher, ob sie es auch meinte.

Am nächsten Tag zogen sie in einer stattlichen Prozession vom Calaveras Grove den Berg hinunter. Die beiden Frauen reisten auf der Ladefläche eines Wagens, Nancy ausgestreckt auf einer Matratze, während Martha sich neben ihr an einen von Roberts Zapfensäcken lehnte. Ein zweiter Wagen transportierte das Hab und Gut der Laphams: ein Bettgestell, eine Kommode, Tisch und Stühle, Quilts, Geschirr, Koffertruhen mit Kleidung. Dazwischen eingekeilt standen die Sequoiasämlinge und Marthas Reisetasche. Zwei von Haynes' Leuten lenkten die Fuhrwerke, Robert und Billie folgten zu Pferd. Noch nie war Robert so langsam geritten. Trotz des passablen Zustands der Straße bewegten sie sich behutsam vorwärts, Martha zuliebe, die hin und wieder zusammenzuckte, ob allerdings wegen des ruckelnden Wagens oder der Schmerzen, konnte Robert nicht sagen.

Billie Lapham war voller Pläne. »In Murphys zu wohnen, wird gut fürs Geschäft sein«, erklärte er. »Dort kann ich die Werbetrommel rühren, Touristen rauf nach Calaveras bringen und ihnen als Führer dienen, ohne mich um den ganzen Betrieb kümmern zu müssen. Das ist jetzt Haynes' Angelegenheit. Ich wette, es gibt jede Menge Goldgräber in Murphys und den umliegenden Lagern, die sich gerne ein oder zwei Tage freinehmen würden, um die Bäume zu sehen. Vielleicht sogar die Franzosen und die Chinesen.«

Robert lächelte in sich hinein. Offensichtlich kannte Billie Lapham keine Goldgräber, wenn er glaubte, sie würden mit Freuden ihre Goldsuche unterbrechen, um ein paar Bäume anzuschauen, egal, wie groß sie waren. Das behielt er jedoch für sich. Es war herzerfrischend, von Laphams Träumen zu hören – immer Optimist, und das, obwohl es mit seinem Geschäft bergabging und seine Frau im Sterben lag. Außerdem lag ihm etwas an den Sequoien, und diese Liebe zu Bäumen machte ihn Robert sympathisch. Einen Moment lang erwog er, ihm von dem zweiten Sequoienhain zu erzählen; doch ehe es dazu kam, fuhr Lapham fort: »Dieser Staat besteht aus Menschen von woanders, aber sie kennen Kalifornien überhaupt nicht, abgesehen von dem kleinen Teil, in dem sie leben. Der Goldrausch ist fast vorbei, und die Leute wollen sich hier noch ein wenig umsehen, bevor sie mit dem Geld, das sie verdient haben, wieder nach Hause fahren. Manche halten vielleicht sogar Ausschau nach einem Ort, um sich niederzulassen. Eine bessere Zeit kann man sich für den Tourismus nicht vorstellen. Nicht nur diese riesigen Bäume, auch die Berge rundherum. Wie ich höre, gibt es südlich von hier im Yosemite Valley Felsformationen und Wasserfälle, die genauso überwältigend sind wie unsere Sequoien. Jede Menge Potenzial hier. Denken Sie an die Küste mit Walen und Seehunden und Canyons voller Redwoods. Ich selbst habe einen See nördlich von hier im Visier, den Bigler. Kennen Sie ihn? Es heißt, das sei der schönste See der Welt, groß, mit Sandstränden und malerischen Buchten. Genau das Richtige für Dampfboote und Saloons.«

So würde Robert einen See nie betrachten, aber er war ja auch nicht im Tourismusgeschäft. Vielleicht könnte Billie Laphams Begeisterung sogar hartgesottene Goldsucher dazu bringen, ihre Pfannen und Waschrinnen wegzulegen, um sich Mammutbäume und Wale und Wasserfälle anzuschauen und auf einem Smaragdsee zu paddeln. »Was ist mit Nancy?«, fragte Robert. »Wird sie mit Ihnen zu diesem See kommen?«

»Solange es Nance nicht besser geht, werde ich natürlich nirgendwohin gehen. Sie braucht ein bisschen Zeit, sich in Murphys zu erholen, dann sehen wir weiter.«

Eine Weile schwiegen sie, während sie vor dem tiefblauen Himmel zwischen Kiefern und Zedern bergab ritten. Robert hatte diesen Ritt immer genossen, hatte die Bäume, die hin und her huschenden Finken, Buschhäher und Fliegenschnäpper und die majestätisch aufragenden Hügelketten bewundert. Heute dagegen war er durch seine Gefährten abgelenkt. Ihm fiel auf, wie genau Billie Lapham die Frauen in dem Planwagen vor ihnen beobachtete. »Wird das bei Ihrer Schwester gut gehen?«, murmelte Lapham, gerade laut genug, den Lärm der Wagenräder und Pferdehufe zu übertönen.

Die Frage traf Robert wie ein Schlag in die Magengrube. »Was meinen Sie damit?«

Billie Lapham zügelte sein Pferd. Dann zog er ein Taschentuch hervor und wischte sich die Stirn. »Na ja, sie ist doch so ein kleines Ding, ganz ähnlich wie meine Frau. Die Ärzte haben Nance immer gewarnt, dass sie zu klein ist, um ohne Probleme ein Kind zu bekommen. Meinten, das Risiko sollte sie nicht eingehen. Klar, vielleicht hätten wir's trotzdem probiert«, fügte er rasch hinzu, als er Roberts Blick auffing, »aber dann wurde sie krank, und das war das Ende vom Lied. Aber wissen Sie was – ich könnte vorausreiten und in Murphys einen Doktor ausfindig machen, der Martha gleich nach Ihrer Ankunft untersuchen könnte.«

Robert betrachtete seine Schwester, verglich den Umfang ihres prallen Bauchs mit ihrem schmalen Körperbau, und wusste, dass Lapham recht hatte. Manche Frauen waren so gebaut, dass sie leicht gebären konnten; andere kämpften. Martha war blass, und auf ihrer Stirn glitzerte ein Schweißfilm. Sie lächelte zwar gerade über etwas, das Nancy gesagt hatte, umklammerte jedoch das Seitenteil des Wagens so fest, dass ihre Knöchel weiß hervortraten. »Das macht Ihnen nichts aus?«

»Überhaupt nicht. Meinem Pferd würde ein kleiner Sprint ohnehin guttun. Sie passen auf die Mädels auf. Nance«, rief er seiner Frau zu, »ich reite jetzt voraus, hab in Murphys eine Kleinigkeit zu erledigen und bereite schon mal alles für dich vor. Will sichergehen, dass wir Zimmer nach hintenraus kriegen, weg vom Saloon. Robert bleibt bei euch. Wir sehen uns dann unten, ja?«

Seine Frau nickte; sie kannte ihren Mann.

Billie Lapham schickte sich an, seinem Pferd die Sporen zu geben, als weiter unten auf der Straße ein Wagen auftauchte, der in ihre Richtung fuhr. Alles, was Robert vom Sattel aus sehen konnte, war ein leuchtender rot-gelber Sonnenschirm, der sich langsam drehte.

»Was ist denn das für eine schicke Touristin?«, sagte Billie Lapham.

Sie hielten an und sahen zu, wie der Wagen näher kam. Wie sich zeigte, bestand der Sonnenschirm aus chinesischem Seidenbrokat und wurde von Molly Jones gedreht, die auf der Ladefläche des Wagens saß. Dessen Fahrer schien von ihrem Aufzug sichtlich irritiert. Die Straße war gerade breit genug, dass das Gefährt neben dem Wagen mit Nancy und Martha anhalten konnte.

»Hallo allerseits!«, brüllte Molly. »Na, so was, Robert Goodenough, das ist ja mal ein erfreulicher Anblick für meine müden

Augen – oder müden Schenkel, sollte ich wohl besser sagen. Du hast mir nie verraten, dass diese Riesenbäume so verdammt weit draußen stehen!«

Nancy und Martha setzten sich auf und starrten Molly und im Anschluss Robert fragend an. Billie Laphams Blick schweifte von Molly zu Robert und wieder zurück, dann schmunzelte er. Wie erstarrt saß Robert auf seinem Grauschimmel.

»Willst du denn nicht herkommen und mir einen Begrüßungskuss geben?«

Erst als Robert abstieg und, eine Hand auf der Kante des Seitenbretts, vor dem Wagen stehen blieb, wurde ihm Mollys ganze Körperfülle bewusst. Sie war schwanger – mit seinem Kind. Mit dem Kind, vor dem er tags zuvor geglaubt hatte, noch einmal davongekommen zu sein.

Molly beugte sich zu ihm hinunter und küsste ihn mitten auf den Mund. »Überraschung, mein Süßer!«

Niemand sagte etwas, nur der Grauschimmel wieherte. Es klang wie Gelächter.

»Du läufst mir doch jetzt nicht weg, oder?« Molly sah zu den Frauen in dem anderen Wagen hinüber – ein direkter, taxieren der Blick, der sagte: »Das muss mir jetzt bitte mal jemand erklären.«

Nancy gewann als Erste ihre Fassung wieder. »Ich heiße Nancy Lapham.« Sie streckte ihre kleine, blasse Hand aus. »Und das ist mein Mann Billie.«

Billie Lapham zog seinen Zylinder und nickte Molly zu. »Ma'am.«

Nun wandte Molly ihre Aufmerksamkeit Martha zu, deren Bauch fest im Blick. »Gut, und wen haben wir hier?«

Robert war zu konsterniert, um etwas zu sagen. Mitten in einer Wehe, umklammerte Martha erneut das Seitenteil des Wagens, ohne ein Wort herauszubringen. Auf Mollys Gesicht trat jener Ausdruck mühsam unterdrückter Verzweiflung, den Robert schon zuvor bei ihr gesehen hatte und den er kaum ertragen konnte. »Das ist meine Schwester Martha«, murmelte er. »Sie ist gerade erst aus Ohio angekommen.«

Augenblicklich entspannten sich Mollys Züge, und sie brachte ein Lachen zustande. »Natürlich, darauf hätte ich auch selbst kommen können! Ihr beide seht euch doch zum Verwechseln ähnlich. Du hast mir nie erzählt, dass du eine Schwester hast. Und schau mal an, ein Baby, genau wie ich. Wann ist es denn so weit, Schätzchen?«

»Bald – jetzt«, keuchte Martha.

»Ich hab wohl noch ein paar Monate vor mir, bin aber schon so dick wie Sie jetzt. Ob es wohl Zwillinge werden?« Molly zog die Röcke ihres gelben Kleides stramm über ihren Bauch.

»Wir sind unterwegs nach Murphys«, erklärte Robert. »Billie und Nancy ziehen dorthin um, und Martha und ich …« Er sprach den Satz nicht zu Ende, obwohl mehrere neugierige Augenpaare auf ihm lagen.

»Wie, du wirst doch nicht hier wegwollen, obwohl ich die Riesenbäume noch nicht mal gesehen hab? Ich bin doch von so weit her gekommen!«

Unschlüssig zuckte Robert die Schultern.

»Übernachtet ihr in dem neuen Hotel in Murphys?«

»In der Tat, Ma'am«, antwortete Billie Lapham, der offensichtlich spürte, dass Robert Hilfe brauchte.

»Ich fand's dort wunderbar. Das Haus hat ein Obergeschoss, mit einem Balkon über drei Seiten. In jedem Zimmer gibt's Waschschüsseln, und überall Mahagoni! Das erste Zimmer, das sie mir gegeben hatten, gefiel mir nicht, also hab ich mir alle anderen zeigen lassen und mich für das nach vorneraus entschieden, über der Straße. Da kann man draußen auf dem Balkon sitzen und das ganze Kommen und Gehen beobachten – davon gibt es nämlich viel, weil sie einen Saloon *und* ein Restaurant haben. Und in ihrer Scheune darf ich meine Matratze lagern.«

Robert sah im Geist die große Federmatratze, auf der er so viel Zeit verbracht hatte, und fing an zu verstehen. »Dann gehst du nicht nach French Creek zurück?«

Molly zog die Nase kraus. »Was glaubst du denn? Da oben werd ich doch kein Kind großziehen! Mit all den gemeinen Goldgräbern um mich rum – ganz bestimmt nicht! Nein, dieses Kind soll mal ein besseres Leben haben.« Erwartungsvoll lächelte sie ihn an.

»Warum fährst du nicht weiter zum Calaveras Grove und gehst dort ins Hotel?«, schlug Robert vor. »Ich komme in ein oder zwei Tagen wieder rauf.«

»Was soll ich denn allein da oben?« Wieder drehte Molly ihren Sonnenschirm, als versuchte sie, Robert damit zu hypnotisieren. »Kannst du nicht mitkommen und mir die Bäume zeigen?«

Martha starrte Robert aus großen Augen an, während sie mit einer Hand noch immer das Seitenbrett des Wagens umklammerte. Ihr Gesichtsausdruck gab den Ausschlag. »Nein«, sagte er entschieden. »Martha bekommt jetzt ihr Kind, und ich bringe sie nach Murphys, um ihr beizustehen. Ich bin ihr Bruder. Und genau das tun Brüder.«

Molly hörte auf, den Sonnenschirm zu drehen. »Tut's weh, Schätzchen?«, sagte sie an Martha gewandt, die nickte.

»Armes Ding. Sie sollten im Bett liegen, nicht hier draußen auf einem Wagen! Natürlich fahrt ihr jetzt alle weiter. Ich werd mich oben in Calaveras einrichten und sehen, was es da so alles zu erleben gibt. Haben sie da oben nicht eine Bowlingbahn?«

Billie Lapham straffte sich im Sattel. »Selbstverständlich, Ma'am!« Die Bowlingbahn war sein ganzer Stolz.

»Vielleicht probier ich's mal, wenn das hier nicht im Weg ist.«

Molly tätschelte sich den Bauch. »Gib mir noch einen Kuss, Robert, dann fahre ich weiter, und wir sehen uns, sobald du nachkommen kannst.« Irgendwie schaffte sie es, selbst in dieser unangenehmen Situation ihre Würde zu wahren.

»Freut mich, Sie kennengelernt zu haben, Ma'am«, sagte Billie Lapham und zog erneut seinen Zylinder, während Nancy beifällig murmelte.

»Ganz meinerseits. Und viel Glück, Schätzchen!« Molly nickte Martha zu, tippte ihren Kutscher mit der Spitze des Sonnenschirms an, und schon war sie wieder unterwegs.

Eine Zeit lang schwiegen sie alle. Als Molly jedoch außer Hörweite war, fing Billie Lapham an zu lachen. »Donnerwetter, Goodenough! Sie lassen uns ja ganz schön im Ungewissen, was?!«

Nachdem Billie Lapham nach Murphys vorausgeritten war, fuhren die Wagen langsam weiter bergab. Robert bildete mit seinem Pferd den Schluss, bis Nancy rief: »Reiten Sie nicht dahinten, Robert Goodenough. Kommen Sie her, und beantworten Sie uns ein paar Fragen!«

Robert seufzte. Er wäre viel lieber mit seinen Gedanken allein gewesen; sein Leben füllte sich rasant mit anderen Menschen, ohne dass ihm die Zeit blieb, das alles zu erfassen. Das schien allerdings sonst niemanden zu kümmern.

Er trieb den Grauschimmel an, bis er auf einer Höhe mit den Frauen auf dem Wagen lief. Schon ihr Anblick ließ ihn erröten: Obwohl Martha offensichtlich Schmerzen hatte, lächelte sie, und Nancy grinste unverhohlen. »Also gut«, sagte sie, »jetzt erzählen Sie uns alles über Ihre Freundin!«

Widerstrebend berichtete Robert von seiner Begegnung mit Molly in Texas und von seinen Besuchen in French Creek. Er erwähnte ihre Arbeit als Köchin, aber nicht ihre andere Tätigkeit, und hoffte, sie würden es dabei belassen. Ihm war es unangenehm, diese Seite seines Lebens zu offenbaren, aber immerhin lenkte es Martha von ihren Wehen ab. Sie ließ Nancy die Fragen stellen, hörte aber aufmerksam zu.

Als Nancy endlich mit ihrer Befragung fertig war, deutete Martha auf ihren Bauch und sagte: »Mein Baby wird also einen Cousin oder eine Cousine haben.« Dank dieser einfachen Worte, die die Linien zwischen ihr und Robert und Molly deutlich machten, ging es Robert mit einem Mal besser.

Als sie ankamen, hatte Billie Lapham zwei rückwärtige Zimmer im Murphys Hotel für sie organisiert und einen Arzt und sogar eine der wenigen Frauen als Hilfe bei der Entbindung gefunden. Das Zimmer war so hübsch, wie Molly gesagt hatte – hübscher als jedes Zimmer, das Robert bisher bewohnt hatte, mit einem Teppich auf dem Fußboden, gestreifter Tapete, soliden Mahagonibrettern unter der Matratze, Waschschüsseln und gläsernen Fensterscheiben. Er konnte sich nicht vorstellen, gut darin zu schlafen.

Während die Frau Martha ins Bett half, stand er unschlüssig im Türrahmen, doch sie scheuchte ihn mit einer Handbewegung weg. »Raus – Sie nützen hier niemandem«, schimpfte sie. »Und einen Arzt brauch ich auch nicht – das ist ja keine Krankheit.«

»Ich bleibe in der Nähe«, rief Robert seiner Schwester zu, doch da war sie bereits in die Art von Schmerz eingetaucht, die alles um sie herum ausblendete, und er bezweifelte, dass sie ihn hörte. Eine Zeit lang wartete er noch draußen im Gang, aber als sie anfing zu schreien, verließ er das Hotel und begann, die Hauptstraße auf und ab zu gehen.

Murphys war eine Goldgräberstadt wie andere auch, hatte aber auch etwas Bodenständiges – wie ein Gebäude mit einem soliden Fundament –, das es wahrscheinlich machte, dass sie den Goldrausch überstehen und sich zu etwas Neuem entwickeln würde. Robert jedoch war zu erschüttert von den Schreien seiner Schwester, als dass er die stabilen Planken über den fachmännisch ausgehobenen Abflussgräben oder die robusten Backsteingebäude bemerkt hätte. Eine Weile saß er mit einem Glas Whisky vor sich in einem der Saloons, aber er war kein Trinker, und als er schließlich aufstand, war das Glas noch voll.

Danach zog es ihn an den Stadtrand von Murphys, wo ein paar Goldgräber ihr Lager aufgeschlagen hatten. Ein Bach, der in den Stanislaus River mündete, verlief hinter dem Hotel, und Robert saß lange am Ufer und sah einer Familie zu, wie sie Schlamm aus dem Bachbett grub und durch eine Waschrinne spülte – eine alte Schürfmethode, mit der Robert noch vertraut war, die aber nur noch von wenigen angewandt wurde. Gerne hätte er die Frau dabei unterbrochen, um sie zu fragen, was gerade mit Martha geschah, wie eine Frau so viel Schmerz überleben konnte. Doch er tat es nicht: Sie hatte die beiden Kinder, die bei ihr waren, bekommen und das offensichtlich überlebt, und dasselbe würde sie ihm über seine Schwester sagen. So saß Robert in der Sonne, sah zu, wie sie ihre spärlichen Goldflitter fanden, und versuchte, nicht nachzudenken.

Dort fand ihn Billie Lapham. Lapham war ein Mann, dem man seine Gefühle ansah, und Robert wusste von dem Moment an, als er seinen Freund den Pfad herabeilen sah, dass es Martha gut ging. Ihm entfuhr ein tiefer Seufzer der Erleichterung.

»Goodenough, Sie haben einen Neffen!« Billie Lapham schüttelte Robert überschwänglich die Hand und wischte sich die Stirn ab. Es machte ihm offensichtlich Freude, der Überbringer guter Nachrichten zu sein.

»Wie geht es Martha?«

»Ihr geht's gut. Müde natürlich. Es ist unglaublich, was Frauen durchmachen müssen, was?« Staunend schüttelte er den Kopf. »Sie fragt nach Ihnen, und ich hab gesagt, ich würde Sie suchen. Hab überall nachgeschaut, nur hier hinten nicht. Kommen Sie, ich bringe Sie zu ihr.«

Mit dem Baby im Arm lag Martha im Bett, unbeeindruckt von der Geschäftigkeit um sie herum: Nancy Lapham brachte ihr eine Tasse Tee, der Doktor verstaute Flaschen und Metallinstrumente, die Robert sich lieber nicht zu genau anschaute, und die Frau stopfte schmutzige Laken in Eimer mit Wasser. Bevor Robert zu seiner Schwester ging, bezahlte er den Arzt und gab auch der Frau etwas Geld. Dann setzte er sich auf den Stuhl gleich neben dem Bett. »Martha«, sagte er.

»Oh, Robert«, krächzte sie, die Stimme rau vom Schreien. »Du bist da.« Ihr Haar war schweißnass, und um Augen und Mund hatte sie neue Falten. Der Schmerz hatte deutliche Spuren hinterlassen, doch als sie die Hand nach seiner ausstreckte, war ihr Griff fest.

»Geht's dir gut?«, fragte Robert. Obwohl die Frau die Laken weggeräumt hatte, lag noch der metallische Geruch von Blut im Zimmer.

»Aber ja. Ich bin nur froh, dass er draußen ist. Schau ihn dir an.« Mit dem Strahlen, das nur eine Mutter ihrem Neugeborenen schenken kann, deutete sie auf ein winziges, zerknautschtes rotes Gesicht. Robert hatte jedoch nur Augen für seine Schwester; sie war es, um die er sich sorgte.

»Wie sollen wir ihn nennen?«, fragte Martha.

Robert schüttelte den Kopf. »Das entscheidest du.«

»Ich möchte ihn James nennen. Nach unserem Vater.«

Robert zuckte zusammen. »Deinem Vater, meinst du«, sagte er dann, bedauerte es aber gleich darauf.

Doch Martha sah ihn unverwandt an. »*Unser* Vater. Dem, was Ma über Onkel Charlie gesagt hat, habe ich nie Beachtung geschenkt. Sie war einfach – na, sie war eben Ma. Kämpfen bis zum Schluss.«

Robert war sich nicht so sicher. Er hatte die letzten Worte seiner Mutter an ihn auf ein hohes Regal gelegt und nie wieder hingeschaut. Vielleicht würde er aber Martha an seiner Stelle hinschauen lassen.

»Wir können ihn doch Jimmy nennen«, sagte sie. »James klingt für einen Jungen so schrecklich ernst.«

Robert hatte eine vage Erinnerung an die Inschrift auf einem der Holzkreuze, die die Gräber seiner toten Brüder und Schwestern im Black Swamp markierten. Im Suff hatte seine Mutter Gott und das Sumpffieber beschimpft, ihr den ältesten Sohn genommen zu haben. Vielleicht war ein neuer Jimmy so etwas wie eine Antwort auf diesen Verlust.

Plötzlich gab das rote Gesicht einen Schrei von sich. Robert fuhr zurück wie der Grauschimmel vor einer Schlange, während Martha ihr Kleid aufknöpfte und das Kind an ihre Brust legte. Robert wandte den Blick ab. »Möchtest du irgendetwas?«

»Ein Stückchen Brot in Milch getaucht wäre schön – ich sterbe vor Hunger! Und ein Handtuch, das wir Jimmy als Windel umbinden können.«

Robert ging hinunter ins Restaurant, bestellte etwas zu essen für Martha und sich selbst und fragte nach Handtüchern. Er ertappte sich bei dem Gedanken an seinen Schlafsack, den Grauschimmel im Stall, die Lager rund um Murphys und die Feuer, um die die Goldgräber bald sitzen, aus Blechtöpfen essen und Zigarren rauchen würden. Würde er je wieder mit am Lagerfeuer sitzen? Martha konnte er sich dort nicht vorstellen, weder mit einem Säugling im Arm noch später mit einem Kind, das zu ihren Füßen spielte. Allerdings hätte er auch nie gedacht, dass sie das raue Leben an Bord eines Schiffes überstehen würde, das ganz Südamerika umfährt.

Während sie zusammen aßen, das Baby schlafend neben Martha im Bett, erkundigte er sich eingehender nach ihrer Reise, nach New York City und, zaghaft, nach dem Black Swamp. Martha war gerade dabei, ihm etwas Witziges über Hattie Day zu erzählen, als sie abrupt innehielt. »Weißt du, ich kann nie mehr dorthin zurückgehen«, sagte sie. »Wegen dem, was ich Caleb angetan habe.«

Robert schluckte. »Ist er …«

»Ich weiß es nicht. Ich bin weggerannt. Aber da war eine Menge Blut.« Martha heftete den Blick auf die Kerze neben ihrem Bett. »Ich dachte, sie würden vielleicht in New York nach mir suchen, also habe ich mich dort ganz still verhalten und bin erst in letzter Minute auf das Schiff geschlüpft. Aber jetzt liegt ein ganzes Land zwischen mir und dem Black Swamp. Hier draußen werden sie nicht nach mir suchen, oder?«

»Natürlich nicht. Ich werde auf dich aufpassen.« Robert versuchte, sich seine Bestürzung nicht anmerken zu lassen. »Wir können irgendwo weit draußen wohnen. Hier gibt es reichlich Land. In Kalifornien kann man noch mal von vorne anfangen.«

Martha wandte den Blick von der Kerze wieder zu ihm. »Was ist mit Molly?«

»Was soll mit ihr sein?« Roberts Antwort war selbstgefälliger, als er sich tatsächlich fühlte.

»Sie gehört jetzt zur Familie. Ihr Baby wird auch ein Goodenough sein, und sie ebenso, wenn du sie erst mal geheiratet hast.«

»Molly heiraten?«

»Sie scheint wirklich nett zu sein. Beherzt. Und es wäre gut, mit einer anderen Frau zusammenzuleben, die auch ein Kind hat – das macht es leichter.« Martha schmunzelte über seinen Gesichtsausdruck. »Darüber hast du noch nicht nachgedacht, stimmt's?«

Robert schüttelte den Kopf. »War ja keine Zeit dafür.«

»Gut, aber jetzt ist es Zeit, unsere Zukunft zu planen. Morgen gehst du rauf zum Calaveras Grove und redest mit Molly; dabei kannst du dich auch vergewissern, dass es ihr nichts ausmacht, wenn ich mit euch allen zusammenlebe.«

»Natürlich wird es ihr nichts ausmachen!« Robert fügte nicht hinzu: »Bis jetzt war noch nicht die Rede davon zusammenzuleben.« Martha stellte Vermutungen an, und Molly wahrscheinlich auch. So mussten Frauen wohl sein: pragmatisch, immer auf das Wohl ihrer Kinder bedacht.

Zu seiner Erleichterung mussten sie nicht mehr weiter über die Zukunft reden, denn die Erschöpfung hatte Martha eingeholt, und die Augen fielen ihr zu. Leise rollte Robert sein Bettzeug auf dem Boden aus. Jedes Mal, wenn sein Neffe hungrig wach wurde, gab er vor zu schlafen.

Trotz der nächtlichen Unterbrechungen wirkte Martha am nächsten Morgen sichtlich erholt. Sie bestand darauf, dass er zum Calaveras Grove zurückritt, um mit Molly zu sprechen. »Bitte«, beharrte sie, als Robert zögerte. »Es würde mich beruhigen zu wissen, wie Jimmys und meine Zukunft aussieht. Außerdem ist sie mit deinem Kind schwanger. Du musst dafür sorgen, dass es ihr gut geht.«

Die Laphams waren zu Besuch gekommen; Nancy saß bei Martha; und Billie ging mit dem Baby im Arm auf und ab. »Gehen Sie schon, Goodenough, wir werden gut auf Ihre Familie aufpassen«, sagte er.

»Aber sicher doch«, fügte Nancy hinzu. »Ich hole mein Strickzeug und leiste Martha Gesellschaft. Dieser kleine Junge braucht doch warme Sachen für den Winter!«

»Also gut«, willigte Robert schließlich ein. »Heute Abend bin ich zurück.« Ein Teil von ihm war erleichtert, von seinem Neffen wegzukommen. Er hatte ihn nur einmal gehalten, kurz, und seine rote Haut, seine zusammengekniffenen Augen und sein gierig zupackender Mund waren Robert fremd. Insgeheim wunderte er sich, warum die anderen von dem Neugeborenen so begeistert waren, wo es doch eher einem Tier als einem Menschen ähnelte.

Er beugte sich hinunter und küsste seine Schwester auf die Stirn. Sie lächelte ihn an. »Sag Molly einen Gruß von mir. Sag ihr, ich freue mich darauf, wenn die Cousins zusammen spielen.«

Robert nickte. Als er ging, bat Nancy Lapham das Zimmermädchen gerade, eine Zinnwanne heraufzubringen, damit sich Martha den Schweiß und das Blut vom Vortag abwaschen konnte.

Als er im Calaveras Grove auf Molly traf, stand sie an den riesigen gefällten Baum gelehnt, plauderte mit anderen Besuchern und sah aus, als fühlte sie sich ganz wie zu Hause. »Ich persönlich mag ja den Walzer, vor allem wenn ich so dick bin«, erklärte sie gerade. »Stellen Sie sich vor, mit diesem Bauch eine Polka zu tanzen!« Die Gruppe um sie herum lachte.

Molly strahlte, als sie ihn sah, und ging zu ihm, um sich bei ihm unterzuhaken. »Robert Goodenough, du hattest recht. Es ist wunderschön hier!«

»Bist du schon durch den Hain gegangen?«

»Nö, hab nur die Bäume da gesehen.« Sie deutete auf die zwei Schildwachen. »Ich hab drauf gewartet, dass du kommst und sie mir zeigst. Wie geht's deiner Schwester?«

»Gut. Das Baby ist da. Sie nennt ihn James – Jimmy. Sie – sie schickt dir Grüße.« Robert brachte es nicht fertig, ihr von Marthas Plan zu erzählen: Das ging alles viel zu schnell. »Lass mich das Pferd in den Stall bringen, dann zeige ich dir die Bäume. Heute Abend muss ich wieder zurück.«

Molly zog die Stirn kraus. »Du bleibst nicht mal über Nacht? Das Essen ist gut hier – ich hab mich lange mit dem Koch unterhalten. Und ich liebe das Bowling! Hast du's mal probiert?«

Robert schüttelte den Kopf; ihm fiel ein, wie scharf William

Lobb das Spiel kritisiert hatte. »Ich habe es Martha versprochen. Sie ist immer noch ziemlich müde, und ich möchte sicher sein, dass es ihr gut geht und sie weiß, dass ich für sie da bin.« Der Gedanke an seine Schwester versetzte ihm einen Stich, und er bereute bereits, dass er sie verlassen hatte.

Molly sah aus, als wollte sie etwas sagen, verkniff es sich aber. »Also gut, Robert Goodenough, dann lass uns den Tag genießen, solange er dauert.«

Sie begleitete ihn, als er den Grauschimmel in den Stall brachte. Nach nur einem Tag kannte sie sich offensichtlich überall aus und grüßte jeden, den sie sah; wie es schien, hatte sie sich allen, die im Hain arbeiteten, aber auch allen Touristen vorgestellt. Die Sequoien schienen sie wesentlich weniger zu interessieren als die Menschen: Sie gab sich damit zufrieden, die Bäume unweit des Waldrands anzuschauen, ließ es sich aber nicht nehmen, sich bei Robert einzuhängen, wie Martha es zwei Tage zuvor getan hatte. Ihre Erwartungen schienen noch schwerer auf ihm zu lasten als Marthas. Molly hielt sich wie ein Schiff, das langsam und stolz durch ruhige See glitt. Die Besucher, die ihnen entgegenkamen, lächelten über den Anblick einer so massigen Frau zwischen massigen Bäumen – und Molly sonnte sich in ihrer Aufmerksamkeit.

Als sie sich einem der Namensschilder näherten, blieb Molly stehen und blinzelte. »Der Alte Junggeselle«, las sie vor. »Boh!« Sie warf Robert einen Blick zu. »Komm, hier setzen wir uns einen Moment.« Ohne seine Zustimmung abzuwarten, ließ sie sich auf der nächstgelegenen Bank nieder und wartete, bis Robert sich neben sie setzte.

»Lehn dich zurück!«, sagte sie und berührte seine Schulter. »Du bist angespannt wie eine Katze beim Gewitter.«

Er wusste, dass er dasaß, als wollte er jeden Augenblick aufspringen, zum Stall zurücklaufen und auf dem Grauschimmel davongaloppieren. Er lehnte sich zurück und versuchte, nicht an seine Schwester zu denken.

Molly ordnete ihre gelben Röcke um ihren Bauch herum. »So, jetzt müssen wir uns mal ein bisschen unterhalten.«

Robert betrachtete den Alten Junggesellen, einen riesigen, wettergegerbten Baum, der etwas abseits von den anderen stand. Allmählich verstand Robert diesen Namen besser.

»Du Ärmster. Kannst mich nicht mal anschauen.«

Auf halber Höhe des Stamms befand sich eine Reihe von Spechtlöchern. Robert zählte sie in Gedanken und stellte dann die unvermeidliche Frage: »Ist das Kind von mir?«

Er spürte, wie Molly neben ihm zusammenzuckte. Doch sie schrie ihn nicht an. »Ich bin so sicher, wie ich nur sein kann, dass es deins ist«, antwortete sie gelassen.

Er wusste, dass das die ehrlichste Antwort war, die er bekommen würde. »Willst du …« Robert konnte den Satz nicht zu Ende sprechen.

»Woher weißt du, dass ich überhaupt was von dir will?«

Molly hatte endlich ihre gezwungene Heiterkeit abgelegt.

»Ich werde mich dir gegenüber anständig verhalten«, sagte er.

»Was soll das heißen? Du hast ja noch nicht mal gesagt, dass du dich freust, mich zu sehen. Freust du dich?«

»Ich –«

»Ich glaube, du freust dich nicht. Das glaube ich.« Molly bekam wieder diesen Blick, den er hasste, der ihm das Gefühl gab, jemand hätte ihm ein Metallband um die Brust gelegt und zöge es immer fester zu. Sie war aber auch wütend.

»Ich *freue* mich. Aber –«

»Du willst mich nicht hier haben, stimmt's?«

»Molly! Hör auf. Jetzt –« Robert hob die Hand. »Jetzt lass mich mal reden.« Er hielt Mollys Blick stand, und sie verstummte, die Hände über ihrem Bauch gefaltet.

»Meine Schwester ist erst vor zwei Tagen angekommen. Ich hatte sie achtzehn Jahre nicht gesehen. Ja, ich wusste nicht einmal, ob sie noch lebte oder nicht.«

»Ist das dein Ernst?«

»Ja.«

»Was ist mit dem Rest deiner Familie? Deinen Eltern?«

»Sie sind tot.«

»Das hast du mir nie erzählt. Wann sind sie gestorben?«

»Vor achtzehn Jahren.«

Molly zog die Augenbrauen hoch.

Robert zögerte. Und weil sie auf mehr wartete, sprach er es schließlich zum ersten Mal in seinem Leben laut aus: »Sie – sie haben sich gegenseitig umgebracht, als ich noch ein Junge war.« Die Worte durchschnitten die Luft wie ein Messer ein Stück Fleisch – erst gegen einen Widerstand und dann mühelos gleitend.

Molly starrte ihn an. »Sag das noch mal, damit ich weiß, dass ich richtig gehört habe.«

»Sie haben sich gegenseitig umgebracht.«

»Wie können zwei Menschen sich gegenseitig umbringen?«

Robert seufzte und erzählte ihr dann in so wenigen Worten wie möglich, was im Obstgarten passiert war. »Danach bin ich weggelaufen. Und nie mehr zurückgekehrt.«

»Großer Gott.« Die Hände in ihrem Schoß ringend, saß Molly da. Sie war nicht leicht aus der Fassung zu bringen, aber die Familie Goodenough hatte es geschafft, sie sprachlos zu machen.

»Martha habe ich zurückgelassen«, fügte Robert hinzu. »Ich werde es mir nie verzeihen, dass ich sie verlassen habe. Im Grunde hätte ich sie auch heute nicht verlassen dürfen.«

Doch Molly fing bereits an, sich zu erholen, und der Zorn gewann die Oberhand über ihre Verblüffung. »Warum in Teufels Namen hast du mir das nie erzählt, Robert Goodenough? Ich hab dir von meiner Ma und meinem Pa, meinen Geschwistern erzählt, aber du hast nie ein Wort über deine verloren – hast mir nur alberne Geschichten über deinen Medizinmann und das Holzbein erzählt, und dabei hattest du all das auf dem Herzen!«

»Es tut mir leid, Molly, aber es ist leichter, nicht darüber zu reden.«

Sie funkelte ihn an, und ihm war klar, dass er ihr mehr als das schuldete. »Wenn ich den Leuten nichts davon erzähle, muss ich nicht daran denken, und es kann so sein, als wäre es nie passiert.«

»Es ist aber passiert.«

»Ja.«

»Weißt du es dann nicht sowieso? Unter deinem ganzen Schweigen weißt du doch, dass es immer noch da ist.«

»Ja.«

»Ist es nicht besser, offen darüber zu reden? Dann bist du wenigstens ehrlich, und es nagt nicht dauernd an dir, tief in deinem Innern.«

»Vielleicht. Wir sind eben einfach verschieden.«

»Sind wir wohl.« Mollys Zorn war ebenso schnell verraucht, wie er aufgeflammt war. Sie nahm seine Hand. »Mein Gott, Robert, du tust mir so leid. Diese Welt ist voller Schmerz, nicht wahr?«

Eine Weile saßen sie einfach da, und Robert ließ sie seine Hand halten.

»Die Bibel hat mir nie besonders viel Trost gebracht«, sagte Molly jetzt, »aber ich verstehe, dass diese Bäume es tun könnten. Sie sind schon viel, viel länger da als wir alle mit unserer Dummheit, und noch in ein paar Hundert Jahren werden sie über uns lachen, glaubst du nicht?«

»Bestimmt.« Es war einfacher, ihr beizupflichten, als zu erklären, was er wirklich dachte. Als er selbst die Riesenmammutbäume zum ersten Mal gesehen hatte, hatte auch er darüber gestaunt, wie alt sie waren und wovon sie Zeugen geworden waren. Doch Bäume lebten in einer anderen Welt als Menschen: So viel er auch ihre Äste beschnitt, ihre Früchte erntete, ihre Zapfen sammelte, ihre Sämlinge ausgrub, er blieb ihnen völlig gleichgültig. Es war falsch, ihnen menschliche Eigenschaften beizumessen, obwohl auch er selbst immer noch in diese Falle tappte. So hatte es ihn auf törichte Weise gefreut, dass Martha die Waisen gewählt hatte, um sich darunterzusetzen, obwohl die Bäume keine Waisen waren.

Doch er ließ Molly die Bäume zu Zeugen menschlicher Torheit machen und sagte dann: »Molly, ich muss zurück nach Murphys. Ich habe ein ganz schlechtes Gefühl, weil ich Martha allein gelassen habe.« Jetzt war es leichter, diese Worte auszusprechen.

Und Molly fiel es nun leichter, sie anzunehmen. »Geh wieder zu ihr«, sagte sie. »Lass deinen Flohbeißer schneller galoppieren als je zuvor!«

»Wenn wir einen Wagen für dich finden, kannst du mit mir kommen.«

»Nein, ich würde dich nur aufhalten. Ich komme in ein, zwei Tagen nach.« Mit einem Seufzen streckte Molly die Beine aus und wackelte mit den Zehen. »Jetzt bleibe ich noch ein bisschen hier sitzen und schaue mir die Bäume an.«

Der Grauschimmel war kein eifriges Tier, schien jedoch die Eile seines Besitzers zu spüren. In nur eineinhalb Stunden flogen sie den Berg hinunter. Trotzdem wurde Robert das mulmige Gefühl nicht los, das schneller wuchs, als er reiten konnte.

Er stand in der Tür des Hotelzimmers und blickte auf das von Blut durchtränkte Bett. Marthas Kopf war zur Tür gedreht, als erwartete sie ihn, die Augen offen und leer wie zwei erloschene

Kerzen. Billie Lapham stand, ein Taschentuch vors Gesicht gepresst, neben ihr und weinte hemmungslos. Es gibt einen Gott, dachte Robert, doch es ist ein grausamer Gott, der mit einer Hand gibt und mit der anderen mehr nimmt, sodass ich jetzt leerer bin als zuvor.

Er zog seinen Hut, ging zum Bett und nahm Marthas Hand. Sie begann gerade erst kalt zu werden. »Falls du noch hier im Zimmer bist«, sagte er, »möchte ich dir sagen, dass ich dich nie im Black Swamp hätte zurücklassen dürfen. Ich habe es getan, weil ich Angst hatte und nur an mich selbst gedacht habe, wo ich eigentlich an dich hätte denken sollen. Ich war noch ein Junge, aber das werde ich für den Rest meiner Tage bereuen.«

Hinter ihm ertönte ein jammerndes Geräusch. Nancy stand im Türrahmen, den in Marthas Umhängetuch gehüllten Jimmy im Arm. »Es tut mir leid, Robert. So leid.«

»Was ist passiert?«

»Eine Blutung. Der Doktor hat gesagt, das passiert manchmal, wenn noch etwas im Mutterleib ist, das hätte rauskommen sollen. Es ging ihr gut, sie plauderte mit mir, während das Baby schlief, und plötzlich war überall Blut. Billie ist losgerannt, den Doktor holen, aber da war es schon zu spät.«

Jimmy weinte noch lauter. »Ich weiß, ich sollte ihn wegen meiner Krankheit eigentlich nicht halten«, sagte Nancy, »aber Billie ist nicht in der Verfassung dafür. Er hatte schon immer ein weiches Herz.« Stolz betrachtete sie ihren Mann. »Hier.« Sie hielt Robert den Säugling hin. »Nun nehmen Sie ihn doch«, schalt Nancy, als er zögerte. »Sie sind alles, was er jetzt noch hat.«

Robert nahm Jimmy, stützte das Köpfchen in seine Armbeuge, wie er es bei Nancy gesehen hatte. Einen Moment lang wurde das Kind still und öffnete die Augen. Sie waren noch nicht braun oder blau, sondern eine schlammfarbene Mischung aus beidem, und konnten noch nicht fokussieren, aber Robert sah trotzdem, dass es Goodenough-Augen waren. Er starrte Jimmy an, und es war, als betrachtete er seine gesamte Familie, in einem einzigen Gesicht vereint, jung und alt, Mann und Frau, Junge und Mädchen.

Nachdem das Baby festgestellt hatte, dass auch dieser neue Träger es nicht füttern würde, begann es erneut zu schreien.

»Sie müssen ihm etwas zu essen besorgen«, sagte Nancy. »Das Problem ist allerdings, dass es in dieser Stadt nur fünfundzwanzig Frauen gibt, und keine mit einem Säugling.«

Robert fand Jimmys Weinen nahezu unerträglich.

»Schaukeln Sie ihn, gehen Sie mit ihm auf und ab«, riet Nancy. »Das habe ich auch gemacht.«

Robert trat mit seinem Neffen hinaus in den Flur, weg von der Mutter, die er nie kennen würde. Dort kamen ihm zwei Männer entgegen: der Hotelbesitzer und ein anderer, der sich ihm als der Sheriff vorstellte. Über das Weinen des Babys hinweg wechselten sie ein paar knappe Worte. »Sie haben das Geld für ihre Bestattung?«, fragte der Sheriff.

Robert nickte.

»Dann kommt jemand vorbei, um für den Sarg Maß zu nehmen. Wird Sie sechs Dollar kosten. Wollen Sie einen Gottesdienst? Dann müssten wir den Pfarrer aus Stockton kommen lassen, der für die Kirche hier zuständig ist. Könnte ein oder zwei Tage dauern.«

»Nein, wir brauchen nicht zu warten.«

Der Hotelbesitzer sah erleichtert aus: Eine Tote im Hotel war schon schlimm genug, aber eine Leiche, die noch eine Weile liegen blieb, war sicher nicht gut fürs Geschäft. Er nickte in Jimmys Richtung, der mittlerweile aus vollem Halse schrie. »Wie's aussieht, haben Sie die Hände voll. Ich werde zwei Jungs beauftragen, das Grab auszuheben. Kostet Sie einen Dollar. Einverstanden?«

Robert konnte wieder nur nicken. All die Fragen, begleitet von Jimmys anhaltendem Schreien, machten es ihm schwer, sich auf die Tatsache zu besinnen, dass Martha tot war.

»Wissen Sie, was meine Frau immer gemacht hat, um ein Baby zu beruhigen?«, sagte der Sheriff. »Sie hat ihm ihren kleinen Finger in den Mund gesteckt, damit es was zum Saugen hatte. Manchmal ist es nur das, was sie wollen – saugen. Probieren Sie's mal aus.«

Robert runzelte die Stirn, dann legte er seinen kleinen Finger an Jimmys Mund und kitzelte seine Lippen. Gierig schnappte der Junge danach und fing an, überraschend heftig zu saugen.

»Na bitte, geht doch! Wenn er allerdings rausfindet, dass in diesem Nippel keine Milch drin ist, wird er noch lauter schreien als vorher.« Der Sheriff schmunzelte.

»Also, bleiben Sie heute Nacht in dem Zimmer?«, fragte der Hotelbesitzer.

»Ich schätze schon.«

»Dann müssen Sie eine Übernachtung im Voraus zahlen, und außerdem für Laken und Matratze – die sind hin.«

Robert nickte. Sein Finger begann zu schmerzen.

»Ich verrat Ihnen noch einen anderen Trick«, warf der Sheriff ein, der spürte, dass Robert jede Hilfe brauchen konnte. »Ziehen Sie die unterste Kommodenschublade raus, und polstern Sie sie mit einem Quilt, dann kann das Baby darin schlafen.« Er klopfte Robert auf die Schulter und betrat das Zimmer, in dem Martha lag.

Robert hatte schon vorher Todesfälle erlebt. Er hatte Männer an Fieber, einem Schlangenbiss oder einem Sturz vom Pferd sterben sehen, und einmal war einer von einem rasenden Bullen aufgespießt worden. Manchmal blieb unklar, woran sie starben; sie schienen einfach aufzugeben. Er hatte Gruben ausgehoben, Särge getragen und, den Hut in der Hand, an Gräbern gestanden. Manche der Toten waren Fremde gewesen, andere hatte er gekannt oder war mit ihnen befreundet gewesen. Nie jedoch hatte er einen geliebten Menschen zur letzten Ruhe betten müssen. Die letzten Momente seiner Eltern hatte er nicht mitbekommen – als er fortging, waren beider Augen noch offen gewesen, und sie hatten sich gegenseitig angestarrt. Er nahm an, dass seine Brüder und Schwestern es übernommen hatten, Särge zu zimmern und Gräber auszuheben, den Nachbarn Bescheid zu sagen, Sadie und James für die Aufbahrung zu waschen und anzuziehen. Vielleicht hatte Mrs. Day ihnen geholfen. Er war währenddessen den Portage River entlang zum Eriesee gereist und hatte sich in den Weiten Amerikas verloren.

Nun, da er allmählich aus seiner Erstarrung erwachte, fürchtete Robert, er könnte sich auf den Flurteppich setzen und nicht mehr aufstehen. Das Einzige, was ihn davon abhielt, war der ununterbrochene Sog an seinem kleinen Finger. Wütend darüber, dass er nichts als seine eigene Spucke hinunterschluckte, stieß Jimmy kleine quäkende Laute aus. Jeden Moment würde er wieder zu schreien anfangen. Robert musste sich etwas einfallen lassen.

Mit dem Kind fest in der Armbeuge, eilte er den Flur entlang und betrat die Restaurantküche, wo ein grobschlächtiger Mann auf dem Herd Steaks briet. Um seine Füße herum lagen Klumpen aus Tabak und Spucke.

»Haben Sie Milch da?«, fragte Robert.

Mit einem Blick erfasste der Mann ihn und das Baby, ehe er zur rückwärtigen Tür zeigte. »Draußen im Bach.«

»Könnte ich vielleicht was davon nehmen für –« Hilflos hob Robert die Arme, was den Kleinen dazu veranlasste, sein kätzchenhaftes Jammern wiederaufzunehmen.

Der Koch zuckte die Schultern. »Zehn Cent die Tasse. Kommt auf Ihre Hotelrechnung. In welchem Zimmer sind Sie? Ach ja, ich erinnere mich. Und jetzt raus hier. Schreiende Babys –« Er schüttelte den Kopf und spuckte aus.

Flussaufwärts von der Stelle, wo die Goldwäscherfamilie arbeitete, stand eine silberne Milchkanne im Bach. Unbeholfen fischte Robert sie mit einer Hand heraus. Würde es ihm je gelingen, dieses Kind abzulegen? Wie schafften Frauen das? Er dachte an die Mütter mit Säuglingen, die er auf seinen Reisen gesehen hatte. Die Frauen der Indianerstämme banden sie sich in Tragetüchern auf den Rücken oder vor die Brust und behielten so die Hände frei zum Arbeiten. Andere Mütter – die, die es sich leisten konnten – gaben sie in die Obhut von Mädchen oder alten Frauen. Meist blieben Neugeborene jedoch ein paar Wochen lang bei ihren Müttern im Bett, bis beide kräftiger waren.

Robert legte Jimmy auf den Boden. Blinzelnd und schreiend, das verkrampfte Gesichtchen ein Bild des Jammers, riss der Kleine die Arme zur Seite, wo seine Hände wie ein Paar Sterne in der Luft standen. Eilig goss Robert Milch in eine kleine Blechtasse, die er mitgebracht hatte, zog ein Taschentuch heraus – es war nicht besonders sauber, aber alles, was er hatte – und hielt eine Ecke davon in die Milch, bis der Stoff sich vollgesogen hatte. Dann setzte er sich hin, nahm das Baby auf den Schoß und wickelte es wieder in das Tuch, damit es nicht weiter mit den Armen fuchtelte. Doch als er ihm mit dem milchgetränkten Stoff über den Mund wischte, schrie sein Neffe einfach weiter. Erst als Robert sich das Taschentuch um den kleinen Finger wickelte und ihn Jimmy in den Mund steckte, begann das Baby, wenn auch widerwillig, zu saugen. Eine ideale Lösung war das nicht, aber bis Robert etwas Besseres einfiel, musste es so gehen.

Bald darauf schlief Jimmy endlich ein, wenn auch eher vor Erschöpfung als von einem vollen Magen. Mit dem Baby im Schoß saß Robert am Bach und wagte kaum, sich zu rühren. Er musterte das Gesicht seines Neffen, das jetzt, wo er zu schreien aufgehört hatte, nicht mehr so rot war. Seine Augenlider waren von einem blassen Blau, die Nase war flach, und der bogenförmige Mund vollführte auch im Schlaf noch die bebenden Saugbewegungen. Alles an ihm erschien zart und zerbrechlich. Aber er war still, und er war am Leben.

»Hier sind Sie. Haben Sie ihn zum Schlafen gebracht?« Nancy Lapham war leise hinter ihn getreten. Sie wirkte stärker, als Robert sie in den letzten Monaten erlebt hatte. In der Not schien sie all ihre Kräfte zusammengenommen zu haben. Sie beugte sich vor, um Jimmys Gesicht zu betrachten. »Ist er nicht süß? Hat Martha Ihnen erzählt, wer der Vater ist?«

Die Lippen fest geschlossen um das Wissen, das er nie preisgeben würde, schüttelte Robert den Kopf.

»Ich habe mich nach Frauen in der Gegend umgehört, die Säuglinge haben und ihn stillen könnten. Bis jetzt habe ich noch keine gefunden, ich versuche es aber weiter.«

»Danke.«

»Wenn Sie wollen, können Sie ihn mir geben, dann kann er heute Nacht in unserem Zimmer schlafen«, bot sie an.

Zu Roberts Überraschung widerstrebte es ihm, Jimmy wegzugeben, selbst an einen so sympathischen Menschen wie Nancy. »Das geht schon. Ich nehme ihn mit zurück in das – das –«. Er verstummte.

»Sie haben sie in die Scheune gebracht«, sprang Nancy ihm bei. »Sobald der Sarg fertig ist, kann die Beerdigung stattfinden – Billie wird Sie holen.«

Robert nickte und stand behutsam auf, um Jimmy nicht zu wecken. In seinem Hotelzimmer waren bis auf Marthas Reisetasche, die wie ein ausgesetzter Hund in der Ecke stand, alle Spuren von ihr beseitigt. Die Matratze mit dem blutigen Bettzeug war durch eine neue Strohmatratze ersetzt worden, die weniger bequem war als die Federmatratze, aber Robert würde am Ende wohl sowieso auf dem Boden schlafen.

Er legte Jimmy in die Mitte des Betts und zog die unterste Kommodenschublade auf. In Marthas Reisetasche fand er zwei Kleider, Unterwäsche, eine Haarbürste, die Briefe und den zusammengerollten Neunerblock-Quilt. Er zog ihn heraus und breitete ihn auf seinen Knien aus. Beim Anblick des vertrauten Musters wurde er von Erinnerungen überwältigt. Lange saß er da, berührte ein hellblaues Quadrat, ein braunes und ein dunkelgrünes Seidenquadrat, das jetzt zerfasert und abgewetzt, aber immer noch der schönste Flicken des ganzen Quilts war. Erst Billie Laphams Klopfen riss ihn aus seinen Gedanken.

Zusammen gingen sie zu Marthas Bestattung auf dem Friedhof neben der kleinen Kirche. Viel wurde nicht gesagt, aber auf Roberts Bitte hin sang Nancy mit bebender Stimme »Gesegnet sei das Band«.

Die nächsten zwei Tage probierte Robert verschiedene Möglichkeiten aus, seinen Neffen zu füttern, was sich als erstaunlich schwierig erwies. Als Jimmy das milchgetränkte Taschentuch ablehnte – und wer konnte es ihm verdenken –, versuchte Robert, ihm mit einem Löffel Milch in den jammernden Mund zu träufeln, doch daran verschluckte das Kind sich nur. Von einer Ranch außerhalb von Murphys borgte er sich ein mit Löchern versehenes Rinderhorn, das dort zum Füttern von verwaisten Kälbchen benutzt wurde, aber für Jimmys Mund war das Horn zu groß. Einige Zeit verbrachte er damit, aus Leder, das er zu einem Kegel formte, einen Sauger herzustellen, während Billie Lapham widerstrebend das Baby hielt – nach Marthas Bestattung hatte Nancy das bisschen Kraft, das sie für kurze Zeit gewonnen hatte, verloren und sich wieder ins Bett gelegt. Das Baby schaffte es, an dem Lederkegel zu saugen, spuckte jedoch die gesamte Milch postwendend wieder aus.

Jimmy schreien zu hören war schon schlimm genug. Noch schlimmer war es aber, als sein Schreien nachließ, weil er sichtlich immer schwächer wurde. Verzweifelt lief Robert durch die ganze Stadt, aber auch durch die nahe gelegenen Goldgräberlager, um die wenigen Frauen dort nach ihrem Rat zu fragen. Wo immer er hinging, erntete er belustigte Blicke, denn es war unüblich, einen Mann ein Kind herumtragen zu sehen, und erst recht ein neugeborenes. Die Frauen, mit denen er sprach, hatten jede Menge Ratschläge parat. Diejenige, die bei der Geburt geholfen hatte, riss ein Handtuch in Dreiecke und zeigte Robert, wie er sie als Windel benutzen konnte. Eine andere zeigte ihm das richtige Pucken eines Babys; als sie Jimmy eng in Marthas Umhängetuch eingewickelt hatte, konnte der Junge nur noch den Mund bewegen, und diese Tatsache schien ihn völlig perplex zu machen.

Am vernünftigsten war die Frau, die Robert ein paar Tage zuvor mit ihrer Familie beim Goldwaschen beobachtet hatte. Jetzt saß sie an dem Bach, während ihr Mann und ihre Söhne arbeiteten. Über ihre Nase und Wange zog sich eine Dreckspur, an der sie herumrieb, während sie Jimmy betrachtete. »Kuhmilch spuckt er aus? Dann müssen Sie eben Ziegenmilch nehmen oder welche vom Schaf. Und wenn Sie die nicht auftreiben können, suchen Sie eine Frau mit einem Säugling. Gehen Sie weiter weg in andere Lager oder, noch besser, runter nach Stockton. Mehr Frauen, vielleicht auch mehr Babys.«

Robert runzelte die Stirn. Stockton war fast hundert Kilometer entfernt; selbst wenn er eine Möglichkeit fand, Jimmy auf dem Grauschimmel zu transportieren, würden sie für den Ritt dorthin einen ganzen Tag brauchen. Bis dahin könnte sein Neffe tot sein. Und eine Garantie, dass sie in Stockton stillende Mütter finden würden, hatte er nicht.

»Natürlich könnten Sie's immer bei den Indianern versuchen«, fügte die Frau hinzu. »Oben beim Calaveras Grove haben Miwoks ihr Lager.«

Robert erinnerte sich, dass es dort tatsächlich Babys gab – vor Kurzem erst hatte er einige Mütter mit Säuglingen auf dem Rücken gesehen. Er runzelte die Stirn. »Glauben Sie, die würden mir helfen?«

Die Frau zuckte die Schultern. »Jeder hat seinen Preis.«

Robert war sich da nicht so sicher. Die meisten Indianer, die er gesehen hatte, hielten sich von Weißen fern. Warum sollte eine Indianerin sich bereit erklären, ein weißes Kind zu stillen, das als Erwachsener ihre Familie von ihrem Land verjagen könnte?

Am nächsten Tag hatte er jedoch keine andere Wahl mehr. In der näheren Umgebung fand er weder Ziegen noch Schafe. Die Kuhmilch erbrach Jimmy nach wie vor, und das Zuckerwasser, das Robert ihm einzuflößen vermochte, ernährte ihn auf Dauer nicht. Als das Kind ganz zu schreien aufhörte, ging Robert den Grauschimmel satteln. Er würde sich zum Calaveras Grove aufmachen müssen.

Jimmy war zu klein und zu schlaff, als dass Robert ihn sich in einem Tragetuch hätte umbinden können. Stattdessen puckte er ihn besonders fest – darin wurde er immer besser – und ließ ihn sich, nachdem er aufgestiegen war, von Billie Lapham aufs Pferd hinaufreichen. Davon, dass er das Baby zwei Tage lang nahezu ununterbrochen getragen hatte, tat ihm der Arm weh, aber eine bessere Möglichkeit sah er nicht.

»Goodenough, ich hätte nie gedacht, dass ich Sie einmal mit Satteltaschen voller Windeln und Zuckerwasser würde losreiten sehen«, sagte Billie. »Soll ich die Sämlinge gießen, solange Sie weg sind?«

»Oh – ja.« Die Sequoien, die er gesammelt hatte, hatte Robert ganz vergessen. In den letzten Tagen hatte er an kaum etwas anderes gedacht als daran, Jimmy am Leben zu erhalten.

»Gut, dass Sie sich um Ihren Neffen kümmern. Ihre Schwester wäre froh gewesen.« Billie traten Tränen in die Augen. »Armes Mädchen.« Er zog ein Taschentuch heraus, wischte sich damit das Gesicht und schnäuzte sich. Robert kam der Gedanke, dass Laphams Trauer um Martha die Generalprobe für den Tod seiner Frau war. Molly hatte recht: Diese Welt war voller Schmerz.

Am liebsten wäre Robert den Berg hinaufgaloppiert, wagte es aber nicht; mit Jimmy in der Armbeuge musste er einhändig reiten und versuchte, sich nicht vorzustellen, was passieren würde, wenn der Grauschimmel sich vor einer Schlange aufbäumte oder in ein Schlagloch trat. Doch das Pferd schien zu verstehen, dass es einen neuen, anspruchsvollen Mitreisenden trug, und trabte behutsamer als sonst voran.

Die Säuglingspflege hatte Robert so gefordert, dass er keine Zeit gehabt hatte, sich mit irgendetwas anderem zu befassen. Jetzt, wo Jimmy ruhig war und Robert einen Plan hatte, konnte er an Martha denken. Und dann dachte er gar nicht mehr, sondern weinte, schluchzte so heftig, dass der Grauschimmel stehen blieb und den Kopf umwandte und Robert ihn antreiben musste, damit er sich wieder in Bewegung setzte.

Tränenleer, wurde er schließlich so ruhig wie sein apathischer Neffe, und sie ritten den Berg hinauf zu den Mammutbäumen.

Als er in der Ferne den rot-gelben Sonnenschirm erblickte, war Robert so erleichtert, dass er fast erneut angefangen hätte zu weinen. Erst jetzt wurde ihm bewusst, dass er die ganze Zeit darauf gewartet hatte, dass Molly kommen und alles in Ordnung bringen würde.

Sie lag auf der Ladefläche des Wagens, den derselbe alte Mann lenkte, drehte den Sonnenschirm über sich und sang:

I came to the river
And I couldn't get across
So I paid five dollars
For a big bay hoss.
Well, he wouldn't go ahead
And he wouldn't stand still
So he went up and down
Like an old saw mill.

Turkey in the straw
Turkey in the hay
Turkey in the straw
Turkey in the hay
Roll 'em up and twist 'em up
A high tuck a-haw
And hit 'em up a tune called
Turkey in the Straw!

Der Kutscher pfiff die Melodie dazu. Über all dem dauerte es eine Weile, bis Molly Roberts Rufen hörte. Sie setzte sich auf und blinzelte in seine Richtung, während der Wagen zum Stehen kam.

»Da bist du ja wieder, Robert Goodenough!«, rief sie und winkte mit dem Sonnenschirm. »Kommst du mich suchen?« Dann sah sie das Baby in seinem Arm und verstummte. Als er ihre Stimme hörte, stieß Jimmy einen dünnen, durchdringenden Klagelaut aus.

»Großer Gott.« Molly umfasste ihre üppigen Brüste und lachte. »Das trifft mich ja hier mitten rein. Die fühlen sich ganz kitzlig an. Pass bloß auf, mein Kleiner, dass es durch dein Geschrei bei mir nicht zu früh losgeht! Ist das dein Neffe? Wozu bringst du ihn mit hier rauf?«

»Martha…« Robert konnte nicht weitersprechen, aber ein Blick in sein Gesicht verriet Molly alles, was sie wissen musste. Sie rappelte sich auf die Knie hoch und streckte die Arme aus. »Kommt hier runter, ihr beiden.«

Robert reichte ihr den Jungen, den sie fest an ihre Brust drückte. Den anderen Arm legte sie um Robert, der inzwischen abgestiegen und zu ihr auf den Wagen geklettert war, und zog seinen Kopf an ihre Schulter. Zum ersten Mal, seit Nancy ihm Jimmy in die Arme gelegt hatte, fühlte sich Robert nicht allein für ihn verantwortlich.

Als sie sich voneinander lösten, blickte Molly auf Jimmy hinab, der sich an ihren Busen schmiegte und gierig den Mund aufsperrte.

»Was fütterst du ihm?«

»Zuckerwasser, sonst nichts. Kuhmilch behält er nicht bei sich, und in Murphys gibt es keine Frau, die ihn stillen könnte. Ich dachte…« Robert verstummte, denn Molly knöpfte ihr Kleid auf, um eine gewaltige dunkle Brustwarze zum Vorschein zu bringen. Indem sie die gewölbte Hand um ihre Brust legte, hob sie die Brustwarze an und hielt sie dem Baby hin, das sich darauf stürzte wie ein Ertrinkender und mit aller Kraft zu saugen begann.

Molly kicherte. »Das kitzelt. Au!« Die Verzweiflung ließ Jimmy noch fester saugen, denn er schien zu wissen, dass er da war, wo er sein sollte, und tat, was er tun sollte.

»Ob das wohl klappt?«, fragte Robert.

»Keine Ahnung. So was soll's schon gegeben haben, hab's aber noch nie selbst gesehen.« Molly zuckte zusammen. »Er muss einfach weitersaugen, mal sehen, ob die Milch dadurch kommt.«

Eine halbe Stunde später schoss bei Molly die Milch ein.

Robert konnte sich nicht daran gewöhnen, in einem Hotel zu leben. Von dem weichen Bett, das er mit Molly teilte, bekam er Rückenschmerzen; manchmal zog er, wenn sie eingeschlafen war, auf den Boden um. Doch auch das half letztlich nicht, denn er spürte die anderen in seiner Nähe, hörte Murmeln, Lachen und Stöhnen aus den benachbarten Zimmern. Von der Straße dröhnten Musik und der Lärm der Passanten zu ihm herauf. Jimmy lag in seiner Schublade neben dem Bett und wachte, da sein kleiner Magen nicht viel aufnahm, alle zwei Stunden hungrig auf. Wenn Robert im Wald schlief, wurde er von Bären geweckt, die durchs Gebüsch brachen, von heulenden Wölfen und anderen Tieren, die in der Nähe herumschnüffelten. Dennoch störten diese Geräusche ihn weniger als Jimmys fordernder, eindringlicher Schrei.

Molly liebte Murphys. Sie bezog ihr Lieblingszimmer mit dem Mahagonibett und dem Balkon zur Straße hinaus, wie ein Goldschürfer, der Anspruch auf einen Abschnitt des Flusses erhebt. Innerhalb einer Stunde hingen ihre Kleider und Petticoats an den Bettpfosten, ihre Hauben baumelten von Haken neben der Tür, ihre Schuhe türmten sich in einer Ecke, und die Kommode war mit Haarbürste, Schminkspiegel, Puder und Haarnadeln übersät. Ein schwacher Kochgeruch drang vom Restaurant herauf, und im Zimmer selbst roch es nach warmen Körpern, sauer werdender Milch und dem Inhalt von Jimmys Windeln. Robert beklagte sich nicht. Er war dankbar, seinen Neffen in Mollys Armen schlafen zu sehen, die Wangen prall und rosig, nachdem sie zwei Tage lang blass und grau gewesen waren. Dankbar auch, dass sie auf das Bett neben sich klopfte und es ihm leicht machte, sich zu ihnen zu legen.

Molly bat den Hotelbesitzer, eine Wiege für Jimmy zu suchen oder eine in Auftrag zu geben. »Ein Baby muss man schaukeln«, sagte sie, als Robert einwandte, dass der Trick mit dem Schubladenbett doch zu funktionieren schien. Als wenig später eine grob aus Ulmenholz gezimmerte Wiege im Zimmer auftauchte, dämmerte es Robert, dass Molly sich häuslich einrichtete. Er war davon ausgegangen, dass sie ein oder zwei Tage in Murphys blieben und dann … Ja, was würden sie dann tun? Er musste seine Lieferung Zapfen und Sämlinge zu William Lobb nach San Francisco bringen, konnte sich Molly und Jimmy jedoch nur schwer bei Mrs. Bienenstock vorstellen. Er fragte sich, ob außer Mrs. B. selbst je eine Frau die Pension betreten hatte, und ein Säugling wäre dort fehl am Platz wie ein gelbes Kleid auf einer Beerdigung. San Francisco war zu rau und zu schmutzig für ein Kind. Andererseits war die Pension Bienenstock das, was seinem Zuhause am nächsten kam, und Molly und Jimmy konnten nicht mit ihm herumreisen, während er Pflanzen und Samen sammelte. Das würde ihn nur aufhalten, und außerdem war ein Säugling an einem festen Ort am besten aufgehoben.

Was Robert nicht infrage stellte, war, dass er und Molly nun verbunden waren – mehr durch seinen Neffen als durch das Kind, das er gezeugt hatte, aber Jimmy war nun mal ein reales, forderndes Baby, während sein eigenes bislang nur ein kleiner Hügel unter Mollys Kleid war.

Innerhalb kürzester Zeit lernte Molly das Hotelpersonal kennen – den Besitzer, den Koch, den Schankkellner, das Zimmermädchen. Die Schwangerschaft schien ihre Lust auf Essen und Gesellschaft noch zu steigern. Oft nahm sie Jimmy mit hinunter in den Saloon, wo sie ihn stillte, während sie lachend und singend mit den Gästen zusammensaß. Auch im Bett war ihr Leibesumfang für sie kein Hindernis, und jedes Mal, wenn sie miteinander schliefen, war sie so laut, dass sogar die Passanten auf der Straße sie hören konnten.

Mit Nancy Lapham dagegen freundete sie sich nicht so an, wie Robert es bei zwei Frauen, die nur von Männern umgeben sind, angenommen hätte. Bis auf höfliches Nicken und Nancys Erkundigungen nach Jimmy gingen die beiden sich aus dem Weg. Das erwähnte Robert gegenüber Billie Lapham, als sie eines Abends im Stall des Hotels nach ihren Pferden sahen. Lapham war geblendet von Molly, von ihrer Sinnlichkeit, ihrer direkten und fröhlichen Art. »Nun ja«, sagte er und wischte sich mit der Handfläche die Stirn ab – er schien sein Taschentuch verlegt zu haben –, »in dieser Beziehung ist Nance komisch. Sie mag Frauen ihres Schlages, wie Ihre Schwester. Bei Frauen wie Martha weiß sie, woran sie ist. Molly dagegen ist so … na ja, so voller Leben, dass Nance sich neben ihr noch kränker fühlt. Natürlich hat sie das nicht gesagt«, fügte er hastig hinzu. »Und sie bewundert, wie Molly Jimmy so natürlich angenommen hat. Das tun wir beide. Sie ist wirklich was Besonderes, Ihre Frau.« Die letzten Worte äußerte Billie Lapham in einem ungläubigen Ton, so als könnte er Roberts Glück, einen solchen Fang gemacht zu haben, nicht fassen.

Molly war, was Nancy betraf, unverblümter. »Sie ist kränklich«, sagte sie auf Roberts Frage hin. »Ich brauch mich nicht mit jemandem anzufreunden, der im Sterben liegt. Das ist vielleicht herzlos, aber ich würde sie ja nur verlieren, und wer will sich das schon freiwillig antun?«

Nach zwei Wochen in Murphys fühlte Robert sich allmählich so, als steckte er im Schlamm fest und könnte ihm nicht entkommen. Sein Leben hatte sich verlangsamt. Er schlief immer länger, sank immer tiefer ins Federbett und in Mollys Fleisch hinein. Er ernährte sich nicht mehr von dem, was er selbst erjagte, sondern von fettigen Steaks im Restaurant. Jemand anders versorgte seinen Grauschimmel, wusch ihm die Kleider und machte für ihn Feuer mit Holz, das er nicht selbst gehackt hatte. So ein leichtes Leben hatte Robert nie gehabt, und es gefiel ihm ganz und gar nicht. Nur Jimmys praller werdende Wangen, seine strahlenden Augen, mit denen er ihn immer deutlicher ins Visier nahm, und seine sichtliche Zufriedenheit gaben Robert das Gefühl, dass es sich lohnte.

Um aus seiner Trägheit auszubrechen, ritt Robert eines Tages in Begleitung von Billie Lapham, der geschäftlich mit Haynes zu tun hatte, zum Calaveras Grove hinauf und sammelte weitere Sequoiazapfen. Er hatte gedacht, es wäre befreiend, sich zwischen den Mammutbäumen aufzuhalten, doch sie erinnerten ihn bloß an Marthas Tod und das letzte Mal, als er hier gewesen war. So arbeitete er mit wenig Vergnügen, während eine Traurigkeit an ihm nagte, die selbst die Bäume nicht lindern konnten.

Eigentlich hatte er über Nacht bleiben und wie früher im Freien schlafen wollen. Doch als er am späten Nachmittag zum Big Trees Hotel zurückkehrte, um sich zu waschen, erwartete ihn dort ein Brief von William Lobb, der ihm den Berg hinauf gefolgt war.

Lobb war so knapp wie immer.

Pension Bienenstock
California & Montgomery
San Francisco

20. August 1856

Goodenough,
ein Mann an der walisischen Grenze will auf seinem Anwesen den größten Redwood-Hain Großbritanniens anpflanzen. Er will unbedingt seinen wohlhabenden Freunden zuvorkommen und braucht deshalb Sämlinge statt Samen. Sammeln Sie, so schnell Sie können, 50 Stück.

William Lobb

Sofort ritt er zurück nach Murphys, erleichtert, eine Aufgabe zu haben, aber unschlüssig, was er Molly sagen sollte. Als er zu ihrem Zimmer kam, lief sie mit Jimmy wie einem Mehlsack auf der Schulter umher und klopfte ihm auf den Rücken, damit er ein Bäuerchen machte. Sie strahlte. »Robert Goodenough! Konntest wohl nicht mal für eine Nacht wegbleiben. Hast du deine kleine Familie vermisst?«

»Molly, ich –«

»Massier mir die Füße, mein Schatz, ja? Zwei Babys rumzutragen, lässt sie ganz schön anschwellen.« Sie sank aufs Bett und streckte die Beine aus.

Während er ihrem Wunsch nachkam, schweifte Roberts Blick durchs Zimmer zu der neuen Wiege neben dem Bett, dem Eimer, in dem Windeln einweichten, der quer durch den Raum gespannten Wäscheschnur. Auf dem kleinen Tisch stand ein Teller mit den Überresten eines Steaks, das Molly sich hatte kommen lassen. Der Raum vermittelte einen Eindruck von Dauerhaftigkeit, der ihm Unbehagen bereitete. »Molly, wir müssen darüber reden, was wir als Nächstes tun«, sagte er.

»Na, als Erstes kannst du Jimmy in seine Wiege legen.«

Als er sich wieder aufs Bett gesetzt hatte, sagte er: »William Lobb hat mir geschrieben. Ich muss nach San Francisco zurück und unterwegs Redwoods sammeln.«

Er rechnete mit Einwänden und Beschwerden, doch Molly überraschte ihn. »Wie viel Zeit haben wir zum Packen?«, fragte sie.

»Oh, ich habe nicht erwartet, dass du –«

»Die Stadt wollte ich schon lange mal sehen. Weißt du, dass ich jetzt schon drei Jahre in Kalifornien bin und noch nie in San Francisco war? Hab nicht mal das Meer gesehen! Der Zeitpunkt ist so gut wie jeder andere. Jetzt ist es noch leichter, als wenn das andere Baby auch da ist.«

»Du musst mich aber nicht begleiten. Ich kann danach nach Murphys zurückkommen. Hast du dich hier nicht schon eingerichtet?«

Molly schnaubte und deutete auf das Zimmer. »Das nennst du eingerichtet? Du hast ja eine komische Vorstellung davon. Eingerichtet sein bedeutet für mich, einen Herd zum Kochen zu haben, meine eigene Haustür und einen Garten voll mit Bohnen und Tomaten. Wie auch immer, wir kommen lieber mit dir. Wer weiß, ob du sonst je zu uns zurückkommst? Dieser William Lobb, von dem ich so viel gehört habe, wird dir einfach was anderes zu sammeln geben, und schwupps, bist du verschwunden.«

Ihre Worte trafen ihn; dennoch war er nicht ganz sicher, ob sie unrecht hatte. »Ich muss morgen abreisen«, sagte er, statt zu widersprechen.

»Kein Problem.«

»Bist du sicher?«

»Pass auf.« Molly stand auf und fing an, Kleidungsstücke von Haken zu nehmen und zu falten. Während sie sich durchs Zimmer bewegte, folgte ihr Jimmy, der still in der Wiege lag, mit seinen dunklen Augen.

»Was ist mit Jimmy?«

»Was soll mit ihm sein? Glaubst du, Babys sind nicht früher schon kreuz und quer durch dieses Land gereist? Ihm wird's gut gehen, solange er zu essen bekommt und sich sicher fühlt. Mehr brauchen die Kleinen nicht. Erst wenn sie laufen lernen, wird es schwieriger.«

»Und das andere … das willst du doch nicht unterwegs bekommen?« Über das Kind, mit dem Molly schwanger war, sprachen sie selten. Robert hatte aufgehört, sich zu fragen, ob es seins war oder nicht. Eine befriedigende Antwort auf diese Frage würde es nie geben.

Molly schüttelte den Kopf. »Bis dahin dauert es noch eine

Weile. Holst du mir bitte mal den Koffer unter dem Bett vor, Schatz?«

Schneller als erwartet, räumte sie das Zimmer leer und ließ Robert dann mit seinem Neffen allein, um zu veranlassen, dass der Rest ihrer Sachen aus dem Stall geholt wurde. Jimmy weinte nicht, als sie weg war, doch er beäugte Robert aufmerksam.

»Tja, Jimmy, sieht aus, als würden wir uns wieder auf den Weg machen.«

Vielleicht lag es daran, dass er die Stimme seines Onkels hörte – sanft und wehmütig –, jedenfalls hatte Robert den Eindruck, als lächelte Jimmy ein wenig.

Ihre Abreise aus Murphys blieb nicht unbemerkt. Als Robert darum kämpfte, für Jimmy etwas zu essen aufzutreiben, hatte er viele Leute kennengelernt, denen er als der verzweifelte Mann mit dem hungrigen Säugling in Erinnerung geblieben war. Molly war ebenfalls unvergesslich mit ihrem Lachen, das den Saloon des Hotels erfüllte, ihrem freundlichen Winken vom Balkon und ihren Spaziergängen durch die Stadt, im einen Arm Jimmy, den anderen stützend um ihren Bauch gelegt. Ihr leuchtend gelbes Kleid war mittlerweile ganz herausgelassen und fegte den Staub hinter ihr auf. Robert hatte einen Wagen für die Reise nach Stockton gemietet, wo sie das Dampfschiff nach San Francisco nehmen würden. Dort würde er Molly und Jimmy bei Mrs. B. unterbringen und dann zurückreiten, um die Redwoodsämlinge auszugraben.

Eine Menschenmenge begann sich zu bilden, während er mit Billie Lapham und ein paar anderen Männern den Wagen belud. Sogar Nancy Lapham kam heraus und setzte sich auf einen Stuhl auf der Hotelveranda. Sie küsste Jimmy zum Abschied und umarmte sogar Molly, wenn auch weniger enthusiastisch. Robert trat auf die Veranda und setzte sich zu ihr.

Nancy nahm seine Hand. »Alles verändert sich, stimmt's?« Sie wirkte traurig.

»Ich werde ja immer noch hier raufkommen, um Sequoien zu sammeln«, versicherte Robert ihr. »Dann schaue ich bei Ihnen vorbei.«

»Das will ich meinen!« Nancy drückte seine Hand. »Wenn ich höre, dass Sie im Calaveras Grove waren und nicht in Murphys vorbeigekommen sind, ist die Hölle los, Robert Goodenough!«

Robert lächelte. Dass Nancy ihm die Hölle heißmachen würde, war schwer vorstellbar. Als er sich anschickte aufzustehen, umklammerte sie seine Hand noch fester. »Irgendetwas sagt mir aber, dass ich Sie nicht mehr wiedersehen werde.«

»Sagen Sie so etwas nicht, Nancy.«

Sie tat seine Worte mit einem Achselzucken ab. »Ach, was soll's. Sie leben jetzt mit Ihrer Familie weiter. Kümmern Sie sich um den kleinen Jungen.«

»Bis bald!«, sagte er. »Sehr bald.«

»Sicher.« Nancy ließ seine Hand los.

Trotz des vielen Händeschüttelns und obwohl Billie Lapham ihn zweimal überschwänglich umarmte, Molly lachte und weinte und Jimmy wegen des Lärms zu schreien anfing, war das, was Robert von ihrer Abreise in Erinnerung blieb, Nancy, die reglos auf der Veranda des Hotels saß, sie beobachtete und ihm nur einmal kurz zunickte. Sie sollte mit ihrer Vorahnung recht behalten.

Das Dampfschiff von Stockton nach San Francisco hatte Robert nur einmal genommen, als er mit William Lobb unterwegs gewesen war. Üblicherweise legte er den Weg mit seinem Grauschimmel und ein oder zwei Maultieren zurück; aus den goldenen Vorbergen der Sierra Nevada führte die Strecke ihn durch die Ebene Zentralkaliforniens, bis nach einem Tagesritt unter der strahlenden, heißen Sonne ein blauer Nebel aus neuen Bergen vor ihm zu flirren begann. Hier traf er selten auf Goldgräber, und die Indianer und Californios, denen er unterwegs begegnete, waren harmlos.

Doch mit Molly, Jimmy und dem Wagen mit all ihren Habseligkeiten würde dieser Weg zu lange dauern. Als sie das Dampfschiff bestiegen, grinste Molly. »Ist das nicht Wahnsinn?«, rief sie. »Diese Dampfer hab ich in Sacramento am Kai liegen sehen und immer davon geträumt, eines Tages mit einem zu fahren. Und jetzt ist dieser Tag gekommen!«

Er ließ sie auf Deck an dem großen Schaufelrad zurück und führte den Grauschimmel in seine Box. Den Arm um den Hals des Tieres gelegt, stand er einen Moment da und spürte das Schaukeln des Schiffs unter seinen Füßen, von dem er wusste, dass sein Pferd es hasste. »Tut mir leid«, flüsterte er. Als er ging, drehte der Grauschimmel sich nach ihm um, dann pinkelte er einen langen, heißen Strahl über das ganze Deck.

Molly stand am Heck, stillte Jimmy und sah zu, wie die Gebäude von Stockton vorbeizogen. Die Menschen am Ufer winkten ihr zu. Robert war erstaunt darüber, dass sie das Baby im Stehen stillen konnte. »So reist man nun mal«, sagte sie, immer noch grinsend. »Ich könnte die ganze Woche so dahingleiten.«

»Molly, ich kann nicht lange bei euch in San Francisco bleiben. Ich muss Redwoods sammeln«, sagte Robert, in Gedanken bei William Lobbs Brief.

Das Lächeln verschwand aus Mollys Gesicht. »Kannst du das hier nicht einfach genießen? Wie lange dauert die Fahrt?«

»Ungefähr zehn Stunden.«

»Ich sag dir was: Die nächsten zehn Stunden denken wir nicht an Bäume. Hier, du nimmst Jimmy.« Molly löste das schlummernde Baby von ihrer Brust und legte es ihm in die Arme. »Ich geh mich jetzt ein bisschen amüsieren!«

Ihre Beziehung war dabei, sich zu verändern: Molly hatte ihre Verzweiflung abgelegt und wurde ungeduldig. Obwohl sie Murphys Robert zuliebe verlassen hatte, erweckte sie nicht den Eindruck, als liefe sie hinter ihm her; vielmehr rauschte sie voraus, und er musste entscheiden, ob er ihr folgen wollte.

Mit Jimmy im Schoß setzte sich Robert auf eine Bank in der Sonne und ließ die Landschaft an sich vorbeiziehen, ganz so, wie er es bei seiner ersten Fahrt mit William Lobb getan hatte. Indianer ritten in einer langen Reihe am Ufer entlang, und dieselben Jungen – oder vielleicht ihre jüngeren Brüder – jagten hinter dem Dampfschiff her. Nach den rasanten Veränderungen der letzten Wochen genoss er die Vertrautheit der Reise. Die Sonne auf dem Gesicht und das beruhigende Gewicht des Babys in seinem Schoß, schloss Robert die Augen und erlaubte sich, Mollys Ratschlag folgend, einfach zu sein. Schon bald schlief er ebenso fest wie sein Neffe.

Mrs. Bienenstock war offenbar durch nichts aus der Fassung zu bringen, denn sie wirkte nicht einmal überrascht, als Robert nur Wochen, nachdem eine schwangere Frau auf der Suche nach ihm gewesen war, mit einer anderen schwangeren Frau und einem Säugling vor ihrer Tür stand. So war Kalifornien nun mal. Leute, die in den Westen zogen, ließen alle möglichen Probleme hinter sich; in Kalifornien fanden sie den Raum und die Freiheit, sich neue Probleme zu schaffen. Obwohl Mrs. B. üblicherweise keine Frauen oder Kinder beherbergte, trat sie zur Seite und winkte Molly und Jimmy an sich vorbei ins Haus. »Weichen Sie die Windeln draußen im Hinterhof ein«, war ihr einziger Kommentar. »Dort stört der Gestank niemanden.«

Robert setzte zu einer Erklärung an, doch sie unterbrach ihn sofort. »Sie werden ein größeres Zimmer brauchen. Nehmen Sie das im ersten Stock hinten: zwei Dollar die Woche mehr. Gehen

Sie schon mal hoch«, sagte sie zu Molly. »Ich bringe das Bettzeug – oder haben Sie Ihr eigenes?«

»Wir haben alles, vielen Dank.« Molly und Mrs. Bienenstock beäugten einander, ehe sie gleichzeitig nickten und zu einem wortlosen Einvernehmen gelangten, bei dem Robert außen vor blieb.

Sein Blick folgte Molly die Treppe hinauf, dann drehte er sich zu seiner Vermieterin um. »Ist Mr. Lobb da?«

Mrs. B. runzelte die Stirn. »Er ist unten am Hafen, obwohl er eigentlich im Bett liegen sollte. Konnte nicht mal zu Fuß gehen – musste einen Wagen nehmen, weil es seinen Beinen so schlecht geht. Er war Ihretwegen unruhig, hat sich dauernd gefragt, wann Sie wohl mit den Redwoods kommen. Fünfzig sind's, oder? Wo sind sie denn?« Sie warf einen Blick auf den Wagen: Jimmys umgedrehte Wiege auf einem Berg aus Kissen, Laken, Decken und Matratzen, die Molly immer mit sich herumkarrte.

»Ich habe sie noch nicht gesammelt – ich war … beschäftigt.«

»Kann man sagen.« Mrs. Bienenstock schien belustigt.

William Lobb tauchte eine Stunde später auf, nachdem Robert ihre Sachen abgeladen und sich im Hof darangemacht hatte, die Zapfen zum Trocknen auszulegen. »Goodenough!«, rief er und humpelte auf ihn zu. »Wo sind diese verdammten Redwoods? Gerade habe ich Beardsley am Hafen rumschnüffeln sehen. Er wird wohl auch Redwoods nach Wales schicken. Wir müssen uns sputen!«

Ehe Robert antworten konnte, streckte Molly den Kopf zum Fenster ihres Zimmers heraus. »Kannst du ein paar Handtücher mit raufbringen, Schatz, falls Mrs. B. welche übrig hat? Oh, hallo da unten!«, rief sie William Lobb zu. »Sie müssen der berühmte William Lobb sein. Er wird sich für Sie doch nicht zu Tode schuften müssen? Jetzt hat er nämlich noch andere, die ihn brauchen.«

Lobb starrte zu ihr hinauf, mit ihren wilden Locken und dem üppigen Vorbau, der auf dem Fensterbrett ruhte. Dann fing Jimmy an zu schreien. »Vergiss die Handtücher nicht!« Damit zog Molly den Kopf wieder zurück.

William Lobb wandte sich erneut Robert zu. Im Gegensatz zu Mrs. Bienenstock hielt er nicht an sich. »Wer, zum Teufel, ist denn das? Ihre Schwester jedenfalls nicht. Die hab ich kennengelernt. Stilles kleines Ding, helle Haare. Hatte nicht viel –« Lobb deutete auf seine Brust. »Wo ist sie?«

Roberts starrer Gesichtsausdruck ließ Lobb innehalten. »Oh, Junge, das tut mir leid.«

Robert griff nach einem Sequoiazapfen, der von einem Chickaree angeknabbert worden war, und warf ihn zur Seite.

»Und wer ist Ihre Freundin?«, fragte Lobb nun etwas freundlicher.

Um ihn nicht ansehen zu müssen, durchwühlte Robert weiter den Sack mit Zapfen. »Molly. Ich habe sie damals in Texas kennengelernt. Ein paar Jahre lang war sie oben in French Creek. Vielleicht hab ich sie schon einmal erwähnt.«

»Und das Baby?«

»Mein Neffe.«

William Lobb nickte. Ein paar Minuten lang schwiegen sie, Robert mit seinen Zapfen und Lobb mit der Prüfung der Sequoiasämlinge beschäftigt. Deren Nadeln wurden schon gelb, aber der Engländer verkniff sich eine Bemerkung. Nach einer Weile sagte er: »Es gibt ein Schiff, das in drei Tagen mit Kurs auf Panama ablegt. Wenn Sie es schaffen, bis dahin fünfzig Redwoods zu sammeln und hierherzubringen, können wir sie rasch nach Wales verschiffen. Keine Zeit, diese Zapfen hier zu trocknen.« Er deutete auf die Zapfen, die zu Roberts Füßen ausgebreitet lagen. »Wir müssen sie einfach grün einpacken.«

»Warum haben Sie es so eilig?«

»Dieser Herr hat nicht irgendeinen speziellen Sammler angeheuert, sondern gesagt, dass der Erste, der ihm Sämlinge für einen ganzen Hain bringt, den Auftrag bekommt. Natürlich wird Beardsley uns Konkurrenz machen. Vielleicht Bridges, und es würde mich nicht wundern, wenn die Gebrüder Murray sich ebenfalls daran versuchen würden. Der Mann plant außerdem ein Pinetum, sodass es jede Menge Arbeit geben wird, wenn er zufrieden ist. Er wird jeden Nadelbaum haben wollen, den wir ihm schicken können – wahrscheinlich als Sämling oder Setzling. Deshalb brauchen wir jetzt diese Redwoods. Ich dachte ja, Sie hätten sie bereits mitgebracht, statt einer Frau und eines Säuglings.«

»Was sagt Veitch dazu?«

»Der Auftrag geht nicht über Veitch. Wir bekommen das ganze Geld.«

»Sammeln Sie nicht mehr für Veitch?«

Lobb runzelte die Stirn. »Von Veitch hab ich die Nase voll. Ich bin krank und müde. Das hier ist meine Art, es ihm heimzuzahlen – und obendrein noch besser zu verdienen.«

»Und was ist mit mir?«

»Sie?« William Lobb zuckte die Schultern. »Sie, mein Junge, können tun, was Sie wollen. Die Briten sind nach wie vor an kalifornischen Bäumen interessiert. Wenn Sie für Veitch sammeln wollen, werde ich Ihnen nicht im Weg stehen. Wie's aussieht, haben Sie ja Menschen, die auf Sie angewiesen sind.« Er nickte in Richtung des Fensters, in dem Molly erschienen war.

»Aber …« Robert wusste nicht, ob sein Arbeitgeber gerade dabei war, sich von ihm zu trennen.

»Ich habe Ihnen genug beigebracht. Zeit, Ihr Wissen anzuwenden: Wo finden wir schnell fünfzig Redwoodsämlinge?«

Immerhin hatte Lobb »wir« gesagt. Robert dachte einen Moment nach. »Es darf nicht weit weg sein.«

»Ja. Und?«

»Dort müssen viele Sämlinge keimen.«

»Und wo wäre das?«

»An einem Ort, wo es vor Kurzem gebrannt hat.« Statt die Redwoods zu zerstören, befreite Feuer den Waldboden von der dicken Torfschicht um sie herum und verschaffte den Samen ein mineralienreiches Saatbett. »Ja, Feuer. Vor einem Jahr hat es oberhalb der Oakland Hills gebrannt. Gute Redwoods da oben, und es ist gleich auf der anderen Seite der Bucht. Sie können mit der Fähre übersetzen.«

»Aber ich brauche Ihre Hilfe.«

Lobb zuckte zusammen. »Hören Sie, mein Junge, ich bin nutzlos. Ich habe stechende Schmerzen in den Beinen und überhaupt keine Energie. All die Jahre unterwegs fordern nun ihren Tribut.« Er hielt inne. »Sehen Sie zu, dass Ihnen das nicht passiert. Aber wie's scheint, haben Sie vorgesorgt.« Wieder deutete er auf Mollys Fenster.

»Sie können mir zeigen, wo die Redwoods sind, den Wagen besorgen. Sie werden nicht selbst graben müssen. Kommen Sie einfach nur mit. Bitte.« Robert wusste nicht, warum ihm so viel an Lobbs Gesellschaft lag. Trotzdem starrte er seinen Arbeitgeber eindringlich an, bis dieser nachgab.

»Ihre verdammten braunen Augen, Goodenough! Also gut. Vergessen Sie die Fähre: Laufen Sie runter zum Hafen, und mieten Sie uns ein Boot und einen Mann, der bereit ist, uns gleich morgen früh zu fahren – so früh wie möglich. Was die Wagen angeht: Ich glaube, wir können es mit einem einzigen schaffen, wenn wir die Eimer richtig stapeln. Eimer – davon brauchen wir noch mehr. Viel mehr.« Während er und Robert anfingen, die Logistik zu besprechen, die nötig war, um so viele Bäume in einem Durchgang zu sammeln, schien der Engländer heiterer zu werden und seine Kraft wiederzuerlangen.

Molly schien es nichts auszumachen, dass Robert so bald nach ihrer Ankunft in San Francisco schon wieder aufbrach. Ebenso wie er, war sie es gewohnt, Dinge selbst in die Hand zu nehmen, ohne viel von anderen zu erwarten. Als er das Zimmer betrat, war sie damit beschäftigt, sich häuslich einzurichten und die Decken aufs Bett, die Kleider an Haken und Flaschen auf die Kommode zu räumen. Jimmy lag in seiner Wiege, gebettet auf den Goodenough-Quilt. Wieder gelang es Molly, innerhalb kürzester Zeit aus einem Raum ein Zuhause zu machen und ihm ihren Stempel aufzudrücken, wo Robert keine Fußspur hinterlassen hätte.

Erleichtert stellte er fest, dass sie die Nachricht von seiner Abreise gut gelaunt aufnahm. Enttäuscht war sie lediglich darüber, dass sie das Meer nicht gleich sehen würde. »Du könntest Mrs. B. bitten, mit dir zum Black Point hinauszufahren«, schlug Robert vor. »Oder zu den Seal Rocks, dort hat man eine gute Aussicht aufs Meer.«

»Nein, das will ich mir mit dir zusammen anschauen«, beharrte Molly. »Hier gibt's auch so jede Menge für mich zu sehen. Die ganzen Häuser, die mir auf dem Weg hierher schon aufgefallen sind! Die Saloons! Und die Schiffe! Ich werde mir hier ein paar Tage Ferien gönnen.«

Auch für Robert fühlte sich die Reise nach Oakland fast wie Ferien an. Er musste weder auf Frauen noch auf ein Baby Rücksicht nehmen; um sie herum gab es lediglich ein paar betrunkene Goldgräber. Er musste nicht darauf achten, keinen Dreck in Mrs. B.s Haus zu schleppen, und nachts nicht im Bett neben Molly liegen und das Gefühl haben, dass sie zu viel Wärme ausstrahlte und die Wände sich um ihn zusammenzogen. Nachdem sie die Bucht in einem Boot überquert hatten, das gerade groß genug für sie selbst, ihre Ausrüstung und Roberts Pferd war, sattelte er den Grauschimmel, während William Lobb in der kleinen Stadt zurückblieb, um einen Wagen zu mieten, mit dem er Robert folgen würde. Fast ein Jahr war es her, seit die Männer gemeinsam zum Sammeln losgezogen waren. Auch Lobb schien es zu genießen, im Freien und fern der Verpflichtungen und Anstrengungen des Stadtlebens zu sein. Sein Gang war fast normal und seine Stirn frei von Sorgenfalten.

»Da oben.« Er zeigte auf einen Höhenrücken oberhalb der Stadt. »Nehmen Sie den Indianerpfad hinauf, und biegen Sie an der Gabelung rechts ab. Nach etwa zwei Kilometern stoßen Sie auf einen prächtigen Hain. Den habe ich bisher verschont. Dort sollten Sie genug Sämlinge finden. Nehmen Sie ein paar Eimer für den Anfang mit – den Rest bringe ich dann nach.«

William Lobb sollte recht behalten. Der Redwood-Hain war für ihr Vorhaben perfekt geeignet. Obwohl Robert wusste, dass seine Zeit knapp war, setzte er sich für ein paar Minuten auf einen Baumstamm und blickte sich um. Das Feuer im letzten Jahr hatte die Baumstämme geschwärzt, aber die Rinde der Redwoods war dick und reich an Tannin, das sie vor dem Verbrennen schützte. Da ihre Äste erst von der Hälfte des Stammes an aufwärts wuchsen, konnten die Flammen an ihnen nicht bis ganz hinauf in die Spitze klettern. Das Feuer hatte den Waldboden vom Unterholz befreit, und inmitten eines Teppichs aus smaragdgrünem Sauerklee keimten jetzt überall winzige Sämlinge.

Auch wenn sie nicht so groß waren wie die Sequoien im Calaveras, gaben die Redwoods ihm doch das vertraute beruhigende Gefühl, unbedeutend zu sein. Seine Sorgen verblassten angesichts der mächtigen alten Bäume. Könnte ich mir dieses Gefühl doch überall, wo ich bin, bewahren, dachte Robert. Er verbrachte ein paar glückliche Stunden damit, Sämlinge zu finden und auszugraben. Während er arbeitete, fragte er sich, welche Bäume wohl die lange Reise über den Ozean nicht überleben und wie die übrigen aussehen würden, wenn sie erst einmal in fremden Boden eingepflanzt waren. Es war befreiend, nur an die Bäume und an die Aufgabe, die vor ihm lag, zu denken. Er arbeitete unbeirrt und beförderte die Sämlinge nach und nach auf dem Grauschimmel hinunter zur Straße, wo William Lobb mit dem Wagen wartete. Das Pferd war nicht erfreut darüber, mit Eimern behängt zu werden, aber Robert hatte einen Vorrat an Zuckerstücken und Gravensteiner Äpfeln mitgebracht, um es ruhig zu halten.

Bei Sonnenuntergang hatte er den fünfzigsten Baum ausgegraben und versenkte ihn in einen Eimer. Als er die letzten Sämlinge zum Wagen hinunterbrachte, nickte William Lobb zufrieden. »Die werden reichen. Gute Arbeit, mein Junge.«

Wieder in Oakland angekommen, konnten sie den Bootsbesitzer nicht finden, und Robert ging in den Saloons entlang der Hauptstraße nach ihm suchen. In einem von ihnen hatte der Mann bis zur Ohnmacht getrunken, und Robert schaffte es nicht, ihn wachzurütteln.

Doch William Lobb ließ sich nicht aus der Fassung bringen. »Wir wecken ihn gleich morgen früh«, sagte er. »Morgen legen keine Dampfer ab, sodass Beardsley nicht vor uns losfahren kann. Die *Star of the West* sticht übermorgen in See. Wir haben also Zeit.«

Lobb war zu steif, um im Freien zu schlafen, und nahm sich ein Zimmer in einem der einfachen Hotels. Robert dagegen stellte den Grauschimmel unter, borgte sich eine Decke und ging ein Stück aus der Stadt hinaus, um dort ein Feuer zu machen, sich in die Decke zu wickeln und unter den Sternen zu schlafen. Seit Mollys Ankunft hatte er nicht mehr draußen campiert. Er staunte darüber, wie still es ohne Molly und Jimmy neben ihm war, und wie viel leichter es ihm fiel, ein solches Leben zu führen. Im nächsten Moment hatte er jedoch schon ein schlechtes Gewissen, weil er von ihnen getrennt war. Sie waren nun seine Familie, auch wenn er nicht ganz sicher war, was das eigentlich bedeutete. Wie sollte eine Familie sein? Nicht wie James und Sadie Goodenough, so viel war klar. Über diesen Gedanken schlief Robert schließlich ein.

Als er im Morgengrauen erwachte, hatte er zum ersten Mal seit Wochen das Gefühl, er selbst zu sein.

Mrs. Bienenstock stand rauchend in der Tür, als der Wagen vorfuhr. »Himmel, Arsch und Zwirn«, murmelte sie aufgebracht. »Himmel, Arsch und Zwirn.«

Robert nahm an, dass sie damit das Heer von Eimern auf der Ladefläche des Wagens meinte. Das Boot voller Sämlinge hatte im Hafen viel Aufmerksamkeit erregt, und William Lobb hatte sich geweigert, die Pflanzen auch nur für eine Nacht dort zu lassen, aus Angst, sie könnten beschädigt oder gestohlen werden – oder, noch schlimmer, andere Baumhändler könnten sie ausspionieren. Deshalb hatten sie die Sämlinge zur Pension mitgenommen, bis sie sie am nächsten Morgen an Bord der *Star of the West* bringen konnten.

Mrs. B. warf jedoch nicht einmal einen flüchtigen Blick auf die Sämlinge. »Ich hab Ihnen gesagt, dass ich keine Sauerei in meinem Haus haben will. Schon als ich Sie das erste Mal gesehen habe, hab ich's Ihnen gesagt, Robert Goodenough.«

»Tut mir leid, Ma'am, aber wir werden sie ganz vorsichtig in den Hof tragen«, versicherte Robert ihr. »Und falls wir irgendwelchen Dreck reinschleppen, kehren wir ihn hinterher weg und wischen auch noch nach.«

Sie schien ihn nicht zu hören. »Wissen Sie, wie schwer es ist, Blut aus einer Matratze rauszukriegen?«

Robert starrte sie an. Dann stürmte er an Mrs. Bienenstock

vorbei die Treppe hoch, immer drei Stufen auf einmal nehmend, und rannte den Flur hinunter.

Molly saß, den Rücken ans Kopfbrett gelehnt, aufrecht im Bett und hielt in jedem Arm ein Baby. Die Kleinen saugten zufrieden an ihrer Brust; Blut war nirgendwo zu sehen.

Molly lächelte ihn erschöpft an. »Hallo, Schatz. Überraschung!«

Robert war so perplex, dass er auf der Türschwelle stehen blieb und von einem Kind zum anderen blickte. Das eine war Jimmy. Und das andere – sein Sohn oder seine Tochter, das konnte er nicht erkennen. Er war für einen Tag weg gewesen und als Vater zurückgekommen.

»Wie?«, sagte er.

Molly schnaubte. »Wie das so üblich ist: jede Menge Schmerzen und Schreien und Pressen. Eigentlich war's aber gar nicht so schlimm – es ging so schnell, dass ich's kaum gespürt hab. Gott sei Dank hat Dody mir geholfen. Wenn sie nicht gewesen wäre, hätte ich es allein auf dem Küchenfußboden bekommen!«

»Dody?«

»Mrs. Bienenstock. Deine Vermieterin. Kennst du nicht mal ihren Vornamen?«

Mrs. B. war hinter Robert die Treppe heraufgekommen und lehnte im Flur an der Wand. Jetzt brummte sie: »Meinen Vornamen erfahren nur die wenigsten. Schön formell bleiben, sag ich immer. Aber Molly hat natürlich gleich danach gefragt, damit sie ihn während der Geburt die ganze Zeit rausschreien konnte. Jetzt kennt ihn die ganze verdammte Straße.«

»Dody, ich schulde Ihnen eine ganze Ladung Kekse zum Dank – wenn diese beiden mich mal aufstehen lassen!« Molly legte jedem Kind eine Hand um den Kopf. »Meinen Sie denn, Sie könnten mir eine Tasse Kaffee bringen?«

»Nichts als Ärger mit dieser hier.« Mrs. B. schmunzelte. Ein bisschen Ärger schien ihr durchaus zu gefallen.

Als sie gegangen war, setzte Robert sich auf die Bettkante. Er deutete auf das Neugeborene. »Junge oder Mädchen?«

»Mädchen. Wie wollen wir sie nennen?«

Robert schüttelte den Kopf. »Entscheide du.«

»Nein. Es wird Zeit, dass du Dinge beim Namen nennst. Dein armes Pferd hat immer noch keinen; das Mindeste, was du tun kannst, ist, deiner Tochter einen Namen zu geben.«

Robert starrte auf den Wirbel aus dunklem Haar auf dem winzigen Kopf. Mehr konnte er nicht sehen, denn das Gesicht des Babys war in der Brust seiner Mutter vergraben. »Ich weiß nicht, wie ich sie nennen soll.«

»Also, Jimmy ist nach deinem Vater benannt. Warum nennen wir sie nicht nach deiner Ma?«

Robert schauderte. »Das wäre keine so gute Idee.«

»Was immer sie getan hat, Robert, deine Mutter ist immer noch deine Mutter. Wie hieß sie?«

»Sadie.« Allein den Namen auszusprechen, füllte Roberts Mund mit einem bitteren Geschmack, und einen Moment lang dachte er, er müsste erneut gegen Mrs. Bienenstocks strenge Hausordnung verstoßen und sich übergeben.

»Sadie ist doch ein Spitzname für Sarah, oder?«, beharrte Molly. »Sarah ist hübsch. Ruhiger und weniger frech als Sadie. Eher wie du.«

»Sarah Goodenough.« Als Robert den Namen aussprach, brannte er nicht auf seiner Zunge, sondern fühlte sich an wie Balsam.

»Goodenough! Helfen Sie mir nun mit diesen Bäumen oder nicht?«, rief William Lobb zu ihrem Fenster hinauf.

Molly schüttelte den Kopf und lachte. »Dieser Mann. Wenn ich für ihn arbeiten würde, wäre ich längst abgehauen.«

»Ich gehe ihm mit den Bäumen zur Hand, dann komme ich wieder.«

Molly scheuchte ihn mit einer Geste weg. »Wir müssen uns jetzt sowieso ausruhen. Schau.« Beide Kinder waren, satt und träge, an ihrer Brust eingeschlafen. »Legst du sie bitte in die Wiege, eh du gehst? Eins an jedes Ende.«

Vorsichtig nahm Robert seine Tochter hoch. Sie zu halten, fühlte sich nicht anders an, als Jimmy zu halten. Behutsam bettete er sie auf den Goodenough-Quilt, den Kopf neben das grüne Seidenquadrat, und lächelte.

Am nächsten Morgen brachten er und William Lobb die Redwoods zurück zum Hafen. Die Sämlinge steckten immer noch in Eimern, denn sie hatten weder das Material noch die Zeit gehabt, genügend Wardsche Kästen zu bauen. Auch für das Packen und Versiegeln von mehr als vier Blechkisten mit Sequoiazapfen hatte ihnen die Zeit gefehlt. »Die schicken wir an Veitch – um ihn noch ein Weilchen bei Laune zu halten«, sagte Lobb. »Er wird schon früh genug von den Redwoods hören, und dann ist die Hölle los.« Bei der Vorstellung lachte er in sich hinein.

Molly saß, beide Kinder stillend, in der Küche und gab Mrs. Bienenstock Anweisungen zum Keksebacken. »Schlagen Sie den Teig nicht zu fest, Dody! Sie wollen sich wohl die Zähne an diesen Dingern ausbeißen, was? Tätscheln Sie ihn sanft, als ob er ein Baby wär. So ist's besser.«

Robert hatte seine Vermieterin immer nur Kaffee und Eier kochen sehen und wunderte sich, dass es ihr nichts auszumachen schien, sich belehren zu lassen. Willig rollte sie den Teig zu einer runden Platte aus. Keine der Frauen sah auch nur zu ihm hinüber, während er mit den Eimern zwischen Hof und Wagen hin und her ging.

»Jetzt nehmen Sie diese Tasse«, wies Molly Mrs. B. an, »und stechen ein paar Kreise aus. Nicht drehen! Das Drehen verschließt den Teig, und dann geht er nicht so gut auf. Drücken

Sie die Tasse kurz an, und ziehen Sie sie wieder raus. So, und das legen Sie dann zum Backen auf Ihr Blech.«

»Wir bringen die Bäume jetzt runter zum Schiff«, verkündete Robert.

»Natürlich, mein Schatz. Wir haben euch ja damit hin- und herlatschen sehen. Gut – zwölf Minuten, Dody! Gerade genug Zeit für eine Tasse Kaffee.«

»Dann bis später.« Robert ging hinaus zum Wagen, wo William Lobb neben dem Fahrer saß und wartete. Er wollte gerade zu ihm hinaufklettern, als Mrs. Bienenstock hinter ihm auftauchte, die Hände voller Mehl und auf der Stirn einen weißen Fleck. »Sie bringen ihn zurück«, sagte sie, an William Lobb gewandt. »Wenn Sie ihn auf dieses Schiff lassen, werfe ich Ihre Sachen auf einen Haufen und verbrenne sie – Notizbücher, Landkarten und alles – hier mitten auf der Straße. Sie werden in diesem Haus nicht mehr willkommen sein, das kann ich Ihnen garantieren.«

Robert hatte keine Ahnung, wovon sie sprach, aber William Lobb zuckte zusammen. »Ist ja schon gut, Mrs. B.«, versicherte Robert ihr. »Ich bin bald wieder da.«

Seine Worte schienen keinen Eindruck auf Mrs. Bienenstock zu machen, die Lobb wütend anstarrte, während dieser angestrengt in die andere Richtung schaute.

Wenn sie ihre Lieferungen nach England schickten, bezahlten sie normalerweise ein oder zwei Matrosen dafür, sich um sie zu kümmern: sich zu vergewissern, dass die Blechkisten mit den Zapfen nicht aufgingen oder feucht wurden, und dafür, die Wardschen Kästen hinaus in die Sonne zu stellen. Über die Jahre hatte William Lobb viele Seeleute kennengelernt, denen er vertraute.

Dieses Mal hatten sie es jedoch so eilig, dass sie ein Schiff nahmen, dessen Crew sie nicht kannten. Lobb hatte mit dem

Kapitän der *Star of the West* gesprochen, und der hatte geschworen, sich auf anderen Schiffen bereits um Pflanzen gekümmert zu haben, einschließlich denen von Lobbs Bruder Thomas, der für Veitch in Fernost sammelte. Der Kapitän hatte ihn einem Matrosen vorgestellt, dem er die Bäume anvertrauen würde. Jetzt aber, als sie den Matrosen dabei antrafen, wie er Postsäcke an Bord schleppte, schien er Lobb nicht wiederzuerkennen. Seine Augen waren blutunterlaufen, er stank nach Whisky und hielt sich nur schwankend auf den Beinen; vermutlich hatte er vor der Reise noch eine Abschiedstour durch die Saloons von San Francisco gemacht. Als sein Blick auf die Bäume in ihren Eimern fiel, stieß er einen Fluch aus. Wie es schien, war ihm empfindliche, unhandliche Fracht noch lästiger als die schweren Truhen und Kisten.

»Ich habe Ihnen doch gesagt, dass es fünfzig Bäume sein würden – nun ja, fünfzig plus drei extra.« William Lobb hatte der Ladung die drei Sequoiasämlinge, die Robert vom Calaveras Grove mitgebracht hatte, als Geschenk an den Besitzer des walisischen Anwesens hinzugefügt. »Wenn er einen Redwood-Hain will, wird er sich sicher auch für Sequoien interessieren«, hatte Lobb erklärt.

Jetzt schnappte sich der Matrose mit jeder Hand vier Eimer, ging damit die Gangway hinauf und ließ sie dabei an die Bordwand schlagen.

»Vorsicht, Mann!«, rief William Lobb, doch seine Worte verhallten im Stimmengewirr der Matrosen, die um ihn herum brüllten und ächzten, während sie Frachtstücke an Bord schleppten: weitere Postsäcke, Kisten mit Gravensteiner Äpfeln, Redwoodbretter, Truhen mit Gold, begleitet von Kaufleuten und Wachen. Auch ein paar Hühnerkäfige, Pferde und zwei Kühe wurden aufs Schiff geladen.

Robert und Lobb nahmen einige Eimer und folgten dem

Matrosen an Bord und dann hinunter in den Frachtraum. Dort warf der Mann seine Ladung achtlos in eine Ecke; einer der Eimer kippte um und verschüttete seine Erde. Bis dahin hatte Robert sich nicht recht vorstellen können, wie gefährdet die Redwoods unter den Bedingungen an Bord sein würden. Kein Wunder, dass sein Arbeitgeber darauf bestanden hatte, dass sie so viele sammelten.

Robert griff nach dem umgefallenen Eimer und schaufelte mit der Hand die Erde wieder hinein. Dann eilte er hinter Lobb und dem Matrosen her, die schon auf dem Weg zurück zum Wagen waren. Nachdem sie alle Sämlinge verladen hatten, ließ William Lobb sich ächzend auf den Planken nieder und rieb sich die schmerzenden Beine. »Jetzt bleiben Sie doch mal hier«, rief er dem Matrosen zu, der die letzten Eimer hingeworfen hatte und schon davonlief. »Ich werde Ihnen keinen Penny bezahlen, solange Sie nicht stillstehen und mir zuhören!«

Der Mann blieb stehen und drehte sich fluchend zu Lobb um.

»Ich will Ihnen erklären, wie die Bäume gepflegt werden«, hob William Lobb an. Er zog ein Stück Papier aus der Tasche. »Ich habe es auch aufgeschrieben.«

Der Seemann schnaubte. »Kann nicht lesen. Was für eine Pflege brauchen die denn überhaupt? Bäume sorgen doch für sich selbst.«

»Nein, auf einem Schiff nicht. Erst mal brauchen sie frisches Wasser.«

»Was spricht gegen Meerwasser?«

»Tun Sie doch nicht so dumm, Mann. Salzwasser würde sie umbringen, das wissen Sie genau. Sie müssen sie also alle zwei Tage gießen, und bei schönem Wetter holen Sie sie auf Deck und stellen sie in die Sonne.«

»Das mach ich auf keinen Fall!«

»Ihr Käpt'n hat mir versichert, er würde Ihnen sagen, was von Ihnen erwartet wird.«

»Davon, dass Bäume rein- und rausmüssen, hat er nichts gesagt. Ich hab anderes zu tun, als Eimer rumzuschleppen.«

»Dann suche ich mir jemand anderen«, erklärte William Lobb. »Ich bin sicher, dass es viele Matrosen gibt, die die zehn Dollar gerne hätten.«

Der Mann kniff die Augen zusammen. »Geben Sie mir das Geld jetzt.«

»Nein. Ich werde es dem Käpt'n geben, damit er es Ihnen aushändigt, wenn sie unversehrt in Panama City angekommen sind und Sie sie sicher aufs nächste Schiff gebracht haben. Für jeden Baum, der eingeht, wird er Ihnen fünfzig Cent abziehen. Falls mehr als zwanzig eingehen, fangen *Sie* an, *mich* zu bezahlen.«

Darauf spuckte und fluchte der Matrose erneut und stapfte schließlich davon. William Lobb fluchte ebenfalls. »Nicht vertrauenswürdig. Der Mann hat nichts für Bäume übrig. Und er kann nicht lesen.« Er blickte auf das Papier in seiner Hand. »Selbst wenn der Kapitän ihm auf die Finger schaut – und auch dafür gibt es keine Garantie, egal, wie viel Geld ich ihm anbiete –, ist es ihm gleichgültig, ob die Sämlinge am Leben bleiben. Aber wir haben keine andere Wahl, wenn wir die Redwoods vor Beardsley oder Bridges nach Wales bringen wollen.«

Robert ließ den Blick über den Miniaturwald schweifen, der innerhalb kurzer Zeit in dem Frachtraum entstanden war. Ausgewachsene Redwoods und Sequoien waren unglaublich robuste Bäume: Sie gehörten zu dem Land, in dem sie verwurzelt waren. Sie zu zerstören war schwierig; selbst Feuer machte sie nur stärker, und aus toten Baumstämmen sprossen noch Schösslinge hervor. Dagegen wirkten diese Sämlinge in ihren Eimern zerbrechlich und fehl am Platz; die ersten schienen bereits verwelkt zu sein. Sie würden in der Dunkelheit eingehen, von der salzigen Gischt und starken Böen umhergeblasen oder von achtlosen Matrosen umgetreten werden. Unwillkürlich musste Robert an die Sämlinge denken, die John Chapman vor so langer Zeit in Ohio sorgfältig in seinem Kanu verstaut hatte, und an die Art, wie sein Vater sich um seine Bäume kümmerte, als wären es seine Kinder.

»Können Sie nicht mit den Bäumen mitfahren?«, fragte er und kannte bereits die Antwort. Mrs. Bienenstock war klüger als sie alle.

»Das macht meine Gesundheit nicht mit«, sagte Lobb. »Ich kann so schon kaum laufen und wäre nicht imstande, sie auf Deck und wieder hinunterzutragen. Panama zu durchqueren wäre die Hölle. In dem Wagen durch Oakland zu fahren war schon schlimm genug. Nein, ich sitze hier fest.« William Lobb sah Robert fest in die Augen. Dann schweifte sein Blick über die Bucht und blieb an einer Fähre hängen, die sie gerade durchquerte.

»Sie möchten, dass ich mit ihnen fahre.«

»Das kann ich nicht von Ihnen verlangen, mein Junge. Sie haben eine Familie.« Und dennoch tat er es, wenn auch nicht mit Worten.

Bis vor Kurzem war Roberts Leben einfach und leer gewesen. Jetzt zerrten so viele widerstreitende Kräfte an ihm, dass er kaum einen klaren Gedanken fassen konnte. Stattdessen herrschte in seinem Kopf ein Wirrwarr aus Bildern und Gefühlen: John Appleseed, der in seinem Kanu den Fluss hinabglitt, die abgestorbene Baumspitze des Alten Junggesellen, Billie Laphams abgewetzter Zylinder, Jimmys Finger, die während des Stillens wie ein Stern auf Mollys Brust lagen, Martha, die so winzig wirkte unter den riesigen Sequoien. Nancy Laphams Husten. Das raue Gelächter seiner Mutter. Der Geschmack eines Pitmastoner Ananasapfels. Sein Vater, wie er sagte: »Jeder zehnte Baum erweist sich als süß.« Am Ende konzentrierten sich seine Gedanken auf das Taschentuch mit den Goldpeppingsamen, das Martha ihm gegeben hatte und das in einer Schublade in seinem und Mollys Zimmer lag. Wo würde er sie nun pflanzen?

»Ich gehe jetzt besser zurück«, sagte er schließlich, »und hole meine Sachen.«

Mrs. Bienenstock erwartete ihn auf der Türschwelle – ungewöhnlich für sie, denn sie stand nur da, rauchte nicht einmal eine Zigarre. Anscheinend war Warten die Aufgabe, die sie sich für diesen Moment ausgesucht hatte.

»Seien Sie nicht dumm, Robert Goodenough«, sagte sie, verschränkte die Arme und lehnte sich an den Türpfosten, sodass sie den Eingang versperrte. »Ich hab wirklich die Nase voll von Männern, die in dieser Stadt Dummheiten machen.«

»Woher haben Sie es gewusst?«

Mrs. Bienenstock gab ein knurrendes Geräusch von sich. »Männer sind zu leicht zu durchschauen.«

Robert räusperte sich. »Ich wäre Ihnen dankbar, wenn Sie mein Pferd verkaufen und das Geld Molly geben könnten.«

»Den Grauen verkaufen? Sehen Sie, das ist Dummheit pur. Wer will denn schon diesen launischen Flohbeißer haben?«

Robert runzelte die Stirn. »Vergessen Sie's, ich werde Mr. Lobb darum bitten.«

»William Lobb hat keinen Schimmer vom Pferdehandel. Er verkauft Bäume, keine Tiere.«

»Na, wenn Sie's nicht machen wollen, bleibt mir ja keine andere Wahl.«

»Ich werde überhaupt nichts tun, das Ihnen das hier leichter macht.«

»Wo ist Molly?«

Mrs. B. machte eine ruckartige Kopfbewegung. »Küche.«

Robert trat auf die Stufe vor der Tür, dicht vor seine Vermieterin, und wartete. Mrs. Bienenstock starrte ihn an. Sie hatte braune Augen wie er, fiel ihm zum ersten Mal auf, allerdings mit schwarzen Punkten durchsetzt. Endlich trat sie zur Seite und spuckte, als er an ihr vorbeiging, auf die Straße.

Molly saß mit einem Teller von Mrs. B.s Keksen am Tisch. Sie sahen nicht annähernd so luftig aus wie die, die sie normalerweise machte: Diese hier waren steinhart. Molly hatte einen davon mit Honig bestrichen und biss gerade hinein. Die beiden Säuglinge schliefen in der Ecke in einem Korb, den Mrs. B. sonst zum Holzholen benutzte. Sie waren schon dabei, das Regiment zu übernehmen. Robert fragte sich, wie lange seine Vermieterin das noch mitmachen würde.

»Ich hatte schon vergessen, wie gut es tut zu sitzen und zu essen, ohne dass jemand an mir dranhängt«, nuschelte Molly mit vollem Mund. »Ich könnte glatt den ganzen Teller verputzen. Willst du einen?« Sie hielt ihm die Kekse hin.

»Molly.«

»Sie sind nicht wie meine, muss ich zugeben. Dody geht mit den meisten Dingen nicht besonders zart um, erst recht nicht mit Keksteig. Macht mir aber nichts aus. Dinge schmecken immer besser, wenn jemand anders sie für einen gemacht hat, stimmt's? Ich hab den Kaffee, den du oben in French Creek für mich gemacht hast, immer gern getrunken – obwohl es Goldgräberkaffee war.« Molly musste gehört haben, wie er draußen mit Mrs. Bienenstock sprach; dennoch wirkte sie ganz gelassen.

»Molly.«

»Was ist es denn diesmal, mein Süßer.« Das war eher eine Feststellung als eine Frage. Sie biss noch ein Stück von dem harten Keks ab und schmierte sich dabei etwas Honig ans Kinn.

»William Lobb will, dass ich mit den Bäumen nach Wales fahre, um dafür zu sorgen, dass sie überleben.«

»Klar will er das.« Molly wischte sich das Kinn ab. »Die Frage ist, ob *du* das auch willst.«

»Ich weiß es nicht. Vermutlich schon.«

Molly schnaubte. »Das ist das Problem mit dir, Robert Goodenough. Du bist jahrelang kreuz und quer durch dieses Land gehüpft – seit du ein Junge warst. Aber du *entscheidest* dich nicht für ein Ziel, sondern landest einfach irgendwo, weil andere hingehen und es von dir erwartet wird, nicht weil du denkst: ›*Das* ist es, was ich will.‹«

»Ich *habe* gewusst, was ich wollte.«

»Nämlich?«

»Nach Westen gehen.«

»Um von deiner Familie wegzukommen.«

»Schon. Ja.« Robert biss sich auf die Lippen. Die Zeit verging, und das Schiff würde bald ablegen – wenn es das nicht schon getan hatte.

Molly nahm einen Keks und fing an, ihn zwischen den Fingern zu zerbröseln. »Du bist also immer weiter nach Westen gegangen. Und was ist dann passiert?«

»Ich habe den Pazifik erreicht.« Vor seinem geistigen Auge sah Robert, wie die Schwanzflosse des Wals aus dem Meer hochschnellte. »Ich habe ihn gesehen, und da ich nicht mehr weitergehen konnte, musste ich umkehren.«

»Warum?«

»Wie, warum?«

»Warum stehen bleiben? Warum nicht weitergehen?«

»Weil – weil ich nicht schwimmen kann.« Das war eine dämliche Antwort auf eine, wie er fand, dämliche Frage.

Aber Molly war nicht dämlich. »Du kannst ein Schiff besteigen. Besteig ein Schiff«, wiederholte sie, und es wurde zu einem Befehl.

»Du willst, dass ich gehe?«

»Wer hat denn das behauptet? Ich hab in diesen vergangenen Wochen viel nachgedacht, während das eine oder andere Kind nach mir gegrapscht hat. Wie lange hast du Gold gesucht?«

Robert runzelte die Stirn. »Ein Jahr vielleicht. Warum?«

»Ich bin vielen Goldgräbern begegnet. Und ich hab gesehen, wie die sind. Du bist nicht wie sie. Du spielst nicht, du trinkst nicht, du gibst dein Geld nicht für Frauen aus – jedenfalls nicht für mich, so viel steht fest. Derselbe Hut, dieselben Stiefel, derselbe Sattel, dasselbe störrische Pferd. Keine protzige Uhr an einer Kette. Dir gehört kein Land, kein Haus, nicht mal ein Bett, soweit ich weiß. Aber ich wette, du warst ein guter Goldgräber. Du bist drangeblieben, statt, wie die anderen, Gerüchten nachzujagen. Über all das hab ich also nachgedacht, und am Ende ist mir was klar geworden, und da musste ich laut lachen. Willst du wissen, was das war?«

Robert nickte, wenn auch in dem schmerzlichen Bewusstsein, dass ein Schiff auf ihn wartete.

»*Du* warst es, Robert Goodenough. *Du* bist der Goldgräber, nach dem ich Ausschau gehalten habe – der, der das Geld zusammengehalten hat, der, bei dem ich die Füße hochlegen kann. Hast du bei der ganzen Goldsucherei was verdient?«

»Ein bisschen. Es ist teuer, Goldgräber zu sein, aber ich habe ein wenig Geld gespart.«

»Gut. Hast du genug, um für eine Frau und zwei Säuglinge die Überfahrt nach England zu zahlen?«

Robert starrte die Babys in ihrem Korb an. »Können sie denn auf ein Schiff gehen?«

Molly lachte. »Auf Schiffen werden Kinder gezeugt und geboren, und sie leben auch dort, Schatz.«

»Aber – möchtest du denn nicht hierbleiben?«

»Hier?« Molly sah sich in der Küche um. »Könnte ich schon. Mrs. B. ist von den Frauen, die ich in Kalifornien kennengelernt habe, die Einzige, die ich mag. Aber ich war drei Jahre in French Creek. Mir würde es nichts ausmachen, auch mal eine Weile unterwegs zu sein, Babys hin oder her.« Wie auf ein Stichwort fing Sarah an zu wimmern. »Es geht hier aber gar nicht um mich, es geht darum, ob du allein oder mit uns zusammen sein willst. Wir müssen nämlich nicht mit dir kommen. Ich hab Stellenangebote in Murphys und oben im Grove, könnte aber auch in San Francisco bleiben und arbeiten, während ein Mädchen auf die Kinder aufpasst. In Kalifornien könnte ich mir auch ohne einen Goldgräber, der für mich sorgt, ein Leben aufbauen und Spaß haben. Deshalb sag bloß nicht, du willst, dass ich mitkomme, weil du das Gefühl hast, du hast keine Wahl. Du sollst es selbst wollen.«

»Ich weiß nicht, wie man sich um eine Familie kümmert, Molly.«

»Mit Jimmy und Sarah klappt es doch gut.«

Als er schwieg, fügte sie hinzu: »Du bist sicher nicht wie deine Eltern. Falls es das ist, was dir Sorgen macht. Du bist nicht gewalttätig, da bin ich mir sicher. Übrigens, so wie du es erzählt hast, klingt es so, als hatten deine Eltern nicht vor, sich gegenseitig umzubringen. Es war ein Unfall – ein doppelter Unfall. Du hast doch gesagt, deine Ma wollte den Apfelbaum umhacken?«

»Ja.«

»Das ist was ganz anderes, als wenn man mit der Axt auf jemanden losgeht, um ihn zu töten. Sie hat auf den Baum gezielt, nicht auf deinen Pa. Und sie ist in die Stangen gefallen, hast du gesagt, weil er sie geschubst hat. Er wollte sie nicht umbringen.«

Robert schwieg. »Vielleicht hast du recht«, sagte er schließlich. »Genaugenommen bin ich wie mein Vater, ein bisschen.« Falls er mein Vater war, dachte er, ehe ihm klar wurde, dass dies nun seine Entscheidung war, denn es gab niemanden, der ihm hätte widersprechen können. »Er war ein Baum-Mann«, fügte er hinzu.

»Dann muss dein Vater ein guter Mann gewesen sein – denn auch du bist ein guter Mann, Robert Goodenough. *Besser* als dein Name. Lass dir das gesagt sein. Du hast die Wahl, anders zu sein als deine Vergangenheit. Du hast dich entschieden, stimmt's?«

»Ich glaube schon.«

»Dann bleibt jetzt nur noch eins: Möchtest du, dass die Kinder und ich mit dir kommen?«

Sie wartete auf seine Antwort, und er wusste, dass die Pause zu lang war, auch wenn am Ende ein »Ja« stand, und auch wenn er es wirklich meinte.

»Also gut. Wann legt das Schiff ab?« Falls Molly von seinem Zögern enttäuscht war, ließ sie es sich nicht anmerken. Dennoch wusste er, dass dieser Moment für immer zwischen ihnen stehen würde.

Robert räusperte sich. »Jetzt. Wir müssen jetzt sofort los.«

»Dody! Es gibt ein bisschen was zu packen!«

Die nächste halbe Stunde verging in einem panischen Durcheinander, in dem Sachen in Truhen geworfen und Treppen auf und ab gelaufen wurde, um den Wagen vollzuladen, den Mrs. Bienenstock aufgetrieben hatte. Robert hörte auf zu denken und befolgte einfach die Anweisungen der beiden Frauen. Jimmy und Sarah schrien während des ganzen Spektakels, und Robert staunte, wie leicht Molly sie, wenn es nötig war, ignorieren konnte.

Er selbst hatte nicht viel zu packen. Er nahm ein paar Kleidungsstücke, den Goodenough-Quilt, seine Notizbücher und das Taschentuch mit den Goldpeppingsamen mit und verkaufte Mrs. B. seine Flinte, den Sattel und etwas Kochgeschirr. Sie kaufte ihm auch den Grauschimmel ab, zu einem sehr günstigen

Preis. Überrascht stellte Robert fest, dass er es bedauerte, sein Pferd wegzugeben, aber er wusste nicht, wann er zurückkommen würde. Er hatte keine Ahnung, was ihn erwartete. Was sie alle erwartete; das »Wir« musste er wohl noch üben.

Obwohl dafür gar keine Zeit war, bestand Molly darauf, dass er zum Stall ging, um sich von dem Grauschimmel zu verabschieden. Als Robert protestierte, sah sie ihn scharf an. »Er ist dein *Pferd.*« Und so ging er und kraulte dem Tier den Hals, während es, ohne ihn zu beachten, seinen Hafer kaute. Als er sich anschickte zu gehen, wandte der Grauschimmel den Kopf und zwickte Robert in den Arm. »Na schön«, sagte er. »Das hab ich wohl verdient.«

Seiner Vermieterin erzählte er, der Grauschimmel heiße Pippin. »Nein, tut er nicht«, erwiderte Mrs. B., während sie eine Truhe die Treppe herunterzerrte. »Bis ich ihn weiterverkaufe, gehört er mir, und ich kann ihm einen Namen geben. Er heißt West.«

Als sie an der Pacific Wharf ankamen, stand die *Star of the West* bereits unter Dampf. Das Deck war gesäumt von Passagieren, die einen letzten Blick auf San Francisco und die Menschen warfen, die sie zurückließen. Unter ihnen war auch William Lobb, der an der Reling lehnte und mit dem Kapitän stritt. »Da ist er!«, rief er, als er den vollgepackten Wagen erspähte. »Wo, zum Teufel, haben Sie gesteckt, Goodenough? Hier drohen sie uns mit einer Geldstrafe, weil wir das Schiff aufgehalten haben!« Er humpelte die Gangway hinunter auf sie zu. Erst als Molly mit dem Korb voll schreiender Säuglinge vom Wagen stieg, schien er zu bemerken, dass Robert nicht allein war.

»Sie da!«, rief Mrs. Bienenstock dem Kapitän zu. »Wenn Sie es so verdammt eilig haben, hier wegzukommen, sagen Sie Ihren Männern, sie sollen dieses Zeug hier an Bord bringen. Wie ein

Esel rumzustehen hilft niemandem. Himmel, Arsch und Zwirn, muss ich denn alles selber machen?« Und während sie Molly an Bord begleitete, fluchte sie fröhlich weiter.

William Lobb starrte hinter ihnen her. »Sind Sie denn wahnsinnig, Goodenough? Dreiundfünfzig Bäume, zwei Säuglinge und eine Frau, um die Sie sich drei Monate lang an Bord eines Schiffes kümmern müssen?«

»Kann sein. Jedenfalls bringe ich diese Bäume nach Wales und pflanze sie für den Herrn dort ein. Ich lasse Sie wissen, wie es läuft.«

Der Engländer nickte. »Tun Sie das, mein Junge.« Dann lächelte er; ein so ungewohnter Anblick, dass auch Robert lächeln musste. Sie schüttelten sich die Hand. »Gönnen Sie sich einen Pitmastoner Ananasapfel oder zwei, wo Sie schon dort sind«, fügte Lobb hinzu. »Sie wissen ja, Pitmaston ist nicht mal hundert Kilometer von dort entfernt, wo der Redwood-Hain entstehen wird.«

»Tatsächlich?«

»So groß ist die Welt gar nicht. Und jetzt vergessen Sie nicht, Wasser für die Bäume beiseitezustellen, vergewissern Sie sich, dass genug für die ganze Reise da ist. Lassen Sie sich von dem Kapitän nicht mit Regenwasser abspeisen – da ist zu viel Gischt drin, das wird die Bäume umbringen.«

Selbst als Robert ihre restlichen Habseligkeiten an Bord schleppte, rief William Lobb ihm noch Anweisungen hinterher: »Bringen Sie die Sämlinge nicht alle gleichzeitig an Deck: Teilen Sie sie in zwei Gruppen auf, und tragen Sie abwechselnd jeden Tag eine nach oben. Vor der Durchquerung von Panama sorgen Sie dafür, dass die Bäume ihren eigenen Wagen bekommen – sie dürfen nicht mit anderen Gütern zusammen verladen werden, so was habe ich schon erlebt, dann rutschen die Kisten und zerquetschen die Sämlinge. Sollte das doch passieren, werfen Sie den Baum nicht weg – es besteht immer noch die Chance, dass er sich am Ende erholt. Und wenn Sie in Cardiff eintreffen, schicken Sie eine Nachricht voraus, damit der Herr in Wales weiß, dass Sie mit den Redwoods kommen. Passen Sie auf diese Bäume auf«, schloss er, als Robert innehielt und zu seinem Arbeitgeber hinunterblickte. »Sie haben Besseres verdient, als auf See zugrunde zu gehen. Geben Sie ihnen einen guten Standort, pflanzen Sie sie sorgfältig. Machen Sie sie zu Sternen in ihrem neuen Land.«

Mrs. Bienenstock hatte Molly und die Kinder in einer Kabine untergebracht und versetzte Robert, bevor sie von Bord ging, einen derben Schlag auf die Schulter. »Möge Gott Ihnen allen beistehen«, murmelte sie. »Was für ein Haufen Ärger!« Doch sie schlenderte munter pfeifend die Gangway hinunter und winkte ihnen zusammen mit William Lobb zu, als das Schiff vom Kai ablegte und davondampfte.

»Auf Wiedersehen! Auf Wiedersehen!«, rief Molly, ein Kind in jedem Arm. »Denken Sie an uns am anderen Ende der Welt!«

Endlich bekam Molly den Pazifischen Ozean zu sehen. Nicht lange, da hatte die *Star of the West* bereits die Seal Rocks passiert und Kurs aufs offene Meer genommen. Als sie an Deck standen und die Wellen beobachteten, die unter ihnen schäumten, drückte sie Robert beide Kinder in die Arme, warf die Hände in die Luft und jauchzte so, dass die Passagiere in ihrer Nähe erstaunt aufblickten. »So viel Wasser!«, rief sie lachend. »Du hast mir nie erzählt, dass er so groß ist! Wie lange sind wir auf dem Meer unterwegs?«

»Zwei bis drei Monate, mit einer Woche an Land, wenn wir Panama durchqueren. Von dort geht's rauf nach New York, da wechseln wir auf ein Schiff nach Cardiff. Mr. Lobb hat gesagt, wir würden den Ozean bald satthaben.«

»Bah, ich höre nicht auf diesen Engländer. Ich hoffe, dass nicht das ganze Land so ist wie er.« Molly lehnte an der Reling und blickte hinaus auf das Wasser, das sich vor ihnen ausbreitete.

Das Schiff begann seine lange Wende in Richtung Süden, immer an der Küste Kaliforniens entlang. Robert spürte, wie er innerlich schwankte, so als schlüge er plötzlich einen Weg ein, auf dem ein Kompass ihm nichts nützen würde.

Dann begann Sarah, sich in seinen Armen zu winden. In seinem ganzen Leben waren kein Mann, keine Frau und kein Pferd so fordernd gewesen wie diese Babys. »Kannst du Sarah stillen?«, fragte er, froh, dass er einen Menschen bei sich hatte, den er fragen konnte.

Molly nahm ihre Tochter und legte sie an ihre Brust, hielt aber weiter den Blick aufs Meer gerichtet. »Schau mal!«, rief sie. Westlich des Schiffs spritzte eine Wasserfontäne in die Luft, gefolgt vom dunklen Rücken eines Wals, der durchs Wasser pflügte. Es war unmöglich, sich von Mollys Begeisterung nicht anstecken zu lassen. Robert rief laut aus, als er die Schwanzflosse in die Höhe schnellen sah, worauf Molly lachte und ihn, die Kinder zwischen ihnen beiden, zu einem Kuss an sich riss.

Als Jimmy und Sarah in ihrer Wiege schliefen und Robert nach den Bäumen gesehen hatte, standen er und Molly an der Reling und beobachteten, wie die Sonne unterging. Kaum eine Wolke dämpfte ihre Strahlen, während sie ihre brennende Spur übers Wasser zog. Sie zumindest war sich sicher, wohin ihr Weg sie führte.

»Worüber zerbrichst du dir denn jetzt den Kopf, Robert Goodenough?« Molly betrachtete sein Profil, während er auf das rot glühende Wasser hinaussah.

Robert zuckte die Schultern. »Ich bin noch nie in meinem Leben zurück nach Osten gegangen. Ich weiß nicht, was ich dort tun werde.«

Mollys Haut schimmerte im Abendlicht. »Ich sage dir, was du tun wirst. Du wirst fünfzig Bäume pflanzen –«

»Dreiundfünfzig«, korrigierte Robert. »Fünfzig Redwoods und drei Sequoien.«

»Du pflanzt also dreiundfünfzig Bäume in England –«

»Wales.«

»– Wales, und sorgst dafür, dass sie wachsen, damit es dort einen Redwood-Hain gibt, der so schön ist wie die, die du kennst. Danach wirst du mit mir nach London fahren und die Sehenswürdigkeiten anschauen. Dann wirst du für mich einen von diesen Goldpeppings finden, von denen du so oft gesprochen hast –«

»Pitmastoner Ananasapfel.«

»– einen Pitmastoner Ananasapfel, und den werde ich dann selbst probieren.«

Allmählich erwärmte sich Robert für Mollys Liste. Er tastete in seiner Tasche nach den Goldpeppingsamen, die Martha ihm mitgebracht hatte. Sie waren noch da. Alles, was sie brauchten, war der richtige Ort, um Wurzeln zu schlagen. Er würde ihn erkennen, wenn er ihn sah.

Anmerkungen der Autorin

Die Saat für diesen Roman hat das Kapitel über Äpfel in Michael Pollans *Botany of Desire: A Plant's-Eye View of the World* (2001) gestreut, in dem der Autor die Geschichte des Volkshelden Johnny Appleseed neu erzählt. Auch der Unterschied zwischen Speise- und Mostäpfeln wird darin behandelt. Großen Einfluss auf mich hatte zudem Conrad Richters beeindruckende Romantrilogie über das Leben der Siedler in Ohio: *The Trees* (1940), *The Fields* (1946) und *The Town* (1950).

So spannend es ist, über Bäume zu lesen, so viel besser ist es doch, sie selbst zu erleben. Calaveras Grove in Kalifornien ist das ganze Jahr über für Besucher geöffnet, obwohl der großartige Süd-Hain (Roberts »geheime« Bäume) zwischen November und April nicht zugänglich ist. Man kann auf den Great Stump (»Großer Stumpf«) klettern und die eigene Größe am Teilstück Chip of the Old Block (»Ganz der Vater«) messen. Die Bowlingbahn und das Hotel gibt es allerdings schon lange nicht mehr. Auch südlich des Calaveras Grove lassen sich in den Yosemite-, Sequoia- und Kings-Canyon-Nationalparks riesige Sequoien bestaunen. Redwood-Mammutbäume säumen, in zahlreichen Parks und Naturschutzgebieten, die gesamte Küste Kaliforniens.

In Großbritannien wachsen noch heute, dank William Lobbs unermüdlicher Sammelarbeit, überraschend viele Sequoien und Redwoods in Parks und in den Gärten imposanter Anwesen. Den Redwood-Hain an der walisischen Grenze gibt es tatsächlich, auch wenn ich mir, was die Details angeht, einige kreative Freiheiten herausgenommen habe. Die »Charles Ackers Redwood Grove« wurde 1857 von John Naylor um seinen Wohnsitz Leighton Hall herum angelegt.

Falls Sie sich fragen, welche der Figuren auf historischen Vorbildern beruhen: John Chapman (auch bekannt als »Johnny Appleseed« oder »Hans Apfelkern«) hat wirklich gelebt und Apfelbäume nach Ohio und Indiana gebracht. William Lobb importierte zahlreiche nord- und südamerikanische Pflanzen- und Baumarten nach Großbritannien. Billie Lapham war zu Lebzeiten Mitbesitzer der Calaveras Grove; nach dem Tod seiner Frau Nancy durch Tuberkulose im Jahr 1856 zog er weiter zur Grenze Nevadas und brachte den Tourismus an die Ufer des Lake Tahoe.

Dody Bienenstock ist die einzige zeitgenössische Figur in *Der Ruf der Bäume*. Ihre Tochter hat für sie bei einer Auktion zugunsten der britischen Stiftung »Freedom from Torture« das Recht ersteigert, einer meiner Romanfiguren ihren Namen zu verleihen. Dody, wir brauchen mehr Vermieterinnen wie Sie.

Mein Dank gilt: Tony Kirkham, Kew Gardens, London. Sue Shephard und Toby Musgrave für ihre Hilfe bei der Recherche zu William Lobb. Jill Attenborough und Stephen Taylor dafür, dass sie mich auf der Lathcoats Farm bei Chelmsford, Essex, herumgeführt und meine endlosen Fragen über Apfelbäume beantwortet haben – und natürlich dafür, dass ich dort Äpfel pflücken durfte. Matthew Thomas von der »Frank P. Matthews Trees for Life«-Baumschule in Worcestershire verdanke ich den Genuss meines ersten Pitmastoner Ananasapfels. Rebecca Trenner hat mir Pferde und ihre Persönlichkeiten erklärt. Ich danke meinem großartigen Lektoren- und Agententeam: Andrea Schulz, Katie Espiner, Cassie Browne, Jonny Geller und Deborah Schneider. Der größte Dank gebührt Jonathan Drori, dafür, dass er mein Interesse an Bäumen geweckt hat.

Weiterführende Literatur

Johnny Appleseed: Kerrigan, William, *Johnny Appleseed and the American Orchard* (2012); Means, Howard, *Johnny Appleseed: The Man, the Myth, the American Story* (2011); Price, Robert, *Johnny Appleseed: Man and Myth* (1954).

Äpfel und Apfelbäume: Downing, A.J., *The Fruits and Fruit Trees of America (1845);* Jacobsen, Rowan, *Apples of Uncommon Character (2014);* Juniper, Barrie E., und David J. Mabberley, *The Story of the Apple (2006);* William Kenrick, *The New American Orchardist* (1841); Morgan, Joan, und Alison Richards, *The New Book of Apples* (2002).

Der Black Swamp: Mollenkopf, Jim, *The Great Black Swamp: Historical Tales of 19th-Century Northwest Ohio*, Bd. 1–3 (1999–2008).

Redwoods und Sequoien: Engbeck, Joseph H. jr, *The Enduring Giants: The Epic Story of Giant Sequoia and the Big Trees of Calaveras (2013);* Kramer, Carol A., *Calaveras' Big Trees (2010);* Preston, Richard, *The Wild Trees*, dt. *Die roten Riesen (2007, dt. 2009);* Vischer, Edward, *Briefe eines Deutschen aus Kalifornien* (1873).

William Lobb: Musgrave, Toby, Chris Gardner und Will Musgrave, *The Plant Hunters: 200 Years of Adventure and Discovery*

Around the World, dt. *Pflanzensammler und Entdecker* (1998, dt. 1999); Shephard, Sue, *Seeds of Fortune: A Gardening Dynasty* (2003); Shephard, Sue, und Toby Musgrave, *Blue Orchid and Big Tree: Plant Hunters William and Thomas Lobb and the Victorian Mania for the Exotic* (2014); Spongberg, Stephen A., *A Reunion of Trees* (1990); Veitch, James H., *Hortus Veitchii* (1906).

Der kalifornische Goldrausch: Clark, Thomas D. (Hg.), *Off at Sunrise: The Overland Journal of Charles Glass Gray* (1976); Rev. Colton, Walter, Hg. Marguerite Eyer Wilbur, *Three Years in California* (1949); Holliday, J. S., *The World Rushed In: The California Gold Rush Experience* (2002).

N° d'éditeur : 2812
Dépôt légal
1re édition : mars 1998
N° impr. : 061500/1